J. Kenner

Procureur dans le sud de la Californie, J. Kenner consacre tout son temps libre à sa passion : l'écriture de livres érotiques. Les trois tomes de la série Stark (2013), *Délivre-moi*, *Possède-moi* et *Aime-moi*, ont été classés sur la liste des best-sellers du *New York Times* et de *USA Today*. Elle publie ensuite une autre trilogie composée de *Te désirer* (2014), *T'enflammer* (2014) et *T'envoûter* (2015). En 2016 a paru *Sur tes lèvres*, premier tome d'une nouvelle saga, suivi de *Sur ta peau* et *À tes pieds*. Tous ces ouvrages ont paru aux éditions Michel Lafon et sont repris chez Pocket.

Retrouvez toute l'actualité de l'auteur sur :
www.juliekenner.com

SUR TES LÈVRES

DU MÊME AUTEUR
CHEZ POCKET

LA SULFUREUSE TRILOGIE STARK

DÉLIVRE-MOI
POSSÈDE-MOI
AIME-MOI

***

TE DÉSIRER
T'ENFLAMMER
T'ENVOÛTER

***

LA SUITE DE LA SULFUREUSE TRILOGIE STARK

SUR TES LÈVRES

J. KENNER

SUR TES LÈVRES

Traduit de l'anglais (États-Unis)
par Jean-Noël Chatain

Michel LAFON

Titre original :
SAY MY NAME

MIXTE
Papier issu de sources responsables
FSC® C003309

Pocket, une marque d'Univers Poche,
est un éditeur qui s'engage pour la préservation
de son environnement et qui utilise du papier fabriqué
à partir de bois provenant de forêts gérées
de manière responsable.

ISBN : 978-2-266-26619-2

À ma famille.
Parce qu'elle s'est habituée
à me voir déambuler
avec des histoires plein la tête.

1

Le *ronron* des rotors de l'hélicoptère résonne dans ma tête comme un murmure lancinant, un inéluctable message subliminal. *Pas lui, pas maintenant. Pas lui, pas maintenant.*

Toutefois, je sais pertinemment que ma requête est futile, que mes paroles sont dénuées de sens. Impossible de m'enfuir. Impossible de me cacher. Je ne peux qu'avancer… et foncer à plus de 150 kilomètres-heure vers une destinée à laquelle je pensais avoir échappé il y a cinq ans. Et avec l'homme que j'avais volontairement oublié.

Un homme dont je ne veux certes plus… mais dont j'ai indéniablement, désespérément besoin.

Je me cramponne à l'exemplaire *d'Architectural Digest* posé sur mes genoux. Inutile de baisser les yeux pour voir l'individu en photo sur la couverture ; il demeure aussi vivant dans mon esprit qu'il l'était à l'époque. Des cheveux brillants d'un noir de jais avec un soupçon de reflets cuivrés sous le soleil. Des yeux d'un bleu si profond que vous pourriez vous y noyer.

Sur le magazine, il est assis sur le coin d'un bureau, décontracté, vêtu d'un pantalon anthracite au pli impeccable et d'une chemise blanche immaculée. Ses boutons de manchettes étincellent. Derrière lui se dressent les gratte-ciel de Manhattan, encadrés par une grande baie vitrée. Il respire la détermination et l'assurance.

Mais d'autres images m'assaillent.

Je vois la sensualité et la transgression. Le pouvoir et la séduction. Je vois un homme en chemise à col ouvert, la cravate desserrée. Un homme parfaitement bien dans sa peau et dont la présence s'impose dans une pièce sitôt qu'il apparaît.

Je vois l'homme qui m'a désirée.

Je vois l'homme qui m'a terrifiée.

Jackson Steele.

Je me souviens de toutes mes sensations lorsque sa peau effleurait la mienne. Je me souviens même de son odeur, boisée et musquée, avec une légère note fumée.

Mais je me souviens surtout de la manière dont ses paroles m'ont séduite. Dans quel état j'étais en sa présence. Et maintenant, ici, au-dessus du Pacifique, je ne peux nier l'excitation qui me traverse à la perspective de le revoir.

Et c'est ce qui m'effraie, bien sûr.

Comme pour accentuer cette pensée, l'hélicoptère vire brusquement et le mouvement me soulève l'estomac. Je plaque une main contre le hublot pour retrouver l'équilibre, tout en observant le bleu indigo intense en contrebas et le littoral découpé de Los Angeles qui s'éloigne.

— Nous allons bientôt nous poser, mademoiselle Brooks, m'indique le pilote, la voix bien distincte dans mon casque. D'ici quelques minutes.

— Merci, Clark.

Je n'aime pas les voyages en avion, et encore moins en hélicoptère. Peut-être est-ce le fruit de mon imagination débordante, mais je ne peux chasser de mon esprit l'image de tous ces câbles et ces vis qui se détachent à cause des vibrations incessantes de la machine.

J'ai fini par accepter de me déplacer ainsi de temps à autre. Lorsqu'on occupe le poste d'assistante de direction auprès d'un des hommes les plus riches et les plus puissants du monde, ce genre de voyage est inclus dans la formule. Mais si je me suis résignée à cet état de fait – en l'acceptant même avec une certaine zénitude –, je me retrouve toujours en vrac au décollage et à l'atterrissage. Il y a quelque chose d'horriblement contre nature dans la façon dont la terre s'élève vers vous, alors que vous foncez droit sur elle.

Mais pour l'instant, la terre ferme n'est pas encore à ma portée. Nous survolons toujours l'océan et je suis sur le point de le faire remarquer au pilote quand une portion d'île apparaît dans mon hublot. *Mon île.* Le simple fait de la voir me fait sourire et je retiens mon souffle une fois, puis deux, jusqu'à ce que je me sente relativement calme et confiante.

Bien sûr, l'île n'est pas vraiment la mienne. Elle appartient à mon patron, Damien Stark. Ou plus précisément à Stark Vacation Property, un département de Stark Real Estate Development, filiale de Stark International : l'une des sociétés les plus rentables du globe.

Mais dans mon esprit, l'île de Santa Cortez est à moi. L'île, le projet, et tout le potentiel d'aménagement qui en découle.

Santa Cortez compte parmi les petites îles longeant les côtes de Californie. Située un peu en retrait de Catalina, elle a servi pendant des années de base navale avec l'île de San Clemente. À l'inverse de celle-ci, toujours gérée par l'armée et dotée d'un complexe militaire, d'une caserne et d'autres signes de civilisation, Santa Cortez est dépourvue de tout aménagement : on y entraînait les hommes au combat rapproché et au maniement des armes. Du moins c'est ce qu'on m'a dit, la Marine n'ayant pas la réputation de s'étaler sur ses activités.

Il y a plusieurs mois, j'ai lu un petit article dans le *Los Angeles Times* qui traitait de la présence militaire en Californie. On y faisait allusion à ces deux îles, tout en précisant que l'armée avait cessé ses opérations à Santa Cortez. Il n'y avait pas d'autres informations, mais j'ai quand même montré l'article à Stark.

— Il se pourrait qu'elle soit à vendre, auquel cas je suppose qu'on devrait agir vite, lui ai-je dit en lui tendant l'article.

Je venais de finir de le briefer sur son emploi du temps de la journée et on marchait d'un bon pas vers la salle de conférences où une douzaine de cadres bancaires de trois pays différents attendaient avec Charles Maynard, l'avocat de Stark, que débute une réunion prévue de longue date sur la stratégie d'investissement et l'optimisation fiscale.

— Je sais que vous cherchez des sites en vue d'implanter un complexe hôtelier de charme aux Bahamas, ai-je poursuivi, mais comme nous n'avons pas encore trouvé une île convenable, je me disais que, dans l'intervalle, une destination touristique familiale avec un accès facilité aux États-Unis pourrait représenter un vrai potentiel.

Il a pris le journal et l'a lu tout en marchant, puis s'est arrêté devant les portes vitrées de la salle de conférences. Durant mes cinq années de collaboration avec lui, j'avais fini par connaître chacune de ses expressions, mais à cet instant précis, j'ignorais totalement ce qu'il pensait.

Il m'a rendu l'article, a levé l'index pour me demander de patienter, puis est entré dans la salle et s'est adressé aux hommes présents.

— Messieurs, je vous prie de m'excuser, mais j'ai un empêchement de dernière minute. Charles, si vous voulez bien faire la réunion à ma place ?

Puis il est revenu dans le couloir, sans attendre la réponse de Maynard ou l'assentiment des invités, mais absolument certain que tout se déroulerait à merveille et selon ses désirs.

— Appelez Nigel Galway au Pentagone, m'a-t-il demandé tandis qu'on repartait en direction de son bureau. C'est mon contact sur place. Dites-lui que je cherche à acquérir l'île. Puis mettez-vous en relation avec Aiden. Il s'est rendu sur le site de Century City pour aider Trent quand il y a eu un problème pendant les travaux. Demandez-lui s'il peut se libérer pour déjeuner avec nous à l'Ivy.

— Oh… ai-je fait, un peu déboussolée. Nous ?

Aiden, c'était logique. Aiden Ward était le vice-président de Stark Real Estate Development et supervisait la construction du Stark Plaza, un trio d'immeubles professionnels sur Santa Monica Boulevard, à Century City. En revanche, je ne comprenais pas pourquoi M. Stark souhaitait ma présence au repas, alors que je n'y étais jamais conviée. Il avait l'habitude de m'indiquer après une réunion tous les détails dont je devais assurer le suivi.

— Si vous êtes le fer de lance de ce projet, il est logique que vous participiez à cette réunion préparatoire.

— Le fer de lance ? ai-je répliqué, prise d'un vertige.

— Si l'immobilier vous intéresse, notamment les projets à vocation commerciale, vous ne pourriez trouver meilleur mentor. Bien sûr, cela suppose un surcroît de travail. J'aurai toujours besoin de vous au bureau, mais vous pouvez logiquement vous décharger de certains dossiers. Je pense que Rachel apprécierait quelques heures supplémentaires, a-t-il ajouté en faisant allusion à son assistante du week-end, Rachel Peters. Utilisez comme modèle le plan de développement que Trent a élaboré pour le projet aux Bahamas, puis préparez une première ébauche et le calendrier.

Il a jeté un coup d'œil sur sa montre, avant de reprendre :

— Vous n'aurez pas le temps de terminer tout ça avant le déjeuner, mais vous pourrez toujours nous exposer quelques points clés.

Il a croisé mon regard et j'ai vu une étincelle d'humour dans ses yeux.

— À moins que je n'aille plus vite que la musique ? Je vous croyais surtout attirée par l'immobilier, mais si vous ne cherchez pas à évoluer vers un poste de direction…

— Non ! ai-je aussitôt lâché en redressant les épaules. Non, enfin… je veux dire oui. Oui, bien sûr, monsieur Stark, je veux travailler sur ce projet.

En l'occurrence, je voulais surtout éviter de paniquer, ce qui me paraissait moins évident.

— Bien.

Une fois parvenu à mon poste de travail à la réception, devant son bureau, il a ajouté :

— Appelez Trevor. Réservez une table. Et nous lancerons ensuite le processus.

Un *lancement* qui m'avait entraînée tout droit jusqu'à aujourd'hui. Je suis officiellement *la* chef de projet du Domaine de Cortez, un village-club de la société Stark. Et tout cas, je le suis aujourd'hui.

Avec un peu de chance, je le serai encore demain. Parce que c'est bien là le problème, non ? Soit la nouvelle que j'ai reçue il y a deux heures fait voler en éclats le projet de Santa Cortez, soit je parviens à le sauver en même temps que ma carrière naissante dans l'immobilier.

Le hic, c'est que je doive faire appel à Jackson Steele pour m'en sortir.

Mon estomac se noue et je me convaincs de ne pas m'inquiéter. Jackson va m'aider. Il doit le faire, parce que là, maintenant, tout ce que je veux dépend de lui.

Vu mon état de stress, je me réjouis de notre atterrissage en douceur. Je glisse le magazine dans mon fourre-tout en cuir, détache ma ceinture et attends que Clark ouvre la porte. Sitôt à l'extérieur, j'inspire une bouffée d'air frais et offre mon visage à la brise océane. Immédiatement, je me sens mieux, tandis que mes inquiétudes et mon mal de l'air sont vite éclipsés par la pure beauté du lieu.

Un paysage magnifique. Préservé. Avec une végétation unique, des arbres, des dunes, des plages parsemées de coquillages.

J'ignore quelles étaient au juste les activités de l'armée, mais celles-ci n'ont pas altéré l'habitat naturel. En fait, les seuls signes de civilisation se trouvent juste à côté de la piste d'atterrissage. L'endroit abrite un tarmac susceptible d'accueillir deux hélicoptères, un débarcadère, un premier petit bâtiment métallique utilisé pour stocker le matériel, et un second, tout aussi modeste, avec deux toilettes chimiques. J'aperçois aussi une pelleteuse, un groupe électrogène, et divers types de machines qu'on a transportées sur le site pour les travaux. Sans oublier deux caméras de surveillance, pour satisfaire à la fois à la sécurité de Stark International et la compagnie d'assurances.

Un deuxième hélico est posé près de celui que Clark pilotait et, un peu plus loin, un chemin naturel mène directement au cœur de l'île encore sauvage. Et sans doute à Damien, à son épouse Nikki et à Wyatt Royce, le photographe engagé par Damien pour réaliser des images de l'île et des portraits de sa femme sur la plage.

Tandis que Clark reste à côté de l'appareil, je suis le chemin. Presque aussitôt, je regrette de ne pas avoir pris le temps de changer de tenue pour cette balade. Le sol est pierreux, accidenté, et mes escarpins seront éraflés et tout abîmés. J'avais prévu d'enfiler un jean et des chaussures de marche, mais j'étais pressée. Alors si je parviens à remettre ce projet sur les rails, j'imagine que ça vaut la peine de sacrifier ma paire de talons hauts préférée.

Le sol grimpe un peu et, en arrivant au sommet d'une petite butte, je découvre en contrebas une crique sablonneuse adossée à des rochers. Les vagues se brisent sur les pierres, projetant de fines gouttes d'eau qui étincellent comme des diamants. Sur la plage, j'aperçois Damien ; il tient sa femme par la taille, tandis qu'elle pose la tête sur son épaule, et tous deux contemplent la mer qui s'étend à perte de vue.

Nikki et moi sommes devenues de bonnes amies, et ce n'est pas la première fois que je les vois ensemble. Mais il y a une telle douceur dans ce moment d'intimité que j'ai presque envie de rebrousser chemin pour les laisser en paix. Toutefois, je n'ai pas de temps à perdre, alors je m'éclaircis la voix pour annoncer ma présence tout en continuant d'avancer.

Je sais qu'il ne vont pas m'entendre. Le bruit des vagues s'écrasant sur la grève ayant dû étouffer celui de l'hélicoptère, nul doute qu'il couvrira aussi mon arrivée.

Comme pour confirmer ma pensée, Damien presse ses lèvres sur le front de Nikki. J'ai un pincement au cœur. Je songe au magazine dans mon sac… et à la photo de l'homme en couverture. Il m'embrassait de la même façon et, au souvenir de la caresse de ses lèvres sur ma peau, j'éprouve des picotements dans les yeux. Je me dis que c'est la brise et les embruns, mais je ne suis pas dupe.

Ce sont les regrets, le sentiment d'avoir perdu quelque chose. La peur aussi. La peur d'être sur le point d'ouvrir la porte sur quelque chose que je désire ardemment, mais qui me dépasse. Je le sais.

Et la certitude glaciale, amère que, si je ne suis pas extrêmement prudente, le mur que j'ai érigé autour de moi va s'écrouler et que mes horribles secrets seront révélés à la face du monde.

— Sylvia ?

Je sursaute et réalise que je suis plantée là, face à l'océan, le regard vide et l'esprit ailleurs.

— Monsieur Stark. Désolée, je…

— Tout va bien ? me demande Nikki, inquiète, en se précipitant vers moi. On dirait que tu trembles.

Elle m'a rejointe et me prend par le bras.

— Non, ça va, dis-je en mentant. Juste un peu secouée après le vol en hélico. Où est Wyatt ?

— Il s'est installé sur la plage, répond Stark. On a pensé qu'il pouvait commencer par les clichés pour la brochure.

Je tressaille, car j'ai plus d'une heure de retard. Il était prévu que je passe le début de la matinée à Los Angeles, alors que Nikki, Damien et Wyatt devaient se rendre de bonne heure sur l'île. J'étais censée arriver une fois qu'ils auraient fini les portraits de Nikki, et passer le reste de la matinée avec Wyatt pour faire une série de photos destinées à la promo du complexe hôtelier.

Damien devait repartir en ville avec son hélico et Wyatt, Nikki et moi, rentrer avec Clark. Nikki et moi nous sommes récemment découvertes une passion commune pour la photo, et Wyatt a proposé de nous donner des tuyaux une fois les prises de vue terminées.

— Tu n'as pas apporté ton appareil, remarque Nikki en fronçant les sourcils. Il y a vraiment un truc qui *cloche*.

— Non. OK, si… Peut-être.

Je croise le regard de Stark.

— Il faut que je vous parle.

— Je vais voir où en est Wyatt, suggère Nikki.

— Non, reste. Enfin, si ça ne dérange pas M. Stark… euh, Damien, je veux dire.

J'ai encore un peu de mal à l'appeler par son prénom au travail. Mais comme il n'a cessé de le faire remarquer, j'ai passé un certain nombre d'heures à boire des cocktails au bord de sa piscine, en compagnie de sa femme. Après autant de cosmopolitans, les règles de bienséance commencent à peser un peu quand on est entre nous.

— Bien sûr que ça ne me dérange pas, dit-il. Qu'est-ce qui s'est passé ?

J'inspire un grand coup, avant de lâcher l'info :

— Martin Glau s'est retiré du projet ce matin.

Je vois aussitôt Damien changer d'expression. D'abord le choc, puis la colère, aussitôt remplacée par une détermination farouche. À ses côtés, Nikki est loin de se contrôler autant.

— Glau ? réplique-t-elle. Mais il débordait d'enthousiasme. Pourquoi voudrait-il lâcher le projet ?

Je rectifie :

— Ce n'est pas que le projet. Il a tout lâché. Il est parti.

Damien me fixe du regard.

— Parti ?

— Apparemment, il s'est installé au Tibet.

Damien écarquille les yeux de façon quasi imperceptible.

— Ah bon ?

— Il a vendu sa propriété, liquidé son affaire, et demandé à son avocat de dire à ses clients qu'il avait décidé de consacrer le restant de ses jours à la méditation et à la prière.

— L'enfoiré… lâche Damien avec ce genre de fureur contenue que j'observe rarement chez lui dans ses relations professionnelles, même si la presse s'est souvent fait l'écho de son caractère. À quoi il pense, bon sang ?

Je comprends sa colère. Du reste, je la partage. C'est mon projet et Glau a réussi à tous nous planter. Le Domaine de Cortez appartient certes à Stark, mais ça ne veut pas dire pour autant qu'il est entièrement financé par Damien ou par ses sociétés. Non, on a travaillé comme des brutes ces trois derniers mois pour rassembler un véritable *Who's Who* d'investisseurs, et chacun d'entre eux a donné deux raisons de son engagement dans le projet : la réputation de Glau comme architecte et celle de Damien en tant qu'homme d'affaires.

Il se passe la main dans les cheveux et reprend :

— OK, c'est donc à nous de régler ça. Si son avocat prévient ses clients aujourd'hui, les médias seront bientôt au parfum et tout va vite se dégrader.

Je grimace. Cette seule idée me donne des sueurs froides, car ce projet est le mien. Je l'ai conçu, lancé, et j'ai bossé dur pour le faire décoller. C'est plus qu'un village-club pour moi ; c'est un tremplin pour mon avenir.

Je dois maintenir ce projet en vie. Et je *vais* tout faire pour ! Même si je dois me rapprocher du seul homme que j'ai juré ne plus jamais revoir.

— Il nous faut un plan B, dis-je. Une ligne de conduite solide à présenter aux investisseurs.

Malgré la situation, je discerne une lueur amusée dans le regard de Damien.

— Et vous avez déjà une suggestion à nous faire. Bien. On vous écoute.

Je hoche la tête en me cramponnant à mon sac.

— Les investisseurs ont été impressionnés par la

réputation de Glau et son book, dis-je. Mais on ne peut pas réitérer l'expérience avec un autre architecte.

En tant qu'instigateur de certaines des constructions les plus impressionnantes et les plus novatrices de l'histoire contemporaine, Glau était un authentique *star*chitecte, car il possédait à la fois les compétences et la notoriété susceptibles d'assurer la réussite d'un projet.

— Je propose donc de présenter le seul homme qui, de l'avis général, est digne d'égaler voire de surpasser la renommée de Glau.

À ces mots, je sors le magazine de mon sac pour le tendre à Damien.

— Jackson Steele…

— Il a l'expérience, le style, la réputation. Ce n'est pas seulement une étoile montante dans ce domaine. Avec Glau hors du coup, je crois pouvoir affirmer qu'il est le nouveau prince héritier. Et c'est pas tout. Beaucoup plus que Glau, Steele possède le genre de célébrité qui peut servir ce projet. Le potentiel médiatique qui attirera les investisseurs et se révélera en outre une formidable aubaine lorsqu'on commercialisera le complexe.

— Vraiment ? rétorque Stark d'un ton étrangement neutre.

Je ne peux m'empêcher de m'interroger sur le bref regard qu'il vient d'échanger avec Nikki.

— Lisez l'article, dis-je en insistant, bien décidée à prouver ce que j'avance. Non seulement l'histoire d'une de ses œuvres risque d'être adaptée en long-métrage, mais le cinéma a déjà réalisé un documentaire sur lui et le musée qu'il a créé à Amsterdam.

— Je sais, confirme Damien. La première a lieu ce soir au Chinese Theater.

— En effet, dis-je avec impatience. Vous y allez ? Vous pourriez lui parler ?

Damien esquisse une sorte de moue que j'interprète comme de l'ironie.

— Bizarrement, on ne m'y a pas convié. Je suis juste au courant parce que Wyatt y a fait allusion. Il a été engagé pour photographier les invités sur le tapis rouge et prendre certains clichés sur le vif des célébrités.

— Mais c'est justement là où je veux en venir, dis-je, plus insistante que jamais. C'est un événement médiatique. Ce gars attire à fond les people. Il nous le faut dans notre équipe. Et l'article précise aussi qu'il cherche à ouvrir une filiale de son cabinet à Los Angeles, ce qui laisse supposer qu'il tente de percer davantage sur le marché de la côte ouest.

— Jackson Steele n'est pas le seul nom en lice, remarque Damien.

— Exact, mais à l'heure actuelle, les projecteurs sont surtout braqués sur lui. Par ailleurs, je me suis déjà renseignée sur les quelques autres architectes qui pourraient attirer les investisseurs et aucun d'eux n'est disponible en ce moment. Steele oui, en revanche. Si je ne l'ai pas proposé dans le dossier d'origine, c'est parce qu'il était engagé pour les six mois à venir dans un projet à Dubaï.

À l'époque, ça m'avait arrangée, car je ne tenais pas à me trouver dans cette situation. Cependant, les choses ont changé depuis.

Je poursuis :

— Le projet à Dubaï est tombé à l'eau. Problèmes

politiques et financiers, j'imagine. Tout est exposé dans l'article. J'ai fait une recherche rapide et je ne crois pas que Steele ait été sélectionné pour un autre projet, mais ça ne saurait tarder. Jackson Steele peut sauver le Domaine de Cortez. Sachez que je ne vous suggérerais pas son nom si je n'y croyais pas dur comme fer.

N'était-ce pas la stricte vérité ?

— Je le pense aussi, dit Damien. Et j'approuve votre inventaire de la situation. Si on ne met pas tout de suite Jackson Steele sur le coup, on va perdre nos investisseurs. Sinon, la seule manière de garder le projet en vie consiste à le financer en totalité avec des actifs de la société ou mes fonds personnels.

Il s'interrompt et ajoute d'une voix posée :

— Ce n'est pas ma manière de faire du business, Sylvia.

— Je sais. Bien sûr. C'est pourquoi je suggère qu'on se rapproche de Jackson. Euh… Steele, dis-je en réprimant une familiarité involontaire. Il s'agit d'un projet d'envergure, qui pourrait fortement l'intéresser. Il signera le contrat. Ce projet représente tout ce qu'il recherche.

Une fois de plus, Damien et Nikki échangent un regard, et l'inquiétude me gagne.

— Excusez-moi, dis-je, mais y a-t-il un détail qui m'échappe ?

— Jackson Steele n'a aucun intérêt à travailler pour Stark International, déclare Nikki après une brève hésitation.

— Il… quoi ?

Je mets un petit moment à digérer ses propos, avant d'ajouter :

— Qu'est-ce qui te fait dire ça ?

— On l'a rencontré lorsqu'on était aux Bahamas, explique-t-elle. Damien lui a proposé de faire partie du projet, avant même que Stark International ne se porte acquéreur du terrain. Avec un accès total à tous les détails du dossier. Mais Steele a bien fait comprendre qu'il ne voulait pas travailler pour Damien ni aucune autre de ses entreprises. Il affirme que Damien jouit d'une influence considérable et qu'il ne veut pas travailler dans son ombre.

— Autrement dit, on ne retiendra pas Steele pour ce projet, conclut Damien.

Il jette un coup d'œil sur sa montre, avant de s'adresser à Nikki :

— Je dois partir.

Puis il revient vers moi :

— Appelez les investisseurs individuellement. Ce n'est pas le genre de chose que je peux différer. Je suis sincèrement désolé, Syl.

Le simple emploi de mon diminutif confirme la réalité de la situation. Le projet est mort. *Mon* projet est mort.

Je me dis que je devrais être soulagée de ne pas jouer avec les souvenirs. Que j'ai été stupide de me croire assez forte pour affronter mes cauchemars. Que je devrais juste laisser tomber ce projet plutôt que de me jeter tête la première dans ce que j'ai fui autrefois.

Non.

Non. J'ai travaillé trop dur et ce projet signifie trop pour moi. Je ne peux pas l'abandonner. Pas comme ça. Pas sans me battre.

Certes, j'ai peut-être envie de revoir Jackson Steele. De me prouver que j'en suis capable. Que je peux lui parler, travailler en toute intimité avec lui… et, d'une manière ou d'une autre, éviter de m'écrouler sous toute cette pression.

— S'il vous plaît, dis-je à Damien, tandis que je serre les poings en songeant que, si j'ai la peau moite et le cœur qui s'affole, c'est par crainte de perdre le projet et non pas de revoir Jackson. Laissez-moi lui parler. Essayons au moins.

— Il y aura d'autres projets, mademoiselle Brooks, réplique-t-il d'une voix douce mais ferme. D'autres occasions se présenteront.

— Je vous crois, mais je ne vous ai jamais vu abandonner une affaire délicate si vous avez une chance de la sauver.

— Si je me fonde sur ce que je sais de M. Steele, il n'y a précisément aucune chance.

— Je pense que si. S'il vous plaît, laissez-moi tenter le coup.

Je m'empresse d'ajouter :

— Simplement ce week-end. Le temps de rencontrer M. Steele et de lui soumettre le projet.

L'espace d'un instant, Damien reste muet. Puis il acquiesce.

— Je dois quand même en informer les investisseurs, finit-il par déclarer. Mais on est déjà vendredi et ça peut jouer en notre faveur. Appelez-les. Dites-leur qu'on a besoin de les tenir au courant des dernières évolutions du projet et programmez une visioconférence pour lundi matin.

J'accepte aussitôt, sérieuse et pro. Mais au fond de moi, je saute de joie.

— Ça vous laisse donc le week-end, enchaîne Damien. Lundi matin, soit on leur annonce que Jackson

Steele nous a rejoints, soit on leur dit que le projet pose un problème.

— Il nous rejoindra, dis-je avec une assurance davantage fondée sur l'espoir que sur la réalité de la situation.

Damien incline légèrement la tête sur la gauche, comme s'il méditait sur mes propos.

— Qu'est-ce qui vous pousse à croire ça ?

Je passe ma langue sur mes lèvres.

— Je… je l'ai rencontré. Il y a environ cinq ans, à Atlanta. Juste avant de venir travailler pour vous, en fait. J'ignore s'il sera d'accord, mais je sais qu'il m'écoutera.

C'est du moins ce que je croyais, avant d'apprendre qu'il avait déjà refusé de travailler sur un projet de Stark.

À présent, les données ne sont plus les mêmes. Il y a encore quelques minutes, je pensais lui présenter un projet d'enfer sur un plateau d'argent. C'était moi qui faisais une faveur à Jackson. C'était moi qui contrôlais la situation.

Désormais, c'est tout l'inverse.

Il peut refuser. Me faire un doigt d'honneur et me dire de foutre le camp de sa vie.

Je repense à notre dernière conversation, qui m'avait réduite en miettes.

J'ai besoin que tu fasses quelque chose pour moi, avais-je dit.

Tout ce que tu veux.

Aucune question, aucune discussion. C'est important.

Tout ce que tu veux, baby, je te promets. Il te suffit de demander.

Il avait tenu parole à l'époque. Il avait fait ce que

je lui avais demandé, même si cela nous avait détruits tous les deux.

À présent, j'ai une autre requête à lui soumettre.

Et j'espère de tout cœur pouvoir le convaincre à nouveau.

2

— Peu importe le créneau horaire dont il dispose aujourd'hui, dis-je avec le téléphone plaqué sur mon oreille gauche et l'autre main sur mon oreille droite.

Mais à cause du vacarme de l'hélicoptère, j'ai du mal à entendre la secrétaire de Jackson Steele, qui se trouve à New York.

— Désolée, mademoiselle Brooks. Le documentaire de M. Steele est projeté ce soir à Los Angeles et je crains qu'il n'ait pas une minute à lui.

Je suis en plein centre-ville, sur la terrasse de la Stark Tower, et même si je me sens littéralement sur le toit du monde, je reste tendue et j'ai l'impression de ne rien maîtriser. J'aimerais ouvrir la porte pour entrer dans l'ascenseur, mais je sais d'expérience que je risque de ne plus avoir de réseau, et si la communication s'interrompt avec cette femme, je suis quasi certaine de ne plus jamais pouvoir lui parler.

Alors je reste à l'extérieur, sous le soleil cuisant, entourée d'asphalte, à la merci non seulement des éléments mais aussi de Jackson Steele, de sa secrétaire et même de ce satané opérateur mobile.

— Et demain ? dis-je. Je sais bien que c'est samedi, mais s'il ne rentre pas tout de suite à New York…

— M. Steele va rester à Los Angeles une semaine au moins.

— Parfait, dis-je, mes épaules s'affaissant de soulagement. Quel moment pourrait lui convenir ?

— Un instant, je vous prie. Je vais voir si je peux le joindre sur son portable.

Je reste plantée là et me sens un peu idiote à écouter la petite musique d'attente pleine d'entrain. Lorsque j'entends un déclic, me signalant que mon interlocutrice est de nouveau en ligne, je me redresse quasiment au garde-à-vous, puis lève les yeux au ciel en me trouvant parfaitement ridicule.

— Je crains qu'aucun créneau ne puisse convenir, mademoiselle Brooks.

— Oh non, vraiment… je serais ravie de me rendre disponible à tout moment. Et si c'est plus commode, j'irai à son hôtel, à moins qu'il ne puisse venir à mon bureau. Tout me convient.

J'entends un long et profond soupir, et je me mords la lèvre quand elle m'annonce :

— Non, mademoiselle Brooks, vous m'avez mal comprise. M. Steele a demandé que je décline votre demande de rendez-vous. Et que je vous transmette ses regrets.

— Ses regrets ?

— Il a dit que vous comprendriez. Que vous en aviez déjà discuté. À Atlanta.

— Il… comment ?

— Je suis terriblement navrée, mademoiselle Brooks. Mais je puis vous assurer que le refus de M. Steele est irrévocable.

J'ai envie de répliquer, mais c'est trop tard. Elle a raccroché.

Je fixe mon portable quelques instants, sans vraiment croire ce que je viens d'entendre.

Jackson a dit non.

— Merde.

Je passe la main dans mes cheveux, puis lève les yeux sur Clark, qui a verrouillé l'hélicoptère et s'avance vers moi.

— Un problème ? demande-t-il en scrutant mon visage.

— Rien qui mérite d'en parler, dis-je.

Parce qu'il n'est pas question que j'annonce à Damien que j'ai carrément raté mon coup au point d'être incapable d'obtenir un rendez-vous. Il me faut à tout prix un plan B. Un autre *starchitecte*. Une potion magique. Un foutu miracle.

Je commence à suivre Clark en direction de l'ascenseur, puis m'arrête net, en me rappelant un truc.

— Bon week-end, dis-je. Faut que je passe un autre coup de fil.

Je fais défiler mes contacts sur l'écran du téléphone, trouve le numéro de Wyatt et appelle le photographe pour voir s'il peut justement faire un miracle.

*

— Tu te rends compte que c'est génial, hein ? demande Cass en s'installant dans la limousine à côté de moi.

Elle est sublime, comme toujours, dans un fourreau noir fendu si haut sur la cuisse qu'il frise l'attentat à la pudeur. La robe est maintenue par une seule bretelle sur l'épaule gauche et exalte ses courbes de rêve qui me rendraient presque jalouse. Elle est rousse cette semaine, et a relevé ses cheveux pour mettre sa toilette en valeur. Hormis un clou en diamant sur le nez, elle ne porte aucun bijou, ce qui souligne la somptuosité de l'oiseau exotique multicolore tatoué sur son bras.

Sitôt qu'elle est installée, Edwards ferme la portière et se remet au volant. On ne le voit pas, comme nous sommes douillettement installées derrière la vitre de séparation. Mais je sens la limousine s'éloigner du trottoir qui borde la minuscule maison de Cass à Venice Beach.

— Sérieux, Syl, trop classe les avantages de ton job.

— Le top, en effet, dis-je en lui passant un verre de vin.

La limousine appartient à la flotte de Stark International et Edward est le chauffeur personnel de Damien, qu'il me prête pour la soirée. Avec un peu de chance, je vais pouvoir rentabiliser ses heures supplémentaires.

— Je crois qu'on a toutes les deux besoin d'un petit moment de méditation, reprend Cass. Toi, pour témoigner que tu apprécies pleinement les privilèges de ton boulot. Et moi, pour te remercier d'être asociale au point de n'avoir que moi à inviter ce soir.

— Espèce de garce ! dis-je en m'esclaffant, tandis qu'elle ferme les yeux en renversant la tête en arrière.

— Ommm… murmure-t-elle comme si elle était en cours de yoga et non à l'arrière d'une limousine qui la conduit à une première hollywoodienne.

J'ai hésité à l'emmener, avant de réaliser que non seulement Cass se régalerait en foulant le tapis rouge, mais qu'elle me rassurerait, un peu comme un super doudou.

Cass est ma meilleure amie depuis le jour où j'ai franchi la porte de l'atelier de tatouage de son père, à l'âge vénérable de… quinze ans. Il m'avait envoyé balader, en me disant sans mâcher ses mots qu'il n'allait pas perdre sa licence à cause d'une morveuse de Brentwood qui voulait se faire tatouer pour emmerder papa et maman.

Sur le coup, je n'ai pas pleuré – je ne pleure plus depuis l'âge de quatorze ans –, mais j'ai senti le feu de la colère me monter aux joues. Je l'ai traité de salopard, en lui braillant qu'il ne savait rien sur mes parents et encore moins sur moi. Cass m'assure que je l'ai même qualifié de connard, mais je ne m'en souviens pas vraiment.

En revanche, je me rappelle être sortie en trombe, avant de courir comme une folle jusqu'à la plage. J'ai traversé la piste cyclable en évitant un gamin de justesse, puis j'ai trébuché dans le sable. Je suis tombée la tête la première et suis restée là comme une abrutie, le front sur le bras en plissant fort les yeux parce que j'avais envie de pleurer ; Dieu sait que je voulais sentir les larmes couler, mais elles ne coulaient pas. Impossible.

J'ignore combien de temps ça a duré – je respirais à peine pour éviter d'avaler du sable. Tout ce que je sais, c'est qu'elle était là quand j'ai relevé la tête, avec ses jambes interminables, sa peau bronzée et ses petits cheveux noirs tout hérissés avec du gel. Elle s'est accroupie, les coudes sur les genoux et le menton dans une main. Elle se balançait d'avant en arrière tout en me fixant du regard.

— Va-t'en, lui ai-je lâché.

— C'est pas sa faute. Ma mère s'est barrée et il doit s'occuper de moi, alors il n'y est pour rien. S'ils lui suppriment sa licence, il devra fermer la boutique et ils vont lui saisir la maison, et on finira par vivre à l'arrière de sa Buick, et moi je devrai faire le trottoir à Hollywood, histoire de nous ravitailler en Snickers et en Coca Light.

Mon estomac s'est noué en l'entendant parler et j'ai même cru que j'allais vomir.

— Arrête. C'est même pas drôle.

Elle a plissé les yeux en m'observant, puis a redressé son grand corps dégingandé. Elle m'a ensuite tendu la main pour m'aider à me relever.

— Lui ne peut pas, mais moi si, a-t-elle dit.

— Il ne peut pas quoi ?

— Tu veux un tatouage. Moi je peux t'en faire un.

Elle a haussé les épaules, comme si tatouer était une activité courante chez toutes les adolescentes.

— Arrête tes conneries.

— Comme tu veux, a-t-elle rétorqué en tournant les talons.

Je me suis redressée en m'agenouillant dans le sable et je l'ai regardée s'éloigner, sans jamais se retourner pour voir si j'avais changé d'avis.

Pourtant si.

— Attends !

Elle s'est arrêtée. Une seconde s'est écoulée, puis une autre, et elle s'est enfin retournée. Elle a croisé les bras et attendu.

— T'as quel âge ? ai-je demandé.

— Seize ans. Et toi ?

— Je viens d'en avoir quinze. Tu peux vraiment faire ça ?

Elle s'est avancée, puis a exhibé sa jambe pour que je voie bien la rose noire sur sa cheville.

— Je peux.

— Ça va faire mal ?

Elle a ricané.

— Pfft… Ouais. Mais pas plus que si c'était lui qui le faisait.

Je suppose qu'elle disait vrai, mais je ne le saurai jamais vraiment. Parce que Cass est la seule personne qui m'ait jamais tatouée et elle l'a fait plusieurs fois depuis. Ce tout premier jour, on a traîné sur la plage jusqu'à ce que son père ferme l'atelier. On s'est ensuite faufilées à l'intérieur, puis elle a embelli le haut de mon pubis d'un sublime verrou doré, bien fermé et entouré de chaînes.

Elle m'a demandé pourquoi je souhaitais ce motif, mais je ne lui ai pas répondu. Pas ce jour-là. Et même plus tard, d'ailleurs, je ne lui ai pas tout dit. Seulement les grandes lignes. Et même si elle est ma meilleure amie, je ne pense pas tout lui dévoiler un jour.

Ce tatouage – et ceux qui ont suivi – me sont uniquement destinés. Ils représentent mes secrets et mes triomphes, mes forces et mes faiblesses. La cartographie de mes souvenirs.

Mais avant tout, ils m'appartiennent.

— Qui va assister à la projection, au juste ? me demande Cass au bout d'un moment. Il y a le tapis rouge, non ?

— C'est ce qu'on m'a dit. Mais ne t'emballe pas trop. Il s'agit d'un documentaire, pas d'un blockbuster. J'imagine qu'il y aura des cadres de studios, quelques agents, peut-être une poignée de célébrités de seconde zone.

— Ça ne change rien au fait qu'on va fouler ce foutu tapis rouge. Je crois que je peux cocher ça sur ma liste de trucs à faire avant de mourir.

— En effet. Ta robe est super, au fait. Où tu l'as trouvée ?

— À la friperie Goodwill près de Beverly Hills. C'est mon terrain de chasse préféré.

Cass dirige désormais Totally Tattoo et gagne bien sa vie, mais ça n'a pas toujours été le cas, et je ne crois pas l'avoir déjà vue acheter en boutique.

— D'ordinaire, poursuit-elle, j'arrive à dégoter un jean 7 For All Mankind à dix dollars et deux ou trois tee-shirts sympas. Mais là, il y avait tout un portant de robes du soir. Franchement, j'arrive pas à piger ces bonnes femmes. Elles les portent une fois, puis elles les donnent.

Elle hausse les épaules avec sagesse, avant d'ajouter :

— Mais bon… Je suis ravie de profiter de leur folie dépensière.

— Et d'être incroyablement sexy à peu de frais.

— Je veux ! Mais tu es sublime, toi aussi.

— Je m'en voudrais sinon. J'ai passé deux heures à me faire coiffer et maquiller.

Je porte les cheveux courts depuis l'âge de quinze ans, lorsque j'ai coupé mes longues mèches rebelles pour adopter une coiffure à mi-chemin entre la garçonne et le carré. À l'époque, je voulais surtout un changement total qui passerait, selon moi, sans faire de vagues. Comme me raser la tête était un peu trop radical, même pour mon état d'esprit, j'ai opté pour une solution plus douce.

À présent, j'aime sincèrement ma coupe. À en croire Kelly, ma coiffeuse, ça convient à mon visage ovale et souligne mes pommettes. Honnêtement, je m'en fiche un peu. Je veux juste apprécier ce que je vois dans le miroir.

— Les reflets roux sur les pointes sont particulièrement géniaux, reprend Cass.

— Oui, ça change, hein ?

J'ai les cheveux châtain foncé avec des reflets dorés naturels. Ils me plaisent comme ça, si bien que je n'ai jamais été tentée de suivre Cass en les faisant teindre temporairement en rose, violet ou même tout bêtement en roux.

Mais ce soir, j'avais pensé m'accorder un extra et j'ai demandé à Kelly de faire quelques reflets. Elle est allée un peu plus loin en se concentrant sur les pointes de quelques mèches, ce qui donne à l'ensemble un côté classe sans être trop sophistiqué.

— C'est super, mais je voulais surtout dire que la couleur s'harmonise avec ta robe. Fabuleuse, soit dit en passant.

— Encore heureux. Elle m'a coûté une petite fortune.

Je ne passe peut-être pas ma vie à rôder dans les friperies comme Cass, mais c'est la première fois que je paie une robe aussi cher. Elle est rouge pompier et, même si j'ai opté pour la longueur cocktail, je la trouve aussi élégante et sexy que le long fourreau de Cass. Ah oui… en m'admirant dans la glace, j'ai essayé de me voir avec les yeux de Jackson. Non pas parce que je voulais avoir l'air sexy – enfin, pas tout à fait –, mais parce que je souhaitais donner l'image d'une femme qui a réussi. Compétente.

Puissante.

Je demande l'avis de Cass.

— Elle passe bien ? Pas trop pétasse ? Ou pire, trop business ?

— Elle est parfaite. On sent la femme d'affaires très pro et sûre d'elle. Et je constate que tu as suivi mon conseil en investissant dans un soutien-gorge à balconnet, parce que tu as même un joli décolleté.

— Ordure ! je lui rétorque avec tendresse.

J'ai un corps mince et élancé. Ce qui est génial pour trouver des vêtements, mais pas si terrible dans une robe censée mettre mes formes en valeur.

Je m'attends à une réplique narquoise, mais Cass reste muette.

— Quoi ?

— Tu es sûre de vouloir faire ça ?

La douceur de son ton me désarme. Cass est volontiers grande gueule et j'y suis habituée. Une telle gentillesse venant d'elle peut me faire craquer.

Je hoche la tête.

— Je me suis investie corps et âme dans ce projet. Pas question de le laisser mourir si je peux le sauver.

— Même si le sauver peut te faire du mal ?

J'essaie de ne pas tressaillir.

— Ça ne me fera rien.

— Bon sang, Syl, c'est déjà le cas. Tu crois peut-être que je ne pige pas ? Personne ne te connaît comme moi et, au cas où tu l'aurais oublié, c'est moi qui t'ai tatouée le dos quand tu as laissé Atlanta pour revenir à L.A. Je sais à quel point tu étais démolie et je te jure que si le boulot avec Stark ne t'avait pas absorbée autant, tu aurais fini en miettes.

— Cass, arrête de…

— Arrête quoi ? De m'inquiéter pour toi ?

— C'était il y a cinq ans. J'ai laissé ça derrière moi.

— Et maintenant, ça te revient en pleine gueule.

— Non… (Je m'interromps. Je sais qu'elle a raison.) OK, peut-être. Oui. Je plaide coupable. Je me jette dans la fosse aux lions. Je verse l'essence et je craque l'allumette. Je saute du haut de la falaise. Peu importe la métaphore. Je dois le faire.

— Pourquoi ?

— Tu me poses sérieusement la question ?

Elle baisse les épaules.

— Non. Je comprends. Je t'ai vue bosser sur ce projet. Je sais tout ce qu'il représente pour toi. C'est comme moi et l'atelier. J'adorais travailler pour mon père, mais c'est mieux maintenant que l'affaire m'appartient totalement. Je me sens, comment dire ? Adulte. Épanouie.

— Ouais. C'est pareil.

— Sauf qu'il a déjà dit non, pas vrai ? Il a refusé de bosser pour Stark et même de te rencontrer. Alors tu crois vraiment pouvoir le faire changer d'avis ?

— Il le faut bien. Pour l'instant, je ne peux compter que sur moi-même et déborder d'optimisme.

— Oh… ne dis pas ça.

Je me penche et lui prends la main.

— Je peux y arriver. Ne t'en fais pas pour moi. Vraiment. Je ne suis pas aussi fragile que par le passé. Je peux y arriver.

Je répète la phrase, autant pour l'en convaincre que pour m'en convaincre, moi.

— Ben ouais, t'en es capable, renchérit-elle, alors que son piètre sourire trahit ses paroles.

— Allez quoi, comment je peux rater mon coup en étant aussi sexy ?

Elle éclate de rire.

— Tu marques un point, admet-elle. Ce soir, t'es mignonne à croquer, alors que je me souviens d'une époque où tu étais si minable que même un chien ne serait pas venu te donner un coup de langue.

— Sans blague ?

J'ai passé mes dernières années de lycée à tout faire pour être invisible. C'est Cass qui m'a reprise en main pendant l'été, avant que j'attaque la fac à UCLA. Je me souviens très clairement de ce jour-là. C'était un mardi et on avait décidé d'aller faire un tour sur le campus qui deviendrait bientôt mon nouveau chez-moi. Deux ou trois étudiants en fin de cycle nous avaient reluquées et j'avais aussitôt réagi en rentrant la tête dans les épaules et en croisant les bras.

— T'es débile ou quoi ? m'avait demandé Cassidy avec sa courtoisie coutumière.

— Pardon ?

— Enfin quoi, Syl. Faut que t'arrêtes ça. T'es carrément sexy et tu te caches sous des sweat-shirts horribles et des jeans trop grands. Quant à tes cheveux…

— Pas question que je les fasse *pousser*.

— As-tu au moins envisagé… je sais pas moi, de les *coiffer* ?

J'avais fourré les mains dans les poches de mon jean trop ample et fixé le trottoir des yeux.

— Écoute, avait-elle repris d'un ton plus aimable. J'ai pigé. Je t'assure. Tu vas t'installer douillettement sur mon divan de psy et je vais te dire exactement ce qui se passe dans ta tête.

J'avais alors riposté :

— Je ne t'ai pas raconté ce qui s'est passé pour que tu me décortiques le cerveau.

— Tu sais quoi ? Je m'en tape. Parce que t'es ma meilleure amie et je t'aime, et tu restes soumise en pensées à ce connard.

— Pas du tout. Il est parti. Depuis belle lurette. Dieu merci !

— Tu parles. À cause de lui, on dirait que tu te cantonnes toujours au rôle de la petite voisine boulotte. Tu n'as peut-être pas revu ce sale con depuis tes quinze ans, mais il te suit encore partout.

J'avais serré les poings en sentant la colère me gagner.

— Ne t'aventure même pas sur ce terrain, avais-je répliqué en faisant un pas vers elle.

— J'y suis déjà.

Cassidy me dépasse de quelques centimètres à peine, mais elle a toujours eu un tempérament hors du commun et j'étais impressionnée par l'aura qu'elle dégageait. Ce qui m'énervait d'autant plus ce jour-là. Je souffrais. J'étais paumée. Et même ma meilleure amie ne me soutenait pas.

— Évite. C'est tout.

— Quoi donc ? avait-elle demandé. De te dire la vérité ? D'essayer de faire entrer dans ta tête dure combien c'est absurde ? Une espèce de photographe pervers te hante parce qu'à l'époque tu étais jeune et jolie, et maintenant tu fais encore tout ce que tu peux pour passer inaperçue ? Y en a marre, bordel. T'avais quatorze ans… *quatorze ans*. C'était *lui*, le salopard.

J'avais secoué la tête lentement. Les yeux me brûlaient alors qu'aucune larme ne coulait. J'ai voulu m'enfuir, mais c'était toujours vers Cass que je courais, ce qui voulait dire que je ne pouvais m'enfuir nulle part.

— Je n'aurais jamais dû te raconter ça, lui avais-je dit.

En fait, je ne lui avais pas tout raconté… loin s'en faut. Mais j'en avais dit suffisamment.

— Bon sang, Syl, avait-elle répliqué, alors que *ses* larmes coulaient. Tu ne comprends pas ce qui se passe ? Un salaud t'a volé ta virginité. Il a pris son pied. Mais il ne t'a pas volée, *toi*. T'es intelligente et belle, et ça il ne peut pas y toucher. Ça doit t'appartenir. Parce que chaque fois que tu te planques derrière ce genre de fringues à la con, avait-elle ajouté en attrapant mon sweat gris tout moche, tu le laisses avoir le dessus. Tu veux retrouver ta vie, tu la prends en main. Et ça te rend hyper sexy, en plus !

À présent, assise dans ma super robe de cocktail rouge à l'arrière de la limousine, j'ai encore des nœuds dans le ventre en la revoyant me parler de ce que Bob m'avait fait pendant plusieurs mois, alors que j'avais seulement quatorze ans. Mais je me souviens surtout de m'être sentie en sécurité et d'avoir eu chaud au cœur quand j'ai réalisé que j'avais une amie qui tenait vraiment à moi.

— Merci… dis-je à mi-voix.

— Pour quoi ?

Elle penche la tête. À l'évidence, elle ne suit pas le fil de mes pensées.

— Pour ça, dis-je en touchant ma robe. Si tu ne m'avais pas aidée pendant toutes ces années, je serais sans doute en jogging ce soir.

— Pas si tu devais sortir avec moi !

Et on éclate de rire.

— Écoute, Syl, reprend-elle après quelques secondes de silence, j'ai franchement pas envie de te retrouver de nouveau en vrac. Tu ne m'as jamais dit ce qui s'était passé avec Steele, mais je te connais assez pour savoir que tes relations avec les mecs sont toujours plus ou moins tordues.

— C'est peu de le dire. Je n'ai pas besoin d'un psy pour savoir que j'ai encore des problèmes.

— As-tu déjà couché avec un type depuis Atlanta ?

Je me crispe.

— Je me suis concentrée sur le travail, dis-je d'une voix plus cassante que je ne le souhaiterais. C'est pas comme si j'avais des horaires de bureau classiques.

— OK, j'ai compris, réplique-t-elle en levant les mains. Et je ne te conseille pas non plus de revenir à la période qui a précédé celle de Steele.

Je tressaille, car à la vérité, j'ai couché avec tout un tas de mecs à la fac. Non pas que je voulais prendre mon pied, ou que j'avais envie d'eux. Non, le sexe me servait de thérapie, pour me prouver encore et encore que malgré tout ce que je savais sur moi, je pouvais garder mes sentiments, mes réactions et mes émotions dans une jolie petite boîte bien étanche. Que je pouvais triompher de mes souvenirs et de mes cauchemars. Bref, que je pouvais garder le contrôle.

Cass en sait plus que quiconque sur cette période de mon existence. Et elle sait aussi que je n'ai pas envie d'en parler.

— Ne fais pas ça, Cass. Évite le sujet ce soir. S'il te plaît.

— Désolée. Mais c'est justement là où je veux en venir. Tu es encore à vif.

D'emblée, je secoue la tête, en voulant nier l'évidence alors qu'elle dit vrai.

— Je n'ai pas fait de cauchemar depuis que je me suis réinstallée à L.A.

— Génial. C'est ce que je veux dire. J'ai pas envie de te voir souffrir. Encore une fois. Tu as déjà eu ta dose.

— Ça ne m'arrivera plus, dis-je, même si c'est une promesse en l'air. Je t'aime, tu sais.

Une étincelle d'humour traverse ses yeux verts, tandis que ses lèvres esquissent un sourire narquois.

— Ouais, mais est-ce que tu te dénuderais avec moi ?

— Après tout le temps que j'ai passé à m'habiller ! je lui lance avec malice.

Comme je patauge avec les gars, il m'arrive de regretter de ne pas jouer dans l'autre camp. Mais ce n'est pas ma nature profonde. Et même si nos rapports ont été parfois ambigus avec Cass, et qu'elle n'a jamais caché qu'elle pourrait craquer pour moi, cela fait partie de la dynamique de notre relation.

Elle me décoche un sourire diabolique, puis jette un coup d'œil à sa montre.

— Il nous reste encore quelques minutes avant d'arriver là-bas. On pourrait baisser l'écran d'intimité, histoire d'offrir un petit spectacle à Edward.

La bouche en cœur, elle secoue sa poitrine d'un air provocant.

Ses mimiques me font hurler de rire.

— Tu as tout faux, ma belle !

— Sérieux, à quoi bon aller à une fiesta hollywoodienne si le sexe et l'alcool ne sont pas au programme ?

— On a toujours l'alcool, dis-je en remplissant son

verre. Quant au sexe, je suis sûre qu'il y aura une multitude d'opportunités.

— Avec des acteurs de seconde zone, me rappelle-t-elle.

Je réfléchis un instant.

— En fait, je ne serais pas surprise de voir Graham Elliott se pointer. (C'est la dernière mégastar en date.) Apparemment, il essaie de décrocher le rôle de Steele dans un long-métrage en préparation, et il est au top en ce moment.

— Pas tout à fait mon type, mais ça signifie que Kirstie Ellen Todd va venir aussi, non ?

— J'en doute. J'ai vu sur le Net qu'ils s'étaient séparés.

Cass fait la grimace, puis soupire.

— Eh bien, au moins je vais pouvoir tenter ma chance avec elle.

— Primo, je suis presque sûre qu'elle est hétéro. Et deuzio, il y a de fortes chances que tu ne la rencontres jamais.

— Bah… ce ne sont que de légers inconvénients.

Je secoue la tête, amusée.

— La confiance faite femme !

— Exact. Oh, waouh ! Regarde ! lâche-t-elle avant de vider son verre, qu'elle dirige ensuite vers la fenêtre. Des projos !

Elle dit vrai. Deux projecteurs croisent leurs faisceaux dans le ciel, devant l'ancien Grauman's Chinese Theatre, qui s'appelle désormais le TCL Chinese Theatre. Dans ma jeunesse, c'était le Mann's Chinese Theatre, si bien qu'il reste pour moi le théâtre chinois de Hollywood avec les empreintes de nombreuses stars du cinéma et de la télévision.

Edward se glisse dans la file des véhicules et on avance en douceur jusqu'à ce que la portière arrière se retrouve en face du tapis rouge. La limousine s'arrête, la portière s'ouvre, et Cass et moi surgissons dans le crépitement des flashes et le brouhaha des journalistes. Le spectacle s'arrête dès que ce petit monde comprend que nous ne sommes pas des célébrités, même si, à mon avis, les jambes sublimes de Cass ont été mitraillées un peu plus longtemps que prévu.

Devant nous, des cordons de velours rouge séparent le théâtre et son parvis des spectateurs rassemblés le long de cette section de Hollywood Boulevard.

Cass me presse la main tandis qu'on commence à fouler le tapis rouge en direction de l'entrée de la célèbre salle.

— Ça brille de partout.

Je ne peux pas dire le contraire. Pour un peu, je me prendrais moi-même pour une célébrité en marchant avec Cass. Une impression d'autant plus forte quand j'observe à la dérobée les hommes en smoking et les femmes impeccablement coiffées qui occupent cet espace à ciel ouvert, discutent avec la presse et offrent aux touristes et aux badauds amateurs de people l'occasion de réaliser des dizaines et des dizaines de clichés.

Wyatt attend à l'autre bout et sourit à belles dents lorsque Cass et moi nous approchons. Je prévois juste de lui faire un coucou au passage, avant de me mêler aux invités, mais il m'entraîne vers une banderole publicitaire du studio qui a financé le documentaire et tient à immortaliser notre présence sur le tapis rouge.

— Merci de m'avoir dégoté des billets, lui dis-je. Je te dois une fière chandelle.

— Pas de problème, répond Wyatt avant de diriger son appareil vers Cass. C'est mon côté artiste et rebelle, ajoute-t-il en me faisant pouffer.

Bras dessus, bras dessous, Cass et moi suivons la foule de gens en tenue de soirée. On se dirige d'abord vers le grand salon Grauman dans le multiplex adjacent, où se déroule la réception des VIP avant la projection dans la grande salle.

Je me penche vers Cass et lui confirme :

— Que du beau monde, comme tu disais.

Et je le pense. À cet instant précis, je me sens regonflée à bloc, sûre de moi et prête à conquérir le monde. Ou du moins Jackson Steele.

Du personnel en uniforme se tient à la porte et nous offre des flûtes de champagne quand nous entrons dans la salle.

— Waouh… murmure Cass et je l'approuve en silence.

Le lieu est magnifique. Énorme mais pas écrasant. Une lumière dorée remplit l'espace, entrecoupée d'images géométriques bleues qui sont projetées sur le sol et le plafond. La galerie est rehaussée de rouge par endroits, ce qui donne à l'ensemble une atmosphère de boîte de nuit. Deux imposantes colonnes semblent monter la garde, entre lesquelles les invités se rassemblent autour d'un bar circulaire, les verres à vin empilés scintillant comme des étoiles colorées sous l'astucieux éclairage.

Derrière le bar, un écran présente un diaporama : plusieurs gratte-ciel élancés, immeubles de bureaux à la façade angulaire, ensembles résidentiels innovants. Je reconnais chacun des projets de Jackson Steele et les images sont entrecoupées de croquis, plans au sol et autres clichés des étapes de construction du musée d'Amsterdam, point d'orgue du documentaire, au même titre que l'architecte lui-même.

Cass vide sa flûte de champagne, puis fonce tout droit sur le bar.

— Je dois refaire le plein et toi, tu as besoin de te donner du courage, annonce-t-elle.

Je lui mens en disant que je peux m'en passer, mais elle commande déjà deux verres de cabernet.

Je prends le mien, en ignorant la voix de la raison qui me conseille d'éviter d'être ne serait-ce qu'un peu éméchée en présence de Jackson Steele. Et pour traverser cette épreuve, je dois avoir les idées claires, rester professionnelle et froide comme la glace. Autant de belles résolutions qui s'envolent en fumée sitôt que je lève mon verre pour prendre une longue et lente gorgée.

Cass porte un toast :

— À ta future victoire et à celles qui vont suivre !

Je fais tinter mon verre avec le sien, avant de reboire une gorgée plus petite. Qu'est-ce qu'elle disait, déjà ? Ça donne du courage ? Ouais, peut-être qu'elle a raison, après tout.

Je parcours la salle du regard et scrute les visages. L'endroit, où alternent tables nappées, canapés moelleux et fauteuils design, allie confort et élégance. La plupart des sièges sont inoccupés puisque les invités discutent debout et flânent dans la salle. J'en reconnais quelques-uns. Ici, une vedette de télé-réalité ; là, un agent rencontré lors d'une soirée. Mais je ne vois toujours pas Jackson et je deviens nerveuse. Il doit forcément traîner quelque part. Si je ne le trouve pas avant la projection, j'ai peur qu'il ne soit happé par une fête quelconque avant que j'aie l'occasion de lui parler.

— À quoi il ressemble ?

— Tu l'ignores ?

Cass hausse les épaules.

— Tu as attendu aujourd'hui pour me dire que ton mec d'Atlanta était devenu un architecte hyper réputé. Non seulement célèbre mais hyper canon, c'est ça ?

— Ça résume à peu près le personnage.

J'hésite un moment – comment décrire la perfection ? –, puis je m'arrête net car il se trouve juste devant moi. Pas lui en personne, mais son image, projetée sur l'écran derrière le bar, au vu et au su de tout le monde.

— Waouh… souffle Cass en suivant mon regard. Sérieux ? Ce gars est à tomber.

J'acquiesce, les yeux rivés sur l'écran, la gorge serrée. Je croyais que la couverture du magazine lui rendait justice, mais je me trompais. C'était une silhouette glacée, aux contours lissés par la magie de Photoshop. Ici, en revanche, l'image est brute et rugueuse. Prise sur le vif, elle vous renverse et en impose.

C'est Jackson, debout sur deux poutrelles parallèles en fer, à une trentaine d'étages au-dessus d'une ville que je ne parviens pas à identifier. Il porte un jean, un tee-shirt blanc à manches longues et un casque de chantier. Il se tient à un crochet géant suspendu au-dessus de lui et semble ne pas voir l'appareil qui l'a photographié, je suppose, à bonne distance au téléobjectif.

L'ombre de sa barbe est tout aussi reconnaissable que le bleu perçant de ses yeux qui semble étinceler sous la lumière blanche du soleil. Sa main libre en visière sur le front, il contemple la construction qui l'entoure. Derrière et au-dessous de lui, la ville s'étend à perte de vue, mais seul Jackson focalise le regard. Cette seule image suffit à prouver que cet homme est indéniablement capable de remodeler un paysage comme il l'entend.

À cet instant précis, j'espère bien pouvoir lui offrir quelque chose dont il pourra revendiquer la paternité.

Je me replie sur moi-même, puis recule quand l'image disparaît pour être remplacée par celle d'un autre chantier. Je tourne les talons et découvre Cass qui me fixe du regard. Elle soupire, puis secoue lentement la tête.

— Bon sang, Syl. Ça se voit comme le nez au milieu de la figure.

Je détourne les yeux, mais elle m'attrape le bras.

— Ce boulot n'en vaut pas la peine. Il va encore te réduire en miettes. Il l'a déjà fait à moitié.

— *Non*... dis-je en prenant une profonde inspiration. Non, il ne le fera pas… il ne l'a pas fait. Et d'ailleurs, il ne l'a jamais fait. C'est moi la responsable. Il s'est contenté de…

— Partir ?

— De faire ce que je lui demandais.

Et avec un peu de chance, il refera exactement la même chose.

— OK. Parfait. Mais tu es certaine de ne pas vouloir un copilote ? Au pire, je peux rester avec toi jusqu'à ce que tu le trouves.

— Non. Ça ira. Va prendre ton bain de foule. Qui sait ? Peut-être que Kirstie Ellen Todd est vraiment là.

Cass hésite, puis hoche la tête.

— Je lui donnerai le bonjour de ta part.

Elle m'étreint brièvement, puis se glisse vers le bar en quête d'un autre verre de vin. Quant à moi, je pose le mien, à moitié plein, sur le plateau d'un serveur qui passe. Mieux vaut garder les idées claires.

Mais au bout d'un quart d'heure, je regrette ma sobriété. J'ai fait deux fois le tour de la salle et vu des dizaines d'acteurs en passe d'être célèbres et plus d'une bonne centaine de visages parfaitement inconnus. J'ai aperçu Cass en train de draguer quasiment tout le monde, une serveuse de mon restaurant préféré qui me confie qu'elle travaille au noir, et Wyatt qui mitraille ici et là avec son flash.

Mais je n'ai pas vu Jackson.

Pourtant, il doit être là. Je décide alors que la meilleure tactique consiste à me poster au balcon à l'étage, afin de scruter les invités d'en haut. Je pars dans cette direction, la tête légèrement baissée, le temps de vérifier mes e-mails sur mon portable, quand j'entrevois une silhouette familière dans mon champ de vision.

Je redresse la tête, ignorant le pincement soudain dans ma poitrine, et le cherche parmi les visages alentour. Sauf qu'il n'est pas là et ma poitrine se serre davantage, par déception cette fois.

Je fais un pas en avant, tout en glissant mon portable dans mon minuscule sac rouge.

Et c'est alors que je le vois.

Il descend l'escalier et porte son attention sur l'homme distingué à son côté. Rasé de frais, il est élégant dans sa veste noire sans col portée sur un pull de coton blanc. Je m'attendais à un smoking mais ne peux nier que ce choix se révèle bien meilleur. Il paraît sombre, sexy et imprévisible. Qui plus est, il a l'air important. Le genre de type qui peut dire « merde » aux convenances et avoir tout le monde qui se bouscule pour le suivre.

C'est l'homme qui vit dans mes souvenirs. Ces yeux bleus cristallins. Cette grande bouche sublime. Ces sourcils épais et ces traits sculptés.

Il descend encore deux marches, puis se détourne à peine de son interlocuteur. À ce moment-là, je réalise qu'il ne ressemble pas tout à fait à l'image que j'ai gardée de lui. J'aperçois une marque qui lui barre le sourcil gauche, puis décrit un arc sur son front jusqu'à la racine des cheveux. Il ne l'avait pas à Atlanta, mais elle est bien cicatrisée et doit dater de plusieurs années.

Cette balafre ne gâte en rien sa sensualité qui s'impose indéniablement dans la salle. Au contraire, ce léger défaut ajoute du mystère au personnage, en le rendant un soupçon menaçant et énigmatique. Malgré tout, je sais que cette marque dissimule une certaine douleur et cela me démange de l'effleurer, de suivre son tracé. De tenir cet homme dans mes bras pour l'apaiser et le réconforter face à l'esprit diabolique qui a eu l'audace de balafrer ce visage sublime.

Mais je n'en ai plus le droit et c'est une réalité dont je prends aussitôt conscience en voyant toutes les femmes à proximité l'observer – tout comme moi. Je serre les poings, en me sentant soudain propriétaire, alors que je n'ai plus aucun droit sur lui. Je l'ai abandonné. Je l'ai sacrifié pour mon propre salut.

Une vague de mélancolie me submerge. Je dois arrêter ce petit jeu cruel, arrêter, *arrêter*.

J'ai fait ce qu'il fallait, à l'époque. J'en suis persuadée. Ça n'a plus d'importance, de toute manière.

C'est du passé, bon sang. Je dois juste l'encaisser et aller de l'avant, comme je l'ai toujours fait dans mon existence, aussi esquintée soit-elle.

J'inspire un grand coup, puis encore une fois, tout en m'efforçant de me ressaisir. Je suis une femme d'affaires avec une proposition lucrative. Pas une jeune fille un peu fleur bleue qui perd son sang-froid en présence de l'homme sexy du moment.

Je peux y arriver. Je peux l'approcher, le saluer, lui dire que je ne vais pas accepter un refus. Que cinq années se sont écoulées, que nous sommes tous deux adultes, et qu'il va devoir m'écouter.

Franco. Direct. Droit au but.

Exact. Je peux me débrouiller. Aucun problème.

Je fais un pas en avant, puis un autre.

Je redresse les épaules et affiche mon sourire professionnel que j'ai perfectionné en cinq ans de collaboration avec le P-DG de Stark International.

Tout en me dirigeant vers l'escalier, je garde les yeux rivés sur Jackson et emprunte un itinéraire destiné à l'intercepter quand il posera le pied dans le grand salon.

Focalisé sur l'homme qui l'accompagne, il ne me voit pas. Je ne peux pas entendre leur conversation, mais Jackson remue les mains en parlant, et je sais qu'ils discutent architecture. Je souris avec affection, en me rappelant sa manière de dessiner dans le vide les contours d'un gratte-ciel, et je revois ses doigts s'agiter tandis qu'il réfléchissait aux façades, aux emprises au sol et à l'agencement.

Son interlocuteur dit quelque chose et Jackson s'esclaffe, ses grandes lèvres sensuelles s'ourlant en un sourire qui se fige aussitôt lorsqu'il scrute la foule… puis me découvre.

Une flamme violente traverse son regard, mais se dissipe si vite que je crois presque l'avoir rêvée. À présent, quand je le contemple, je ne vois qu'un flegme glacial. Pourtant, il reste une certaine intensité en lui, l'illusion d'un mouvement alors qu'il s'est arrêté net sur la dernière marche.

Nos yeux se croisent et je reste tout aussi immobile, incapable de bouger. Presque incapable de respirer.

— Jackson…

J'ignore si j'ai prononcé le prénom à haute voix ou s'il s'est insinué en moi, aussi vital que l'oxygène.

Nous restons plantés là, alors que les secondes s'égrènent, que le monde se fige alentour. Aucun de nous deux ne bouge, mais j'ai l'impression de tournoyer dans l'espace en filant à toute vitesse vers lui. L'illusion me terrifie, parce qu'à cet instant précis je sais que je meurs d'envie de me retrouver dans ses bras, tout en étant effrayée à l'idée d'une telle collision.

Puis, tout à coup, la terre se remet à tourner. Les yeux de Jackson s'attardent une demi-seconde sur moi et, juste avant qu'ils se détournent, je discerne une étincelle de colère froide, impitoyable. Toutefois, une lueur qui ressemble à des regrets semble percer sous la glace.

Je réalise que je peux me mouvoir et m'avance vers lui, sachant que c'est maintenant ou jamais. Pour le projet… et quelque chose de plus profond, auquel je préfère éviter de songer, parce que j'ai bien trop peur de m'aventurer sur ce terrain-là.

Mais peu importent mes craintes ou le projet.

Jackson ne me regarde plus.

Il passe à grandes foulées devant moi, sans jamais se retourner, sans même ralentir. Et je reste là, à le regarder, aussi anonyme que les autres femmes qui le dévorent des yeux.

3

Qu'est-ce que j'avais dans la tête, bon sang ?

Cet homme avait catégoriquement refusé un rendez-vous avec moi. Est-ce que je pensais vraiment que tout changerait dès lors qu'il me verrait ? Qu'il se précipiterait vers moi, avant de me prendre par la main et me proposer son aide ?

Je n'y croyais pas, non. Mais, putain, je l'espérais.

En théorie, ça paraissait si simple. Pas facile – revoir Jackson n'a rien de facile –, mais réglo. Je pouvais le faire, surtout parce que je *devais* le faire.

Mais j'ai craqué.

Plutôt que d'opter pour une approche directe – je le trouve, je lui parle –, je suis restée pétrifiée. Plutôt que de me lancer, je l'ai laissé passer devant moi.

Merde !

J'ai tout calculé de travers et le peu de confiance à laquelle je me cramponnais s'est retrouvé réduit en lambeaux.

J'aperçois Cass à l'autre bout de la salle qui rit avec une femme en minirobe moulante avec des cheveux aux mèches dorées par le soleil. Elle lance un regard dans ma direction et je la vois légèrement hausser les sourcils, comme pour me dire : *Besoin de moi ?*

Je secoue la tête en souriant. Il y a cinq mois, Cass a rompu avec sa petite amie de longue date et n'a pas eu de rencard depuis. Si elle accroche avec cette femme, pas question que je vienne lui mettre des bâtons dans les roues.

En outre, il est temps pour moi d'encaisser. Je suis venue ici pour présenter un projet et je m'en voudrais de partir sans tenter le coup.

Regonflée à bloc, je pars dans la direction où il a disparu, lorsqu'une annonce au haut-parleur me détourne de mon objectif : le film va commencer dans quinze minutes et les invités doivent commencer à rejoindre la salle de projection.

Bref, ce message anéantit toute possibilité de parler deux minutes à Jackson. D'abord, comme la soirée lui est consacrée, je suis certaine qu'il doit faire une intervention sur scène avant le début du documentaire. Ensuite, il y a tellement de monde à présent que je n'ai d'autre choix que de suivre le mouvement.

Je me laisse emporter par la foule… Je vais devoir trouver Jackson juste après la diffusion du film ou tâcher de me faufiler dans la soirée après la projection… un privilège non inclus dans mon invitation.

Des placeurs tout en noir – sans doute des étudiants en cinéma à l'USC – nous indiquent l'extérieur du complexe pour nous mener au théâtre chinois d'origine. C'est l'un de mes endroits préférés de Los Angeles. Adolescente, j'avais l'habitude de me réfugier dans l'univers de ce lieu exotique. On l'a récemment rénové mais, à l'inverse du modernisme de la rutilante salle de bal que nous venons de quitter, le foyer du

Chinese Theater a conservé sa décoration grandiloquente et rétro, avec ses statues importées de Pékin et de Shanghai, ses plafonds et ses ornements rococo, sans parler des paravents et des nombreux murs et tapis rouges.

Mais une fois dans la salle, la technologie reprend ses droits. L'écran IMAX est énorme et ultramoderne, et je ne peux nier le plaisir de savoir que je suis sur le point d'admirer à la fois Jackson et son œuvre en format géant.

Je m'installe au bord de l'allée, au tout dernier rang, en songeant que je pourrai plus facilement m'extraire de la foule pour retrouver Jackson, si je sors assez vite après la projection. La salle n'est pas totalement remplie et cinq ou six fauteuils me séparent de mon voisin, au moment où les lumières s'atténuent. Ce qui me soulage. Tous ces souvenirs m'assaillent et me rendent nerveuse. Je suis fatiguée de lutter contre eux. Après le film, je retrouverai ma force. Mais dans les soixante-dix minutes à venir, je veux me perdre dans le passé, Jackson, et les images grandioses du monde qu'il a créé.

Une vague d'applaudissements envahit la salle lorsque l'homme, qui accompagnait Jackson tout à l'heure dans l'escalier, monte sur scène et se présente sous le nom de Michael Prado, réalisateur du documentaire.

— Comme beaucoup parmi vous le savent peut-être, j'ai siégé au comité du projet de Conservatoire national d'histoire et d'architecture et, à ce titre, j'ai eu le privilège d'observer l'essor de nombreux architectes fort doués. Certains témoignent d'un talent à l'état pur. D'autres, d'un sens aigu des affaires. D'autres encore ont la faculté innée de mêler la forme et la fonction, l'emplacement et l'objectif à atteindre. Une seule fois, j'ai vu toutes ces qualités réunies chez un seul homme. Et il est ici ce soir. Mesdames et messieurs, veuillez accueillir Jackson Steele !

Des applaudissements bien plus nourris accompagnent l'arrivée de Jackson, qui gravit les marches deux par deux, puis fait signe au public avant de serrer la main de Prado.

— Merci à tous pour cet accueil chaleureux, dit-il en prenant le micro. Et merci à toi, Michael, pour tes paroles d'une grande générosité. Comme vous vous en doutez peut-être, poursuit-il en pivotant de sorte à faire face aux spectateurs sans tourner le dos au réalisateur, un documentaire comme celui de Michael s'apparente à une sorte de monstre très intrusif. Et je le dis avec le plus grand respect et toute mon affection, ajoute-t-il en suscitant quelques rires parmi les spectateurs.

— Il essaie de vous dire que j'étais toujours dans ses jambes, ironise Michael.

— Ou que c'est moi qu'il avait toujours dans les jambes, réplique Jackson, qui captive déjà son auditoire avec une habileté indéniable. Non, sérieusement, je dois beaucoup à cet homme. Ce documentaire était en chantier avant même que le Conseil de l'alliance contemporaine des arts et des sciences d'Amsterdam n'ait choisi mon projet pour son musée. Et si j'avoue que je n'étais pas prêt à voir mon travail examiné avec une telle minutie, je peux affirmer que ce fut une expérience à la fois instructive et gratifiante. J'ai eu la chance de le découvrir à travers le regard d'un autre. C'est un privilège rare et précieux. Cela m'a appris à respecter ma propre vision des choses, tout en m'ouvrant les yeux.

Je le regarde en buvant ses paroles ; il est tellement affable et à l'aise en public. Il se déplace sur la scène en donnant l'impression de s'adresser à chaque spectateur.

— À présent, j'ai le plaisir de vous proposer de voir *Stone and Steele* pour la première fois aux États-Unis et de vous offrir un aperçu d'un autre type d'œuvre commune. La vision de Michael Prado sur les difficultés, les tribulations et les réussites qui ont entouré le financement, l'édification, la consécration et l'ouverture du fameux – ou de l'infâme, selon certains – musée des Arts et des Sciences d'Amsterdam.

Il marque une pause, tandis que le public l'applaudit à nouveau, et je suis frappée par sa ressemblance avec Damien Stark. Non seulement dans son apparence – tous deux affichent une beauté virile ténébreuse –, mais aussi dans sa faculté à capter l'attention, tout en mettant l'auditoire dans sa poche. S'il devait conclure par un argument de vente, je suis persuadée qu'il raflerait un million ce soir.

Mais le battage s'arrête là. Ce soir est une célébration et, après quelques mots sur la genèse du projet, Jackson invite le public à se caler confortablement dans les fauteuils et à profiter du spectacle.

La salle est plongée dans le noir, le rideau s'ouvre et je m'adosse à mon siège, tandis que la musique débute et que lumière et mouvements envahissent l'écran. Le film s'ouvre sur une magnifique prise de vue qui démarre au sol et grimpe de plus en plus vite le long du mur sans aspérité et désormais emblématique du musée, pour jaillir dans un ciel bleu ensoleillé.

Un blanc aveuglant emplit l'écran, avant de se fondre en prégénérique puis céder la place à Jackson, cheveux au vent, vêtu d'un jean serré qui souligne ses cuisses musclées, tandis qu'il se penche sur une table jonchée de plans. Il est en grande conversation avec un autre homme, mais leurs paroles sont étouffées par la voix off précise et mesurée du narrateur.

Je regarde, subjuguée par l'homme sur l'écran. Par la passion et la précision de ses gestes. Il est absorbé, obnubilé par son travail. Il y a de la puissance dans ce qu'il fait. De la majesté, voire de la magie.

Et l'émotion profonde que je lis sur son visage embrase ma peau et affole mon cœur.

J'ai déjà vu cette flamme, cette détermination. J'ai vu cette joie et cette délectation. Je l'ai serré fort et j'ai senti sa chaleur, et l'intensité de cet homme m'a consumée.

Ma poitrine est en feu et mes mains endolories. Je me rends compte que je cramponne l'accoudoir un peu trop fort. Je retiens mon souffle.

De l'air... me dis-je en commençant à me lever. J'ai juste besoin d'aller au foyer. Peut-être même jusqu'aux toilettes, pour m'asperger le visage d'eau fraîche.

Mais je n'ai pas sitôt quitté mon siège que quelqu'un se glisse dans celui d'à côté.

Jackson.

Je ne l'ai pas vu – ne me tourne même pas pour lui faire face – et pourtant je n'ai aucun doute. Comment pourrais-je douter quand sa seule proximité provoque des picotements sur ma peau ? Quand le parfum de son eau de toilette me submerge – épice, musc et fumé ?

Je ferme les yeux et me fige à mi-hauteur du siège, ignorant subitement où je vais et pourquoi.

— Reste.

Un simple mot, et je succombe. Je reprends mon souffle, acquiesce, puis me rassois dans le fauteuil. Je me tourne vers lui et découvre son regard rivé sur moi. Des ombres flottent sur son visage et je jure que je pourrais basculer dans le bleu de ses yeux.

Je m'apprête à parler, alors que je ne sais absolument pas ce que je vais dire. Puis il se penche vers moi et pose la paume sur ma jambe, de sorte que le tranchant de sa main touche le mince tissu de ma robe, mais le bout de ses doigts effleure ma peau nue. Chacune de mes terminaisons nerveuses semble se rejoindre en cette zone qui crépite et grésille, comme sous l'effet d'un courant électrique.

Je suis terriblement, douloureusement consciente de ce contact et je dois lutter contre la forte envie de respirer, de me crisper, alors que mon pouls s'accélère et qu'une fièvre intense explose en moi. Je ne veux pas réagir à son toucher ; je ne veux rien lui céder. Et il est clair que je ne peux pas perdre le contrôle.

Mais il se penche davantage, accentuant la pression sur ma cuisse, tandis que ses lèvres soufflent à mon oreille :

— Qu'est-ce que tu fais là, au juste ?

J'envisage de me la jouer faussement effarouchée, mais ça ne m'apportera rien. Sans parler du fait que je ne suis pas du tout certaine d'y parvenir. Pas maintenant, alors qu'il me touche. Alors qu'il me fait littéralement chavirer.

— Il faut que je te parle, dis-je simplement.

— Vraiment ? réplique-t-il d'une voix suave et tentante comme du chocolat. Je suis persuadé que tu n'as pas de rendez-vous.

Ses doigts se déplacent lentement sur ma peau, d'avant en arrière – le mouvement est si furtif qu'il pourrait l'effectuer inconsciemment. Sauf qu'il sait pertinemment ce qu'il est en train de faire !

— Ai-je besoin d'un rendez-vous pour bavarder à une soirée ?

— C'est ce qu'on fait en ce moment ? rétorque-t-il alors que son doigt caresse et taquine. On bavarde ?

Je sens ma poitrine se crisper, tandis qu'une légère panique me saisit.

— S'il te plaît, Jackson.

— S'il te plaît quoi ?

— À l'extérieur… dis-je, espérant qu'il ne perçoit pas les tremblements dans ma voix. On ne peut pas s'arrêter une minute au foyer ?

J'essaie de me lever, tandis qu'il me retient d'une pression mesurée mais ferme sur la jambe. Entre-temps, il a réussi à retrousser le bas de ma robe, en découvrant un peu plus ma peau. C'est suffisant pour que je me sente encore plus nue. Encore plus vulnérable.

Pour que je me souvienne de la sensation de ses mains sur moi, lorsqu'il me touchait sans animosité ni affectation.

Une boule dans la gorge, je sens une vague de désir mêlé de regrets déferler sur moi.

— Jackson…

— Puisque tu tiens tant à parler, alors parle.

Sa voix de velours masque la dureté de ses mots.

— Nous allons gêner tout le monde, je lui murmure, bien décidée à recouvrer mon sang-froid.

Il arque les sourcils et je note une lueur d'amusement à la commissure de ses lèvres.

— Vraiment ?

Sa main s'insinue plus haut encore et retrousse davantage ma robe.

— Je ne pensais pas que notre… conversation… serait aussi bruyante.

— Arrête.

Je plaque ma main fermement sur la sienne en l'empêchant de gagner ne serait-ce qu'un millimètre.

— Pourquoi ?

— Parce que je te le demande, bon sang.

— Je voulais dire : pourquoi as-tu besoin de me parler ? Mais ça s'applique au reste aussi.

À ces mots, il parvient à glisser sa main plus haut, remontant ma robe centimètre par centimètre. C'est de plus en plus insoutenable.

— Dis-moi pourquoi tu me demandes d'arrêter. Parce que tu ne veux pas que je te touche ? Que ma main glisse juste un peu plus haut ? Que le bout de mes doigts caresse ta petite culotte et te découvre toute moite et excitée ?

J'ai la bouche sèche, le corps en feu. Il a raison. Je suis toute humide, les cuisses me brûlent et mon sexe palpite de désir.

— Ou peut-être qu'au contraire, tu souhaites que je continue ? Parce que tu peux facilement imaginer la manière dont mon doigt se glisse en toi, titille, caresse ton clito. Tu mouilles à présent, princesse ? demande-t-il d'une voix aussi douce que son doigt qui effleure toujours ma cuisse. Es-tu excitée, affamée, et me supplies-tu en silence de te caresser, de passer mon doigt sur ton sexe lisse et moite de chaleur ? C'est ce que tu veux ? Allons, mon cœur, tu peux me le dire. Tu n'as pas envie que je te prenne là, maintenant ? Que je te fasse grimper de plus en plus haut jusqu'à ce que tu trembles dans ma main, chavirée par l'orgasme ? Parce que moi je pense que oui. Je pense que tu en crèves tellement d'envie que tu peux même en sentir la saveur sur tes lèvres.

Je ferme les yeux, pour qu'il ne voie pas la vérité s'afficher sur mon visage.

— Arrête. Tu ne peux pas…

— Et qu'est-ce qui m'en empêche ?

La douce sensualité de sa voix s'est envolée, remplacée par une impitoyable accusation.

— Tu crois peut-être que je ne t'ai pas observée ce soir ? Tu penses que je n'ai pas vu la façon dont tu me regardais ? On sait tous les deux que tu as toujours envie de moi, et on sait tous les deux que ça t'emmerde. Alors dis-le-moi, Sylvia. J'ai envie de l'entendre de ta bouche.

Pas question de le lui avouer. Jamais de la vie. Parce que même s'il a raison – je crève de désir pour lui et ça m'agace au plus haut point –, je ne veux pas vivre ce qui va suivre : la panique et la méfiance. La tension et la peur. L'horrible sensation que tout m'échappe et que j'aurai beau m'accrocher, je finirai inévitablement en miettes.

— Dis-le-moi, répète-t-il, ses paroles lourdes de cinq années de blessure et de colère. Ensuite, je t'écouterai.

Je tressaille, écrasée par un sentiment de culpabilité. Mais je le chasse, tout comme j'écarte sa main et me lève d'un bond du fauteuil.

— Va te faire foutre ! je lui lance, ignorant les *Chuuuut !* à mi-voix qui proviennent de la rangée.

Je trébuche dans l'allée, avant de percuter la porte,

sans même reprendre mon souffle, jusqu'à ce que je me retrouve en toute sécurité au foyer.

Adossée contre le mur, je m'efforce de retrouver mon calme. Je n'y suis pas tout à fait parvenue que la porte s'ouvre sur Jackson qui se dirige droit sur moi.

— Pas vraiment les mots doux que j'attendais, ironise-t-il. Mais ça me va.

— Fous-moi la paix.

— C'est dans mes cordes, réplique-t-il avant de reprendre un ton professionnel. Ou tu peux me dire pourquoi tu souhaites me parler.

Je bats des paupières, un peu déconcertée par ce soudain changement d'attitude.

— Un projet…

Mes épaules s'affaissent à la fois de soulagement et, même si je déteste l'admettre, d'un soupçon de déception. Je chasse fermement cette dernière impression : il n'y a de place que pour le travail entre Jackson et moi, et la seule éventualité qu'il puisse y avoir autre chose est synonyme de chagrin d'amour.

Ses yeux restent fixés sur moi, puis il hoche brusquement la tête.

— D'accord. Je t'écoute.

Je me redresse, passe en mode « business » et me félicite d'avoir repris le contrôle.

— C'est pour Stark International. Et avant que tu ne me dises que tu as déjà refusé le projet des Bahamas, j'aimerais que tu m'écoutes jusqu'au bout.

J'interprète son silence comme un acquiescement et enchaîne, en lui livrant un compte rendu complet du projet depuis le lancement jusqu'à l'horrible nouvelle de Glau qui a non seulement pété un câble, mais s'est aussi retiré de l'affaire.

— Miss America s'est fait descendre en flammes sur Facebook, et maintenant c'est la dauphine qui récupère la couronne ?

— Non. Il ne s'agit pas de ça, mais de réaliser le meilleur village-club qui puisse exister.

— Vraiment ? dit-il alors que son regard glisse sur moi telle une caresse. Je n'ai pas le souvenir d'avoir été contacté au moment du lancement.

— Tu étais coincé par ton job à Dubaï.

— Ah bon ? s'étonne-t-il comme si cet engagement était le pur produit de mon imagination. Ça n'a donc rien à voir avec le fait que ton précieux village-club connaît bien plus de problèmes que tu ne l'as laissé entendre ?

— Je ne vois de quoi tu parles.

— Des problèmes avec la direction générale de l'aviation civile, Sylvia. L'agrément des services publics. Les groupes écologistes. Tu veux que je continue la liste ?

— Tout ce que tu as cité, on s'en occupe.

Ce qui est exact, en théorie. Apparemment, il y a pas mal de tracasseries administratives, ne serait-ce que pour installer une petite piste d'atterrissage sur une île minuscule. Et il a raison au sujet des groupes écolos. Il se révèle que l'endroit abrite une espèce rare de sauterelles cavernicoles, sans parler des négociations sur les éventuelles mines terrestres qui représenteraient la même capacité destructrice que le désarmement d'une bombe nucléaire.

Mais ce qui m'inquiète surtout, c'est de savoir comment il a eu vent de ces problèmes. Parce qu'on a évité toute fuite sur chacun de ces sujets.

Ça me contrarie tellement que je m'arracherais les

cheveux, mais je tâche de mettre tout ça de côté pour l'instant.

— Bon sang, Jackson, au final c'est une occasion rêvée pour toi.

— Je ne dis pas le contraire, admet-il avant de me tendre la main. Viens avec moi.

Je lorgne sa main, mais ne la prends pas. Au bout de quelques instants, il l'abaisse et l'ombre qui voile son regard pourrait presque me faire craquer.

Sans rien ajouter, il se met à marcher. Je le suis en silence tandis qu'on regagne la salle de bal, puis un hall que je n'ai jamais traversé auparavant.

— Tu ne vas pas leur manquer ?

— On est à Hollywood. Ils ont l'habitude de dégoter une excuse quelconque quand le talent manque à l'appel.

Il sourit et les commissures de ses yeux se plissent en de petites rides que je trouve à la fois désarmantes et très sexy.

— En outre, la soirée qui suit la projection se déroule ici. Quiconque a besoin de moi finira bien par me trouver.

J'acquiesce, puis en profite pour regarder alentour. Une vaste salle aux murs blancs qui rejoignent un plafond bas. Le sol est en béton brossé, avec plusieurs colonnes géométriques et lisses réparties sur toute la longueur.

Des dizaines de photos noir et blanc encadrées décorent les murs et l'on reconnaît au passage Humphrey Bogart, Audrey Hepburn, Harrison Ford, Marlon Brando et un nombre incalculable d'autres stars ayant joué dans certains de mes films préférés.

Mais ce ne sont pas ces images-là que Jackson

souhaite me montrer. Il m'entraîne vers la première colonne et la photo en couleur qui y est suspendue. Celle du Winn Building à Manhattan, un gratte-ciel de verre et d'acier qui s'élève avec majesté au-dessus de la ville, abritant tellement de magasins, bureaux et autres appartements que c'est quasiment une ville à lui seul.

Jackson reste silencieux tandis nous regardons le cliché et une bonne minute s'écoule, je pense, avant qu'on se déplace vers la deuxième colonne et la photo encadrée du nouvel opéra de Salzbourg, dont la façade incurvée semble flotter comme des notes de musique, en parfaite harmonie avec les montagnes qui lui servent d'écrin.

La dernière photo ne concerne pas un projet public, mais une maison sur les hauteurs de Santa Fe, au Nouveau-Mexique. Son extérieur poli se fond dans la pierre et la roche et, si cette résidence de plain-pied est à l'évidence flambant neuve, elle s'intègre dans le paysage avec une telle audace qu'on la croirait sortie des montagnes qui l'ont portée.

— Que sais-tu de ces projets ?

Je lui réponds, en lui fournissant les détails qu'il connaît déjà. Cette maison de vacances à Santa Fe, destinée à un philanthrope bien connu, a fini par valoir à Jackson la reconnaissance qu'il méritait, en servant de formidable tremplin à sa carrière. L'opéra de Salzbourg l'a propulsé dans l'arène de la construction-réalisation lorsqu'il a diversifié ses activités en passant du strict cabinet d'architecture à l'éventail complet de la promotion immobilière. Quant au Winn Building, il représente une victoire majeure pour Steele Development, car il a marqué l'arrivée de sa société sur le lucratif marché new-yorkais, et ce fut le premier projet dans lequel il a conservé une participation financière.

J'évite toute allusion au meurtre et au suicide qui ont eu lieu dans la maison de Santa Fe peu de temps après sa réalisation. Ça semble hors de propos et, franchement, je crains que ce genre de potins ne vienne gâcher le peu de progrès qu'on est en train de faire.

Je ne parle pas non plus des revenus locatifs du Winn Building qui, du jour au lendemain, ont quadruplé la valeur nette du patrimoine de Jackson. Mais nous savons lui et moi que je suis au courant. On ne peut pas travailler toutes ces années pour un homme tel que Damien Stark sans comprendre le potentiel financier du type de projets que Jackson dirige désormais.

Autrement dit, Jackson n'a pas besoin des revenus que lui procurerait le Domaine de Cortez. Et si on juge la rapidité de son ascension à ce documentaire et à l'éventualité du long-métrage, toute publicité semble même superflue.

Bref, tout ce que j'ai à lui offrir, c'est de relever un défi. Je ne peux qu'espérer que ça lui suffira.

Je me tourne pour lui faire face et me tiens à présent dos à la colonne.

— Alors ? Comment je m'en suis sortie ?

— Pas trop mal. Tu as bien suivi ma carrière.

— Non, dis-je en mentant sans effort. Mais je suis douée dans mon job. Ce qui signifie que je sais qui je recrute.

— *Recrute*, répète-t-il en faisant un pas vers moi.

— Oui.

Le mot est ferme et je suis fière de ne pas flancher.

Il s'avance encore et quelques centimètres nous séparent à peine. Je me penche en arrière. Même si je porte des talons, il me dépasse d'une tête et là, maintenant… impossible de ne pas me sentir toute petite. Vulnérable.

Mais j'éloigne cette sensation et soutiens son regard, dans l'espoir que le mien transpire la froideur et la détermination.

— Tu te souviens d'Atlanta ?

Ses paroles me font l'effet d'une gifle et, malgré mes résolutions, je recule et me retrouve plaquée à la colonne derrière moi.

— Je… bien sûr que je m'en souviens.

Je passe la langue sur mes lèvres.

— Jackson, désolée pour le passé. Mais ce n'est pas…

— Non, rétorque-t-il un dressant l'index pour m'enjoindre au silence. Tu te rappelles comment c'était avant ? Avant que tu ne détruises tout ? Tu te rappelles ce que tu éprouvais quand je te touchais ?

J'ai la gorge complètement sèche et je sens de fines gouttes de sueur perler sur ma nuque.

— Jackson. Ne fais pas ça…

Il m'ignore et s'avance encore.

— Dis-le-moi, Sylvia. Et sois sincère, parce que je jure que je le saurai si tu mens.

Sa voix est basse, séductrice et autoritaire.

— Tu te souviens ?

Je secoue la tête, mais ça ne suffit pas pour chasser la vérité. Bien sûr que je me souviens. Je me souviens de chaque rire, chaque contact, chaque souffle. Chaque parole de chaque conversation, la saveur même de chaque repas. Je me souviens de ses mains sur moi et de son sexe en moi.

Mais je revois aussi la panique s'installer. Quand j'ai commencé à me noyer, et j'avais beau lutter pour garder la tête hors de l'eau, je ne cessais de sombrer dans les eaux tourbillonnantes de la peur glaciale et des souvenirs insoutenables.

J'ai mis fin à cette relation parce que je le devais. Parce que ma seule façon de survivre consistait à tout détruire. Parce que ma seule manière de pouvoir respirer, c'était de le repousser.

Du reste, j'ai un peu de mal à respirer à cet instant précis.

Du bout du doigt, il me soulève le menton et m'incline la tête, de sorte que mon regard est plongé dans le sien.

— Tu te souviens ?

Je ne dis rien.

— Et à la fin, insiste-t-il. Tu te souviens de ce que tu m'as demandé à Atlanta ?

Je passe une fois encore la langue sur mes lèvres sèches, avant de hocher la tête.

— Dis-le-moi.

Tout ce que tu veux, baby, je te promets. Il te suffit de demander.

Jackson, je... Il faut que tu me quittes. Il faut que tu t'en ailles sans jamais te retourner.

Le souvenir m'écrase de tout son poids.

— Dis-le-moi, réitère-t-il pour la énième fois.

— Je t'ai demandé de t'en aller.

Je prononce la phrase simplement, comme si chaque syllabe ne risquait pas de me réduire en miettes.

— Et je l'ai fait ?

Sa voix demeure calme et posée, mais je devine la tension derrière chaque mot.

— Je n'ai pas fait ce que tu m'as demandé ? Je ne suis pas parti alors même que j'ai failli en crever ?

Moi aussi, j'ai failli en crever, ai-je envie de lui crier au visage, mais je m'abstiens, car ça ne ferait qu'ajouter à sa douleur, après tout ce que je lui ai fait subir. Alors je me borne à acquiescer.

— Oui… (Ma voix semble perdue, sonne creux.) Tu es parti.

Il se penche un peu plus, pose une main sur la colonne, juste au-dessus de mon épaule. Son visage est si près que je sens le whisky dans son haleine.

— Alors, qu'attends-tu au juste de moi à présent ?

Sa main libre descend le long de mon bras jusqu'à ce qu'elle atteigne la mienne. Il entrelace ses doigts avec les miens et m'attire d'un mouvement vif contre lui.

Le souffle coupé, je tente de me détacher, mais c'est impossible. Son autre main a déserté la colonne pour se placer dans le creux de mon dos. Il me serre si fort que j'en suffoque, perdue dans son étreinte et, certes aussi, dans la sensation érotique de son érection, que je ne peux nier, contre mon bas-ventre.

— Jackson…

— Tu m'offres un travail ? Tu me proposes de faire renaître tout ce que tu as détruit quand tu m'as chassé ?

Il me lâche la main.

— Ou bien tu m'offres ceci ? demande-t-il en effleurant de son doigt ma lèvre inférieure avec une telle douceur que je retiens mon souffle de plaisir. Ou peut-être ça ? ajoute-t-il quand sa paume descend et effleure mes seins.

Mes mamelons se dressent et ma peau frissonne de désir. Je dois me concentrer sur ma respiration, ne pas flancher.

Jackson est sans pitié. Il me caresse la poitrine en douceur, tout en me narguant et en m'excitant, alors que ses paroles suaves continuent de m'envelopper.

— Tu te souviens forcément de ce que tu éprouvais, insiste-t-il. Dans mes bras. Tu lâchais prise. L'extase qui traversait ton regard. Je sentais ton corps entier s'abandonner.

— Arrête…

Ce simple mot est un cri. Un appel.

— J'arrête ?

Sa main redescend et ses doigts s'entremêlent de nouveau avec les miens.

— Mais je dois savoir. Alors dis-moi, Sylvia. Parce j'ai besoin de savoir. Que m'offres-tu exactement ?

Les yeux me picotent et je plisse fort les paupières, en souhaitant que les larmes coulent, mais elles refusent.

Je réponds enfin :

— Uniquement du travail.

Je prends une profonde inspiration et rouvre les yeux en le regardant en face.

— Rien n'a changé, Jackson. On ne peut pas…

Mes paroles s'évanouissent, et je secoue la tête.

Son regard est planté dans le mien. La chaleur qui occupe l'espace qui nous sépare est si forte qu'elle en devient presque palpable.

Lentement, il me lâche la main. Il recule et un frisson me parcourt lorsqu'il retire son autre main du creux de mes reins.

— Tu as raison, conclut-il. On ne peut pas.

Et c'est tout. Quatre petits mots, puis il se détourne et s'en va dans le hall. Le souffle court, je le regarde s'éloigner jusqu'à ce qu'il disparaisse dans les ombres de la grande salle.

Il ne se retourne pas une seule fois.

4

Sitôt que Jackson a disparu, mes jambes me lâchent. Je me laisse glisser à terre, ma robe remontant sur mes genoux que je replie contre ma poitrine. Je me recroqueville en serrant fort les bras autour de mes jambes, car je tremble comme une feuille. Je ne pleure pas, mais ne peux sans doute guère faire mieux.

C'est là où Cass me découvre, le menton sur les genoux, la tête vide, tandis que j'essaie de tout oublier, cette nuit, tout ce qui m'encombre le cerveau.

— Bon sang, Syl. Qu'est-ce qui s'est passé ?

Je me redresse et la vois accroupie devant moi. La blonde aux reflets dorés l'accompagne, debout à quelques pas derrière elle, et semble sincèrement inquiète.

— Comment es-tu venue ici ?

— Zee a des billets pour la soirée. Quelqu'un t'a vu sortir avec Jackson et, comme je ne te trouvais pas, on a pensé que tu avais dû venir ici avec lui.

— En effet, dis-je en tendant la main pour qu'elle m'aide à me relever. Zee ?

— Zelda, précise la blonde. Mes parents étaient fans de F. Scott Fitzgerald. Vous allez bien ?

Je hausse les épaules.

— Je ne passe pas la meilleure soirée de ma vie, disons.

— Désolée, dit-elle en lançant un bref regard à Cass. Moi si.

Ce qui me remonte considérablement le moral et je décoche un grand sourire à mon amie, qui se met brusquement à rougir. Ça ne lui ressemble pas.

— J'imagine qu'il a dit non.

— Il a dit beaucoup de choses. « Non » en faisait partie.

— Un business qui tombe à l'eau, explique Cass à Zee.

— Ça craint. Vous voulez venir avec nous ?

Je suis tentée. Sur le moment, me noyer dans la danse et l'alcool me paraît génial. Mais je n'ai pas envie de tenir la chandelle. Surtout, je dois me reprendre. Réfléchir. Trouver le moyen de rembobiner le fil de cette soirée, redémarrer de zéro et me débrouiller pour faire plier Jackson.

— Non, je vous remercie, dis-je. Je suis juste un peu contrariée. Mais je vais regagner l'autre salle avec vous, les filles.

— Tu restes ?

— Ouais, je pense. Enfin, je ne sais pas trop. Faut que je reparle à Jackson. On n'est pas partis du bon pied tout à l'heure.

Cass plisse les yeux qui se réduisent à deux fentes.

— Pas de problème, dis-je en mentant. Tout va bien se passer.

Je vois bien qu'elle n'est pas convaincue, mais elle me connaît assez pour ne pas me contredire. Dès que nous sommes de retour dans la grande salle, je quitte les filles pour rejoindre le bar en quête d'un verre de vin. Cette fois, je bois une longue gorgée, car jusqu'ici, rester sobre ne m'a pas été très bénéfique. Une vague de chaleur m'inonde à mesure que le vin se diffuse dans mon organisme, mais je bois le reste du verre à petites gorgées, tout en circulant dans la salle.

La soirée qui suit la projection rassemble encore plus de monde que la réception qui l'a précédée ; ce qui est logique, je suppose, dans la mesure où beaucoup de gens sont arrivés quand les lumières se sont éteintes, en prévoyant de regarder le film puis de passer en mode festif. Malheureusement pour moi, ça me rend la manœuvre d'autant plus difficile, si bien que je me sens un peu piégée et carrément claustrophobe.

J'envisage d'envoyer un texto à Cass, ne serait-ce que pour la repérer dans la foule, puis je me l'interdis fermement. De toute évidence, Cass intéresse Zee et je ne vais pas troubler leur flirt uniquement parce que j'ai besoin d'un peu de baume au cœur pour calmer ma nervosité. Au lieu de ça, je redouble d'efforts pour dénicher Jackson. C'est la raison de ma présence, après tout. Et pas question de m'en aller avant que j'aie l'occasion de vraiment lui parler.

Je chemine tranquillement vers l'une des colonnes baignées de lumière et je m'y poste, en l'utilisant comme un point central pour scruter les visages alentour. Pas de Jackson à l'horizon, mais je vois un visage familier et souris jusqu'aux oreilles quand Evelyn Dodge me repère et fonce droit sur moi.

— Waouh, quelle classe ! s'exclame-t-elle avant de me serrer fort dans ses bras à m'en couper le souffle. Mon dictateur bénévole préféré t'a réellement accordé une soirée de détente.

Pince-sans-rire, je lui rétorque sur le même ton :

— Juste une petite pause. Si je ne rentre pas au bureau d'ici minuit, je me transforme en citrouille !

— Ne tente pas le diable, ma chérie. L'orange ne te va absolument pas au teint ! Moi, en revanche…

Elle désigne sa robe dont la couleur pourtant flashy lui va à ravir, ce que je ne manque pas de lui dire.

— Je savais que j'avais une bonne raison de t'adorer ! me lance-t-elle.

Evelyn est la première personne que j'ai rencontrée quand j'ai commencé à travailler pour Damien Stark. Dès le premier jour, elle a débarqué à l'accueil en annonçant à Damien qu'elle m'emmenait déjeuner « parce que, pour avoir l'oreille d'un boss, il faut passer par son assistante ».

Non pas qu'elle ait besoin de moi pour que Damien l'écoute. Ancienne actrice, Evelyn Dodge a exercé tous les métiers possibles et imaginables à Hollywood, dont quelques-uns purement fictifs, à mon avis. Ces derniers temps, elle passait du rôle de semi-retraitée à celui d'agent.

Elle connaissait Damien depuis l'époque où il était une star du tennis. Elle le représentait dans les contrats publicitaires et toutes les absurdités people qui accompagnent un athlète sexy et bien de sa personne. Et davantage encore lorsque la vie du bel athlète sexy s'entoura d'un parfum de scandale.

Bien sûr, je ne connaissais ni l'un ni l'autre à l'époque, mais je sais que si Evelyn affiche la loyauté d'une maman ours envers Damien Stark, elle n'en demeure pas moins l'une des femmes les plus drôles, les plus effrontées et les plus adorables que j'aie jamais rencontrées. Et je bénis le ciel qu'elle vienne de se matérialiser devant moi.

— J'ignorais que tu viendrais. Tu représentes quelqu'un ?

— Pas encore, mais la soirée ne fait que commencer, dit-elle en me prenant le bras pour me guider vers un serveur dont le plateau regorge de minuscules feuilletés nappés de crème fraîche et de caviar. Non, je suis là à cause de Michael.

— Le réalisateur ?

J'attrape la serviette et l'amuse-gueule qu'elle me tend, puis me demande comment je vais le manger, sachant que je tiens toujours mon verre de vin dans l'autre main.

— Tu le connais bien ?

— Pas autant que je ne le croyais, répond-elle en vidant le reste de mon cabernet, avant de tendre le verre vide à un autre serveur qui passe. On a été mariés.

— Oh…

Je songe à Blaine, le jeune artiste flamboyant qui partage désormais le lit d'Evelyn. Il est le parfait opposé de Michael Prado. Et malgré leur différence d'âge, je dois avouer que je ne peux imaginer Evelyn dans d'autres bras que ceux de Blaine.

— Où est Blaine, au fait ?

Je rougis de ma question, tandis qu'elle éclate de rire – je suis persuadée qu'elle a deviné sur mon visage le cheminement de mes pensées.

— Il travaille dans son atelier, dit-elle en me glissant un clin d'œil. Il considère Michael comme un crétin.

À mon tour de m'esclaffer.

— Et c'est le cas ?

— Un peu, mais c'est un crétin inoffensif. Et un très bon réalisateur, sans oublier l'excellent collecteur de fonds et membre du conseil d'administration. Ses carences se concentrent plutôt sur le plan conjugal, ajoute-t-elle dans un haussement d'épaules. Mais bon, peut-être que les dysfonctionnements du couple venaient de moi.

— Ou peut-être que personne n'est fautif. Peut-être que ça n'a pas collé, tout bêtement.

— J'aime ta façon de voir les choses.

Mais je l'écoute à peine. Mes propres paroles ont une résonance inattendue. Parce que entre Jackson et moi, ça collait à merveille. Et si nous ne sommes plus ensemble à présent, c'est entièrement ma faute.

— Tu ne m'as pas donné la raison de ta présence ici, reprend-elle. Personnelle ou professionnelle ?

— Tu sais que je travaille sur le projet de Santa Cortez ?

— Bien sûr.

— Ouais, eh bien il y a un léger problème.

Je lui parle de la démission de Glau et de mon espoir de convaincre Jackson Steele de nous rejoindre, sans succès pour l'instant. Je ne mentionne pas mon histoire avec lui. Evelyn est peut-être en veine de confidences, mais je ne me sens pas aussi bavarde.

— Tu es donc ici pour nouer des contacts, dit Evelyn. Une tradition vieille comme le monde. Je fais un peu la même chose depuis que je suis arrivée.

Elle parcourt la salle du regard, tout en indiquant les acteurs et actrices dans sa ligne de mire.

— Tiens, il y a quelqu'un que je ne m'attendais pas à voir.

Je suis son regard et découvre Jeremiah Stark, le père de Damien. J'observe Evelyn en fronçant les sourcils.

— Heureusement que Damien n'est pas là, j'imagine, dis-je en regrettant aussitôt mes propos, par crainte d'avoir dépassé les bornes.

Les mauvais rapports entre Damien et son père ne sont un secret pour personne, mais en tant qu'assistante, je ne devrais pas faire ce genre de remarque. Même à une amie commune.

Mon commentaire laisse Evelyn de glace.

— Je l'ai vu à de nombreuses projections ces temps-ci. Il est certes décidé à investir à Hollywood. Ça m'étonne, en revanche, qu'il juge qu'un documentaire mérite le déplacement depuis San Diego.

— Peut-être que l'architecture lui plaît.

À vrai dire, je m'en moque un peu. J'apprécie Damien. Je n'aime pas Jeremiah. Et je n'ai pas envie de perdre du temps à songer à cet individu.

— En fait, tu as raison. Il fait partie du conseil d'administration avec Michael. J'avais oublié, ajoute Evelyn d'un geste vaguement agacé. Mais en parlant d'architecture, où est passé le héros du jour ?

— Je ne l'ai pas revu depuis la fin du film.

— Tu le connais personnellement ?

— Un peu, dis-je. Et toi ?

— Seulement de réputation.

— Laquelle ?

Evelyn esquisse un sourire malicieux.

— Je sais simplement qu'il en a une. Tiens, quand on parle du loup, dit-elle en désignant l'autre bout de la salle où Jackson se tient debout sous la lumière rouge de la galerie.

L'éclairage se mêle à l'or et au bleuté, ce qui confère à ce coin une ambiance d'autant plus irréelle. Ça va de pair avec le reste, me dis-je, dans la mesure où toute cette soirée semble assez surréaliste.

Evelyn me prend par le bras.

— Viens, ma belle. Allons à la pêche à l'architecte.

Il est seul, avec un grand verre qu'il sirote tranquillement, tout en observant la salle, comme s'il dressait l'inventaire d'un empire. Il regarde dans ma direction, puis se redresse un peu. L'espace d'un instant, j'ai l'impression qu'il m'a vue.

Mais pas du tout.

Il fait signe à quelqu'un d'approcher et, sous mes yeux, une rousse ondule vers lui, sa crinière de feu scintillant sous la lumière dorée. Il l'embrasse légèrement sur la joue et deux envies soudaines me tenaillent. 1 : prendre la fuite. 2 : gifler cette fille qui semble ravie et sans complexe.

Je tire le bras d'Evelyn pour l'obliger à s'arrêter :

— Tu sais qui c'est ?

— Aucune idée, ce qui signifie qu'elle n'est sans doute pas dans le métier. Ou alors elle vient tout juste de débarquer.

— On devrait attendre.

— On devrait y aller. Tu souhaites parler affaires avec cet homme, non ?

Je hoche la tête.

— Et tu m'as bien dit qu'il avait déjà décliné ta demande de rendez-vous ?

J'acquiesce encore.

— Alors écoute les conseils de Tatie Evelyn, et va lui parler pendant qu'il est en compagnie. Soit il devra dire oui, soit il risquera de passer pour un abruti devant sa charmante jeune amie.

Evelyn ayant marqué un point, on reprend notre chemin, avant de s'arrêter une seconde fois, lorsque la discussion entre Jackson et l'inconnue passe de banale à litigieuse.

— Un seul corollaire à mon principe ? reprend Evelyn quand on fait une halte à quelques mètres d'eux. Ne pas avancer en terrain miné.

En toute honnêteté, je suis trop curieuse pour obtempérer. J'ai envie de savoir qui est cette femme, pourquoi il l'a embrassée sur la joue, et pourquoi ils se disputent à présent. J'imagine une querelle d'amoureux, mais cette idée ne me réjouit pas. Non pas que je m'inquiète de la querelle, mais de l'amoureux.

L'arrivée de Wyatt m'arrache à mes pensées.

— Ah, voilà une superbe photo ! dit-il en levant son appareil. Souriez, mesdames !

Evelyn me prend alors par l'épaule et nous nous exécutons face à l'objectif.

— Tu veux faire un tour avec moi ? suggère-t-il. Tu peux prendre quelques clichés et moi te donner des tuyaux.

L'offre est tentante, mais je secoue la tête à regret.

— Ma mission n'est pas encore accomplie, dis-je en désignant Jackson d'un geste du pouce.

Il grimace un sourire.

— Je savais que tu ne cherchais pas juste à faire la fête avec moi quand tu m'as demandé ces billets.

— Trop drôle.

Il glousse et ajoute :

— Bonne chance, alors.

Puis il se tourne vers Evelyn :

— Et toi ? Tu souhaites un peu de compagnie ?

— Avec toi ? Toujours. Surtout si tu parviens à me prendre en photo avec elle, dit Evelyn en montrant une blonde svelte qui flirte avec le barman. Cette jouvencelle est en pleine ascension et c'est Jake Osprey qui la représente, un concurrent doublé d'une petite ordure. Il va piquer sa crise s'il me voit démarcher sa jeune cliente nubile.

— Tu as un côté perfide, dis-je.

— C'est pour ça que je suis aussi douée dans ce que je fais. Maintenant, file, ordonne Evelyn en pointant l'index vers l'endroit où se tenait Jackson quelques secondes plus tôt. Il est forcément encore dans les parages.

Elle me serre brièvement dans ses bras. Wyatt me presse affectueusement l'épaule, puis tous deux se fondent dans la foule. Je m'attarde encore, en scrutant les visages qui se déplacent devant moi, de nouveau en quête de Jackson. Puis je glisse dans la lumière et parmi les invités, en répétant mentalement ce que je m'apprête à lui dire. Il doit voir tous les avantages de ce projet, que je vais me charger de lui indiquer, en oubliant les inconvénients.

Certes, je me rends bien compte qu'en ce qui le concerne, travailler avec moi tombe directement dans la case « désagréments ». Mais c'est évident que Jackson n'aurait pas aussi bien réussi dans son domaine s'il n'avait pas la faculté de compartimenter ses émotions.

On peut faire en sorte que ça fonctionne, et je suis décidée à l'en convaincre.

Des groupes se séparent et j'aperçois de nouveau Jackson. La rousse n'est plus avec lui ; c'est une brune élancée qui la remplace et dont le visage me dit vaguement quelque chose. Alors que je presse le pas dans leur direction, Jackson lève la tête et je souris comme pour lui faire signe, certaine qu'il doit me voir. Mais il ne fait pas attention à moi. Au lieu de quoi, je le vois prendre la brune par la taille dont le visage s'illumine.

Je réprime mon agacement, tout en continuant d'avancer, en me rappelant que Jackson peut bien prendre qui il veut par la taille, ça ne me regarde pas.

— Jackson, dis-je, une fois parvenue à leur hauteur. Désolée de t'interrompre, mais j'ai besoin de te parler.

— C'est au sujet du village-club ?

Il ne me quitte pas des yeux, mais ses doigts s'entrelacent avec les cheveux de la brune.

— Oui. Bien sûr.

Son attention se porte sur la fille.

— Dans ce cas, il n'y a plus à en discuter.

— Jackson, enfin. Tu sais que…

— Mes bureaux sont fermés à cette heure-ci, Sylvia.

Son doigt effleure la lèvre inférieure de cette garce et ma propre lèvre en frémit de désir.

— J'en ai bien conscience.

Je suis hyper calme. J'incarne le calme à moi toute seule. Ni colère ni contrariété. Calme, ton nouveau nom est Sylvia.

J'affiche mon sourire d'assistante du patron.

— C'est juste qu'on a plus ou moins le couteau sous la gorge, côté planning.

— Vraiment ?

Je crois détecter de la curiosité dans sa voix et, comme c'est toujours mieux qu'un détachement insipide, je m'autorise une petite lueur d'espoir.

— Oui. Je t'ai dit tout à l'heure que…

— Je me souviens.

Je réprime mon irritation.

— OK, alors. On peut discuter ?

L'espace d'une seconde, il ne dit rien. Puis il prend la main de la brune et l'effleure de ses lèvres.

— J'ai besoin de quelques minutes.

La fille se raidit, mais ne proteste pas. Elle me lance un regard assassin, pivote sur ses talons, puis s'en va d'un pas franc vers le bar.

— Tu as dix minutes pour me faire ta meilleure présentation, dit-il en jetant un vague regard sur sa montre. Je te suggère de commencer.

— Quoi ? dis-je d'un air stupide. Ici ? Tout de suite ?

À en croire son expression, je pense que c'est précisément ce qu'il va m'obliger à faire. Puis il secoue la tête.

— Non. Je pense qu'il vaut mieux que nous ayons cette discussion en privé.

D'un hochement de tête, il désigne l'autre extrémité de la salle.

— À l'étage, tout au bout, une fois que tu as passé le bar, tu verras une porte qui donne sur une série de bureaux. Il y a un pavé numérique pour entrer. Le code est 6-1-3-1. La dernière pièce à l'angle est une petite salle de conférences. Michael l'a utilisée cette semaine pour préparer cette soirée. On pourra discuter là-bas. Sois-y dans cinq minutes, sinon ne te donne même pas la peine d'y aller.

À ces mots, il se détourne et, deux grandes enjambées plus tard, se mêle à la foule et me laisse me débrouiller avec tout ça.

Cinq minutes ?

Merde.

Toutefois, j'essaie de faire bon usage du temps qui m'est imparti et, tout en jouant des coudes pour gagner l'étage, je garde la tête baissée et les yeux rivés à mon iPhone, en tentant de rassembler quelques photos. Parce que bon sang, je ne dispose d'aucun projecteur et encore moins d'une présentation sur PowerPoint. Bref, je vais devoir improviser. Je déboule donc dans la salle de conférences avec quarante secondes de rabe, un peu essoufflée et plus que lessivée.

Surtout quand je vois Jackson. Il est déjà sur place, assis à l'extrémité d'une table en acajou. Il s'adosse à son siège tout en m'étudiant en silence.

Alors que je suis persuadée d'être échevelée et à bout de souffle, Jackson, lui, est calme. Il incarne la force et la puissance.

Et il contrôle totalement la situation. Depuis le choix de cette pièce jusqu'à celui de son fauteuil. Même sa décision de ne pas se lever à mon arrivée procède de ce jeu de pouvoir intentionnel.

C'est un truc dont j'ai vu Damien user et abuser. L'idée consiste à intimider l'adversaire. Prendre possession d'une pièce et s'assurer que toute personne y entrant comprenne qui mène la danse. Je dois admettre que Jackson fait bon usage de cette astuce. Parce qu'à cet instant précis, je suis sans l'ombre d'un doute en position de quémandeuse. Et sacrément intimidée, avec ça !

Ouais, bon, qu'il aille au diable ! N'est-ce pas moi qui ai une occasion à lui proposer ? N'est-ce pas moi qui peux lui offrir le projet de toute une vie ?

Et comment ! Je m'avance donc, déterminée à lui

faire prendre conscience que s'il m'a certes accordé cet entretien, je suis désormais maître du jeu.

— Vous avez proposé dix minutes, monsieur Steele. Cinq me suffiront pour vous convaincre.

Son expression est presque amusée.

— Je t'écoute…

— Je ne t'en veux pas d'avoir rejeté l'idée d'emblée. Je comprends bien que nous avons un passé commun et que de me revoir a été un choc. Mais c'est une réaction épidermique. La vie privée n'entre pas en ligne de compte. Il s'agit de business. Et tu es à deux doigts de découvrir à quel point c'est une excellente proposition de collaboration.

— Cela n'a donc rien de personnel ? Tout entre toi et moi est personnel, Sylvia, et tu es bien placée pour le savoir.

— Parce que tu en as décidé ainsi. Tu veux être en pétard ? Parfait. Soit. Mais laisse-moi de côté.

— Tu n'es pas le seul obstacle, je peux te l'assurer.

— C'est ce que j'ai cru comprendre. L'étoile montante Jackson ne veut pas se perdre dans l'ombre de Damien Stark. Eh bien, permets-moi de te dire un truc à son sujet. Cet homme est excellent en affaires. Et un vrai bulldozer sur un court de tennis. Et si je dois me fier à la dernière soirée caritative où je l'ai vu avec sa femme, c'est un sacré bon danseur. Mais ça, il en est incapable…

Je fais glisser mon portable sur la table – il affiche la photo du Winn Building, première d'un diaporama des réalisations de Jackson Steele.

— Ça, c'est toi, dis-je à mesure que les images défilent. Tes constructions. Ton talent. Cette manière inégalée de jouer avec les formes, les structures, qui me laisse pantoise chaque fois.

Je marque une pause assez longue pour souligner mon propos.

— Ce n'est pas seulement un projet Stark. C'est aussi *le mien*. Et avec toi dans l'équipe, ça deviendra aussi un projet de Jackson Steele.

Je constate que j'ai capté son attention et je m'approche de lui.

— Damien Stark n'est pas le seul à avoir une influence considérable sur autrui, monsieur Steele. Combien d'hommes ont eu des documentaires réalisés sur leur vie et leur œuvre ? Combien d'hommes sont le sujet d'un long-métrage ?

Il plisse les yeux.

— On ne risque pas d'avancer si je ne peux pas en placer une.

— Oh… dis-je, surprise par la véhémence de sa voix. Mais là n'est même pas la question. Il n'est pas question ici de ta réputation en tant qu'homme ou en tant qu'architecte, mais de ce que tu crées. Ce que tu vas créer. Tes œuvres ont attiré l'attention et éveillé l'imagination dans le monde entier, et pourtant tu n'as jamais travaillé sur un complexe comme celui-ci. Une île entière, totalement inexploitée. Une page blanche… et c'est moi qui te l'offre.

Je décèle une lueur d'intérêt – du moins, je l'espère – dans son regard, et j'embraie aussitôt :

— Tu ne veux pas que ça devienne un autre projet Stark parmi d'autres ? Ça ne le sera pas. Impossible. Parce que toi et moi savons pertinemment que le complexe que tu vas concevoir aura son propre rayonnement. Je veux ce qu'il y a de mieux, monsieur Steele.

C'est toi que je veux. Et à moins d'être un imbécile, tu devrais le vouloir aussi.

Je prends une profonde inspiration puis, comme pour signaler que j'ai enfin terminé, je tire un fauteuil et m'y assois.

Pendant un petit moment, Jackson reste muet. Immobile même.

Puis il se lève et rejoint la fenêtre. Le verre est teinté, si bien que je vois son reflet se superposer au paysage. Un toit. La façade latérale du multiplex. Quelques véhicules circulant sur Hollywood Boulevard. Rien d'extraordinaire. Mais peu importe. Même la vue stupéfiante du mont Blanc ne détournerait pas mon attention de cet homme.

— Il y a quelque chose que je tiens à savoir, déclare-t-il enfin.

— Bien sûr.

Je m'attends qu'il m'interroge sur le budget. Ou le planning. Ou encore les sociétés de construction avec lesquelles on a l'habitude de travailler. Tout sauf les mots qui s'échappent alors de sa bouche.

— Je veux savoir pourquoi tu as mis un terme à notre relation.

J'ai un pincement au cœur et je lutte pour ne pas me recroqueviller. Je sens déjà l'angoisse me gagner, avec les cauchemars et les souvenirs tortueux qui s'insinuent aussi. S'éclipsant de la nuit pour hanter mes journées. Je secoue la tête, décidée à bannir tout cela, à le garder loin de moi.

— Ça n'a pas d'importance.

Il se détourne de la fenêtre, son visage affichant une colère mâtinée de douleur.

— Bien sûr que si !

— Mes raisons m'appartiennent, Jackson.

J'entends la panique se glisser dans ma voix et je crains qu'il puisse la percevoir aussi. Je respire lentement, posément. Je veux me calmer. Et je suis folle, mais je souhaite aussi l'apaiser.

Je veux atténuer la blessure dont je suis responsable, mais c'est impossible, parce que je ne peux répondre à sa question.

— Pourquoi ? répète-t-il, sauf qu'il y a cette fois une douceur dans sa voix qui me désarçonne.

Je me raidis, par pur réflexe défensif et par crainte de craquer devant le moindre témoignage de tendresse émanant de cet homme.

— Tu ne voulais pas y mettre un terme, poursuit-il. En ce moment même, tu en as envie.

— Tu n'as aucune idée de ce dont j'ai envie, dis-je d'un ton cassant, alors que je mens effrontément.

— Vraiment ? Je sais que tu veux ce village-club.

Jusqu'ici, je fixais la table et à présent, je redresse la tête.

— Oui.

Ma réponse est simple. C'est peut-être la première fois que je dis totalement la vérité depuis Atlanta.

— Tu vas t'en charger ? Toi et moi, on sait que c'est une occasion de rêve. Tu vas réellement laisser notre passé faire obstruction à ce qui peut devenir une réalisation absolument sublime ?

Je vois le mouvement de ses épaules, tandis qu'il reprend son souffle. Puis il se détourne pour regarder la vitre de nouveau.

— Je veux ce projet, Sylvia.

Le soulagement me submerge et je dois me cramponner à la table pour ne pas sauter de joie.

— Mais je te veux aussi, ajoute-t-il en se retournant.

Et lorsqu'il me regarde droit dans les yeux, impossible de nier la vérité – ou le désir – qui transparaît dans son regard.

Je manque de suffoquer comme sous l'effet d'un délicieux frisson à fleur de peau, lequel me rend consciente de tout ce qui m'entoure, de la solidité du plancher sous mes pieds au souffle qui s'échappe d'une grille d'aération à l'autre bout de la pièce.

Je m'efforce de rester assise. Parce que je crève d'envie de me jeter dans ses bras.

— Je… je ne comprends pas.

Mon mensonge flotte dans la pièce et je suis fière de pouvoir empêcher ma voix de chevroter.

— Alors permets-moi d'être parfaitement clair.

Il comble l'espace qui nous sépare puis, de son index, me redresse la tête pour plonger son regard dans le mien. Je me détache, non seulement parce que le contact me fait l'effet d'une décharge électrique dans tout le corps, mais aussi parce que je crains qu'il ne discerne la vérité dans mes yeux.

— Non, insiste-t-il. Regarde-moi, Sylvia. Parce que je ne vais pas le répéter. Je t'ai dit un jour que je suis un homme qui poursuit ses désirs, et je te veux dans mon lit. Je veux te sentir nue et brûlante dans mes bras. Je veux t'entendre crier quand l'orgasme te chavire, et je veux savoir que je suis l'homme qui t'y a conduite.

Mes yeux brûlent et je secoue la tête, comme si le mouvement suffisait à chasser tout cela.

— Je te veux, Sylvia. Et je t'aurai.

— Jackson, je t'en prie…

— Et tu me désires aussi, Sylvia. Tu peux toujours le nier, mais on sait tous les deux que tu mentirais.

— Je te veux, c'est vrai, dis-je en m'accrochant à ce fragment de vérité que j'essaie de tourner à mon avantage. Mais il y a l'homme et l'architecte. Je… Je ne peux pas être avec l'homme. Mais j'ai désespérément besoin de l'architecte.

— Tout est compris dans le forfait, princesse, réplique-t-il d'un ton affectueux qui me fait tressaillir. Tu me veux sur le projet, je te veux dans mon lit.

— Et merde à la fin, Jackson !

Je sens l'angoisse me gagner à nouveau et je ne cherche pas à la repousser, parce que je peux m'en servir, cette fois.

— Tu es ridicule. Enfin quoi, qui peut bien *agir* comme ça ?

— Moi, apparemment.

Il s'exprime maintenant d'une voix posée et juste assez arrogante pour me mettre en rogne. Tant mieux, je préfère encore être en rogne que déstabilisée. Ou, pire encore, excitée.

— C'est une question de vengeance ? Parce que ça m'en a tout l'air.

Il esquisse une sorte de moue dubitative.

— Peut-être bien, répond-il, cet aveu me transperçant avec la froideur d'une lame bien affûtée. Mais si c'est le cas, la vengeance n'a jamais eu un aussi doux parfum.

J'explose, aussi furieuse que confuse :

— Va te faire foutre, Jackson ! Va te faire foutre, toi, ta rancune, et ton putain d'ultimatum !

J'arrache mon téléphone de la table et je fonce vers la porte.

Je me cramponne au chambranle, tout en lui tournant le dos, puis j'inspire un grand coup pour me ressaisir.

— Je n'ai jamais voulu te faire du mal… dis-je d'une voix si faible que je ne suis même pas sûre qu'il m'a entendue.

— Peut-être pas, admet-il d'un ton aussi doux. Mais tu m'as fait souffrir. Et à présent, si tu me veux sur ce projet, tu vas devoir en payer le prix.

5

Le salaud !

C'est un salaud de première et il ne manquerait plus que je le laisse se servir de moi comme ça !

Je dévale l'escalier, oppressée et la gorge sèche. En sortant dans l'air frais d'octobre, je suis en pleine crise de panique.

J'ai envie de fuir… de m'envoler, même ! Me perdre dans les lumières et le bruit de Hollywood Boulevard. J'ai envie de courir comme une folle dans la rue, sans but précis, de m'échapper. Loin de Jackson. Loin du passé.

Et loin de cette horrible sensation d'être totalement en vrac au fond de moi.

J'en ai envie, mais c'est impossible. Car si je m'élance, je vais sans doute trébucher sur ces foutus talons aiguille et m'étaler comme une crêpe sur les empreintes de Clark Gable, devant le théâtre.

Merde, merde, merde…

Alors je préfère marcher, pour trouver le moyen de couper court à mes pensées, pour chasser mes émotions.

Tu me veux sur le projet, je te veux dans mon lit.

Ces paroles m'ont percutée, déstabilisée avec une telle violence que tout m'échappe à présent. Mes intentions pour le village-club, mes espoirs de progression de carrière.

J'avais tout combiné, chaque étape était parfaitement planifiée.

Puis Jackson est arrivé, avec mon illusion de pouvoir garder le contrôle.

Comment ai-je pu être aussi stupide ? Comme si Jackson ne m'avait pas déglinguée dès la première fois où j'ai posé les yeux sur lui ?

Il y a cinq ans. Presque cinq ans jour pour jour que je l'ai rencontré. Cinq ans et deux jours, en fait, quand je lui ai demandé de s'éloigner de moi.

Non, pas deux jours. Deux vies entières. Deux éternités. Parce que je n'aurais jamais pu rassembler tout ce que j'éprouvais pour lui – et ce que j'éprouve encore – en un si bref laps de temps.

Sauf que je l'ai fait. *Nous* l'avons fait.

Tout a commencé, je me souviens, par les pandas.

*

J'avais eu une journée particulièrement merdique. Je venais de me faire virer, en quelque sorte. Mon patron, un investisseur immobilier d'Atlanta du nom de Reggie Gale, avait décidé de prendre sa retraite et choisi de m'annoncer cette nouvelle pour le moins perturbante alors qu'on roulait vers la réception privée du Brighton Consortium, un groupe de divers professionnels de l'immobilier dont Gale faisait partie.

Étant donné que j'avais quitté Los Angeles pour Atlanta juste après la fac, afin de travailler pour lui, et que j'adorais à la fois l'immobilier et mon job, ce n'était pas la plus géniale des journées. J'avais vingt-six ans et ça ne faisait même pas six semaines que Gale m'avait embauchée ; je n'avais pas encore acheté les rideaux de mon appartement. Bref, ça ne m'enchantait pas vraiment de me retrouver sur le marché du travail.

Le consortium donnait la réception dans le secteur des pandas du zoo d'Atlanta. Grosso modo, l'idée consistait à créer une ambiance conviviale et sympa, destinée à attirer de nouveaux investisseurs.

Inutile de préciser que je n'étais pas d'humeur festive.

— Laissez-moi deviner. Quand on a vu un panda, on les a tous vus.

La voix basse, douce et agréable, un soupçon amusée, semblait m'envelopper, m'obligeant à me détourner des pandas dans leur habitat naturel pour regarder l'homme à mon côté.

— Je… quoi ?

Certes, pas la plus cohérente des réponses, mais il m'avait surprise. Je me tenais debout sur la terrasse qui surplombait le quartier des pandas. J'avais fui les conversations et la foule pour me perdre ici, dans mes pensées et mes soucis. Bien qu'adorables, les pandas n'occupaient pas vraiment mon esprit.

À présent que je le regardais, toutes mes contrariétés s'évanouirent. Je n'avais plus qu'une chose en tête, lui. Ses larges épaules. Sa mâchoire carrée. Les traits marqués de son visage, adoucis par une légère fossette au menton.

Il me semblait avoir dans les vingt-huit ans et une espèce d'assurance qui passerait pour de l'arrogance chez certains hommes, mais que je jugeais sexy chez lui.

Son visage n'était qu'ombres et aspérités, un visage de guerrier, sublime à damner un saint. Quant à ses yeux, ils miroitaient comme les facettes de deux saphirs finement taillés, d'un bleu profond et dur. Mais lorsqu'il souriait, ses petites rides humanisaient l'éclat de ses traits si parfaits. Comme tout le monde à cette réception en extérieur, il était habillé décontracté. Sur lui, toutefois, ça prenait une tournure fascinante, et sa tenue – un jean et une chemise blanche au col ouvert – n'avait rien d'ordinaire.

En le détaillant du regard, je sentis quasiment le sol se dérober sous mes pieds. C'était la première fois que je réagissais de cette manière en présence d'un gars, à tel point que je m'accrochai à la rambarde, sans trop savoir si j'appréciais cette sensation.

— Mais vous les trouvez si mignons que vous en restez sans voix, poursuivit-il en jetant un œil sur les deux nounours replets qui mangeaient des bambous, assis sur leur derrière. J'espère que c'est le cas, sinon mon ego va en prendre un sacré coup.

— Comment quelqu'un pourrait-il blesser votre ego ? rétorquai-je, avant de sentir mes joues rosir. Désolée. Ce n'était pas très…

Mais je n'eus pas le temps de finir ma phrase qu'il partait dans un éclat de rire, tandis que ses doigts effleuraient mon bras nu.

— Merci. Mon ego est sauvé, répondit-il en souriant. Je déteste quand des pandas me volent la vedette.

Je lui rendis son sourire.

— Ouais, mais ils sont tellement adorables, dis-je

en me tournant de nouveau vers les animaux, comme pour le confirmer.

Bien sûr, ils ne savent rien de toi.

Il resta muet quelques instants et je craignis soudain qu'il ait lu dans mes pensées. Je meublai le silence en m'éclaircissant la voix.

— Vous êtes venu à la réception ?

Question ridicule, puisque le zoo était alors fermé au public et accueillait uniquement le personnel et les invités du Brighton Consortium.

— En effet. Mais vous, non.

Je me redressai.

— Bien sûr que si.

— Je veux dire que vous n'êtes pas vraiment là. Votre esprit est ailleurs.

— Oh…

Comme je ne pouvais pas le contredire, je m'abstins. Au lieu de quoi, je me tournai de nouveau vers les pandas et posai les mains sur la rambarde.

— Mouais… Disons que j'ai eu une journée horrible.

— Navré de l'apprendre.

Il s'approcha et se tint lui aussi à la balustrade. Son doigt effleura le mien et je sentis comme une décharge. Une sorte de prise de conscience éblouissante que je n'avais jamais eue auparavant et qui, selon moi, n'existait que dans les romans.

Par pur réflexe, je l'observai à la dérobée. Lorsqu'il se tourna vers moi au même instant, son regard était si intense que je crus qu'il me transpercerait sur-le-champ.

Je détournai les yeux.

— Non, dit-il en me prenant doucement par le

menton pour ramener mon visage vers lui. Non, répéta-t-il, avec cette fois une supplication sous la carapace autoritaire.

Je me mis à protester, mais il déplaça sa main de sorte qu'un doigt, à la fois ferme et sensuel, effleura ma lèvre. Tout à coup, j'eus envie de l'attirer contre moi et de le goûter. Je me sentis frivole, prise de vertige, grisée par la présence de cet homme énigmatique qui m'avait si facilement envoûtée.

Ça me déplaisait, et pourtant, j'adorais ça. Vraiment.

— Pas de discussion, dit-il. Aucune résistance, aucune excuse, ajouta-t-il en me tendant la main. Vous venez avec moi.

— Ben voyons !

Je me redressai un peu, tandis que le sol semblait plus stable sous mes pieds. Je n'étais pas du genre à obéir au doigt et à l'œil à un homme. C'était tout le contraire, en réalité. D'ordinaire, c'était moi qui commandais. Qui l'utilisais avant qu'il ne me tombe dessus et ne se serve de moi.

Il arqua un sourcil et je compris qu'il n'avait pas l'habitude qu'on le défie. Puis il esquissa un sourire des plus sexy.

— Je serais honoré si vous faisiez une balade avec moi.

La terre se remit à trembler, voire à tourner de travers, car il avait anéanti toutes mes attentes.

Malgré moi, je fis un pas vers lui, en essayant de réprimer les petites bulles de panique qui commençaient à m'envahir, tempérées par une vague d'excitation peu familière.

— Non, répondis-je. Je ne pense pas que ce soit une bonne idée.

— Ah bon ? Et pourquoi ?

Parce que je ne devrais pas prendre des décisions sous l'empire de l'alcool, eus-je envie d'ajouter.

Mais je n'avais rien bu ce soir-là et, si ce n'était sa présence grisante, étourdissante, j'aurais eu les idées parfaitement claires.

— Parce que je ne vous connais même pas, préférai-je répondre.

— Vraiment ? répliqua-t-il dans un sourire qui parut renfermer mille et un secrets que je souhaitais tous découvrir. Je m'appelle Jackson. Jackson Steele. Et je vous connais.

— Tiens donc ?

Impossible de savoir comment. Je ne l'avais jamais vu, sinon je m'en serais souvenue. Et ce n'était ni un client ni un contact de Reggie, car son nom ne me disait rien. Il avait dû être invité par quelqu'un d'autre, mais comme je n'étais qu'une simple assistante, il n'avait aucune raison de me connaître. D'ailleurs, lorsque Reggie et moi étions arrivés, l'un des grands pontes du groupe Brighton avait dit à la serveuse d'apporter un verre d'eau gazeuse à la « jeune fille de Reggie ». Sur le moment, j'avais grimacé un sourire en évitant de lever les yeux au ciel. C'était toujours agréable d'être appréciée…

— Bien sûr que je vous connais. Vous êtes Sylvia Brooks, reprit Jackson, dont la manière de prononcer mon nom était un vrai délice sur ses lèvres. Et si vous n'êtes pas la raison de ma venue ici ce soir, c'est bel et bien à cause de vous que je suis resté.

— Oh… murmurai-je, abasourdie.

Ce n'était pas ma repartie la plus éclatante. Mais il parut s'accommoder de ma stupidité, si bien qu'il tendit à nouveau la main et me décocha ce sourire conquérant.

— Venez faire un tour avec moi, Sylvia. Je ne mords pas, c'est promis.

La remarque désinvolte prononcée avec gravité m'arracha un éclat de rire et balaya la dernière de mes hésitations. Quel mal y avait-il à se promener, après tout ? Je pouvais toujours faire demi-tour.

— Entendu, Jackson Steele, dis-je en glissant ma main dans la sienne. Je vous suis.

Je m'attendais à ce qu'il m'entraîne vers le pavillon abritant les chariots de desserts et l'open-bar. Mais il préféra contourner le coin des pandas et s'éloigner pour emprunter une allée conduisant à l'intérieur du zoo. On passa en flânant sous une autre structure couverte, où quelques employés orientaient les derniers invités vers le lieu des festivités.

— Je ne peux pas partir comme ça, dis-je. Mon patron est toujours là-bas.

Je ne précisai pas que c'était le canard boiteux du consortium et que j'agissais plus par politesse que par pragmatisme.

— On ne s'en va pas, m'assura Jackson, en me guidant jusqu'à un embranchement.

D'un côté, l'allée menait tout droit vers la sortie, de l'autre elle s'enfonçait dans le zoo. Ce chemin-là était barré par un cordon de velours rouge, suspendu entre deux poteaux dorés à hauteur de la taille. Jackson se glissa par-dessous, puis me tira par la main pour m'indiquer que j'étais censée l'imiter. J'hésitai un peu.

Il haussa les épaules d'un air si désarmant que je m'esclaffai.

— J'ai un petit problème avec l'autorité, dit-il comme je le rejoignais du côté interdit de la barrière.

— Ah bon ?

— Uniquement dans certaines circonstances.

— Mais encore ?

On parlait tout bas en avançant sur l'allée en direction du secteur des gorilles.

— Si je ne suis pas aux commandes, ça me pose un problème.

Je faillis m'étrangler, car je savais qu'on ne parlait plus de cordon de velours. Je m'attendis à être la proie d'une vague de panique, suivie par le besoin urgent de m'enfuir, mais rien ne vint… Je ne savais trop quoi penser. Et lorsqu'il m'obligea à m'arrêter, je cessai carrément de réfléchir.

— Sylvia, dit-il en me caressant le front et en écartant doucement quelques mèches.

Le souffle court, je me mordis la lèvre. Les petits rires légers qu'on venait de partager s'étaient évanouis, remplacés par quelque chose de pesant, palpable. Et dangereux.

Mais palpitant aussi.

Nous étions sous le portail en rondins qui délimitait l'entrée dans la nature sauvage de l'Afrique profonde. Ça tombe bien, songeai-je, compte tenu des idées folles qui me traversaient l'esprit.

Il prit mon visage dans ses mains, puis se pencha et effleura mes lèvres avec les siennes. Ce fut un baiser doux, suave et trop bref, et lorsqu'il se détacha de moi, je vis à la fois de la passion et une interrogation dans son regard.

Sans réfléchir, sans hésiter, je m'avançai simplement

sur la pointe des pieds. Pour en réclamer davantage. Et, certes, capituler.

Il n'attendit pas que mes lèvres se scellent aux siennes. Je vis le changement s'opérer dans ses yeux : l'instant où la douceur s'éclipsait en faveur du désir, de l'appétit et de cette douloureuse envie à assouvir qui palpitait entre nous. Ses mains se déplacèrent, l'une glissant dans mes cheveux pour me soutenir la nuque, l'autre s'insinuant autour de ma taille.

Il m'attira contre lui, ses lèvres ouvertes aux miennes, ses hanches fermement collées à moi. Je sentis son érection tendre son jean et mon corps vibrer en réponse, des fourmillements parcourir ma peau et mon sexe brûler d'envie qu'on le caresse. Il prit mes fesses dans sa paume et me plaqua contre lui, tandis que sa bouche se mêlait à la mienne, sa langue me goûtant, me dégustant, plus loin, plus fort, plus exigeante que jamais. Prenant tout ce que j'avais à offrir et plus encore.

On m'avait déjà embrassée, mais jamais comme ça. Jamais avec cette force et cette fougue qui s'apparentaient au sexe. J'étais si transportée que j'en oubliais mon passé et me moquais de mon avenir. J'avais envie de *ce* moment privilégié et de *cet* homme.

À tel point que j'aurais voulu pleurer. Car lorsqu'il s'écarta enfin, je ne souhaitais rien d'autre que de verser des larmes de regret.

J'étais totalement hors de ma zone de confort, l'esprit tourbillonnant dans une vague de sensualité. Plutôt que de me fermer, je m'étais ouverte. Plutôt que de m'éloigner, je m'étais fondue dans ses bras.

Ce n'était pas une réaction normale chez moi, mais

je ne pouvais nier que j'en désirais davantage. Je le désirais, *lui*.

Tout cela aurait dû me terrifier, mais au contraire, ça me tentait. Et ce simple fait me déroutait complètement.

— Dis-moi, reprit-il tandis que ses doigts se faufilaient dans mes cheveux courts. Dis-moi pourquoi tu as l'air d'un lapin prêt à s'enfuir.

J'hésitai, avant de répondre sincèrement :

— Tu me fais peur.

Il secoua la tête.

— Je ne pense pas. Non, je crois plutôt que je ne te fais *pas* peur, précisa-t-il en plissant les yeux. Tu es une énigme, Sylvia Brooks. Je crois que c'est pour ça que j'ai envie de toi. Je l'ai senti dès l'instant où tu t'es éloignée de la foule pour gagner la terrasse. J'ai demandé comment tu t'appelais et je t'ai observée toute la soirée. Courtoise, mais distante. Jamais grossière, mais comme cernée par une sorte de ligne invisible que tu n'autorises personne à franchir.

J'en restai bouche bée, parce qu'il avait raison. J'étais effrayée qu'il ait pu percer à jour aussi vite ce que je me targuais de dissimuler aussi bien.

— J'ai franchi cette ligne à présent, enchaîna-t-il. Et ce n'est pas parce que je te fais peur.

— Non ? Alors pourquoi ?

Je sentis au fond de moi l'espoir se mêler au désir, car je voulais vraiment connaître sa réponse. Je ne comprenais pas ce qui m'attirait chez lui. Comme si j'avais reçu un coup de poing féroce m'ayant laissée groggy, déboussolée, et que j'en redemandais, bizarrement.

— C'est parce que tu ne le comprends pas non plus.

Je réprimai l'envie soudaine de me recroqueviller sur moi-même pour lutter contre la chair de poule qui parcourait mes bras.

— Je ne comprends pas quoi ? demandai-je, alors que je voyais tout à fait où il voulait en venir.

— Ça… dit-il en nous désignant tous les deux. Tu ne comprends pas ce qui se passe, mais tu le perçois de manière aussi palpable que moi. Alors tu m'as laissé franchir la ligne.

Il s'approcha et je sentis son odeur, fumée et boisée, telle une forêt après l'orage.

— Tu ne piges peut-être pas ce truc, baby, mais tu dois lui faire confiance.

J'en avais envie. Comme jamais auparavant, mais…

Je reculai à peine pour le regarder droit dans les yeux.

— Et si ça m'est impossible ?

— Alors je vais simplement devoir te convaincre.

Il m'attira de nouveau vers lui et m'embrassa, cette fois tout en douceur, mais j'étais encore prise de vertige. Et je crevais d'envie d'en avoir plus. Tellement plus.

Lorsqu'il s'arrêta et recula, je sentis mon corps suivre le sien, comme pour ne pas laisser grandir la distance entre nous deux.

— Je vais te raccompagner.

C'était un ordre, accentué par le genre de certitude qui d'ordinaire m'incitait à fuir ou à me rebeller. Je ne fis ni l'un ni l'autre. Je me cramponnai au seul et unique élément indéniable à mes yeux : si je disais non, il me laisserait partir. Il ne le souhaitait peut-être pas mais, si je le lui demandais, il me laisserait rebrousser chemin et regagner la soirée.

Je n'en avais pas envie, mais je me tenais à l'idée qu'au final la décision me revenait. Et à ce moment-là, ça me suffisait.

Je hochai la tête.

— Oui. Ramène-moi chez moi.

Il roula vite, ce qui ne me surprit pas. Pas plus que la voiture, une Porsche noire racée qui slaloma sans encombre dans la circulation d'Atlanta.

— Jolie bagnole.

— En effet, admit-il. Un modèle classique. Je l'ai achetée à un collectionneur quand j'ai obtenu ma licence il y a quelques années.

— Ta licence d'agent immobilier ? demandai-je en supposant qu'il travaillait avec l'un des grands pontes du consortium ou était courtisé en tant qu'investisseur.

— D'architecture.

— Oh… fis-je en me redressant légèrement.

Il quitta la route des yeux, juste le temps de me lancer un regard.

— Tu as l'air étonnée.

— Pas du tout. Ça te va bien.

— Ah bon ? Comment ça ?

J'hésitai, puis lui dis la vérité :

— Parce que tu es un peu arrogant.

— Vraiment ? Et je suis censé être flatté.

— Tu devrais l'être. C'est comme ta manière de conduire. Pétri d'assurance et tu te faufiles dans la circulation. En tout cas, c'est ce que je pense des architectes, avouai-je dans un haussement d'épaules. Ça remonte aux pyramides, non ? Je veux dire, un architecte égyptien a eu l'audace d'affirmer que sa construction s'élèverait vers le ciel et ils ont trouvé le moyen d'y parvenir. C'est comme bâtir un immeuble de je ne sais combien d'étages ou un pont qui enjambe un canyon.

Je contemplai par la vitre les buildings d'Atlanta dont les silhouettes dominaient la ville.

— J'en reste le souffle coupé, tu sais. Il faut un tel contrôle et une telle précision pour créer ce genre de choses. C'est… je ne sais pas.

— Je crois que si.

Je l'observai à la dérobée et il me regarda à nouveau d'un air à la fois intéressé et compréhensif.

— Peut-être. Il se trouve que… bon, j'avais l'habitude de sécher les cours et de prendre le bus pour aller en ville. J'ai vécu à Los Angeles, ajoutai-je. Mes parents n'en savaient rien, mais certains jours, c'était carrément impossible de gérer toutes les merdes qui m'arrivaient. Alors j'allais là-bas et je penchais la tête en arrière en contemplant la ville qui se dressait tout autour de moi. Et ça m'apaisait. Je ne comprenais pas vraiment sur le coup… tout ce que je savais, c'était que ça me donnait de l'espoir.

— Tu le comprends à présent ?

— Oui.

— Moi aussi.

— Vraiment ?

— Tu as raison au sujet de l'espoir, dit-il. Mais tu n'étais qu'une gamine et tu n'allais pas au fond des choses. Tu as compris plus tard que les lignes épurées et élancées d'un immeuble de bureaux représentaient une sorte de testament. Elles te rappellent que le monde et les situations peuvent se contrôler, même si certains moments peuvent nous sembler futiles et perdus.

Ma gorge se noua, parce qu'il savait. Il avait tout pigé. Et à ce moment-là, je me félicitai de ne jamais pleurer, parce que je ne voulais pas verser de larmes devant lui.

— Oui. C'est tout à fait ça.

— Pourquoi n'as-tu pas continué ? Pour en faire ton métier, je veux dire ?

— Je l'aurais fait, admis-je, mais je n'en ai pas les compétences ou la vision. Je peux observer un bâtiment et comprendre sa grandeur, mais d'emblée mon esprit n'est pas programmé pour le concevoir. Alors je suppose que ça relève plus du hobby pour moi, et c'est sans doute pourquoi je travaille dans l'immobilier. Et puis j'aime bien me promener dans les villes et regarder les constructions. Lire des bouquins. Prendre des photos. Je prends beaucoup de photos.

Je ne lui demandai pas pourquoi il était devenu architecte. Je n'en avais pas besoin. Il me suffisait de l'observer pour savoir qu'il faisait exactement ce pour quoi il était venu au monde. Même un détail aussi anodin que la précision et l'assurance avec lesquelles il conduisait la Porsche prouvait qu'il incarnait tout ce que j'admirais. C'était un homme qui ne fuyait pas le monde, mais avançait fièrement, à la fois capable et impatient de remodeler celui-ci selon sa propre vision.

Avais-je discerné cette faculté chez lui d'entrée de jeu ? Sans doute, sinon pourquoi un seul regard de lui m'aurait-il chavirée ?

Je m'interrogeais encore, tandis qu'on gravissait l'escalier menant à mon appartement situé au premier étage, à Buckhead.

Je brisai le silence lorsqu'on parvint devant ma porte.

— Je ne fais pas ça… d'habitude.

— Rentrer chez toi ?

Il me taquinait bien sûr, mais je gardai mon sérieux et nous désignai tous les deux d'un geste.

— Ça, dis-je. Je n'ai pas de rencard. Pas souvent. Ce n'est pas… dans mon état d'esprit, on va dire.

— Bien. Je n'ai pas envie que tu aies des rencards. Mais, toi, Sylvia, je t'ai dans la tête. Et je pense que c'est une très bonne chose.

Je me mis à rougir et farfouillai dans mon sac en quête de mes clés.

— Euh… je n'ai que du vin chez moi. Tu aimes le rouge ?

— Oui. Mais je ne vais pas entrer.

— Tu ne… mais…

Je m'interrompis, estomaquée, en espérant que ça ne se voie pas trop. Il m'avait demandé si je voulais davantage, alors je m'attendais à tout. Je le souhaitais. Ardemment, même.

À présent, je restais plantée là, sur mon palier, désarçonnée, sans trop savoir à quel moment j'avais agi de travers.

— Je n'entre pas ce soir, clarifia-t-il en effleurant ma joue. Mais ne te méprends pas, Sylvia. Ce n'est pas fini. Ça n'a même pas commencé.

— Je ne veux pas que ça se termine.

— Alors, que veux-tu ? Parce que autant que tu le saches tout de suite : quand je veux quelque chose – ou quelqu'un –, je le poursuis sans relâche jusqu'à ce que je le possède pleinement. Tu veux des mots doux et des chocolats ? Tu les auras. Des doigts qui s'entrelacent et des baisers ? Volontiers. Mais j'en veux tellement plus, Sylvia, et tu dois savoir que je t'aurai dans mon lit.

J'avais soudain la bouche sèche. Le reste de mon corps était moite et brûlant, et je dus poser la main sur l'encadrement de la porte pour ne pas fondre sur place.

Je m'attendais à ce que mes idées noires prennent le dessus, que mes frayeurs m'anéantissent, et que la main glaciale et implacable du passé me ramène à ma réalité, loin de cet homme et de ses paroles qui me séduisaient et exigeaient tout de moi.

Mais aucun frisson du passé ne m'envahit et la seule noirceur ambiante était celle de la nuit constellée d'étoiles. Ce frisson qui parcourait ma peau n'était pas de la peur, mais de l'excitation. Et en croisant son regard, j'étais certaine qu'il voyait dans mes yeux à quel point il m'apparaissait comme un miracle.

— Tu me tentes. Ça me démange de te prendre là, tout de suite. D'arracher tes vêtements pour simplement t'admirer, nue, brûlante et mouillée de désir. Et je le ferai aussi. Je te toucherai. Je caresserai chaque centimètre de ta peau. Je m'enfoncerai au plus profond de toi. Et je graverai dans ma tête ton regard lorsque tu t'abandonneras enfin dans mes bras. Je ferai tout ça, dit-il alors que mon corps chancelait sous la force de ses mots. Mais pas tout de suite. Pas ce soir.

Il tendit la main comme pour me caresser le visage, mais ses doigts hésitèrent à quelques millimètres de ma peau. Je retins mon souffle, consciente du feu qui nous consumait, souhaitant désespérément le plus infime contact de sa chair sur la mienne.

Il retira alors sa main et me regarda intensément. Ses yeux étaient insondables. Les miens, j'en suis sûre, étaient fous, implorants et déroutés. Parce que, avec Jackson, tout était sens dessus dessous. Plutôt que de contrôler la situation, je flanchais. Et cela ne me ressemblait clairement pas.

Je ne comprenais pas pourquoi et, même si ça pouvait m'effrayer, je craignais encore plus qu'il ne s'en aille.

— Tu as aussi envie de moi.

C'était une affirmation, mais j'y répondis quand même.

— Oui.

Un si petit mot pour traduire un si grand désir.

— Entendu, alors.

Ses lèvres esquissèrent à peine un sourire, mais je vis le plaisir illuminer son visage.

— Je passe te prendre demain matin. À 10 h 30.

— Oh…

Je papillonnai des paupières devant le passage aussi brusque de la séduction à la réalité.

— OK.

Je consultai mentalement mon agenda, ravie de constater que j'étais libre comme l'air. Mais peu importait, j'aurais zappé tout rendez-vous m'empêchant de passer du temps avec Jackson.

Ses yeux pétillèrent, comme s'il devinait mes pensées.

— Demain, tu es à moi, annonça-t-il en glissant un doigt sur mes lèvres.

Puis il s'en alla.

J'entrai chez moi, si étincelante et impatiente d'être au lendemain que je me mis à tournoyer. Et je ne suis pas du genre à tournoyer.

Je me déshabillai et chaque effleurement de tissu sur ma peau en feu me fit l'effet d'une caresse. Je me faufilai nue dans mon lit, ne souhaitant rien d'autre que le drap entre moi et l'image que je conservais de Jackson.

Puis je fermai les paupières, glissai la main entre mes jambes et laissai le souvenir de cet homme mystérieux, fabuleux, sexy m'emporter au pays des songes.

6

Quelqu'un frappa vivement à la porte et me réveilla. Je m'étirai dans le lit, tout en profitant encore des bribes de rêves sublimes qui s'effaçaient peu à peu.

Des rêves. Pas des cauchemars.

À cette seule pensée, je souris. Jusqu'ici, Jackson Steele incarnait la perfection. Charmant, drôle, absolument sublime. Et même s'il aimait prendre les choses en main, il n'avait pas provoqué chez moi le moindre cauchemar.

Enchantée, je fredonnai en enfilant un peignoir. Je ne me pressai pas, c'était samedi matin, et pas tout à fait 8 heures. Celui ou celle qui avait frappé devrait attendre.

— J'arrive ! m'écriai-je malgré tout en nouant ma ceinture, tandis que je gagnais la porte.

Un coup d'œil dans le judas. Personne sur le palier. Intriguée, j'ouvris la porte et vis une boîte superbement emballée sur mon paillasson. Je m'en emparai et découvris un simple message glissé sous le nœud. *Porte-moi*.

J'éclatai de rire, en me sentant dans la peau d'Alice qui débarque au pays des merveilles. Toutefois, je savais que le paquet provenait de Jackson. Et j'en eus la confirmation en soulevant le couvercle, une fois rentrée dans mon appartement.

La robe que je sortis de son papier de soie était jaune soleil. Elle était ravissante, avec un corsage ajusté et une jupe floue et mouvante, et de gros boutons blancs qui allaient du décolleté à l'ourlet. Je découvris aussi des sandales assorties à petits talons, qui m'allèrent comme un gant. Mais ce n'était pas tout ; un autre papier de soie dissimulait de la lingerie qui me fit frissonner de plaisir : des bas de soie ultrafins accompagnés d'un porte-jarretelles noir et d'un string de la même couleur qui se résumait à un minuscule triangle en dentelle. Le soutien-gorge était tout aussi sommaire, avec des bonnets quasi inexistants, conçus pour donner du volume aux seins tout en dévoilant les mamelons.

Je me passai une langue sur les lèvres, puis revêtis les dessous, en prenant soin de ne pas filer les bas lorsque je les déroulai l'un après l'autre en remontant le long de la jambe. Je me postai ensuite devant le miroir et tentai de m'observer sous tous les angles.

Je ressemblais au péché.

Qui plus est, j'avais l'impression de l'incarner. Sexy. Sauvage. Audacieuse.

Impossible de nier le frémissement qui parcourut mon entrejambe lorsque j'imaginais Jackson en train d'acheter cette lingerie. De m'observer ensuite avec. Puis sans.

Sans réfléchir, j'insinuai ma main dans la petite culotte, effleurant à peine d'un doigt mon clitoris, avant de trouver ma fente. *Waouh, je suis toute moite*. Et lorsque cette petite décharge électrique familière commença à se déclencher en moi, je retirai aussitôt la main, me sentant coupable comme une adolescente.

Je souhaitais que ce soit Jackson, et lui seul qui me conduise à la jouissance.

À la fois excitée et angoissée, je passai la robe, ravie de constater qu'elle m'allait aussi à ravir. Je me dépêchai ensuite de me coiffer et de me maquiller, pour me retrouver prête et impatiente avant l'arrivée de Jackson prévue pour 10 h 30. Entre-temps, je m'occupai. J'avais l'impression d'avoir treize ans, comme le jour où j'attendais Billy Tyson pour mon premier rencard : un ciné puis un burger, avec ses parents qui nous avaient véhiculés aux deux endroits. Une époque de ma vie riche de promesses et d'émerveillements. J'avais alors confiance en mes parents, pour qu'ils me préservent et me gardent en sécurité. Une période où je vivais dans une solide bulle petite-bourgeoise que je croyais sottement impénétrable.

C'était avant que mon frère ne tombe malade.

C'était avant *lui*.

Arrête.

Je serrai les poings et m'efforçai de chasser les souvenirs. J'allais avoir un vrai rendez-vous, une occasion très rare pour moi. J'étais sur un petit nuage. Je voulais m'accrocher à cette sensation. Et surtout, je le méritais !

Je m'affairai ensuite à préparer du café, puis refusai d'en boire, par crainte pour mon haleine. Lorsqu'on frappa à la porte à 10 h 30 pile, je m'y précipitai quasiment d'un bond.

— Salut, dis-je, le souffle coupé, en ouvrant la porte à toute volée, puis encore plus ébahie de le voir là, grand et mince, avec ses cheveux bruns à peine ébouriffés qui lui donnaient une allure sexy et plein d'audace.

Quand il entra, son odeur brute, presque bestiale, m'enveloppa. La terre, le bois et la pluie entremêlés en une fragrance unique propre à Jackson.

— Ne bouge pas, dit-il en restant dans l'entrée. Je veux te regarder.

— La robe me plaît. Merci.

— De rien, dit-il.

Il me détailla avec une telle intensité que j'étais certaine qu'il voyait ce que je portais dessous.

— J'aime aussi la lingerie, déclarai-je avec aplomb.

Une lueur traversa son regard, tandis que sa mâchoire se contractait, comme s'il luttait pour garder le contrôle.

— Vraiment ?

Et ce simple mot parut renfermer une multitude d'interrogations.

Je redressai légèrement le menton, puis repris la parole, sur son souffle :

— Oui… Tu veux que je te montre ?

— Volontiers. Mais pas avant ce soir. D'ici là, je vais réfléchir à la manière de la découvrir.

— Jackson…

Impossible de masquer le désir dans ma voix.

Il secoua la tête, les yeux enflammés et plein de promesses.

— Ce soir. Pour l'heure, je t'emmène déjeuner.

Je réprimai le florilège de questions qui m'assaillait – où on allait, ce qu'on mangerait, quand on rentrerait – et m'efforçai de me laisser simplement porter par les événements. De laisser Jackson mener le jeu. Bizarrement, ce n'était pas difficile. Alors que je cède rarement les rênes, avec cet homme, cela me paraissait tout naturel. Comme si je savais au fond de moi qu'il ne me pousserait jamais trop loin. En revanche, j'ignorais si cette impression était fondée ou uniquement un vœu pieux.

De retour au volant de la Porsche, Jackson se glissa aisément dans la circulation du samedi matin. On arriva au Centennial Olympic Park. Je ne vivais à Atlanta que depuis quelques semaines, mais connaissais bien l'endroit. Le bureau de Reggie se situait à quelques rues de là, dans Marietta Street, et j'étais venue une ou deux fois sur la place pendant ma pause déjeuner. C'est immense, avec des pelouses ici et là, un bassin miroir, et la célèbre Fontaine aux anneaux.

— Un pique-nique ? demandai-je en descendant de la voiture. Il n'y a pas de panier.

Je m'attendais presque à ce qu'il en sorte un du coffre, mais il se contenta de me prendre la main.

— Des hamburgers, répondit-il en me faisant rire. C'est si terrible ?

Je secouai la tête, toujours hilare.

— Je suis allée au fast-food pour mon tout premier rencard. Et j'avais cette appréhension de la première fois en t'attendant. Bref, ça me fait tout drôle, c'est tout… Quoi ? ajoutai-je en remarquant son regard appuyé.

— Tu ne cesses de me surprendre. Tu gardes pour toi certaines choses… Non, pas de panique, je ne vais pas te pousser à la confidence. Mais par moments, tu es d'une sincérité désarmante.

— Pas tout le temps, admis-je, sans ajouter que je me sentais à l'aise en sa compagnie, un peu trop, peut-être.

J'étais persuadée qu'il le savait.

— Dois-je préciser que nous sommes dans un parc ? repris-je d'un ton enjoué, dans l'espoir de changer de sujet. À moins que tu n'aies prévu des grillades, ce n'est pas l'endroit classique pour un hamburger-frites.

— Je pensais que tu t'étais déjà rendu compte que je n'étais pas du genre classique.

Je plissai les yeux, mais il n'en dit pas davantage. Il préféra me faire traverser le terre-plein, la Fontaine aux anneaux propulsant des jets d'eau dans le ciel, sous les yeux émerveillés des enfants qui couraient et s'éclaboussaient.

— Ça te dit ? suggéra-t-il.

— Tentant, certes. Mais j'aime trop cette robe pour la mouiller. Et je meurs de faim.

— Alors, allons te nourrir.

On longea alors une rangée d'arbres avant d'atteindre la pelouse et l'office de tourisme, puis le fast-food.

— Googie Burger, annonça Jackson en désignant le bâtiment anguleux qui me rappelait à la fois les vieux dessins animés des Jetson et Tomorrowland au parc Disneyland d'Annaheim. Il a ouvert récemment.

— C'est vraiment son nom ? dis-je en observant le comptoir extérieur et les tables qui l'entouraient.

Jackson se glissa avec moi dans la file d'attente.

— Ouais. Tu sais pourquoi ?

— C'est une interro surprise ?

Il s'esclaffa.

— Je plaide coupable !

— Comme j'ai grandi à Los Angeles et que j'adore l'architecture, difficile pour moi d'ignorer le style Googie, dis-je. C'est une variante de l'école futuriste. Il puise son inspiration dans l'ère atomique, avec des étoiles éclatées, des toits profilés, beaucoup de formes en boomerang. Le Theme Building de l'aéroport international de Los Angeles, l'emblématique panneau de Las Vegas en forme de diamant, et des milliers de stations de lavage pour voiture. Bref, les exemples pullulent aux États-Unis. J'ai réussi le test ?

— Haut la main !

— Mais le plus important, c'est de savoir comment sont les hamburgers, non ?

— Aussi excellents que le bâtiment, m'assura-t-il.

Il disait vrai. Petits pains moelleux, viande cuite à la perfection, laitue croquante et tomates fraîches, frites à se damner. On bavarda en déjeunant, de tout et de rien, et quand je tendis la main pour essuyer une goutte de moutarde au coin de sa bouche, j'eus soudain l'impression de le connaître depuis toujours, tant j'étais à l'aise en sa présence.

Cette complicité n'atténuait pas mon excitation pour autant et, lorsqu'il saisit mon doigt pour le glisser entre ses lèvres, je retins mon souffle, à la fois surprise et frémissante de désir dans tout le corps.

Il soutint mon regard puis, avec une lenteur si mesurée que je crus fondre sur place, il titilla mon doigt avec sa langue avant de le relâcher en l'effleurant avec les dents.

— Ce soir, dit-il. Je goûterai au reste ce soir.

Mes lèvres s'entrouvrirent comme pour lui répondre, mais les mots me manquèrent.

Il me gratifia d'un petit sourire suffisant et très sexy. Puis il se leva et me tendit sa main, que je pris volontiers.

— On va où ?

— J'ai pensé te montrer quelques-uns de mes

endroits préférés. Tu disais avoir grandi à L.A., non ? Depuis combien de temps vis-tu à Atlanta ?

— Pas très longtemps. Je suis venue en août, juste après mon diplôme à la fac. J'ai rencontré mon patron ici ; il négociait un contrat pour Damien Stark, alors j'ai su que Reggie était quelqu'un de réglo. Reggie Dale, précisai-je. Il cherchait une assistante, j'avais envie d'une expérience dans l'immobilier, alors ça tombait bien.

— Stark… prononça Jackson d'une voix monocorde.

— Tu as entendu parler de lui ? Ça ne fait pas longtemps qu'il a arrêté le tennis et il a fait un carton dans les affaires. Avant de se retirer de la compétition, il a réalisé d'énormes profits dans des investissements immobiliers et les a fait fructifier dans une entreprise high-tech et plusieurs start-up.

— J'en ai effectivement entendu parler. Je ne sais pas trop quoi en penser. De lui ou de son succès.

— Vraiment ? D'après ce que j'en ai vu, Stark est drôlement talentueux. En fait, j'ai postulé pour un boulot d'assistante chez lui, mais quand Reggie m'a proposé celui-ci, je l'ai pris. Ça se rapprochait de l'immobilier.

— Et Gale t'a fait venir à Atlanta.

— Ça remonte donc à quelques semaines à peine. Et j'ai été tellement occupée par le Brighton Consortium que je n'ai pas eu vraiment le temps de découvrir la ville. Alors oui, cette visite tombe à point nommé.

Je ne précisai pas que c'était même parfait, puisque je risquais d'écourter mon séjour à Atlanta. Sitôt que Reggie m'avait virée, j'avais envoyé un mail à la DRH de Stark International en demandant de reconsidérer ma candidature au cas où le poste d'assistante serait toujours à pourvoir. De toute manière, même si je ne décrochais pas ce job, je savais que j'atterrirais de nouveau à L.A. J'y avais des amis et des contacts.

Pour l'heure, toutefois, je n'avais pas envie de m'angoisser sur mes perspectives professionnelles, mais de profiter de ma journée avec Jackson.

Celle-ci se révéla encore plus merveilleuse que je ne l'avais imaginée : il me balada aux quatre coins de la ville, me montra tous ses bâtiments préférés et m'expliqua pourquoi il les aimait.

On commença par prendre un verre au Marriott Marquis après le déjeuner, avec son atrium qui semblait surgir d'une autre planète et s'élevait dans des hauteurs vertigineuses. On fila ensuite au Georgia Aquarium, qui présentait lui aussi cet aspect futuriste de style Googie. On se rendit au plus grand bassin et on resta assis là, dans le noir. Impossible de dire quelles créatures vivaient dans cet habitat aquatique géant. À ce moment-là, je n'avais d'yeux que pour Jackson. Sa chaleur, son odeur, sa présence. Je pouvais à peine réfléchir, encore moins me concentrer et, lorsqu'il effleura mon front de ses lèvres, ce simple contact doux et innocent suffit à aiguiser mon désir et mon impatience.

Après l'aquarium, il m'entraîna dans le métro.

— C'est celle que je préfère, annonça-t-il en écartant les bras pour désigner la station Peachtree Center, à trente-six mètres sous terre.

Le sol et le plafond étaient terminés, mais les parois du tunnel évoquaient celles d'une grotte avec la roche à nu.

— C'est là où des hommes ont modelé le monde

de la manière qui leur semblait la plus adéquate, dit Jackson, ses paroles faisant écho aux miennes, la veille au soir. Ça paraît simple, mais désormais, des milliers de gens peuvent traverser la roche, et la conception de la station – avec les pierres apparentes – se révèle des plus convaincantes.

Il m'emmena ensuite au High Museum of Art, dont j'admirai la stupéfiante forme épurée, conçue par un architecte ayant obtenu le prix Pritzker, puis améliorée par un maestro italien. On flâna dans les galeries, jusqu'à l'expo Cézanne en cours et l'expo photo permanente. Notre journée se termina enfin à la Table 1280, restaurant regorgeant de produits frais, situé à l'intérieur du musée.

— Il y a encore d'autres choses à voir, dit Jackson en portant une fraise à mes lèvres. Mais plus je suis avec toi, moins je m'intéresse à l'architecture et plus j'ai envie de te voir nue.

Je faillis m'étrangler avec le fruit.

— Tu n'y vas pas de main morte, remarquai-je.

— Je sais ce que je veux. Je le sais et je ne lâche pas prise. Je te l'ai dit hier soir. Je pensais avoir été clair, Sylvia, en affirmant que c'est toi que je voulais.

— Ce que *tu* veux ? Ça ne va que dans un sens, alors ?

— Pas du tout, m'assura-t-il. Je sais aussi ce que tu veux, *toi*.

Son sourire carnassier m'évoqua un peu celui du loup dans *Le Petit Chaperon rouge : C'est pour mieux te manger mon enfant*.

— Tu ne crois pas ? ajouta-t-il.

Oh, là là... oui...

J'ignorai les martèlements de mon cœur en repoussant

mon assiette, sans avoir touché à ma part de cheesecake. Je ne comprenais pas l'intensité de ma réaction vis-à-vis de cet homme. Tout ce que je savais, c'était que Jackson avait bouleversé quelque chose en moi. Et j'adorais la sensation que cela me procurait.

Le retour à pied vers sa voiture me parut interminable et le trajet ensuite presque pénible. Le vrombissement du moteur résonnait dans tout mon corps et, chaque fois que Jackson changeait de vitesse, je le ressentais physiquement entre mes jambes. Mes mamelons étaient durs et d'une sensibilité insupportable à chaque frottement de la dentelle de mon soutien-gorge.

Je me sentais à vif, d'une frénésie folle et commençais à perdre le contrôle. Pourtant, je n'étais pas du genre à me pâmer devant un homme. D'habitude, je serrais les poings ou devenais glaciale si un gars ne me lâchait plus. Certes, Jackson n'était pas lourd, il ne me forçait pas ni n'imposait aucun ultimatum. Il avait même été prêt à se rétracter, la toute première fois, après m'avoir quasiment ordonné de faire un tour à pied avec lui.

Mais ça ne changeait rien au fait que son personnage incarnait à lui seul le contrôle et le pouvoir. Ce qui d'ordinaire me rendait nerveuse et me déstabilisait.

Alors pourquoi éprouvais-je cette sensation à présent ?

Enfin, à ce moment-là, j'étais vraiment agitée. Mais d'une manière différente. Plus agréable, disons. Ma peau était en feu, mon sexe palpitait. Tout mon corps anticipait ses caresses. Que je voulais ardemment. Dont j'avais même peut-être besoin.

— Vas-y, dit Jackson d'une voix douce subtilement teintée d'autorité.

Je me tournai vers lui, sans comprendre.

— Caresse-toi.

Cette fois, impossible de nier qu'il me donnait un ordre. Pas plus que je ne pouvais refuser d'admettre la réaction immédiate et viscérale de mon corps. Les pulsations de mon sang dans mes veines. La douleur soudaine entre mes cuisses. L'oppression dans ma poitrine.

Je repris mon souffle et m'efforçai de ne pas serrer les poings, alors que la panique grandissait en moi, d'autant plus indésirable que j'avais cru me débarrasser de ces crises en présence de Jackson.

— Non, je ne crois pas…

Mes paroles étaient fermes et moi assez fière de pouvoir masquer mon angoisse.

— Tu en as envie, dit-il simplement.

— Non, je…

— N'ignore pas tes désirs, Sylvia. Tu penses peut-être que je ne la ressens pas, moi aussi, cette chaleur qui émane de toi ? Si je glisse un doigt dans ta petite culotte, ne crois-tu pas que j'y trouverais ta peau brûlante et moite de désir pour moi ?

Je serrai les lèvres, à la fois excitée et contrariée qu'il puisse si facilement percevoir ce qui aurait dû être dissimulé.

— J'ai pensé à toi hier soir, enchaîna-t-il. Assis dans mon salon avec un verre de bourbon, j'ai pensé à toi.

Je me déplaçai un peu pour le regarder, mais restai muette.

— Je t'imaginais chez toi, dans ton lit. Je t'imaginais nue, Sylvia. Les jambes écartées, une main sur tes seins, l'autre se glissant vers le bas, jusqu'à ce que tes doigts parviennent à ton clito. Si brûlant. Si sensible. Est-ce que tu t'es touchée, baby ? Tu as joué avec ton clito, puis enfoncé ensuite tes doigts ? Tu étais toute chaude, humide et tendue ? Tu t'es caressée hier soir, Sylvia ? Tu as fourré tes doigts tout au fond de ton sexe ? Tu as imaginé ma bite dans ta chatte ? Dis-moi, baby. Je veux savoir.

— Oui… murmurai-je, parce que c'était vrai et je souhaitais qu'il le sache.

— Alors fais-le maintenant. Pourquoi te refuser un plaisir que tu as visiblement envie de t'accorder ?

— Je… Jackson, non…

Je me mordillai la lèvre inférieure. Je m'attendais à être assaillie par d'horribles souvenirs et une angoisse si forte que j'allais finir par me refermer sur moi-même, jusqu'à ce que je puisse trouver un semblant d'espace pour respirer.

Sauf que la panique ne me submergea pas. Au contraire, elle s'évanouit peu à peu, comme engloutie par la puissance de mon désir.

— Ferme les yeux, reprit-il. Rien de plus. Ferme juste les yeux.

Facile. J'obtempérai.

— Tu es magnifique.

Il me caressa la joue, puis glissa ses doigts dans mes cheveux courts.

— D'une fabuleuse beauté. Et plus encore avec le soleil sur ta peau. Tu le sens, bas dans le ciel, qui traverse cette vitre ? Qui caresse ton corps ? Qui embrase tes sens ? Qui te rend douce, chaude et alanguie ?

— Oui…

Ma voix n'était plus qu'un chuchotement, et je n'avais même pas remarqué à quel point je m'étais détendue en quelques instants, bercée par ses paroles, qui me séduisaient avec autant de précision et d'habileté que ses gestes, dont je savais qu'ils suivraient sans doute.

— Pose les mains sur tes genoux, Sylvia.

Je m'exécutai, puis inspirai doucement pour me calmer. Ma peau était trop tendue, mon corps trop brûlant. Je n'avais d'autre mot que *désir* pour décrire ce que j'éprouvais.

Et c'est Jackson que je désirais.

— Déboutonne ta robe, Sylvia. Mais garde les yeux fermés.

Je repris mon souffle, puis baissai la main et trouvai le dernier bouton. Il glissa facilement hors de la boutonnière. Le suivant était placé dix centimètres plus haut et je le défis aussi. Puis je remontai ainsi jusqu'à mon entrejambe.

— Jacks…

— Non, dit-il en pressant doucement le bout de son doigt sur mes lèvres. Tu ne parles pas. Tu ne penses pas. Tu te contentes de faire et de ressentir. Hoche la tête pour signifier que tu comprends.

J'acquiesçai.

— Maintenant, défais les derniers boutons.

Je m'exécutai, les mains un peu tremblantes quand j'atteignis ma taille, puis je défis les boutons le long du corsage pour finir à ma poitrine.

— À présent, écarte les jambes et ouvre la robe en même temps.

Je respirais fort, tout en m'imaginant ce qu'il voyait. Le tissu jaune écarté et moi toute en dentelle noire, les seins replets dans le soutien-gorge en guipure aux minuscules bonnets. Paupières closes, j'étais perdue dans un nuage de sensualité, bercée par le mouvement de la voiture et le son de sa voix, mais je ne m'attendais pas qu'il effleure mon mamelon de son doigt, et je ne pus retenir un soupir de plaisir lorsque sa simple caresse provoqua une décharge électrique de ma poitrine à mon sexe.

Je me cambrai, laissant cette fabuleuse sensation me parcourir, et ne dissimulai même pas mon sourire lorsque Jackson murmura :

— Oui… Oh, baby, tu réagis d'une manière incroyable.

Incroyable.

J'étouffai un nouveau soupir. Si *incroyable* signifiait que je pouvais éprouver ce genre de sensation, alors j'étais plus qu'aux anges.

— Maintenant, abaisse ton siège en arrière. Juste un peu. Bien. Peux-tu encore atteindre tes genoux ? Pas tout à fait, mais ça va aller. Je veux que tu poses une main sur ta cuisse. Parfait. Maintenant, remonte l'autre vers ta poitrine. Non, pas comme ça. Fais-la glisser doucement… précisa-t-il en posant sa main droite sur ma gauche afin de me guider lentement en remontant le long de ma cuisse.

La sensation était fabuleuse. Nos doigts cheminant toujours sur mes cuisses et mon torse, j'inclinai la tête en arrière, embrasée par la vague érotique qui assaillait tous mes sens. Notre mouvement s'arrêta juste sous mon sein gauche, de sorte que je sentais la fine dentelle au bout de mes doigts. Et, tandis que Jackson dirigeait mon index un peu plus haut, je me mordis la lèvre inférieure lorsque ma main trouva mon mamelon, dur, comme en érection, qui dépassait du bonnet de mon soutien-gorge.

— C'est ça, baby. Joue avec. Caresse-le. Tu sens cette dureté, je sais. Cette dureté dans ce téton. Tu as envie de le pincer. De le sentir tout tendu entre tes doigts. Fais-le, baby…

Et je l'entendis gémir tout bas quand j'exécutai le geste, puis me cambrai de plaisir et de surprise sous la délicieuse onde de choc qui chemina en moi jusqu'à mon sexe.

— Oh oui… dit-il d'une voix si faible et si tendue que je compris que son excitation s'approchait de la mienne. Remonte ta main droite…

J'étais stupéfiée par l'empressement avec lequel j'obéissais. Du bout des doigts, je glissai la main entre mes cuisses, puis découvris le bord de mon string tout trempé.

— Voilà, baby. Écarte encore plus les jambes et le tissu. Je veux voir ta chatte. Je veux voir à quel point tu mouilles. Je veux te voir y introduire ton doigt. Et je veux voir ton corps trembler à mesure que tu t'approches du point de non-retour. Mais tu ne vas pas au-delà, baby. Tu ne vas pas au-delà, tant que je ne suis pas en toi. Je vais te baiser comme un fou, baby. Si profond et si fort que tu crieras mon nom quand tu jouiras, et je cueillerai ce cri entre mes lèvres.

Ses paroles me choquaient. Non pas à cause de leur crudité, de leur audace inattendue, mais parce que au lieu de me sentir avilie par ce qu'il suggérait, je me sentais exceptionnelle. Je n'étais pas sale, mais puissante. Comme si, en quelque sorte, c'était moi qui contrôlais tout et pas cet homme qui exigeait que je l'implore et me soumette.

— Waouh, torride… dit-il quand je passai mes doigts sur ma propre moiteur brûlante.

Une nouvelle onde de choc m'arracha un gémissement. J'étais tout près… tellement près de l'orgasme, et je n'avais qu'une envie : exploser dans ses bras. J'en voulais plus, plus profond, plus dur. Et, guidée par sa voix basse et impérieuse qui résonnait dans ma tête, je fis ce qu'il demandait, jouant avec mon clito, glissant mes doigts au plus profond de moi, tout en réprimant l'envie de le supplier d'arrêter la voiture pour lui crier : *Pitié, pitié, baise-moi !*

— Jackson… gémis-je, en sentant les picotements s'amorcer entre mes cuisses, prémices de l'explosion que je désirais si fort.

— Pas tout de suite, baby, dit-il en refermant sa main sur la mienne, alors que le simple effleurement de ses doigts sur mon entrejambe suffisait presque à me faire jouir. Pas avant que je ne te le dise.

— Je t'en prie, murmurai-je, surexcitée comme jamais je ne l'avais été de ma vie.

— Tu me pries de quoi ?

— De me baiser.

— Oh, baby… Crois-moi, j'ai vraiment hâte de le faire. Mais pour l'heure, je pense qu'il est temps.

— Il est temps ?

— D'entrer chez toi. Et de faire beaucoup plus de choses.

J'ouvris les yeux et regardai alentour, étonnée de constater qu'on était sur le parking visiteurs de mon immeuble. Je n'avais aucune idée qu'on avait quitté la voie express, encore moins qu'on s'était garés.

Sans un mot de plus, Jackson se pencha vers moi puis, très lentement, reboutonna ma robe. Tandis qu'il descendait de la voiture, je restai assise là, le souffle court, tout en essayant de revenir à la réalité. La moindre parcelle de bon sens m'enjoignait pourtant de filer chez moi et de m'y enfermer, pour fuir Jackson et le reste du monde.

Mais le bon sens ne semblait pas pouvoir m'influencer à ce moment-là. Au lieu de cela, je n'écoutais que mes émotions à l'état brut et, pour la première fois depuis longtemps, je leur faisais confiance. J'en crevais d'envie. Je souhaitais simplement lâcher prise et profiter de chaque instant, l'un après l'autre, pour parvenir à un paroxysme aussi extraordinaire qu'inconnu jusqu'alors.

Jackson ouvrit la portière de mon côté, puis me tendit la main pour m'aider à sortir.

— L'expression sur ton visage trahit toutes tes pensées.

— Je ne *pense* pas, dis-je en riant des sonorités frivoles de ma voix. N'est-ce pas fabuleux ? Je ne pense absolument à rien.

— Alors, qu'est-ce que tu fais ? me demanda-t-il en m'attirant à lui.

J'enroulai mes bras autour de son cou.

— Je laisse mes sens me guider, répondis-je. S'il te plaît, Jackson. Aide-moi à ressentir davantage. À percevoir mille et une choses.

— Je suis à ton service, mon ange.

J'éclatai de rire, enchantée et surprise, lorsqu'il me souleva pour me porter jusqu'à la porte. Je m'accrochai à lui, la tête nichée au creux de son épaule, tout en essayant de comprendre ce qui avait bien pu m'arriver.

Moi, la femme toujours sur ses gardes. Qui gardait toujours le contrôle et s'interdisait d'avoir un homme dans la peau.

Mais il était différent. Il pouvait veiller sur moi. Et

si mes vieux démons se déchaînaient, alors peut-être qu'il était susceptible de les anéantir.

— Reste là, dit-il en me déposant devant la table basse.

Il regarda alentour, puis écarta le meuble d'un coup de pied afin qu'il n'y ait plus rien entre moi et le canapé.

— Bien. Maintenant, attends.

— Que j'attende… quoi ?

Il secoua la tête et posa un doigt sur mes lèvres.

— Tu m'as demandé de t'aider à aiguiser tes sens, Sylvia. Et je te promets de le faire.

Je faillis répliquer, mais en fait, je ne savais quoi lui dire. De toute façon, il avait disparu dans ma cuisine.

Je restai dans le salon et m'appuyai sur une jambe, puis sur l'autre, tout en me demandant ce qu'il ferait si je m'asseyais. Mais j'avais peur d'essayer, au cas où il s'en irait. Et je n'avais pas envie de le voir partir.

Lorsqu'il réapparut, il tenait deux verres de vin à la main. Il en posa un sur la table basse, garda l'autre tandis qu'il prenait place sur le canapé.

Je jetai un regard sur le verre posé sur la table, puis arquai un sourcil. Il but une gorgée du sien, avant de prononcer un seul mot.

— Après.

— Après quoi ?

— Quand tu seras nue.

Sa voix avait changé. Elle était basse. Impérieuse. Et très, très sexy.

Je repris ma respiration, m'attendant que le souffle glacé de mes cauchemars remonte le long de mon dos. Mais aucun frisson ne me parcourut. Je n'éprouvai qu'une vague de chaleur, le désir et l'acuité de son regard si puissant que je n'avais pas besoin de me déshabiller : il m'avait déjà vue nue.

— Je… j'hésite, dis-je, tout en sachant que je protestais pour la forme.

Je lâchais prise. Je brûlais même d'impatience.

Mes craintes évanouies, j'avais envie de sentir ses mains sur moi et la caresse privilégiée de son regard détaillant mon corps.

— Tu hésites ? répéta-t-il en se levant, son verre toujours à la main.

Il s'avança, puis trempa son doigt dans le vin avant de le passer en douceur sur ma lèvre inférieure.

— Je crois pourtant que tu es prête, Sylvia.

Il promena son doigt le long de mon cou, puis d'une épaule à l'autre ; et moi, frissonnant sous l'exquise sensualité de sa caresse.

— Je t'ai regardée dans la voiture, tu te souviens ? Audacieuse. Intrépide. Je t'ai dit ce que je voulais et je t'ai embrasée. Je t'ai dit quoi faire et tu es devenue toute moite.

Je serrai les lèvres, m'efforçant de ne pas gémir.

— Tu veux te donner à moi, Sylvia. Tu veux me laisser le pouvoir de te donner du plaisir.

Ses paroles m'effrayaient. Il disait vrai, mais surtout, je ne comprenais pas pourquoi je mourais tant d'envie de le laisser me maîtriser. Pendant des années, mes relations avec les hommes avaient été rares et espacées. Et quand je sortais – quand je ne pouvais plus résister à ce besoin de lâcher prise et de m'évader pour passer enfin à l'action –, alors j'étais la seule à garder le pouvoir. J'étais celle qui posait ses conditions. Et lors de ces rares occasions, je n'éprouvais rien d'autre que le soulagement physique d'un orgasme et l'épuisement qui suit une séance de cardio à la salle de gym.

Et surtout, c'était moi qui partais après.

Ça fonctionnait toujours comme ça ; je me protégeais.

Mais à présent, j'étais prête à tout, vulnérable comme jamais.

Et follement excitée.

— Tu en as envie autant que moi, reprit-il en passant derrière moi pour chuchoter à mon oreille. Je le vois dans la façon dont tu me regardes. Dans ta manière de réagir. Que disais-tu déjà, à propos de mon travail ? Qu'il symbolisait le pouvoir et le contrôle ? Tu avais raison. Mais ce n'est pas seulement ce que je fais. C'est aussi ce que je suis.

Il enroula ses bras autour de ma taille et m'attira contre lui. Je sentais son érection et le frémissement synchrone entre mes cuisses. À cet instant précis, je regrettai de ne pas avoir déjà accédé à sa requête, parce que je souhaitais plus que tout me retrouver nue entre ses bras.

Il glissa ses mains sous mes seins.

— Ça m'excite de savoir que je tiens ton plaisir en laisse. Que c'est à moi que revient la décision de t'emmener ou non jusqu'au point de non-retour. Que ta confiance et ton désir reposent entre mes mains.

Il me lâcha ensuite et j'étouffai un gémissement.

— Alors dis-moi, Sylvia, poursuivit-il en regagnant le canapé. Que veux-tu ? Capituler ? Ou tu préfères que je m'en aille ?

Plutôt que de lui répondre, je déboutonnai à nouveau ma robe avec lenteur.

Cette fois, je ne me contentai pas de l'ouvrir, mais

la fis glisser au sol, jusqu'à ce que je me retrouve seulement vêtue de mes dessous flambant neufs, les sandales aux pieds.

J'ôtai alors celles-ci, même si je perdais cinq centimètres et me sentais d'autant plus vulnérable.

Venaient ensuite les bas, et je me penchai pour les retirer suavement en les faisant rouler sur mes jambes. Mais je redressai la tête et le feu que je vis dans son regard nourrit mon imagination. Je fis un pas vers lui, puis un autre. Je levai alors ma jambe et posai la pointe du pied sur le bord du canapé, juste entre ses cuisses. Puis je roulai lentement le bas le long de ma jambe. Lorsque j'arrivai au pied, je retirai la soie en douceur. Puis me redressai, laissant le bas pendiller et effleurer son entrejambe.

— Coquine, lâcha-t-il dans un sourire signifiant qu'il appréciait.

Et moi aussi, en l'occurrence.

Je recommençai avec l'autre pied, cette fois en tendant la jambe de telle sorte que mon pied ne soit plus au bord du sofa, mais sur le coussin. Mes orteils effleurèrent alors son sexe, tendu sous son jean. Je le savais, grâce à ma position – une jambe levée, l'autre à terre, le minuscule string dissimulant à peine la moiteur de mon sexe –, et Jackson était aux premières loges.

Mais comme je ne voulais pas qu'il en perde une miette, je promenai ma main de ma cheville à mon entrejambe. Je gémis en glissant un doigt tout au fond de moi, sans quitter Jackson des yeux, ne voulant pas manquer la moindre étincelle de désir qui illuminait son visage.

— Quelle est ta saveur ? demanda-t-il.

Je portai ensuite lentement le doigt à mes lèvres,

pour le lécher avec délectation, sous les yeux de Jackson.

— Sucrée, répondis-je enfin. Tu aimes les bonbons ?

— Oh oui, dit-il en me prenant par les hanches, tout en s'agenouillant devant moi. Juste pour goûter, ajouta-t-il.

Il se pencha et referma ses lèvres sur mon sexe, puis me lécha et me suça avec une telle intensité que je me serais sans doute effondrée sur place s'il ne m'avait pas maintenue.

— Un délice, murmura-t-il tandis qu'il s'écartait, et je gémis avec regret.

— S'il te plaît…

— Fais-moi confiance.

Ses mains trouvèrent l'élastique du string qu'il fit descendre jusqu'à ce que je puisse l'enlever.

Il se releva, puis fit un mouvement circulaire avec son index.

— Retourne-toi.

J'obtempérai, puis retins mon souffle lorsqu'il défit mon soutien-gorge et le retira lentement. Il le laissa tomber sur la moquette et je restai là, nue et excitée de la tête aux pieds.

— Ah… je me régale, dit-il.

Il se pencha et prit mes seins dans ses mains. Puis il me couvrit de baisers, en suivant les contours de mes tatouages, sans m'interroger à leur sujet. Lentement, lentement, il descendit le long de mon dos, puis effleura de ses lèvres le creux de mes reins. Il se remit à genoux, et sa langue suivit délicatement la mince ligne de chair où l'arrière des cuisses rejoignait la cambrure de mes fesses.

Il avait transformé tout mon corps en une zone

érogène et je tremblais si fort que je dus poser mes mains sur les siennes pour garder l'équilibre.

Lorsqu'il me demanda de me tourner à nouveau, je m'exécutai sans hésiter. Ses lèvres se retrouvaient à hauteur de mon sexe, et il esquissa un sourire malicieux, tout en inclinant la tête en arrière pour me regarder dans les yeux.

— Tu es sublime, dit-il.

Puis son doigt flâna sur ma poitrine, mes tatouages, mon nombril.

— Un ruban, enchaîna-t-il lorsqu'il parvint au tatouage qui se déroulait sur le pli de peau entre ma cuisse et mon torse. Et un cadenas, ajouta-t-il en effleurant le premier tatouage au-dessus de mon pubis que Cass avait réalisé il y a si longtemps. Pourquoi ? Qu'est-ce qui est écrit sur le ruban ?

— Rien, mentis-je. Le motif m'avait plu sur le catalogue, c'est tout.

Il soutint mon regard un instant, comme par défi, mais je gardai le silence. Comment lui dire la vérité ? Comment lui expliquer que ces tatouages étaient tout sauf insignifiants. Ils représentaient tout à mes yeux, à la fois la honte et le pouvoir. Comme pour me rappeler celle que j'étais et celle que je ne redeviendrais jamais.

— Un jour, tu me diras la vérité, reprit-il en caressant à peine mon sexe de son pouce. Mais pour l'heure, j'ai seulement envie de te goûter.

Et sans autre préambule, il referma les lèvres sur mon sexe, puis sortit sa langue sur mon clito avec une telle délicatesse qu'un voile gris envahit mon champ de vision, qui se constella d'étoiles explosant ici et là.

— Je ne vais pas m'en contenter…

— Quoi ?

— Tout doux. Juste pour te goûter, mon cœur. Ensuite, je vais te faire hurler de plaisir.

Il tint parole et sa langue joua, titilla, tandis que ses mains vagabondaient, s'agrippant juste assez pour m'éviter de tomber à la renverse. Je sentis alors un changement s'opérer en lui, quand il modela mes fesses de ses mains et me demanda d'écarter les jambes pour me laper ensuite à grands coups de langue, en me dégustant, me fouillant… tandis que, secouée de spasmes, je mourais d'envie qu'il me prenne plus fort, plus profond encore.

Totalement désinhibée, je me tenais debout, avec cet homme à genoux devant moi, dont la bouche m'infligeait le plus délicieux des tourments. Et pourtant, j'en désirais encore plus. J'avais envie de tout.

— Je t'en prie, suppliai-je, quand je fus certaine de ne plus pouvoir en supporter davantage. Je t'en prie, Jackson.

— Dis-moi ce que tu veux, murmura-t-il en écartant ses lèvres, le temps de chuchoter les mots contre ma peau.

— Toi. Oh mon Dieu, c'est toi que je veux.

— À ton service, dit-il en m'attirant vers le canapé.

Avec désinvolture, il se débarrassa de sa chemise, puis de son jean. Il portait un caleçon et, avant qu'il ne l'ôte, la grosseur de son membre tendait le tissu. Et lorsqu'il se retrouva nu, je restai le souffle coupé, ébahie par la perfection de son corps. Un homme d'une virilité à couper le souffle, un homme sans doute sculpté par les dieux un jour qu'ils étaient particulièrement inspirés. Il avait sorti un paquet de préservatifs de sa poche et je l'observai, subjuguée, alors qu'il en déroulait un sur son sexe.

Puis il s'assit sur le sofa et me tendit la main. Je ne me fis pas prier et m'installai sur lui à califourchon, en sentant sa chaleur enveloppante me pénétrer profondément.

— Je veux voir ton visage quand tu jouiras, dit-il. Et je veux que tu en profites au maximum.

J'humectai mes lèvres. Il souhaitait me voir mener la danse. Me fondre en lui. Le chevaucher. Nous amener tous les deux à l'orgasme.

Et ça, j'en crevais d'envie, moi aussi.

Je me retrouvais en terrain connu : je reprenais les choses en main. Sauf que je savais que Jackson n'avait pas tout à fait renoncé à son emprise.

Mais dans ses bras, ça m'était égal.

— C'est ça, baby, dit-il quand j'ondulais sur lui, en nous excitant tous les deux avec le bout de son gland.

Il m'embrassa alors à pleine bouche, violemment et profondément, et je l'accueillis aussitôt en moi, si humide qu'il me pénétra facilement. Totalement. Jusqu'au bout. Puis je me redressai et m'abaissai. Lentement. Encore et encore, exerçant une douce torture. Laissant le plaisir – et l'intensité – s'accroître peu à peu.

Je croisai son regard et j'y vis une lueur espiègle.

— Tu es une allumeuse.

— Non, contrai-je. Je veux simplement que ça dure encore.

Mais ni lui ni moi ne pouvions nous retenir, et il ne tarda pas à s'agripper à mes hanches pour guider mes mouvements.

— Je croyais que c'est moi qui dirigeais, suffoquai-je.

— Je m'en fous, répliqua-t-il. Je veux te sentir exploser.

De plus en plus fort, de plus en plus profond, je me jetai sur lui encore et encore, en prenant tout, en voulant tout. Ses caresses, son ardeur, la déflagration qui allait bientôt nous submerger tous les deux.

Et lorsqu'elle se produisit – lorsque mon corps entier se referma sur son sexe et que le monde se mit à tournoyer dans une débauche de couleurs et de lumières –, je criai son nom, comme il l'avait prévu.

— Je crois bien que je ne vais plus jamais bouger, murmurai-je en m'effondrant contre lui, les bras autour de son cou.

— Détrompe-toi…

Il me releva, puis me porta jusqu'à la chambre. Il disait vrai. Lorsqu'il s'allongea sur moi, m'embrassa et me caressa, lorsqu'il me fit l'amour avec douceur et délicatesse, je recouvrai mes mouvements.

Plus tard, je me lovai tout contre lui en me disant que j'avais peut-être gagné, en réalité.

Mais je me fourvoyais.

Je n'avais pas gagné du tout.

Et lorsque les doigts gris sombre revinrent hanter mes rêves, je compris pour la première fois tout ce que j'avais véritablement perdu, et combien mon passé m'avait coûté.

7

Je contemple le bâtiment au crépi gris avec la porte en métal gris, puis tressaille en la voyant rougeoyer et battre comme un cœur.

Je me tourne dans la voiture pour regarder mon père, certaine qu'il l'a vue aussi. Certaine qu'il ne m'obligera pas à entrer là-dedans de nouveau. Parce que c'est mal, comme un film d'horreur. Et je ne veux pas être la fille dans le film d'horreur qui pénètre dans le lieu effrayant.

— Papa…

— Vas-y, Elle, dit-il. Tu vas être en retard.

— C'est Sylvia, maintenant.

Je suis Eleanor Sylvia Brooks, et on m'a toujours appelé Elle. Jusqu'à ce que Bob se mette à m'appeler comme ça aussi. Maintenant, à quatorze ans, je déteste mon nom. Maintenant, je me fais appeler Sylvia.

— Je sais, dit mon père. Je sais tout ce qui se passe là-dedans. C'est moi qui ai organisé tout ça, après tout.

— Tu sais ? je demande en plissant le front. Tu sais vraiment ?

— Il te l'a dit, non ?

Je pense à ce que Bob a dit la semaine dernière quand il a glissé ses doigts dans ma petite culotte. Et à cet arrangement qu'il a conclu avec mon père. Et au fait que ça nous rapporte pas mal d'argent. Beaucoup plus que ne vaut une photo débile, surtout qu'il ne vend même pas toutes celles qu'il prend.

— Tu es jolie, Elle, mais tu penses vraiment devenir mannequin plus tard ?

Je secoue la tête.

— Alors demande-toi pourquoi je paie ton père.

— Il ne ferait pas ça.

Mais peut-être que si. Parce qu'on a besoin de cet argent.

Tout à coup, mon frère Ethan surgit sur la banquette arrière de la voiture.

— Ça ne pose aucun problème puisque tu m'aimes. Et si tu t'arrêtes et que je meurs, tout sera ta faute.

Ma mère apparaît à son côté.

— Quelle adolescente n'aimerait pas devenir mannequin ? Tu as tellement de chance. Et tu es déjà sur une pub !

Elle brandit la pub pour un magasin du quartier. L'espace d'un instant, je suis un peu déconcertée, parce qu'on n'a pas encore pris cette photo, mais je me souviens alors que c'est un rêve, et à ce moment-là, ma mère et mon frère disparaissent.

— Il est temps d'y aller, dit mon père.

Et je me retrouve dans le bâtiment, adossée contre un mur. Je me vois à l'autre bout de la pièce.

L'autre moi a le corps appuyé contre une fausse colonne romaine. Bob se tient devant moi. C'est un photographe qui réalise des tas de clichés d'archives qu'il vend aux publicitaires, aux graphistes et à d'autres professionnels de ce genre. Il s'appelle Cabot, mais je suis censée l'appeler Bob.

J'ai aucune idée de son âge, mais je pense qu'il doit avoir une petite trentaine. Il est rasé de près avec des cheveux bruns soyeux qui effleurent ses épaules et qu'il noue parfois en queue-de-cheval avec un lacet de cuir, quand il travaille. La première fois que je l'ai rencontré, je l'ai trouvé mignon. Maintenant, rien qu'en le voyant j'ai envie de vomir.

Je parcours le studio du regard, pour voir s'il y a quelqu'un d'autre. Bob emploie des stagiaires et quelques assistants. Même une femme, qui arrive toujours avec un portant rempli de vêtements. Mais il n'y a personne aujourd'hui.

Et je sais pourquoi.

— OK, Elle, dit-il. C'est bien, mais pas tout à fait ça.

Il se déplace et allume un ventilateur devant moi.

Mes cheveux – toujours longs et ondulés – se mettent à flotter dans le souffle d'air.

— Ah ouais. Génial. Franchement parfait pour ce cliché.

Mon estomac se noue.

— Quoique la robe...

Il s'approche et, même si je suis dans l'ombre, à l'autre bout de la pièce, je sens ses doigts me frôler quand il ajuste la robe de l'autre moi. Elle est bleu pâle avec des boutons sur le devant et une taille ajustée. Le tissu est assez fin pour flotter dans la brise artificielle, et il ondule sur mes cuisses.

— C'est mieux, dit-il après avoir défait les deux premiers boutons. Mais ta tête, franchement. Fais un

effort, Elle, je cherche un certain regard. De la douceur. De la sensualité. Tu peux me donner ça ?

Je regarde mes lèvres se crisper en une ligne bien ferme. Je ne dis rien.

— Mets les bras au-dessus de toi, dit-il. Tiens-toi à la colonne.

J'obéis.

— Bien. Et ça fait une jolie silhouette.

Il promène son doigt le long de mon bras, puis pardessus la courbe de ma poitrine. Il s'arrête là, pelote mes seins. Je regarde l'autre moi fermer les yeux.

— En fait, c'est pas mal. La jeune nubile contre la colonne romaine. On dirait presque une figure mythologique. Comme si tu étais Aphrodite.

Il continue de déboutonner ma robe.

— Non ! dis-je, depuis le coin où je me tiens dans l'ombre.

— Ne fais pas ça, dis-je, à la colonne.

— Qui c'est qui commande ici ? Je te paie pour quoi ? Tant que tu es ici, tu m'appartiens, tu te rappelles ? Tu dois me faire confiance. C'est mon boulot de te mettre en valeur, non ?

Il écarte le haut de la robe, divulgue ma poitrine toute gonflée dans le soutien-gorge trop étroit.

Je me vois en train de plisser les yeux encore plus fort.

— Ça ne va rien donner sur la pellicule si tu ne te détends pas. Mais ne t'inquiète pas, Elle. Ça fait partie de mon job. M'assurer que tu es photogénique. Veiller à ce que tu te décontractes totalement.

Tout en parlant, il défait le reste des boutons. Je le regarde me caresser, me toucher. Je me souviens de tout ce qu'il a fait, de tout ce qu'il fait en ce moment. De l'emplacement de ses mains. De sa bouche.

Je ne le regarde plus. Impossible. Autour de moi, le monde devient tout gris et j'ai envie de fuir ces souvenirs, mais comment fuir alors que je serai toujours prise au piège ici, avec cet autre moi, furieuse, effrayée et si honteuse.

J'entends les paroles de Bob, des paroles crues, d'un type en manque, et je serre les dents. Je garde les yeux rivés sur le visage de l'autre moi. Ce moi qui est toujours debout, les bras toujours au-dessus de la tête. Et Bob agenouillé devant moi. Il ne parle plus à présent.

Je hurle à l'autre moi de le repousser. Je crie à cette fille d'abaisser les bras et de fendre le crâne de Bob. De lui donner un coup de genou et de lui briser la mâchoire.

Mais elle ne le fait pas. Elle perd lentement le contrôle d'elle-même.

Sa propre mâchoire se détend. Ses lèvres s'entrouvrent. Sa peau est en feu. Je vois son corps se tordre. Son petit halètement.

Et puis il y a cette tension qui s'accroît. Le sentiment d'une explosion imminente. Ça grandit en elle, en moi, en nous. Et putain, ce que c'est bon. Et ça s'amplifie encore et encore, et je baisse les yeux, mais c'est plus Bob qui nous caresse. Qui nous utilise.

C'est Jackson.

Et ça explose enfin. Un orgasme violent qui me secoue de la tête aux pieds, et je réalise que l'autre moi n'est plus là. Il y a juste Elle. Juste Sylvia.

Juste la honte. La confusion. Et cette terreur glaciale, profonde. Si je continue à craquer comme ça, je n'arriverai plus jamais à me ressaisir.

Mon hurlement m'arrache à la fois au cauchemar et au souvenir.

Je regarde alentour, craignant d'avoir été entendue. Mais j'ai seulement crié dans ma tête.

Je reste immobile et reprends mon souffle, une fois, deux fois, en tentant de chasser le cauchemar tout en essayant de me repérer. Je suis à Los Angeles. Sur Hollywood Boulevard. Sur le trottoir, à l'entrée de la station de métro Hollywood-Vine, et je me cramponne à un poteau.

Atlanta a disparu.

Le passé aussi.

Mais le rêve subsiste. Et Jackson – l'homme que j'aurais pu aimer, que j'ai quitté brutalement – demeure aussi.

Je passe ma main dans mes cheveux. J'étais tellement perdue dans mes souvenirs et préoccupée par Jackson que je n'ai pas fait attention. J'ai longé plusieurs pâtés d'immeubles – un bon quart d'heure de marche – sans même m'en rendre compte.

Merde.

J'étouffe le juron, plus effrayée qu'en colère, car ça fait longtemps que je ne me suis pas noyée dans mes pensées comme ça. Je me dis que tout va bien, que je suis juste un peu sur les nerfs. Mais tout en luttant contre les souvenirs, la peur et cette horrible nausée, je sais que je dois me reprendre.

Je jette de nouveau un regard autour de moi, mais c'est machinal – je sais où je suis. Et je sais ce que je veux. Ce dont j'ai besoin.

Je sens toute cette énergie contenue qui palpite en

moi, et je dois à tout prix la dépenser. Il faut que je prenne le contrôle, que je tienne les rênes.

Et je sais exactement comment y parvenir.

Je quitte Hollywood Boulevard et m'engage dans Vine Street. Devant moi, l'immeuble cylindrique de Capital Records se dresse dans la nuit, comme pour éclairer mon chemin. Mais je ne vais pas aussi loin. Je me dirige vers Avalon, une boîte de nuit emblématique de Hollywood qui a subi moult métamorphoses depuis les années vingt. À l'heure actuelle, c'est une discothèque très fréquentée avec d'excellents DJ et de la bonne musique techno le vendredi. Le plus important, elle abrite une piste de danse extraordinaire et on y croise toujours un monde fou. Je le sais, parce que j'avais l'habitude de m'y perdre, avant Jackson.

J'y viens toujours pour danser ou me défouler, quand j'ai eu une journée merdique. Parfois seule, parfois avec des amis. Mais avant tout, pour la musique.

Je ne suis pas là pour ça ce soir.

Ce soir, je suis en miettes. Et je vais colmater tout ça de la seule manière que je connaisse.

Comme d'habitude, il y a une file d'attente, mais elle avance vite et je ne tarde pas à franchir les portes, en troquant la circulation et les lumières de Hollywood contre un tempo d'enfer et des flashes violets, blancs et bleus sur une piste remplie de corps qui s'agitent, comme en transe. *J'y suis enfin*, me dis-je en me frayant un chemin dans la foule.

Je scrute des visages au fil de mes pas, en quête de celui qui me conviendra. Parce que la danse n'a rien à voir là-dedans. Je suis ici pour me libérer de cette foutue journée. Pour effacer mes souvenirs et mes cauchemars.

Et surtout, je veux me prouver que je ne suis plus une espèce de petite fille fragile facilement intimidée et craintive.

C'est plus que ça, même, et je le sais pertinemment. Il s'agit de Jackson. Du vent qu'il m'a mis. De sa manière de me toucher. Et de ce foutu pacte avec le diable qu'il m'a jeté à la figure.

Un marché de dupes que je ne peux absolument pas accepter, je le sais… N'ai-je pas déjà fui cet homme ?

Je suis sur la piste, les bras en l'air, et me déhanche au rythme de la musique quand je le vois. Pas Jackson. Mais il est grand, brun, et là maintenant, ça me suffit. Il est debout près de la scène, ne danse pas, mais remue un peu. Il tient un grand verre de ce qui ressemble à un whisky-soda et, de temps à autre, il boit une petite gorgée. Je m'approche en me trémoussant et en repérant d'autres candidats à mesure que j'avance, puis je me plante devant ma proie.

— Tu fais tout de travers, dis-je.

Il met sa main en pavillon sur l'oreille.

— Quoi ?

Je me penche et mes lèvres effleurent presque son front.

— Je disais que tu faisais ça de travers.

— Quoi donc ?

Je le débarrasse de son verre que je pose sur une baffle voisine.

— Danser, dis-je en lui prenant les mains. Je vais te montrer comment faire.

Je l'entraîne sur la piste, sans lui laisser le temps de protester. On glisse parmi d'autres couples en sueur qui s'agitent. On se touche, on flirte, on se frôle dangereusement, puis on se rétracte. La parade nuptiale des jeunes célibataires en chasse, et cet homme et moi ne ménageons pas nos efforts. On fait monter la tension encore et encore, nos mains se cherchent, nos hanches se collent. Et lorsque que je lis son désir dans ses yeux, je sais qu'il est temps de passer à l'étape n° 2.

Le souffle court, je me colle à lui et accroche mon bras autour de son cou.

— Alors, tu t'appelles comment ?

— Louis Dale. Et toi ?

Je secoue la tête.

— Ah non, c'est pas comme ça qu'on joue à mon jeu, Louis.

— Quel jeu ?

Mais je me contente de sourire et de lui tendre la main.

— Tu as une voiture garée pas loin ?

— Je… oh, ouais. Ouais, bien sûr.

Je le laisse me guider dehors, puis dans la rue, jusqu'à un parking payant. Il s'arrête devant une Lexus grise modèle sport.

— Sympa comme caisse, dis-je en m'approchant doucement de lui, de sorte qu'il a le dos contre la voiture. J'ai posé les mains à plat sur son torse.

— Qu'as-tu d'autre de sympa à me montrer ?

Je me frotte à lui, savourant la satisfaction de constater qu'il bande contre moi. Je n'ai pas envie de lui – pas vraiment –, mais j'ai envie de ça. Le contrôle. Le pouvoir. Savoir que c'est moi qui *décide, seule*, de tout ce que je donne ou je prends ce soir. Ça fait des années que je n'ai pas eu besoin d'éprouver cette sensation, mais ce soir, ça m'est nécessaire.

— Je pense qu'on doit se trouver un hôtel, Louis, pas toi ?

— Je veux, ouais !

Il me repousse et me plaque contre la voiture, en me serrant. Il respire fort, se penche pour m'embrasser, mais je tourne la tête.

— Pas tout de suite…

C'est moi qui mène la danse ce soir. Mais je manque brusquement de m'étrangler quand quelqu'un l'arrache à moi. Louis a l'air si éberlué qu'il en devient presque comique, alors qu'il trébuche à reculons et atterrit sur les fesses deux bons mètres plus loin.

— *Pas tout de suite*, grogne Jackson. Essaie plutôt *jamais*.

Il m'attrape la main et me tire avec une telle vigueur que je tombe contre lui. Son bras s'enroule aussitôt autour de ma taille et, malgré ma stupéfaction et ma colère – malgré ma gêne aussi –, je ne peux résister à la vague de soulagement et de désir qui déferle sur moi.

Mais je n'ai pas envie d'être soulagée, alors je me détache violemment de lui, en masquant mon malaise sous la véhémence de mes propos.

— C'est quoi ce cirque ? Tu te prends pour qui, franchement ?

Il m'ignore, mais pointe un doigt sur Louis.

— Toi. Fous le camp d'ici !

Louis lance un regard oblique, pas vraiment vers moi mais plutôt en direction de sa voiture. Puis il recule plus ou moins en crabe, avant de se relever tant bien que mal, en implorant :

— Hé, mec, c'est elle qui…

— Dégage ! rétorque Jackson.

Louis obéit et file de l'autre côté du parking.

Sitôt qu'il a disparu dans l'ombre, Jackson m'attrape

les bras et me plaque contre lui. On est si près qu'on se respire l'un l'autre. Il tremble de fureur et, l'espace d'un instant, j'ignore s'il veut m'embrasser ou me coller une claque.

Il ne fait ni l'un ni l'autre.

Je vois dans ses yeux le combat qu'il livre contre lui-même, puis il me repousse contre la voiture de Louis.

— À quoi tu joues, bordel ? Tu cherches le danger ? Essaie un peu pour voir, Sylvia, parce que tu n'as pas idée à quel point je peux être dangereux, dit-il en resserrant son emprise sur mes bras. À moins que tu ne cherches un truc anonyme ? Je suis partant aussi… parce que si tu penses me connaître, princesse, je te jure que tu te trompes.

— Jackson…

— *Non.*

Il retire une main, le temps de la passer dans ses cheveux, puis s'écarte vivement de moi. Les deux mains appuyées contre l'aile de la voiture, je m'efforce de ne pas flancher, de ne pas bouger. Parce que j'ignore sincèrement si j'ai envie de le gifler comme une folle ou de me lover dans ses bras.

— Tu penses vraiment que tu peux te pointer comme ça après tout ce temps et, d'un battement de cils, m'obliger à me plier en quatre pour t'aider ?

— C'est pas ça du tout. Je…

— Et pour lui… pour ce foutu Damien Stark ? On n'est plus ensemble, princesse, dit-il en me pointant du doigt. Tu m'as demandé de partir. Et cinq ans plus tard, tu reviens dans ma vie. Et pas discrètement, en plus !

— C'est juste du business.

— Tu parles !

Je sens la vive émotion dans sa voix, menaçante

comme une lame bien aiguisée. Sa révolte s'inscrit aussi sur son visage et je me plaque contre la voiture en rêvant de pouvoir disparaître à travers la tôle. Il est furieux et j'ignore ce qu'il va faire. Tout ce que je sais, c'est que cette rage est dirigée contre moi et que quoi qu'il arrive, je ne quitterai pas ce parking indemne.

Je le lis d'abord dans ses yeux : une lueur farouche traverse son regard juste avant qu'il lève une main pour claquer la Lexus de sa paume. Puis il m'attire à lui et je n'ai pas le temps de réfléchir que sa bouche se referme sur la mienne.

Le baiser est violent. Sauvage. Désespéré. Et quand je reprends mon souffle, il en profite pour me fourrer sa langue, tandis qu'une de ses mains me tient la nuque et que l'autre se glisse sur mes seins. Il m'embrasse fort, me réclame avec une telle intensité que je sais que je serais déjà à terre s'il ne me tenait pas.

La fine étoffe de ma robe dissimule mal la chaleur de sa main, et encore moins mon excitation. Mes seins sont lourds de désir et chaque fois que son pouce se frotte sur mon mamelon douloureusement durci, j'ai envie de le supplier de m'arracher cette satanée robe et de me faire profiter du contact de sa peau sur la mienne.

Il me pince le téton tout en mordillant ma lèvre inférieure, son baiser avalant mon cri de douleur et de désir. Puis sa main descend de plus en plus. Elle recouvre mon sexe et je ne peux retenir un gémissement. Jackson l'entend et interrompt le baiser assez longtemps pour planter son regard dur et embrasé dans le mien.

Puis sa bouche retrouve la mienne et je ne proteste

même pas. Je la prends, je l'accueille. Je la savoure, alors même qu'il retrousse ma robe, trouve mon sexe, chaud, moite et palpitant de désir.

Il n'y a pas de sentiments. Pas de tendresse. Il écarte sans ménagement ma culotte en dentelles, offrant ma chair à ses doigts. Il les plonge en moi et je gémis, tandis que mon corps se referme sur lui, en le voulant encore plus profond, encore plus fort. Je veux me perdre dans cet instant d'abandon et m'accrocher à tout ce que j'éprouve, mais que je peux avoir, je le sais.

Ses doigts fluides taquinent mon clito, jouent avec, le caressent jusqu'au point de non-retour, puis s'interrompent. Mon corps est en feu, mes lèvres frémissent, mes mamelons sont durs, excités à l'extrême. Je veux qu'il me touche encore, je le veux en moi.

Je le veux simplement.

— Maintenant, grogne-t-il en me faisant oublier la peur et l'instant présent. Bon sang, Sylvia, jouis pour moi maintenant.

Ce que je fais. Et lorsque je m'écroule entre ses bras – lorsque je perds tout contrôle et explose dans la nuit éclaboussée de lumière –, je ne peux que souhaiter rester ainsi, submergée de plaisir avec cette homme. Mais j'ai assez de jugeote pour ne pas croire que les souhaits peuvent se réaliser et, en redescendant sur terre, je me penche en arrière pour retrouver un semblant d'équilibre.

Ses yeux s'attardent sur moi un instant de plus, mais impossible de lire dans ses pensées. Il fait alors un pas en arrière.

— Putain, Sylvia, murmure-t-il en levant les mains, comme sous le choc. Va au diable, bordel !

Je tremble, perdue, étourdie et confuse.

— Je… je croyais que tu disais qu'il n'y avait plus rien entre nous.

— Peut-être, mais c'est pas terminé tous les deux. Loin de là.

Son ton est toujours aussi dur, mais je perçois autre chose en filigrane. Du regret ? De la résignation ?

Quoi qu'il en soit, ça me déchire le cœur.

Il passe sa main dans ses cheveux, exhale un long soupir. Puis me regarde de haut en bas. Il ne dit rien sur ce qui vient de se produire. Rien sur notre passé. Rien sur le présent. Son expression est indéchiffrable.

Mais son regard…

Ses yeux ne mentent pas, et la tendresse que j'y décèle est sur le point de me détruire. Parce que la tendresse qui émane de Jackson, c'est quelque chose que je n'arrive pas à gérer.

— Viens, dit-il, avant de me surprendre en m'attrapant par le bras.

— Où va-t-on ?

— À moins que tu ne souhaites obliger ce pauvre gars à rentrer chez lui à pied, on devrait sans doute s'éloigner de sa voiture. J'imagine qu'il se cache quelque part dans le coin.

— Oui. Bien sûr.

Je prends une profonde inspiration et m'efforce d'orienter mes pensées dans la bonne direction. Il n'est pas question de moi, ici. Ni de Jackson. Ni de nous, parce qu'il n'y pas de *nous*.

Il s'agit du village-club et je ferais bien de m'en souvenir.

— Il doit y avoir une cafétéria ouverte sur le

boulevard, dis-je. Allons prendre un café et un dessert, et on pourra discuter du projet.

— Je t'ai déjà fait part de mes exigences, princesse.

Je ne me donne pas la peine de répondre. Je me dis qu'il ne peut pas être sérieux. Que c'est un homme d'affaires accompli et qu'il s'agit d'un projet un or. Et qu'une fois sa colère retombée, on pourra discuter calmement.

Cependant, si je dois me fier à sa tête, le projet semble le cadet de ses soucis. Malgré tout, il se dirige vers Hollywood Boulevard et je considère cela comme une petite victoire.

Mais on ne va pas si loin. Il tourne à droite dès qu'on a dépassé la discothèque et m'entraîne vers le Redbury, un hôtel de charme sur lequel Cass s'est extasiée plus d'une fois.

— Pas question, dis-je (mais je garde encore la sensation de ses doigts en moi et je me plante énergiquement devant l'entrée principale). Tu peux toujours courir.

Il se retourne et je m'attends à le voir contrarié ou irrité, mais il a l'air de s'adoucir un peu.

— Mais non… dit-il simplement, presque avec gentillesse.

Puis il se penche et m'embrasse cette fois avec une telle délicatesse que je crois bien fondre sur place.

— Je ne suis pas l'homme que tu crois.

— Oh que si.

Et c'est là tout le problème !

Il hésite un bref instant, puis franchit les portes. J'envisage de protester à nouveau, mais je suis à la fois perturbée et épuisée. Je n'ai plus la force de me battre. Alors je vais rester à son côté et je verrai bien ce qui se passera.

— Jackson Steele, annonce-t-il au réceptionniste. Jennifer travaille ce soir ?

— Bien sûr, monsieur Steele. Un instant, je vous prie.

Peu après, une femme éblouissante en jupe moulante nous rejoint à l'accueil. Son badge sur le revers de sa veste indique : Jennifer Trane, gérante de nuit.

— Jackson, dit-elle en lui serrant la main d'une manière qui s'apparenterait à un baiser fougueux si elle n'était pas en service. Je n'ai pas remarqué que tu avais réservé.

— Pas du tout. J'ai finalement sauté le pas et me suis trouvé un pied-à-terre. Mais mon amie ici présente a besoin d'une chambre pour la nuit. Pourriez-vous lui en trouver une ? Sylvia Brooks, précise-t-il.

— Il y a intérêt, dis-je.

— Nous allons nous en occuper, répond Jennifer Trane comme si je n'avais pas parlé du tout.

S'il y a de la jalousie dans l'air, elle est drôlement bien dissimulée. Malgré moi, je me demande comment ces deux-là se connaissent. Tout en me disant que je mérite une claque, parce que je n'ai franchement pas besoin de m'engager sur ce terrain-là.

— Tout est arrangé, annonce le réceptionniste, avant de tendre à Jennifer une petite enveloppe avec ma carte magnétique.

— Par ici, mademoiselle Brooks, reprend Jennifer et je lui emboîte le pas.

Sur le moment, je me dis que je pourrais filer et prendre un taxi. Mais mon appartement de Santa

Monica me paraît soudain drôlement loin et l'idée d'un lit moelleux tout proche se révèle très alléchante.

Je me retourne et m'attends à voir Jackson derrière moi. Mais il est toujours dans le hall d'entrée.

— Au revoir, Sylvia, dit-il.

Pour la seconde fois ce soir, Jackson Steele s'en va.

8

Sylvia...
Sylvia...
Sylvia !

Je me réveille d'un bond, pantelante. Je me trouve dans une étrange pièce sombre et un truc ne cesse de bourdonner dans mon esprit tourmenté comme mon prénom, répété encore et encore.

Mais ce n'est pas mon prénom. C'est mon téléphone. Et tandis que je tâtonne pour le récupérer, je replonge dans la réalité.

Je suis dans une chambre d'hôtel. Toute seule.

Et Jackson ne lâche rien sur son ultimatum concernant le projet de village-club.

Eh bien, qu'il aille au diable !

Quant au reste, les souvenirs, la bulle dans laquelle je suis enfermée, ses caresses sur mon corps… je n'ai vraiment pas envie de m'aventurer sur ce chemin.

Mais j'ai beau me le dire, je ne peux m'empêcher d'être déçue quand je finis par regarder mon portable en plissant les yeux, pour découvrir que l'appel ne venait pas de Jackson.

Merde.

Je me redresse et m'étire, tout en écoutant le message de Cass sur ma boîte vocale.

« Salut, toi ! J'ai essayé de te retrouver hier soir et quelqu'un m'a dit t'avoir vue partir avec Jackson juste derrière toi. Alors j'espère qu'il a dit oui au projet et que tu es chez toi en train de dormir d'un sommeil victorieux. Ou alors il a dit non et tu dors du sommeil du vaincu. Quoi qu'il en soit, j'espère que tu n'as pas fait de bêtises. Zee et moi, on va pioncer quelques heures, mais si t'as ce message tout de suite, rappelle-moi. Il est… euh… pas tout à fait 8 heures. Et si j'ai pas de tes nouvelles à 10 heures, ça va me mettre en pétard. Pas d'excuses, Syl. Rappelle-moi. »

Fin du message.

Bon, OK.

J'hésite, car je ne suis pas tout à fait sûre d'avoir envie de parler. Mais c'est Cass et elle m'adore, et même si elle ne le dit pas franchement, je sais aussi qu'elle s'inquiète. Alors je prends sur moi et la rappelle.

— 'Spèce de peau de vache ! me lâche-t-elle sans préambule. Tu ne m'as même pas envoyé un texto. T'étais où ? Avec Jackson ?

— Désolée, ça m'est sorti de la tête, c'est tout. Non, j'étais pas avec lui. Enfin, plus tard si. J'étais avec Jackson plus tard.

— Alors t'es chez toi, maintenant ?

Mon regard explore la chambre et je plisse le front.

— Je suis au Redbury.

Le silence qui suit est si long que j'éloigne le portable de mon oreille pour m'assurer qu'on n'a pas été coupées.

— T'as baisé avec lui ?

— Non ! dis-je d'un air indigné.

Je luis mens à moitié, dans la mesure où Jackson avait quand même les doigts dans ma petite culotte.

— Je n'étais même pas avec lui la plupart du temps. Je… et puis merde, Cass… Je suis allée à l'Avalon.

— 'Tain, j'hallucine, Syl. Sérieux ?

À présent, l'inquiétude transparaît dans sa voix, car elle sait que je ne me suis pas rendue dans cette boîte pour danser.

Je m'empresse de la rassurer.

— Tout va bien. Je vais bien.

— Tu vas avoir besoin d'un nouveau tatouage ?

Elle s'exprime d'une voix mesurée en détachant chaque syllabe.

Ce n'est pas de la colère, je pense. Mais de la peur.

— Non, dis-je, trop heureuse que Jackson soit apparu au bon moment. Enfin presque… Mais non, pas de tatouage.

— J'arrive.

— Non, Cass, franchement. Ça va. Je vais me laver et aller au bureau. Voir si je peux trouver un autre architecte qui fera le bonheur des investisseurs, dis-je d'une voix légère, même si je sais que ma démarche est totalement vouée à l'échec.

— T'es sûre ? Tu n'as pas de voiture et je ne suis pas si loin.

— Certaine. Et puis tu ne vas pas laisser Zee, qui n'a sans doute pas envie de passer la matinée avec moi. Non, vraiment, tout va bien.

— OK. Écoute. Zee vit à Silver Lake et là-bas, le réseau est merdique. Alors si tu appelles et que je ne réponds pas, laisse un message et je te rappellerai depuis son fixe.

— Je ne t'appellerai pas. Tout va bien. Arrête de jouer les mamans.

— Je m'inquiète pour toi.

— Tu n'as aucune raison, dis-je gentiment. Tout va très bien.

Je devine son expression mécontente.

— Parfait. À cet aprèm alors. J'ai un rendez-vous à 13 heures qui devrait m'occuper deux heures, mais ensuite je suis libre. Tu me retrouves à la boutique à 15 heures ?

Et comme nous devons toutes les deux nous rassurer sur mon état, j'accepte.

— Ouais. On pourra se faire un déjeuner tardif.

— Oublie ça. J'aurai besoin d'un apéro précoce.

J'éclate de rire et on raccroche.

Sur le moment, je me demande si je ne devrais pas me rendormir quelques heures ou simplement rentrer en taxi. Une fois dans la salle de bains, j'opte pour un compromis et décide de prendre une douche. D'autant que la pièce est fabuleuse, avec son carrelage noir et sa douche à l'italienne.

J'ouvre le robinet et attends que la température de l'eau soit à mon goût, tout en restant nue devant le miroir.

Tu vas avoir besoin d'un nouveau tatouage ?

Les paroles de Cass semblent résonner dans la petite pièce, tandis que je glisse mes doigts sur le cadenas, juste au-dessus de mes poils pubiens. Le premier d'une série si longue. Le miroir ne descend pas jusqu'au sol mais, en reculant un peu, je me vois quasiment en pied. Mais je n'ai pas besoin de regarder, je connais l'emplacement de chaque tatouage. Chaque souvenir. Chaque marque. Chaque douleur.

Je pivote la jambe vers l'extérieur et révèle le ruban rouge qui ondule entre mon torse et ma cuisse gauche, s'enroulant de mon pubis à ma hanche. Sur celui-ci, des initiales : TS, KC, DW. Petites et subtilement calligraphiées, tel le texte d'un manuscrit médiéval, comme si les lettres semblaient inscrites au hasard. Bien sûr, c'est tout le contraire.

Je me souviens de cette fameuse nuit avec Jackson – celle qui portait en elle la force et l'émotion de toute une vie. Il avait promené son doigt sur le ruban et demandé ce que ça voulait dire. Je lui ai menti, en lui disant que ça ne signifiait rien. Les initiales veulent tout dire. Elles représentent à la fois la honte et le pouvoir. Elles me rappellent celle que j'étais et celle que je ne serai plus jamais.

Elles représentent des hommes tels que Louis. Des hommes que j'ai dragués dans les années qui ont précédé Jackson. Des hommes que j'ai emmenés dans mon lit pour les utiliser.

Je mordille ma lèvre inférieure, en songeant à l'intervention de Jackson hier soir.

Je ne l'avais pas fait – piéger un gars dans ma ligne de mire pour le draguer ensuite sans relâche – depuis l'époque précédant Atlanta. Mais hier soir, je crevais d'envie de me défouler, de prendre le contrôle. Ce matin, je l'aurais à coup sûr regretté.

Je me tourne un peu afin de regarder mon dos dans la glace. Sous cet angle, j'aperçois à peine le tatouage rouge dans le creux de mon dos, au-dessus des fesses. Mais bon, je connais ce tatouage. Même si je ne l'ai jamais vu ailleurs que dans un miroir. Je connais cette ligne et ces courbes. Un J calligraphié, entrelacé avec un S, à l'instar d'un monogramme ouvragé.

Les initiales de Jackson, comme marquées au fer rouge en moi.

Dans un soupir, je presse ma paume sur le tatouage. Le jour de mon retour d'Atlanta, je suis allée voir Cass. Je n'ai rien expliqué, n'ai pas dit un mot. Il s'est écoulé près d'un mois avant que je ne lui parle de Jackson et moi. Mais j'avais besoin du tatouage sur-le-champ. Besoin de la douleur qui estampillait le souvenir. Et d'une parcelle de Jackson toujours sur ma peau.

J'ai d'autres tatouages. Sur les seins, entre les omoplates, sur les hanches. Un chemin ondoyant en silence dans les tourments de mon existence. Tous sont discrets, si bien qu'aucune jupe ou aucun corsage ne révèle jamais mes secrets au travail. Mais ils sont tous là lorsque c'est nécessaire.

Pour l'heure, je n'en ai pas besoin. J'ai une carrière dans laquelle je progresse, de bons amis, un patron génial. Je vais de l'avant dans ma vie ; je n'ai plus besoin de me tenir nue devant un miroir et de suivre du doigt le chemin de mes triomphes et de mes tragédies pour me donner de la force.

Voilà plusieurs années que je me sens forte, compétente et maîtresse de mes émotions. Mais à présent, tout redevient gris autour de moi et ce contrôle que je tenais tant à garder me file entre les doigts.

La panique s'insinue à travers les fissures de ma carapace et je sais pourquoi. Parce que au lieu de les conquérir, j'ai tenté de leur échapper. J'ai fui Jackson au plus vite, avant de me recroqueviller et de mener une vie sous anesthésie.

Mais il est de retour à présent, et je fourmille de désir de toutes parts, comme un membre engourdi qui revient à la vie, et franchement, j'ignore si je peux gérer ça.

Non, c'est faux. Je sais que je ne peux *pas* gérer. Je le sais, puisque je n'ai pu le faire la première fois.

J'ai besoin de me sortir Jackson Steele de la tête.

Sauf que… je le désire plus que tout.

Voilà, je l'ai dit, même si c'est uniquement en pensée. *Je le veux*.

Le temps et l'éloignement n'ont pas atténué l'envie, pas plus que le chagrin et la colère n'y sont parvenus.

Je veux le toucher. Je veux ses mains sur moi. Je veux tout ce qu'il peut m'offrir.

Mais pas question de craquer encore. Pas question d'être anéantie au point de perdre tout contrôle. Pas question d'avoir peur de mes propres réactions.

Je ne peux pas gérer cette sensation d'être totalement détachée de moi-même, comme si quelqu'un d'autre éprouvait tout à ma place. Agissait à ma place.

Et c'est clair que je ne peux pas gérer les cauchemars qui vont de pair avec cette sensation. Des cauchemars dont je me suis pour la plupart débarrassée, et que je ne souhaite plus voir réapparaître. Ni maintenant. Ni jamais.

Et je ne veux pas qu'on se serve de moi.

Être réduite à l'état d'esclave, en quelque sorte.

Cette seule idée me fait paniquer et je dois fermer les yeux, me replier sur moi-même et respirer lentement et posément.

Pfft ! Je devrais peut-être même lui être reconnaissante de m'avoir lancé cet ultimatum. Parce que j'étais carrément idiote de croire que je pourrais travailler avec lui, même si c'était le seul moyen de sauver le projet.

Non. Je ne peux pas abandonner. Pas encore. Pas avant d'avoir tout tenté.

Je dois donc me plonger dans l'énorme base de données de la société, qui répertorie tous les projets de construction en cours dans le monde entier.

Même si je sais déjà que chaque remplaçant potentiel est pris pour plusieurs années, je dois quand même tenter le coup.

Comme la ligne rouge du métro passe à la station Hollywood-Vine et peut me déposer à une rue de la Stark Tower, je décide d'aller directement au bureau avec ma robe de cocktail. J'enfilerai la tenue de rechange que j'ai là-bas avant de me mettre au boulot.

J'oublie la douche, me rhabille en vitesse, puis je file. L'extérieur gris métallisé contraste avec le carrelage or et jaune-vert qui illumine la station. Je n'ai pas mon passe, mais une carte de crédit, alors j'achète un ticket et me dépêche de sauter dans la rame qui vient d'arriver à quai. Je me laisse porter par un groupe de touristes. Il n'y a plus de place assise, mais lorsque la rame s'arrête à la station Western, un gars en costard-cravate descend. Je suis ravie de pouvoir m'affaler sur ce siège vacant et c'est alors que je remarque un visage familier parmi les voyageurs.

Jackson ?

Je papillonne des paupières, puis regarde à nouveau. Il a disparu.

J'ai dû me tromper. Sans doute quelqu'un avec ses yeux, ses cheveux. Mais peu importe. Je me sens toujours un peu triste et plus que déboussolée.

Je suis en deuil, me dis-je. C'est vrai. Je dois faire le deuil de ma carrière et du projet de village-club.

Mais je dois surtout faire le deuil de la promesse de Jackson, morte il y a cinq ans. Une promesse que j'ai totalement et douloureusement détruite quand j'ai demandé à Jackson de s'en aller.

Je m'étais réveillée dans la nuit avec des sueurs froides, les draps trempés, le souvenir du visage de Jackson se fondant avec celui de Bob qui hantait toujours mon esprit.

À mon côté, Jackson dormait. Je suis sortie du lit en roulant sur moi-même, luttant contre la nausée. Je me suis alors retrouvée à quatre pattes par terre, à essayer de contrôler ma respiration, jusqu'à ce que je sois sûre de ne pas vomir.

Peine perdue. J'ai plaqué une main sur ma bouche et couru dans la salle de bains, où je suis arrivée juste à temps. J'ai ouvert le robinet de la douche en mettant l'eau chaude à fond, pour ne pas dire bouillante, puis je suis entrée dans la baignoire.

Je ne suis pas restée debout. Je me suis assise là, les genoux remontés contre la poitrine et la tête baissée. L'eau ruisselait sur moi. Et tandis que la vapeur s'élevait tout autour, je grelottais.

J'avais commis une erreur. J'étais tellement accaparée par cet homme que j'en avais oublié les conséquences à venir. J'avais ignoré les signes annonciateurs, les avertissements. Les petites étincelles de panique et de frayeur.

J'avais cru pouvoir maîtriser cela. Mais ce n'était pas vrai du tout.

J'avais capitulé. Corps et âme. J'avais réagi à chaque caresse, succombé à chaque caprice.

J'avais connu le plaisir – un plaisir incommensurable, certes –, mais il était entaché par ses exigences.

Et, pire, par ma réaction envers lui. Par le fait que je me berçais d'illusion en croyant encore contrôler je ne sais quoi, parce qu'il lui suffisait de me dire d'écarter les jambes pour que j'obtempère. Et sans la moindre vergogne.

Je ne me suis imposé qu'une seule chose et un seul homme menaçant aura suffi à tout faire voler en éclats.

Jackson est entré dans ma vie comme une tornade. Pressé, violent et inattendu. Sa puissance et son intensité m'ont tellement submergée que j'en ai oublié à quel point il était dangereux pour moi. Pendant des années, j'ai tout fait pour tenir les rênes. Pour repousser tous les démons que Bob avait instillés en moi. Et j'y suis parvenue. J'avais trouvé un moyen. Peut-être qu'il n'était pas parfait, mais ça fonctionnait. Ou du moins jusqu'à ce soir.

Ce soir, Jackson a tout balayé. Et je me suis retrouvée démolie, brisée.

Je n'ai pas su quoi faire. Tout ce que je savais, c'était que je voulais fuir, mais je craignais qu'en agissant ainsi, Jackson me suive.

L'idée m'a chaviré le cœur, de désir ou de peur, je n'aurais su dire. Le fait est que je devais mettre un terme à cette histoire. Tant qu'elle était encore récente. Tant que ce serait encore facile.

Sauf que ce ne serait pas facile.

Au contraire, ce serait la décision la plus difficile à prendre de mon existence.

Rester avec lui se révélerait plus difficile encore.

Et si une partie de moi suppliait de faire précisément cela, l'autre savait que je n'étais pas assez forte.

Et si je voulais survivre, je devais mettre un terme à cette relation.

Même si ça devait nous réduire en miettes, lui et moi.

*

Lorsque la rame s'arrête à la station Civic Center, je chasse ces souvenirs d'un battement de cils, puis je suis les voyageurs dans la rue, avant d'emprunter le trottoir menant à la Stark Tower. Joe est de service au poste de sécurité et hausse les sourcils en me voyant.

— Vous allez bien, mademoiselle Brooks ? demande-t-il en se levant.

Je réalise qu'avec ma robe de cocktail froissée et mon maquillage dégoulinant, je dois avoir l'air d'un épouvantail. À peu de choses près, j'imagine.

Je lève la main pour désamorcer tout agacement ou inquiétude de sa part.

— Pas de panique. C'était pas mon jour… à la puissance dix. Mais tout va bien. J'ai juste besoin d'accéder à mon vestiaire.

Il n'a pas l'air totalement convaincu, mais me fait signe de passer pour gagner les ascenseurs.

— Ouvrez-moi le gymnase, s'il vous plaît, dis-je en faisant référence à la salle de fitness du vingt et unième étage. J'ai une clé de rechange dans mon vestiaire, comme ça je n'aurai plus à vous déranger.

Il y a rarement du monde dans la salle, le samedi – quand les gens viennent le week-end, c'est en général pour travailler, mais pas travailler leurs muscles –, si bien que je me faufile jusqu'aux vestiaires des femmes sans me faire remarquer. Comme tout ce qui concerne l'univers Stark, l'endroit est top et n'a rien à envier aux centres de mise en forme dernier cri de Los Angeles. Je prends une douche, enfile la jupe et le chemisier de rechange, ainsi que les escarpins assortis, puis je prends le temps de me remaquiller. Je doute que Damien soit sur place – ces temps-ci, il travaille plutôt dans sa maison de Malibu le week-end –, mais si je dois croiser mon patron, autant avoir l'air pro et maîtriser la situation.

Avec un peu de chance, mes recherches ne me prendront que quelques heures. Ensuite, je peux appeler Damien, m'arranger pour le retrouver chez lui ce soir ou encore programmer un rendez-vous demain au bureau à la première heure. D'une manière ou d'une autre, le temps presse et j'espère de tout cœur que la chance sera de mon côté.

Je prends l'ascenseur pour le penthouse qui abrite le bureau de Damien d'un côté et son appartement privé de l'autre. La cabine s'ouvre sur la partie bureau. Je vois Rachel à mon poste de travail, la tête penchée, tandis que la voix de Damien résonne à l'interphone :

— Essayez chez elle.

— Je l'ai fait, répond Rachel. Je suis aussi tombée sur sa messagerie. J'imagine qu'elle est sortie et n'a plus de batterie sur son portable, mais je suis sûre qu'elle écoutera ses messages quand elle se rendra compte que… Oh ! La voilà ! s'écrie Rachel en levant la tête, visiblement soulagée. Je vous l'envoie.

Elle coupe l'interphone, puis elle me glisse un journal plié dans les mains.

— Tu regarderas plus tard, dit-elle, mais sache que tu es superbe sur la photo.

— Qu'est-ce qui se passe ?

— Il est là avec Aiden. File !

— Avec Aiden.

En qualité de vice-président de Stark Real Estate Development, Aiden est mon supérieur hiérarchique direct sur ce projet, et le fait qu'il soit dans le bureau avec Damien – et que tous deux me cherchent – me secoue un peu.

— Qu'est-ce qui s'est passé ?

Je suis certaine qu'elle est au courant. À son poste, elle sait quasiment tout.

— Aiden a reçu un coup de fil d'un des investisseurs.

— Ah bon ? Qui ça ? Quand ?

— Aucune idée. Il a appelé Damien et ils se sont retrouvés ici. Damien est arrivé il y a environ une demi-heure et Aiden l'a suivi.

— Merde… (Je jette un coup d'œil à mon téléphone. Batterie à plat, en effet. Je le tends à Rachel.) Peux-tu le mettre en charge, s'il te plaît ?

— Pas de problème, dit-elle, avant de me désigner à nouveau la porte. Ne traîne pas !

J'y vais.

— C'est bien que vous soyez là, dit Damien sans préambule.

Debout devant ses baies vitrées, il contemple le centre-ville qui s'étale sous ses yeux. Aiden occupe le petit canapé situé dans le coin salon et me salue d'un signe de tête. Originaire de Londres, il s'est installé ici avec sa famille quand il était adolescent. Je dois avouer que j'adore sa façon de parler, très côte est, avec un soupçon d'accent britannique.

Malgré toutes ces années passées aux États-Unis, il a conservé ce côté haute société british. L'allure, une certaine classe et le reste. Quelqu'un m'a un jour confié qu'il arrivait en centième position dans l'ordre de succession au trône. À le regarder, ça ne m'étonne pas, même s'il ne se fait sans doute pas trop d'illusions quant à cette éventualité.

Il me verse un verre d'eau, qu'il pose ensuite sur la table en face de lui. Je m'installe sur le fauteuil le plus proche, ravie de boire une gorgée.

— Rachel m'a mise au courant, dis-je. Qu'est-ce qui s'est passé au juste ?

— Dallas Sykes m'a appelé chez moi, répond Aiden en faisant allusion au P-DG de la plus grosse chaîne de grands magasins du pays. Il était pour le moins décontenancé.

Le choix du mot me fait hausser un sourcil. Dallas Sykes alimente toujours la presse people : une réputation de bad boy sexy qui a hérité de son poste de grand patron et passe le plus clair de son temps à changer de maîtresse. Donc le mot « décontenancé » ne colle pas vraiment au personnage. Et je ne vois pas bien ce qui pourrait le chagriner, de toute manière. Mais je ne dis rien, persuadée qu'Aiden ou Damien va éclairer ma lanterne.

D'ailleurs, Damien se détourne de la baie vitrée pour nous faire face.

— Apparemment, un journaliste a appelé Dallas ce matin aux aurores, ou presque. La rumeur circule que le projet est mort.

— Quoi ?

Damien croise mon regard et enchaîne :

— Le journaliste a su que Glau abandonnait le navire – une info qu'on ne peut qu'attribuer aux collaborateurs de Glau –, mais il a aussi entendu dire que notre premier remplaçant potentiel avait envoyé Stark International sur les roses.

La nouvelle me fait l'effet d'un coup de couteau dans le cœur.

— C'est…

J'allais dire *ridicule*, mais ça ne l'est pas vraiment. Cela correspond grosso modo à la réaction de Jackson. Il ne m'a proposé qu'une seule alternative… que je n'ai aucune intention d'accepter.

— J'ignore où le journaliste a pu aller pêcher l'info, dis-je. Steele n'a pas dit oui, mais sans pour autant dire non, dis-je en tripotant nerveusement le journal posé sur mes genoux. Et si la nouvelle se répand parmi les autres investisseurs…

Je me relève en laissant tomber le journal sur la table basse. Celui-ci s'ouvre sur une photo prise au gala d'hier. Je me tiens debout près de Jackson qui entoure la superbe brune de son bras. En les voyant, mon estomac se noue et j'étouffe un juron.

— Pfft ! J'ai tout géré de travers, dis-je. Non seulement je n'ai pas réussi à recruter Steele hier soir, mais l'info a fuité plus ou moins à cause de moi. (Je les regarde à tour de rôle en ajoutant :) Je suis désolée.

En vérité, je ne sais franchement pas à quel moment j'ai dérapé, mais ce projet est sous ma responsabilité et si quelque chose a merdé, alors c'est à moi de porter le chapeau.

— Avez-vous dit à quiconque que Steele était dans notre ligne de mire pour Glau ? demande Stark.

— À Cass et à Wyatt. Mais ils n'ont aucun intérêt personnel.

— Et à Steele ? intervient Aiden.

— Eh bien, évidemment. Dans la mesure où je

l'approchais pour lui faire une offre, ça allait de soi, de toute façon.

Aiden hausse un sourcil, d'une manière que je trouve très britannique, et lance un regard à Damien.

— Ça ne me surprendrait pas, dit-il.

— Attendez une minute, dis-je en les regardant de nouveau à tour de rôle. Vous suggérez que Jackson Steele aurait lâché cette indiscrétion à un journaliste ? Pourquoi ferait-il un truc pareil ?

— J'ai mené ma petite enquête, quand il a décliné avec force mon offre pour le projet aux Bahamas, explique Damien. Pendant que certaines de mes affaires prospéraient, il s'avère que certaines des siennes ont mal tourné. (Il croise mon regard et poursuit :) Je savais que les chances de l'intégrer dans l'équipe étaient minces. Ça ne m'a pas effleuré l'esprit qu'il puisse lancer des rumeurs.

— Je n'en reviens pas.

En fait, je ne sais pas si je suis furieuse ou sidérée.

Je m'apprête à leur dire que je ne crois absolument pas Jackson capable d'une telle attitude, puis je me souviens de sa remarque au sujet de la vengeance. S'il veut s'en prendre à moi, il peut aussi bien sortir le grand jeu.

— Vous avez fait tout votre possible, reprend Aiden, alors que mon humeur commence à s'échauffer. Et vous avez fourni un excellent travail. Faites-vous virer par Damien, et je vous offre un bureau au vingt-huitième étage quand ça vous chante.

Je souris malgré moi. Stark Real Estate Development occupe la totalité de cet étage, avec trente-trois bureaux annexes dans le monde. Mais cela n'a rien à voir avec mon travail, il s'agit avant tout de ce projet.

Un projet que Jackson Steele m'a arraché des mains.

Merde.

Je regarde Damien droit dans les yeux.

— On peut carrément faire une croix dessus, alors ?

— À moins que Steele n'accepte comme par miracle, alors oui, j'ai bien peur qu'on doive dire adieu au projet.

Il s'adresse ensuite à Aiden :

— On a déjà programmé la visioconférence pour lundi. D'ici là, le mot d'ordre pour le service Relations publiques, c'est de répondre : « Pas de commentaire. » Après la visioconférence, on publiera un communiqué. Syl, enchaîne-t-il à mon adresse, préparez-moi une ébauche pour ce matin.

— Je m'y attelle tout de suite, dis-je, trop heureuse d'avoir un prétexte pour m'en aller.

Pour l'heure, je n'ai qu'une envie, quitter ce bureau.

Je suis en train de sortir quand j'entends l'interphone de Damien. Comme la porte est entrouverte, je perçois la voix de Rachel en stéréo.

— Monsieur Stark, un certain M. Jackson Steele souhaiterait vous voir.

Je me fige dans l'embrasure, le bras tendu devant moi. Il est effectivement là ; il attrape la porte et l'ouvre grand, si bien que je n'ai plus qu'à me dérider tout de suite ou carrément tomber à la renverse.

Je me ressaisis tant bien que mal et recule en trébuchant.

— Mademoiselle Brooks !

Il me serre la main, mais je ne sais pas trop si c'est pour me saluer ou m'empêcher de m'écrouler. Il la lâche au bout de quelques secondes, puis s'approche de Damien avec assurance.

— Monsieur Stark, enchaîne-t-il tandis qu'ils échangent une poignée de mains. Quel plaisir de vous revoir. Désolé de venir sans rendez-vous, mais je tenais à vous dire de vive voix combien je suis enthousiaste à l'idée de faire partie du projet du Domaine de Cortez.

9

Le reste du rendez-vous est plus ou moins brouillé par la fureur qui m'assaille, même si je parviens à me maîtriser jusqu'à ce que Jackson et moi quittions le bureau de Damien. Aiden doit appeler personnellement Sykes et les autres investisseurs, histoire de dissiper les rumeurs et annoncer la participation de Jackson.

Je garde le silence tandis que je le conduis dans l'unique petite salle de conférences de l'étage. Sitôt que la porte est fermée, j'explose :

— Mais enfin, à quoi ça rime, tout ça ? Qu'est-ce que tu viens de faire, bon sang ?

Je me rue sur le pavé tactile posé sur un petit placard et presse le bouton qui commande la fermeture des stores électroniques. J'ai l'intention de donner libre cours à ma rage et ne tiens absolument pas à ce qu'on me voie.

Jackson, en revanche, est d'un calme impitoyable.

— Je m'assure simplement que tout le monde ait toutes les informations pertinentes.

— Qu'est-ce que ça veut dire au juste ?

Il se poste à la fenêtre, où l'on voit Los Angeles s'étendre à perte de vue. Ça me rappelle la photo à la première du documentaire : Jackson sur la poutrelle, en jean et casque de chantier, le pouvoir et le contrôle, la force et le mouvement. Aujourd'hui, il arbore un costume sur mesure ; une allure impeccable, bien dans sa peau.

Ou à peu près.

Parce qu'il est impossible de ne pas remarquer la blessure sur sa joue. Un pansement papillon la recouvre, mais l'entaille et l'ecchymose se voient plus ou moins. Et en baissant les yeux, je découvre également ses phalanges écorchées.

Ces blessures n'étaient pas là hier soir et je suis absolument certaine d'en être la cause.

Je ne sais pas trop l'effet que ça me procure, d'ailleurs.

Il est peut-être blessé, mais rien chez cet homme ne ressemble à une victime. Au contraire, il a l'habitude d'obtenir ce qu'il veut et, en ce moment même, je sais exactement ce qu'il fait.

— Stark est un homme puissant, dit-il, en se détournant de la fenêtre pour me faire face. Je ne veux pas qu'il ait une mauvaise opinion de moi, en croyant que j'ai décliné l'offre de collaboration.

Je riposte aussitôt :

— Évite de me servir ce genre de conneries ! Tu as refusé le projet des Bahamas sans même sourciller.

Il se contente de hausser les épaules.

— Peut-être que j'étais surbooké. Peut-être que les clauses du contrat n'étaient pas acceptables.

— Ou peut-être que tu as dit à Stark que tu ne voulais pas travailler sur un projet international. Que son influence était bien trop tentaculaire à ton goût et qu'il te ferait de l'ombre.

— Exact, admet-il. Mais n'est-ce pas raisonnable de ma part de souhaiter à présent montrer à M. Stark que j'ai parlé un peu trop vite ? Parce que en vérité, j'ai moi-même beaucoup d'influence et si je réalise ce projet, il finira par être connu comme une création de Jackson Steele.

Il croise mon regard en esquissant un léger sourire, signifiant qu'il s'amuse comme un petit fou.

— Tu n'es pas d'accord ?

Comme il vient de me renvoyer mes propres paroles au visage, je peux difficilement le contredire.

— Je suis prêt, tout à fait disposé et capable de me lancer. Et je tenais à ce que Stark le sache. La seule question qui subsiste concerne les clauses particulières du contrat, et je pense que c'est ce que Stark t'a demandé de régler avec moi.

Exact. Dès le début, Damien m'avait laissé le soin d'établir ça avec Glau, et à présent, je suis censée faire de même avec Steele.

Étrangement, je sais déjà que notre point de friction, ce sera moi. *Moi*.

Il sourit à belles dents, satisfait de son coup.

— S'il s'avère qu'on n'arrive pas à se mettre d'accord, tu peux ensuite lui en faire part. Mais au moins, je sortirai d'ici avec la certitude que Damien Stark sait que j'étais, en tout cas momentanément, prêt à travailler sur son village-club. Enthousiaste, même, ajoute-t-il en me toisant de la tête aux pieds.

J'éprouve alors un plaisir des sens que – bon sang ! – je ne veux absolument pas éprouver. Je n'ai qu'une envie, fuir.

Je m'efforce de me redresser. De parler avec calme

et professionnalisme, alors que j'ai les nerfs à fleur de peau. Sans compter ce satané désir qui me tenaille.

— Pourquoi fais-tu ça ?

— Tu le sais très bien, répond-il en s'avançant vers moi.

Je tiens bon, résiste à l'envie de reculer pour me cramponner au petit buffet derrière moi.

— Parce que je te veux, Sylvia.

Il tend la main et promène son doigt sur ma gorge. Je reste immobile, luttant pour ne pas frémir au contact de sa peau.

— J'ai envie de te voir nue, murmure-t-il d'une voix tentante comme le péché. J'ai envie de te voir offerte. Que tu t'ouvres à moi. Et je pense, ajoute-t-il d'un ton qui ne supporte pas la contradiction, que tu en as envie aussi.

J'exhale un lent soupir et m'oblige à le regarder.

— Va te faire foutre, Jackson Steele.

— Je t'ai dit un jour que j'étais un homme qui ne lâchait pas prise lorsqu'il voulait quelque chose, et ça reste valable. Mais j'ai une question à te poser, Sylvia. Es-tu une femme à agir de même ? Tu affirmes vouloir ce projet, ce village-club. Prouve-le. Tu n'as qu'à t'en emparer. Pour l'instant, le seul obstacle, c'est toi.

Je ne dis rien, car j'ai trop peur des paroles que je risque de prononcer.

Son regard, d'un bleu intense, se plante dans le mien.

— Ce soir. 20 heures. Tiens-toi prête pour moi.

*

J'ouvre la porte vitrée de Totally Tattoo et suis aussitôt assaillie par des couleurs criardes et une musique tout aussi agressive.

— Sylvia ! s'écrie Joy en me claquant la main, tandis que j'avance vers la cage de verre qui abrite la caisse et un présentoir pour les différents anneaux et tiges de piercing vendus dans la boutique.

Cass ne fait pas de piercings, c'est Joy qui s'en charge depuis qu'elle a été embauchée il y a un an.

— Quand est-ce que je te fais un piercing à la langue, ma belle ? demande-t-elle, comme chaque fois que je passe les voir.

— Jamais, je pense, dis-je comme toujours.

En théorie, je n'ai rien contre les piercings à la langue. En pratique, je suis bien trop douillette pour tenter le coup.

— T'es drôlement en avance, mais j'ai quasiment fini ! me crie Cass à l'arrière.

Joy penche la tête en me regardant :

— Cass a quasiment fini. Elle dit que tu peux venir.

— Tu peux venir ! résonne la voix de Cass depuis sa table.

J'échange un sourire complice avec Joy, puis me dirige vers le fond de l'atelier.

Cass retire ses gants en latex, tandis que son client – un grand chauve avec des bras guère plus gros que les mollets de la plupart des hommes – se tient debout, torse nu, et admire l'énorme dragon multicolore qu'elle lui a tatoué dans le dos.

— Super, dis-je.

— 'Tain, génial ! approuve le type.

— Jusqu'ici, ça rend bien, rectifie Cass. Tu repasses

dans deux semaines, Gar, et tu verras vraiment ta créature dans toute sa splendeur.

— OK, Cass, dit-il avant d'enfiler un tee-shirt avec un logo que je ne reconnais pas mais qui doit appartenir à un groupe de heavy metal ou à une marque de moto.

— Il est adorable, reprend Cass dès que le gars a franchi la porte. Il veut que le tatouage soit fini avant son mariage en janvier. J'imagine qu'ils iront en lune de miel à Cozumel, au Mexique, et il a bien l'intention d'avoir un look d'enfer s'il doit passer le plus clair de son temps torse nu.

Tout en parlant, elle nettoie son poste de travail et je m'assois sur la table en la regardant tranquillement.

— Laisse-moi une dizaine de minutes pour tout ranger et on pourra sortir. Je n'ai pas d'autres rendez-vous aujourd'hui et Tamra est là au cas où un client se pointerait à l'improviste.

Je jette un regard alentour en quête de l'imperceptible Tamra.

— Elle se cache sous l'un des postes de travail ?

Ce n'est pas impossible, dans la mesure où Tamra est la femme la plus menue que je connaisse : petite, mince et parfaitement proportionnée.

— Trop drôle. Non, elle est dans l'arrière-boutique. En tout cas, dit-elle en haussant le ton pour me signifier qu'elle ne supportera pas d'autre commentaire idiot de ma part, j'ai envie d'un déjeuner tardif et bien arrosé, ensuite shopping et je me lâche.

— L'alcool est le seul moyen de faire chauffer ta carte de crédit ?

— Absolument. Et je dois arpenter les boutiques, parce que j'ai besoin d'une tenue pour Halloween.

— Sérieux ?

Depuis que je la connais, Cass porte toujours le même déguisement. Une jupe rose à fleurs, un tee-shirt uni assorti, et des talons aiguilles de huit centimètres. Son costume de fille hétéro.

— Zee organise une fête. Il faut me faut un truc nouveau.

J'incline la tête d'un air ironique.

— Tu craques pour quelqu'un qui ne partage pas ton sens de l'humour ?

— Principe de précaution, avoue-t-elle un peu honteuse. Elle me plaît, OK ?

J'acquiesce en silence. Même si je ne l'ai vue que quelques minutes, cette fille m'a plu aussi. Mais Cass est juste un peu bizarre, voire carrément déjantée parfois. Elle peut s'habiller très femme, grunge, sport, ou ultraclasse avec le même aplomb, et elle a autant de principes en matière de sexualité que de germes de blé dans sa cuisine, c'est-à-dire aucun.

Si elle craint que son déguisement de fille hétéro ne passe pas auprès de Zee, alors je suis tout ouïe.

— Pas de panique, maman, dit-elle. J'ai juste envie de changer. Nouvelle fille. Nouveau déguisement. Ça n'a rien d'une conspiration.

— Parfait. Alors je te souhaite un shopping d'enfer.

— Tu la trouves sympa, non ?

Une fois de plus, j'observe Cass d'un air méfiant, car d'habitude, elle n'a pas besoin qu'on la rassure au sujet de la personne avec qui elle partage son lit. Bref, soit elle craque à fond pour cette fille, soit elle doute carrément d'elle-même.

Comme ça me plonge moi aussi dans le doute,

j'opte pour la réponse classique et encourageante de la meilleure amie.

— Je la trouve effectivement sympa, dis-je sans me forcer. Qu'est-ce qu'elle fait dans la vie, au fait ?

— Elle a un restaurant en cogérance. Cool, hein ? Je veux dire, j'adore manger.

Je jette un coup d'œil sur son poste de travail, où elle garde d'habitude deux pots remplis de bonbons multicolores et de caramels en tout genre. Hormis les confiseries, elle grignote plutôt des en-cas sur le pouce.

— Donc, elle réchauffe des bagels surgelés et propose des céréales Cap'n Crunch ?

Cass me regarde en fronçant les sourcils, tout en vérifiant si elle n'a rien oublié de ranger ou de nettoyer.

— Les Cap'n Crunch sont au cœur d'un des groupes d'aliments de base.

— Bien sûr. Comme le vin fait partie du groupe des fruits.

— Tout à fait.

— Donc, si elle gère un restau, tu devrais lui demander conseil pour la franchise.

Cass souhaite développer Totally Tattoo dans toute la Californie et peut-être dans d'autres États. Elle penche pour le franchisage et je lui ai proposé de l'aider en demandant à un avocat de Bender, Twain & McGuire – le cabinet principal de Stark –, de la rencontrer pour lui présenter toutes les possibilités qui s'offrent à elle.

Cass lève le nez du comptoir qu'elle est en train de ranger.

— Excellente idée. Sauf que je ne pense pas qu'elle soit franchisée.

— Tu ne risques rien à lui demander, dis-je. On

n'est jamais trop informé. Et puis, si tu lui en parles dans son restaurant, tu auras peut-être un repas gratuit.

Je souris à belles dents pour lui montrer que je plaisante. Ou presque.

— Avec tout ça, tu m'as donné faim. Allez, on se bouge !

— Ouais, à propos…

Je m'interromps en faisant la grimace et elle s'arrête net, les mains sur les hanches.

— OK, crache le morceau.

— Disons que… j'ai besoin d'un tatouage, en fait.

— 'Spèce de garce, tu m'as dit que t'avais pas couché avec lui !

— Exact. Je te le jure. Ce tatouage n'a rien à voir. C'est au sujet de… Pfft ! OK, voilà ce qui s'est passé.

Je lui résume la situation et vois ses yeux s'écarquiller comme des soucoupes.

— Quel sale con.

— C'est exactement ce que je lui ai balancé. Et d'autres noms d'oiseau aussi.

Toujours assise sur la table, je ramène les genoux contre ma poitrine.

— Il m'a piégée et se sert de moi, Cass. Il m'utilise et je veux que tu me tatoues une putain de chaîne, parce que je le laisse faire, alors que j'avais juré que ça ne se reproduirait plus. Mais bon, je lui cède, parce que je ne peux pas laisser partir le projet de village-club.

Je ferme les yeux en plissant fort les paupières. J'ai envie de pleurer, mais je ne suis même pas capable de verser une foutue larme.

Pas même ça. Un truc aussi simple, je n'y arrive pas.

— Il m'emprisonne, dis-je quand j'ouvre les yeux

et croise le regard de Cass. Une chaîne. Je veux une chaîne.

— *Non*, réplique-t-elle, l'air aussi féroce que sa voix. Je t'interdis de voir la situation sous cet angle. Tu *pourrais* lâcher prise. Mais ce projet signifie beaucoup pour toi. Alors tu l'utilises lui. C'est toi, répète-t-elle en me pressant l'épaule avec son doigt. C'est *toi* qui l'utilises, *lui*. Tu t'en sers pour obtenir ce que tu veux.

— Le projet. Je veux ce projet. Et je fais tout pour l'avoir.

— Exact ! Ben merde alors ! Comme tu as présenté dès le début l'idée à Stark. Tu te donnes à fond pour que le boulot soit fait. *Ton* boulot.

— Ouais, dis-je en appréciant sa façon de voir les choses. Mais ce boulot va m'obliger à être constamment en contact avec Jackson. Ce soir. Demain aussi.

— Tu t'attends à passer une nuit blanche ?

— Vu les termes du contrat, tu ne crois pas que je le devrais ?

— Désolée… dit-elle en grimaçant.

— Pas grave. Ce n'est pas à ça que je faisais allusion de toute manière. On est invités à boire un verre demain en début d'après-midi, avec Nikki et Damien. Dans leur maison. À Malibu.

— Sans blague ?

— Nikki m'a appelée sur le trajet. Elle a déjà invité Jackson. Une sorte d'apéro dînatoire pour fêter le projet. Et c'est tout à fait le genre de truc auquel j'aurais dû m'attendre, parce que c'est dans la nature même de ce job : je suis chef de projet et notre planning est serré. Lui et moi allons bosser coude à coude…

Je soupire en songeant que lorsque j'aurai pris en

compte l'ultimatum de Jackson, je ne serai plus souvent seule d'ici à la fin du projet.

— On va être inséparables, dis-je. Alors je veux vraiment cette chaîne.

— Pas question, Syl.

— Bon sang, Cass !

Elle me connaît, pourtant. Elle sait que j'en ai besoin.

Je n'ai pas le temps de poursuivre qu'elle lève la main.

— Faut que tu t'appropries le truc. Comme je te l'ai dit, c'est toi qui l'utilises. C'est ton village-club. Ton projet. Alors je ne vais pas te tatouer une chaîne. Mais une flamme.

— Une flamme ?

Le sourire qui s'épanouit sur son visage est un soupçon ironique.

— Tu sors du feu, baby, dit-elle.

J'éclate de rire. Malgré moi.

— Et je tombe dans les braises ?

— T'as tout compris !

— Ouais, dis-je dans un hochement de tête. Je crois que ça me va.

10

Au final, Cass et moi abandonnons l'idée d'aller boire un verre et de faire du shopping. Si je veux me préserver, autant éviter au maximum de mélanger Jackson et l'alcool. Et même si je me cacherais volontiers sous un déguisement, j'imagine que je peux toujours compter sur la minuscule mais lumineuse flamme désormais tatouée tout près de mon sein gauche. Donc quand Zee a appelé Cass pour l'inviter à une soirée télé, je n'étais pas déçue de me séparer d'elle.

Il n'est pas encore 18 heures et je suis déjà chez moi. Dans l'ascenseur qui me conduit à mon appartement du quatrième étage, je suis contente d'avoir un peu de temps devant moi. Jackson va arriver vers 20 heures, ce qui me laisse deux heures pour décompresser. Et, avec un peu de chance, pour être en paix avec ma décision.

Je pianote le code sur le pavé numérique, la porte se déverrouille et je la pousse. Malgré tous les cartons de déménagement qui encombrent mon salon, je suis plutôt de bonne humeur. L'appart est petit, mais à moi. Enfin… à moi et à la banque.

Damien m'ayant accordé une prime quand il m'a

nommée chef de projet, j'ai sauté le pas et plongé dans le monde merveilleux et complètement fou des propriétaires. Désormais, je possède 65 mètres carrés au-dessus de locaux commerciaux dans la Third Street Promenade de Santa Monica. Et si les boutiques sont assurément un avantage, ce n'est rien comparé à la vue.

Le mur du fond fonctionne comme un rideau de garage. Baissé, c'est un ensemble de panneaux vitrés. Une fois remonté, il s'ouvre sur un balcon donnant sur les rues et l'océan, un peu plus loin. Sans oublier, bien sûr, l'agréable brise marine.

Je presse le bouton près de la porte d'entrée et souris comme une idiote, tandis que le mécanisme s'enclenche et que le mur vitré commence à s'enrouler.

Puis je reste plantée là, un peu désœuvrée.

Jackson.

Il sera ici dans deux heures à peine. Certes, je suis peut-être mieux armée maintenant que ses initiales marquent mon corps, mais ça ne changera rien au fait qu'il finira par avoir les mains sur moi. Sa bouche sur moi.

Et… son sexe en moi.

Et le plus horrible dans tout ça ? L'écœurante vérité ?

Même s'il m'a forcé la main et piégée pour se glisser dans mon lit, j'ai envie qu'il y soit de nouveau. Et je m'en veux de le penser.

Mon téléphone sonne et je suis ravie qu'il me détourne de mes réflexions tordues. Puis d'autant plus heureuse quand je constate que c'est Jamie qui m'appelle.

— Salut, quoi de neuf ?

— Je t'ai envoyé une invitation par mail, répond-elle.

— Tu m'appelles pour me dire ça ?

C'est bizarre, mais pas tout à fait surprenant. J'ai rencontré Jamie Archer par l'entremise de Nikki et j'ai aussitôt accroché avec elle. Elle dit ce qu'elle pense, ne mâche pas ses mots et, sur le plan de l'amitié, je ne connais pas plus loyal qu'elle. Sans compter que ce n'est pas la dernière à mettre de l'ambiance dans les *happy hours*.

— Je veux être sûre qu'il ne soit pas dans les spams. C'est une invitation à la fête de Halloween. Dans trois semaines, précise-t-elle. Ce qui te laisse largement le temps de dénicher le déguisement parfait.

— C'est sympa, dis-je avec sincérité.

— Exact. Ce sera ma première fête à l'appart. Enfin, depuis que je suis revenue.

Elle avait loué son logement quand elle était rentrée momentanément au Texas pour vivre avec ses parents. Mais elle est de retour et court le cachet en tant qu'actrice, tout en vivant une belle histoire d'amour avec Ryan Hunter, le chef de la sécurité de Stark International.

— Alors te voilà de nouveau installée parmi nous ?

— Ouais. J'avais laissé l'appart meublé à mon locataire, avec la cuisine entièrement équipée et tout le linge de maison. Si bien que lorsqu'il est parti et que je suis revenue, c'était un peu comme revenir de vacances. Vraiment facile pour moi.

Je grimace en voyant mes cartons mal étiquetés qui traînent encore ici et là.

— Je crois que je te déteste, là maintenant.

— T'as besoin d'un coup de main pour déballer ?

— Non. Je vais y arriver.

— Bien, parce que, aujourd'hui, je ne fais rien

d'autre, hormis me prélasser au lit dans le plus simple appareil et envoyer des invites par e-mail.

— Ryan est avec toi ?

— Tout à fait.

— Alors je parie que tu ne fais pas que te prélasser.

— Tu vois, c'est pour ça que tu bosses pour un gars comme Damien. Tu es d'une intelligence phénoménale. Au fait, j'ai vu les photos de toi à la première. Très cool.

— Celles sur le journal ?

— Tu déchirais avec ta robe. Et tu l'as joué fine.

— C'est-à-dire ?

— Nikki m'a raconté tout ce bazar avec l'architecte. Puis comment tu as fini par aller à la première pour rencontrer Jackson Steele. Et le persuader à ta manière… ajoute-t-elle avec une intonation suggestive.

— C'est ce que Nikki t'a raconté ? dis-je, d'autant plus mortifiée qu'elle n'est pas loin de l'effroyable vérité.

— Concernant la partie « persuasion », j'ai ajouté un peu de mystère pour en faire une histoire plus croustillante.

Je lève les yeux au ciel.

— Quoi qu'il en soit, je pense que ce Jackson est de loin un meilleur choix que Martin Glau.

J'éclate de rire.

— Jamie, tu n'y connais rien en architecture !

— C'est vrai. Mais je sais que Glau va sur la soixantaine, qu'il est aussi dodu que Hitchcock et qu'il a même des bajoues. *Des bajoues !* Depuis ce matin, on ne voit que Steele sur le Net, et il est sexy. Mais j'imagine qu'Irena Kent n'irait pas s'acoquiner avec un abruti.

— Qui ça ?

— Jackson Steele.

— Non, la femme. Tu as dit Irena Kent ? L'actrice ?

— Ouais.

Je fronce les sourcils. Voilà pourquoi la brune au bras de Jackson me disait quelque chose. Je me souviens de leur attitude hier soir et de mon pincement au cœur en les voyant dans le journal.

Je décide de ne pas poser plus de questions – ce que je fais aussitôt après, bien sûr.

— Qu'est-ce que tu entends pas « s'acoquiner » ?

— D'après la rumeur, ils sortiraient ensemble.

Comme Jamie a souvent mis les pieds à Hollywood, j'imagine qu'elle sait ce qu'elle avance.

— Genre, c'est du sérieux ?

Les mots ne sont pas sitôt sortis de ma bouche que j'en ai déjà honte. Je ne suis pas avec Jackson – quel que soit notre arrangement absurde – et n'ai pas l'intention de l'être dans l'avenir. Savoir avec qui il couche ne me regarde pas.

— Je ne crois pas, dit Jamie (et je suis indéniablement soulagée, même si cela me met mal à l'aise). Pour être honnête, je pense qu'elle veut le principal rôle féminin dans ce film qu'ils préparent sur la maison de Santa Fe qu'il a construite. Tu sais, celle qui a fait du bruit quand la famille s'y est installée. À cause des histoires de sexe, de meurtre et de suicide.

— Je connais ces histoires. Je savais que le bruit courait au sujet d'un long-métrage qui s'articulerait autour de Jackson. Mais j'ignorais qu'il serait question de cette fameuse maison.

Sincèrement, je ne vois pas pourquoi. Toute cette affaire de meurtre-suicide a surgi après la finalisation du projet, et Jackson était déjà parti à la conquête d'une nouvelle montagne de pierre et d'acier.

— Comment se fait-il que je n'en aie pas entendu parler ?

— Pour quelle raison aurais-tu été au courant ? réplique Jamie.

Bonne question, vu qu'elle ignore que j'ai suivi toute l'actualité de Jackson Steele ces cinq dernières années.

— Je ne pense pas que ce soit de notoriété publique, continue-t-elle. Je connais un gars qui connaît un gars qui a réécrit le scénario. Je pense qu'ils restent très discrets sur le sujet. J'imagine que Jackson n'est pas très emballé. Mon ami dit que c'est à cause de lui que la femme a pété un câble.

— La femme ?

Je ne comprends plus rien à ce que Jamie raconte.

— Dans l'histoire. La femme qui a tué sa sœur, avant de se suicider. C'était à cause de Jackson. D'après le script, en tout cas. Pour ce qui est de la réalité, je ne suis pas certaine.

Je réalise alors que je serre mon téléphone tellement fort que ça en devient douloureux.

— Oh mon Dieu, dis-je, incapable de trouver mieux. C'est vrai ? Enfin, qu'est-ce que ça veut dire, « à cause de Jackson » ?

— Aucune idée. Mais d'après une autre rumeur, il aurait défoncé la gueule du premier scénariste. Là aussi, je n'ai pas la confirmation, précise-t-elle.

Je ne peux m'empêcher de songer à l'humeur de Jackson. À sa coupure au visage et à ses phalanges éraflées, à vif.

— Ce que je peux confirmer en revanche, c'est qu'il ne veut pas du tout que le film soit tourné. *Ça*, je sais que c'est vrai, parce qu'un des potes juristes d'Ollie le représente.

Ollie, c'est justement l'avocat que j'espère faire rencontrer à Cass pour son projet de franchise. C'est aussi un copain de Jamie. J'ignore qui est l'avocat de Jackson, mais je n'ai aucune raison de douter de l'info de Jamie. Pour ce qui est des potins, cette fille est un vrai limier.

— Ça m'a l'air drôlement compliqué, dis-je – car c'est ce qui semble le mieux résumer la situation, sur le moment.

— Un vrai foutoir, oui ! rétorque Jamie avec entrain. Quoi qu'il en soit, j'ai fait mon devoir en te livrant ta dose quotidienne de ragots. Maintenant, je dois envoyer un million d'autres invites et passer un million d'autres coups de fil pour assurer le suivi. J'ignore comment on va faire tenir tous ces gens dans mon appart, mais je vais me débrouiller. Tu viens, hein ?

— Impossible de rater ça.

— Génial. À plus ! Merci !

Je ne sais pas combien de temps je reste debout sans bouger, l'esprit saturé de Jackson, un mélange bizarre de désir et d'interrogations, d'angoisse et d'impatience tourbillonnant dans ma tête. Mais pas question de succomber à cette obsession pendant l'heure, voire la minute qui suit. Alors j'attrape un couteau dans la cuisine, puis découpe le ruban adhésif d'un des cartons posés sur ma table basse.

Comme j'ai déménagé à la hâte, je n'ai pas pris le temps d'étiqueter tout ce qui n'était pas nécessaire, comme les vêtements et le contenu des placards de la cuisine. Ce qui rend le déballage à la fois contrariant et excitant, car je me demande toujours si je vais tomber sur un trésor.

Dans ce carton, je découvre mes photos.

Des dizaines et des dizaines de tirages dans tous les formats. J'en sors quelques-uns et éprouve un frisson, comme si mon karma se réveillait. Car ce sont des images du Winn Building à New York. Le testament de Jackson qui domine Manhattan et que je suis allée voir, comme en pèlerinage, l'été dernier.

J'étais en voyage d'affaires avec Damien, pour rencontrer un certain nombre de ses directeurs de la côte est. Je n'avais pas encore vu le Winn Building, même si j'avais lu à son sujet tout ce qui me tombait sous la main. Un après-midi, j'ai annoncé à Damien que j'allais au musée – j'ignore au juste pourquoi j'ai menti –, mais je me suis rendue dans le quartier des finances. Debout sur le trottoir d'en face, la tête en arrière, je me suis laissé porter par la pureté de ces lignes qui s'élevaient dans un ciel aussi bleu que ces yeux dont je me souvenais si bien.

Certes, en me tenant là, dans l'ombre de l'œuvre de Jackson, j'avais l'impression de me retrouver près de l'homme.

J'ai pris des dizaines de clichés mais, en les regardant à présent, je constate qu'aucun n'a vraiment su capter ce qui semblait si brut et si vivant dans ma mémoire. Je les jette dans le carton et ma frustration me rappelle que j'ai besoin de reprogrammer une séance avec Wyatt et Nikki.

Mais je n'ai pas le temps de trouver le numéro de Wyatt que mon interphone retentit. Je suis loin d'être prête pour ce soir, je sursaute un peu, puis suis soulagée quand une voix masculine m'annonce :

— J'ai une livraison pour Sylvia Brooks.

Quelques instants plus tard, un coursier en jean, sweat-shirt XXXL et casquette de base-ball au logo de l'agence, bondit de l'ascenseur au moment où j'ouvre la porte. Il me remet une boîte enveloppée de papier blanc avec un nœud rouge vif.

Sous le nœud est glissée une carte… *Porte-moi.*

Impossible de ne pas sourire. Mais quand j'ouvre le paquet et retire le papier de soie, mon sourire s'évanouit. La robe est rouge, mais peu importe. Parce que c'est cette robe. *Ma* robe. Du même style que la jaune aux boutons blancs, qu'il m'avait offerte à Atlanta. Je porte la main à mes lèvres en étouffant un cri, tandis que mes jambes se mettent à vaciller.

Je me tiens debout près de la table de la cuisine et dois me cramponner au dossier d'une chaise pour garder l'équilibre. Je sens que tout ça va m'anéantir.

Et je réalise tout à coup que c'est son objectif. Il veut se venger. Jackson veut obtenir réparation pour ce qui s'est passé à Atlanta.

Je reprends mon souffle, essaie de me calmer. Il veut agir en traître ? Eh bien, qu'il aille se faire voir !

Il veut jouer à ce petit jeu ? Parfait. On va jouer, alors.

Je gagne ma chambre d'un bon pas. Ça me prend un petit moment, mais je retrouve enfin le carton avec ma lingerie. Je n'ai pas énormément de dessous affriolants, mais possède quand même un ensemble. Un soutien-gorge noir sexy, un minuscule string, un porte-jarretelles et une paire d'élégants bas de soie.

C'est l'ensemble que Jackson m'avait offert à Atlanta et je suis ravie de retrouver la pochette rose spéciale lingerie que j'avais achetée pour le ranger.

J'avais failli tout jeter, la robe et les dessous. Mais j'ai finalement renoncé. Et la robe jaune est d'ailleurs pliée sous la pochette de lingerie.

J'envisage alors de mettre la rouge de côté et d'enfiler la jaune, mais je me ravise. J'ai déjà un plan et il est plus subtil.

J'ignore pourquoi il n'a pas inclus de la lingerie avec la robe, mais ça signifie qu'il ne s'attend pas à ce que je sois audacieuse. À mon humble avis, il a oublié et, plutôt que de me mettre en colère, cette éventualité me rend triste. Parce que chaque instant, chaque heure passée avec Jackson restent gravés dans mon esprit. Je me suis accrochée à ces souvenirs pendant cinq ans, en les exhumant de ma mémoire pour me réconforter quand je me sentais seule et perdue.

Ça n'a pas duré – comment cela aurait-il pu durer avec mon comportement d'idiote ? –, mais au moins, je peux conserver ces souvenirs, en sachant que j'ai vécu quelque chose de bien, de doux et de merveilleux, pendant une brève période.

Pendant des années, j'ai remercié Jackson en silence de m'avoir offert au moins ces souvenirs. J'ai transformé nos moments passés ensemble en fantasmes de nuit et en rêves de jour. J'en ai fait un héros dans mon esprit.

Un chevalier, un protecteur. Un homme prêt à se sacrifier pour me garder en sécurité, et il l'a prouvé en s'éloignant quand je le lui ai demandé.

Ce Jackson-là ne souhaiterait jamais prendre sa revanche et n'essaierait pas de me briser. C'est un homme digne de mes fantasmes.

Contrairement à celui qui va se présenter à ma porte ce soir.

Je dois m'en souvenir, me dis-je. Je dois bien garder à l'esprit que le Jackson d'aujourd'hui s'amuse avec moi. Et si je veux avoir la moindre chance de survivre à ce petit jeu, je dois moi aussi jouer. Mieux encore, je dois gagner.

11

Je me trouve dans le petit couloir qui mène à ma chambre quand l'interphone sonne à 20 heures.

Je suis là, robe déboutonnée, dans une pose avantageuse, et me regarde dans le miroir. Mes doigts effleurent mes tatouages, ou du moins ceux qui me donneront de la force ce soir.

La flamme que Cass a tatouée près de ma poitrine, un peu luisante sous la pommade que j'ai appliquée pour atténuer le picotement et la protéger.

Le cadenas, dissimulé sous le minuscule string.

Et le ruban avec les initiales qui représentent les hommes que je me suis approprié.

Chaque tatouage me rappelle que je sais comment agir, que je peux garder le contrôle. Que je peux nous prouver, à moi et à Jackson, que c'est moi qui l'utilise pour obtenir ce que je veux. Pas lui.

Je commence à boutonner la robe, en m'attendant à une nouvelle sonnerie de l'interphone. Un coup de sonnette agacé… comment puis-je oser le faire attendre ? Puis ce sont des coups secs frappés à ma porte d'entrée. Je me crispe parce que ce léger changement de programme me tape déjà sur les nerfs.

Ressaisis-toi, Syl. C'est pas le moment de flancher, merde !

— Une minute !

Je boutonne ma robe lentement. Non pas que je veuille le faire patienter – encore que ce serait un petit atout inespéré –, mais mes mains tremblantes compliquent la tâche.

Je prends une grande inspiration, puis une autre. Et je vais ouvrir.

Je me redresse en ouvrant la porte, car je veux avoir l'air sûre de moi. Désinvolte, même. Comme si c'était un rendez-vous parmi tant d'autres. Mais toutes mes bonnes résolutions s'évaporent à la seconde même où je le vois.

Appuyé nonchalamment contre le chambranle de la porte, il est vêtu d'un pantalon de toile et d'une chemise en jean délavé. Ses cheveux sont coiffés en arrière et ses yeux dissimulés par des lunettes de style aviateur qui couvrent en partie son entaille à la joue. Il ne s'est pas rasé et je meurs d'envie de passer ma main sur son duvet de barbe qui le rend encore plus viril et appétissant.

Sans un mot, il retire ses lunettes pour m'offrir un regard aguicheur qui me rappelle que je ne porte pas grand-chose sous cette robe.

Ce n'est pas la réaction souhaitée : ce soir, c'est lui qui est censé craquer pour moi. Alors je penche la tête de côté et affiche un visage neutre, le genre d'expression impénétrable qui m'a permis de participer à tant de réunions d'affaires avec Damien, où mon rôle se limitait à prendre des notes sans réagir à la progression des négociations.

— Comment as-tu pu franchir le portail de sécurité ?

— J'ai toutes sortes de talents cachés, répond-il en entrant.

Nos mains s'effleurent au passage et, même si je ne veux absolument rien ressentir, je ne peux nier les étincelles que cet homme provoque en moi. Mais ça n'a pas d'importance. Je peux m'en servir. Utiliser ma propre attirance pour le rôle que je souhaite interpréter ce soir.

Et laisser son attirance pour moi consolider sa chute.

— La robe te va comme un gant, dit-il en me détaillant d'un regard si brûlant que c'est un miracle si mon sang ne se met à bouillir dans mes veines. Mais je savais qu'elle t'irait. Le souvenir de ton air innocent dans la robe jaune reste gravé dans ma mémoire. Mais tu n'étais pas innocente du tout, si ?

Mon vestibule n'est guère plus large qu'un petit couloir, si bien que je suis à présent adossée contre le mur jouxtant ma porte et me sens un peu prise au piège, alors qu'il se tient devant moi, juste assez près pour envahir mon espace intime. Juste assez près pour que je respire son parfum.

Juste assez près pour que les souvenirs affluent malgré moi dans mon esprit.

— Ne me dis pas que tu as oublié.

Ses paroles résonnent comme un écho inquiétant dans mes pensées et, lorsqu'il tend la main, je retiens ma respiration, craignant qu'il me touche. Mais je réalise alors qu'il referme simplement la porte. Je reprends mon souffle tant bien que mal… et maudis la vague de déception qui déferle sur moi.

— Moi je n'ai pas oublié, poursuit-il, visiblement peu dérangé par le fait que je n'aie toujours pas dit un mot. Toi, tout en jaune, aussi étincelante que le soleil qui brillait à travers la vitre de la voiture. Toi, déboutonnant ta robe et me révélant ton corps. Puis tu t'es caressée, tu t'es excitée. Et c'est moi que tu imaginais, hein, princesse ? C'est moi qui nourrissais tes fantasmes. Qui te rendais chaude de désir. Pour *moi*. Ouvre les yeux, me commande-t-il.

Et j'obtempère, étonnée de les avoir fermés sans l'avoir décidé.

Il se trouve toujours là, face à moi, si près que je sens sa chaleur. Si près que je n'aurais qu'à m'approcher un peu plus pour sentir son membre chaud et dur contre moi.

Mais je m'incline en arrière, les paumes contre le mur, tout en souhaitant désespérément pouvoir disparaître dans cette cloison.

— Dis-moi que tu te souviens, princesse. Dis-moi que tu te souviens de tout ce que tu as ressenti.

Je ne veux pas parler. Même s'il croit mener la danse depuis qu'il a franchi cette porte, je veux lui prouver qu'il se trompe.

Sauf que, bien sûr, il a raison. J'ai peut-être espéré avoir le dessus, mais j'aurais dû avoir plus de jugeote. Je le connais, non ? Et je me connais aussi.

— Dis-le-moi, répète-t-il.

Je croise son regard et lui offre la réponse qu'il attend.

— Oui. Je me souviens. Et je me souviens que tu avais envie de moi, aussi.

— C'est vrai. Aujourd'hui encore.

Son sourire est à peine esquissé, fourbe et un soupçon diabolique.

— On dirait que je suis sur le point d'obtenir ce que je veux.

Telle une brise légère à peine perceptible, il effleure du bout du doigt le renflement de ma poitrine.

Je retiens mon souffle, décidée à combattre le feu que ce simple geste attise en moi.

— Je pense que tu vas également obtenir ce que tu souhaites, princesse.

— Je veux ce village-club, Jackson, dis-je en le regardant droit dans les yeux. *Le village-club*. Et, comme toi, je suis prête à tout pour obtenir ce que je veux.

D'après ce que je peux en juger, mes paroles ne le troublent pas le moins du monde. Elles l'amuseraient presque.

— Et c'est la raison pour laquelle ta robe est rouge. Tu as perdu ton innocence, princesse.

— Cesse de m'appeler comme ça.

Il penche la tête de côté, comme pour réfléchir.

— C'est moi qui commande, dit-il. À moins que tu ne l'aies déjà oublié ?

— Tu m'emmerdes, Jackson !

J'ignore pourquoi ce surnom m'agace, alors que ses caresses provoquent l'effet inverse. Un nom ne veut rien dire, après tout. Tandis que ses caresses – et mes réactions – sont si révélatrices.

Malgré tout, je n'apprécie pas les mots doux. Et je suis suffisamment irritée pour me décoller de ce mur et passer devant lui en le bousculant, pour m'éloigner de ce couloir où il m'a coincée. Mon visage et mon corps en disent trop sur ce que j'éprouve.

Je traverse à la hâte mon petit séjour et m'arrête devant la baie vitrée. Elle est baissée et je pose la main sur l'une des vitres en regardant le monde dehors. C'est là que j'aimerais être, pas ici, prise au piège de mon passé et d'un homme dont je ne peux nier que je le désire, mais que je ne peux plus avoir. Un homme dont la seule présence me rend folle, alors que j'ai besoin de garder les pieds sur terre.

Je ne l'entends pas marcher vers moi, mais je vois son reflet, et je me prépare au moment où il posera sa main sur mon épaule. Malgré tout, je ferme les yeux, comme pour me protéger de la puissante montée de désir qui jaillira en moi lorsqu'il se penchera pour embrasser ma nuque.

— Ne fais pas ça… je lui murmure.

— Ah bon ? Je croyais pourtant que les conditions de mon offre étaient claires.

Il fait un pas en arrière et sort son portable de sa poche. Il croise mon regard dans le reflet de la vitre.

— Alors, à toi de me dire. Est-ce que nous sommes d'accord ? Ou dois-je appeler Damien pour lui annoncer que je ne suis finalement plus votre homme pour le projet ?

— Bon sang, Jackson. Pourquoi tu fais ça ?

— Tu le sais très bien.

Je secoue la tête, même si je mens. Parce que je sais parfaitement de quoi il retourne. Ce sont des représailles. C'est ma punition.

J'ai échappé à un enfer pour me jeter la tête la première dans un autre.

— Non, tu ne vois pas ? Dans ce cas, permets-moi de te le dire. J'agis comme ça, parce que je veux que tu te souviennes.

Ses lèvres effleurent de nouveau ma nuque, puis remontent doucement pour frôler la courbe de mon oreille, en me faisait frémir de désir.

— Et parce que je veux que tu réalises tout ce que tu as abandonné.

Ses mains caressent mes épaules, puis descendent et passent par-dessus mes manches courtes pour atteindre la peau nue de mes bras. Il continue jusqu'à ce qu'il trouve mes mains et entrelace ses doigts dans les miens.

— Je veux que tu saches à quel avenir tu as renoncé, princesse, ajoute-t-il en remontant nos mains jointes pour les poser sur mes seins.

Je me contracte, le corps parcouru d'une kyrielle d'émotions et de sensations. J'ai envie de me déchaîner contre lui, de lui hurler d'aller au diable, car je sais tout ce à quoi j'ai renoncé. Et je sais aussi que je devais le faire. Pourtant, j'ai envie de me fondre en lui. De laisser ses caresses me transporter partout où je l'ai imaginé ces cinq dernières années. De le laisser me posséder pleinement et totalement, jusqu'à ce que je sois entièrement épuisée et que la peur, les cauchemars ou les souvenirs disparaissent à jamais.

Mais, bien sûr, c'est impossible.

Plus que tout, j'ai envie de me retourner dans ses bras et de l'embrasser. J'ai envie de retrouver le Jackson d'autrefois, pas celui qui se tient devant moi aujourd'hui. Pas celui qui ne voit en moi que la femme qui l'a blessé.

Alors je ne dis rien. Je reste là, en tâchant d'ignorer la sensation de mes mains sur mon corps, de ses mains sur les miennes. J'essaie de respirer. J'essaie de rester concentrée.

Je tente désespérément de me rappeler mon plan : prendre le contrôle de cette soirée… Je me demande comment les choses ont pu aller aussi horriblement de travers.

Pour finir, je rabaisse les mains le long de mon corps, puis m'efforce de me retourner tandis qu'il ne recule pas. Il est si proche de moi que nos corps se frôlent, et je dois pencher la tête en arrière pour voir son visage.

— C'est donc ça, alors ? Tu veux juste me punir ?

— Et comment ! réplique-t-il. D'ailleurs, je pense que c'est ce que tu veux aussi.

— Pardon ?

— Peut-être que tu te sens coupable d'avoir mis fin à notre relation comme tu l'as fait. C'est pourquoi tu approuves mes conditions pour le contrat.

— Je n'ai pas approuvé quoi que ce soit. Tu m'as tendu un piège.

L'espace d'un instant, je crois percevoir de la compassion dans ses yeux. Puis ils redeviennent froids. Je les veux carrément glacés. Je veux qu'ils me figent sur place. Je ne veux pas fondre entre les bras de cet homme. Je ne veux pas sentir sa chaleur. Je ne veux pas succomber à la culpabilité qu'il a décelée à juste titre en moi.

— Je te perce à jour, princesse, finit-il par déclarer. Et tu auras beau jouer à tous les jeux possibles, toi et moi savons que tu es en train de lutter. Tu sais quoi ? Moi aussi. Et je n'ai pas l'habitude de perdre.

Il se met alors à défaire le premier bouton de ma robe avec une lenteur infinie.

— Qu'est-ce que tu fais ?

— Ce que tu me laisses faire.

— Je…

— Tu peux m'arrêter, princesse. Il suffit que tu prononces le mot.

Je passe la langue sur mes lèvres, mais ne bouge pas, ne proteste pas. Je ne peux pas reculer, abandonner le projet de village-club.

Pourtant ce n'est pas la seule vérité, et je le sais aussi bien que lui. La vérité, c'est que je veux cela aussi. Et puisque je ne peux le lui offrir de bon cœur, alors je vais le laisser faire.

— Brave petite, dit-il en défaisant le deuxième bouton, puis le troisième, pour dévoiler la dentelle noire de mon soutien-gorge à balconnet, le renflement de mes seins, et mes mamelons dressés, ultrasensibles. Comme je le disais…

Il murmure à présent, puis se penche pour prendre mon téton entre ses lèvres. Il le suce et l'aspire, puis effleure la chair tendre avec ses dents, en provoquant des bouffées de désir qui font palpiter mon entrejambe avec une intensité démente.

— … Tu en as autant envie que moi.

— Espèce de salaud.

Mais ça le fait rire.

— Princesse, tu n'as pas idée…

Sa bouche revient sur ma poitrine, ses lèvres frôlant mon décolleté au passage, tandis qu'elles se dirigent vers mon autre mamelon.

— Pourquoi ne pas finir de déboutonner cette robe ? susurre-t-il sans que ses lèvres quittent ma peau.

— Quoi ?

Je n'ai pas tout à fait compris, du moins pas avant qu'il me prenne la main pour la poser sur le quatrième bouton, puis qu'il laisse ses doigts revenir titiller le téton abandonné, frais, tendu et encore humide de ses coups de langue.

Hmm...

Ses dents me mordillent et je me cambre de plaisir.

Et je cède malgré moi, en déplaçant mes mains le long de la robe, lentement et régulièrement. Je garde le dos plaqué à la baie vitrée, car ce qu'il prodigue à mes sens me rend folle, et si je ne suis pas soutenue par mes jambes, je vais défaillir.

Lorsque j'ai défait presque tous les boutons, il s'écarte et retire ses lèvres de mes seins, tandis que je pousse un gémissement de protestation.

— Ne cherche pas à lutter, princesse. Je le vois sur ton visage, sur ta peau qui s'empourpre. Même dans tes yeux, que tu tentes de garder froids et durs. Tu ne crois pas que je vois ce que tu veux ? Que je sens tes désirs ?

Mon corps me trahit et meurt d'envie qu'il me touche, et je ne peux que rester là, pétrifiée. Je ne veux pas céder à son petit jeu.

— Vas-y, dit-il, comme s'il lisait dans mes pensées. Caresse-toi. Montre-moi ce qui te fait plaisir. Montre-moi exactement à quel endroit je dois poser les mains sur toi.

Je secoue la tête.

— Jackson. Non.

— C'est moi qui commande, princesse, tu te souviens ?

Il tend la main et m'aide à ôter la robe. Il la lance ensuite derrière lui et elle atterrit sur le canapé. Et je me retrouve là, en dessous sexy, avec des talons rouge vif aux pieds.

— Tu es magnifique, dit-il.

Sa voix trahit une excitation tellement sincère qu'une sensation de déjà-vu me submerge. Je me suis déjà trouvée dans cette situation. Habillée ainsi – ou plutôt, déshabillée ainsi. Brûlante, moite et en demande, sous les yeux de Jackson débordant de désir.

Mais ce soir-là, je voulais tout ce qu'il avait à offrir – et je n'avais pas peur. La peur était venue plus tard. Ce soir, j'en ai envie aussi. Et je crève de trouille.

— Vas-y, princesse, reprend-il en levant ma main pour la poser sur mon ventre. Je veux te regarder quand tu te lâches.

Je croise son regard, en espérant y voir le feu du désir. Mais c'est le masque d'un homme qui se cramponne à ses émotions.

Et puis merde… s'il me force à jouer, alors je vais jouer pour gagner.

— C'est ce que tu veux ? je lui demande en remontant la main sur ma poitrine pour y trouver le mamelon qu'il vient de délaisser.

Je referme la paume sur mon sein, j'appuie et je titille, puis j'effleure du bout du doigt mon aréole, si lentement que ça en devient presque douloureux.

— Ou ça, peut-être ? dis-je en faisant rouler mon téton entre le pouce et l'index.

Je halète, enfiévrée par mon petit numéro, mais je décèle chez lui une lueur d'excitation.

J'ai marqué un point.

— Tu aimes regarder, Jackson ?

Je glisse mon autre main sur mon ventre, jusqu'à ce qu'elle parvienne à la bande élastique de mon string et au petit triangle de dentelle qui masque à peine mon sexe. Puis je descends et descends encore.

— À moins que tu n'en veuilles davantage ? C'est

ça, Jackson ? Tu veux me toucher ? Tu veux me baiser ?

Je vois le muscle de sa mâchoire se contracter. Je vois sa pomme d'Adam remuer quand il reprend sa salive. Et je savoure avec délectation le plaisir de ma victoire.

— Tu sais à quel point je mouille ? Tout le bien que ça me procure ?

Je ne mens pas. Mon corps est traîtreusement excité et, tandis que je caresse mon clito, son regard posé sur moi m'excite d'autant plus.

Tant pis. Le but ici consiste à avoir le dessus. Si j'ai un orgasme dans la foulée, eh bien autant en profiter !

Je garde les yeux sur lui, j'observe son visage et me régale de voir sa mâchoire se crisper, signe qu'il lutte pour garder le contrôle. Bien, me dis-je, en me caressant le sexe sans vergogne. *Je veux le pousser à bout. Je veux le mettre dans tous ses états.*

Je ferme les paupières en m'encourageant à continuer. À aller encore plus loin. À le faire basculer, *lui*.

Mais sa main se referme alors sur mon poignet. Quand j'ouvre les yeux, il se tient là, juste devant moi.

— Non, décrète-t-il d'une voix coriace. Cet orgasme m'appartient, baby.

Et il renverse ainsi la situation.

Parfait. Je vais la renverser à mon tour.

— Ah bon ? dis-je en tendant la main pour cueillir son sexe. Alors ceci m'appartient.

Il éclate de rire et recule en brisant le contact.

— Tu penses mener la danse ? Détrompe-toi, princesse.

Je croise à nouveau son regard et réalise qu'il sait depuis le début ce que je viens de comprendre : je n'ai pas le dessus. Je ne l'ai jamais eu. Et tant qu'on jouera à ce jeu, Jackson imposera ses règles.

— Pas de caresses, dit-il. Sauf si c'est moi qui te touche. Mais ne t'inquiète pas, ajoute-t-il en promenant un doigt sur mon ventre nu, puis sur la courbe de ma poitrine. J'ai l'intention de te toucher beaucoup.

Ses mains me font l'effet d'un fil sous tension qui provoque des étincelles sur ma peau tendre et, malgré moi, je renverse la tête en arrière, paupières closes, en m'abandonnant à cet assaut érotique.

— Tu es si belle, chuchote-t-il comme ses mains touchent, caressent, excitent. Je me demande… enchaîne-t-il en recouvrant mon sexe de sa paume, si tu es aussi bonne à goûter que tu le sembles ?

Il s'agenouille, ses mains sur mes hanches, puis tout doucement embrasse le haut de ma cuisse. Je gémis, espérant ses lèvres sur mon sexe, mais il me taquine en glissant un doigt sous le string pour me découvrir brûlante et moite, et tellement prête.

— Oh oui… Je pense que tu aimes ça.

Il me tourmente avec son doigt, en le faisant ondoyer sur ma chair ultrasensible, puis l'enfonce en moi alors que tout mon corps s'agrippe à lui, en réclamant davantage que cette caresse complexe et fabuleuse.

Puis il retire son doigt, se redresse, et le promène sur mes lèvres.

— Suce, exige-t-il.

Je m'exécute avec avidité, en savourant ma propre excitation, dont je vois le reflet dans ses yeux.

Après quelques instants, il retire à nouveau son doigt, puis me prend la main. Il m'entraîne vers le canapé, puis marque un temps d'arrêt près de la table basse. Je ne comprends pas, mais je réalise ensuite qu'il a vu les photos.

Je tressaille, car elles représentent un secret que je ne suis pas prête à partager.

Il me lâche la main, puis s'approche de la table, considère les clichés éparpillés, puis en attrape une poignée.

— Qui a pris ça ? demande-t-il en brandissant une photo de l'immeuble de la Union Bank à Las Vegas.

Je voudrais mentir, mais le cliché est important pour moi et je n'ai pas envie de le renier.

— C'est moi, dis-je, en soutenant son regard avec défi.

— Quand ?

Je ne prends pas la peine de répondre, la photo parlant d'elle-même.

— Tu étais là pour l'inauguration ?

— J'étais à Vegas pour le travail.

Cette fois, je mens : en fait, j'étais à Vegas pour l'inauguration.

Ses yeux s'attardent un peu trop sur moi et je pense qu'il a décelé le mensonge. Il montre ensuite le cliché du Winn Building.

— Et celle-ci ?

— À l'époque, j'étais à New York avec Damien. Et la photographie est un hobby. Je pense t'en avoir parlé à Atlanta. À moins que tu n'aies oublié ?

— Je n'ai rien oublié d'Atlanta, affirme-t-il d'une voix basse, posée, sans me quitter du regard. Pas un seul instant.

Je me tais, mais ma bouche est devenue étrangement sèche.

— Pourquoi ? Il doit y avoir une dizaine de photos

de mes immeubles sur cette table. Je veux savoir pourquoi.

— Je te l'ai expliqué à Atlanta. J'aime l'architecture.

— Je veux la vérité, Sylvia.

Il a une manière si douce de prononcer mon nom que je lâche prise, abandonne la provocation.

— Peut-être que j'ai plus ou moins déformé la réalité en disant que je n'ai pas suivi ta carrière.

Il penche la tête de côté.

— Tu as pris toutes ces photos ? De mes réalisations ?

— J'apprécie l'architecture, je t'ai dit.

Il retourne vers la table et sort d'autres clichés du carton que j'ai ouvert plus tôt. Sur les premiers figurent encore des immeubles de Jackson Steele. Mais au-dessous, il découvre mes photos de maisons.

Il en sort une, deux, puis huit, dix. Après les avoir étalées sur la table, il revient vers moi.

— Je sais que tu apprécies l'architecture, reprend-il non sans un soupçon d'ironie, mais je n'aurais jamais cru te voir devenir fan de bâtisses résidentielles.

— J'aime regarder les maisons, dis-je dans un haussement d'épaules car il n'y a franchement rien à ajouter.

— Pourquoi ?

— Quelle importance ?

Je rejoins alors la table basse et rassemble tous les clichés : maisonnettes, demeures imposantes, cabanes en rondins, villas en adobe. Certaines dans des quartiers de luxe, d'autres dans des coins malfamés. D'autres encore dans des endroits comme Brentwood, où j'ai grandi.

Je remets les photos dans le carton.

— Pourquoi ? insiste-t-il, d'un ton plus doux, cette fois.

— J'en sais rien.

Ce n'est qu'un demi-mensonge. Je fais ça depuis des années – même enfant, j'avais l'habitude de me promener dans le quartier avec un appareil photo jetable – et pouvais passer des heures à contempler une maison, en inventant des histoires sur les gens qui vivaient derrière ses murs. À la fac, j'ai suivi des cours de photo et passé le plus clair de mon temps à photographier des habitations. Maintenant, c'est à la fois une obsession et une passion.

Mais je ne confie rien de tout ça à Jackson et ne réponds toujours pas à sa question. En vérité, je ne sais pas pourquoi je prends ces clichés. Parce que je ne sais pas vraiment à quoi m'attendre quand je regarde dans l'objectif.

L'espace d'un instant, Jackson se tait et se contente de me regarder. Puis il reprend la robe sur le canapé et me la tend.

— Rhabille-toi.

— Mais…

J'ignore pourquoi je proteste. À vrai dire, je suis un peu confuse.

— Il est 20 heures passées, dit Jackson d'une voix si lasse qu'il pourrait être plus de minuit. Je pense qu'il est temps de t'emmener dîner.

12

Jackson a déboutonné le bas de ma robe et sa main s'attarde sur ma cuisse, lorsque la serveuse ouvre la cloison coulissante pour pénétrer dans notre salon privé.

Il se penche alors et m'embrasse l'oreille, tout en me murmurant :

— Ne dis rien.

Au début, je ne comprends pas où il veut en venir, mais sa main se déplace et ses doigts trouvent mon string. Je me crispe, terrifiée à l'idée qu'il puisse faire ce qu'il va faire, j'en suis certaine. Et même si j'ai envie de me glisser sur le coussin d'à côté, une infime et insidieuse partie de moi-même désire ce qu'il va m'offrir. Une caresse interdite. Un plaisir secret.

Mais qu'est-ce qui me prend, à la fin ?

Je me tortille un peu en guise de protestation, mais il croise mon regard et secoue à peine la tête quand la serveuse en kimono s'incline, puis s'agenouille à l'autre bout de la table. Tandis qu'elle dispose le plateau de sushis et de sashimis devant nous, le doigt de Jackson s'insinue sous la dentelle pour m'exciter et jouer avec moi.

On est assis sur une série de coussins alignés, posés à même le sol, les pieds dans le renfoncement qui soutient la table, dans ce restaurant japonais haut de gamme de Beverly Hills.

C'est le genre d'établissement où des dirigeants d'entreprise signent des contrats de plusieurs millions de dollars, et non pas un endroit qui abrite luxure et passion dans des coins sombres, pendant que le reste du monde détourne pudiquement le regard.

Pourtant, Jackson me caresse doucement le clito, alors que la fille nous ressert du saké.

Et moi qui me mordille les lèvres, les joues sans doute en feu… Je tente de rester de marbre, en dépit des frémissements de plaisir qui jaillissent dans tout mon corps.

Je suis moite, désespérément moite. Et j'en redemande encore.

Jackson ne me déçoit pas et glisse son doigt en moi, tandis que j'étouffe un léger cri de surprise et de plaisir, puis agrippe la table des deux mains.

La serveuse ne se départit pas de son sourire et prend nos bols de soupe vides, se relève et nous quitte en silence, non sans une petite révérence à la porte.

— Jackson ! dis-je dans un souffle proche de la panique.

— Je veux en savoir plus. Qu'est-ce que Galway a dit quand tu lui as annoncé que Stark souhaitait acquérir l'île ?

À notre arrivée au restaurant, j'ignorais à quoi m'en tenir. L'humeur de Jackson avait changé dans l'appartement, troquant ses exigences enfiévrées contre une courtoisie d'expert, comme si on sortait ensemble pour la première fois, chacun prudent vis-à-vis de l'autre.

Son choix de restaurant m'a également surprise. On n'est jamais allés manger des sushis à Atlanta, mais je lui avais confié une fois que c'étaient mes plats préférés. J'ai failli lui demander s'il avait choisi ce lieu exprès, mais je voulais rester dans l'illusion que c'était intentionnel. Alors j'ai préféré ne pas poser la question.

Bref, il a insisté pour qu'on s'assoie l'un à côté de l'autre, si bien qu'on a chacun pris un coussin du côté de la table faisant face à la porte coulissante. J'avais anticipé toutes ses caresses et pourtant, il n'y en eut aucune. Au lieu de quoi, il est resté poli, m'a interrogée sur tous les voyages que j'avais faits avec la société, demandé en quoi consistait mon travail d'assistante de Stark, et même comment je suis devenue chef de projet pour le Domaine de Cortez.

Pendant tout ce temps, j'étais un peu déboussolée. Il ne m'a pas touchée du tout. Il s'est comporté en parfait gentleman. À tout point de vue, c'était un rendez-vous très agréable.

Je ne souhaitais qu'une chose, que Jackson cesse ce petit jeu ridicule. Pour travailler avec lui sans avoir la tête et les émotions en vrac.

Et pourtant…

Pourtant, je me trouvais là, le corps prédisposé, le cœur battant la chamade à chaque mouvement, chaque effleurement fortuit de sa main, en me demandant s'il finirait par me toucher.

D'autant que j'étais sûre que Jackson me tourmentait volontairement. Même si je n'en avais pas la moindre preuve. Sa conversation était mesurée, ses manières affables.

Malgré tout, avec lenteur et méthode, il commençait à me rendre dingue.

— Alors l'idée du village-club t'est simplement venue en lisant un article de journal ? m'a-t-il demandé.

Je ne me souviens pas de lui avoir répondu, mais j'ai dû le faire, parce que je le revois distinctement poser la main sur ma cuisse et commencer à déboutonner ma robe, pendant que je lui racontais comment Damien avait zappé sa réunion sur l'optimisation fiscale.

Je me suis figée, j'ai balbutié. En éprouvant l'envie absurde de m'enfuir, alors que je crevais d'envie qu'il me touche.

Je suis restée et j'ai parlé, et je parlais encore quand la serveuse est entrée, et j'ai compris que Jackson avait tout programmé depuis le début. Pas seulement les caresses, mais aussi la transgression.

Pas seulement le désir, mais le besoin de le combattre. De le dissimuler.

Et je ne peux nier que le plaisir secret que me procure ce salaud avec son doigt baladeur se révèle encore plus incroyable.

— Galway, insiste Jackson, dont le doigt dessine de petits cercles sur mon clito, qui me donnent le vertige et éparpillent mes pensées.

— Jackson, je…

— Dis-moi, répète-t-il.

Alors je lui réponds. Je lui raconte le coup de fil et le rire de Galway quand il a cru que Damien plaisantait, puis sa surprise en apprenant que Damien souhaitait vraiment se porter acquéreur de l'île.

— Stark a l'air d'un homme qui sait ce qu'il veut, observe Jackson.

— En effet.

— Je suis pareil, murmure-t-il en enfonçant trois doigts en moi, en me baisant avec sa main.

Bon sang, je me tords de plaisir, j'ai envie qu'il aille encore plus profond en moi, et j'essaie de sentir l'effleurement de sa peau contre mon clito, tandis que mes pensées continuent de virevolter et que je perds toute ma concentration.

— Qu'est-ce que tu veux ? je lui demande, pantelante, inondée de plaisir.

— Toi. À ma merci.

À ses paroles, il retire sa main et me prive de ma délectation.

— Je pense qu'il est temps de manger, décide-t-il d'un ton désinvolte.

Je suis frustrée, agitée, et lui en veux à mort pendant le reste du repas. Il m'a conduite au bord du précipice, puis m'a laissée suspendue dans le vide, et plus j'y réfléchis, plus je réalise que le dîner – même s'il se compose de mes plats favoris – n'a que très peu d'attrait pour moi.

Quelque chose m'attire encore plus, beaucoup plus, et je repose mes baguettes, pour glisser la main gauche sous la table et la poser sur sa cuisse. Il me lance un regard en coin, mais ne proteste pas. Pas même lorsque je remonte doucement la main, de plus en plus, jusqu'à ce que j'atteigne son sexe, dur et épais sous son pantalon de toile.

Je souris, en me sentant une fois encore investie du pouvoir et maîtresse de la situation.

— Arrête.

Sa voix est basse, neutre, et il ne me regarde pas. Je trouve la fermeture Éclair et commence à la baisser.

— Et si je n'ai pas envie ? dis-je.

— Alors ne t'arrête pas.

Il se tourne à présent vers moi et me regarde droit dans les yeux. Il y a un mélange de trouble et d'amusement dans son expression.

— C'est ce que signifie le libre arbitre, dit-il.

— Exact, dis-je, ravie d'avoir enfin pu renverser la vapeur.

— Mais si tu ne t'arrêtes pas, moi si.

J'interromps mon geste.

— Comment ça ?

— Je veux dire que ça ne tient qu'à toi. Est-ce que tu veux que je te touche ? Que je te caresse, que je te fasse jouir ?

Je ne réponds pas, mais ne bouge plus.

— Veux-tu du plaisir, Sylvia ? Ou veux-tu la satisfaction bien plus dérisoire qui consiste à croire que, d'une certaine manière, tu m'as vaincu, quand nous savons tous les deux qu'au final, c'est toi qui te déshabilleras et t'ouvriras à moi, épuisée et rassasiée. Et plus tu jouiras dans mes bras, plus ma victoire sera douce.

Je ravale ma salive, ne sachant trop quoi lui répliquer.

— Rends-toi, princesse, et tu auras l'orgasme que je t'ai refusé tout à l'heure. Ne t'arrête pas et je serai le seul à prendre mon pied pour très, très longtemps.

Je le crois. Et même si je regrette de ne pas avoir

la force de continuer pour le faire jouir – de sacrifier mon propre plaisir pour le salut d'une victoire –, je n'y parviens pas, voilà tout.

Je retire ma main.

— Excellent choix, commente-t-il d'une voix manifestement triomphante. Je te promets, mon cœur, que tu ne le regretteras pas.

Il désigne la table d'un hochement de tête et je me rends compte que le repas est terminé.

— Un dessert ?

Je secoue la tête.

— Non ? Moi si. Sauf que je ne souhaite pas le prendre ici.

Il passe son doigt sur mes lèvres.

— Un instant, ajoute-t-il avant de se lever.

Il gagne la porte, la fait coulisser, puis demande d'un signe qu'on lui apporte la note.

Lorsqu'il revient vers la table, la musique du générique de *La Guerre des étoiles* se met à brailler dans mon sac.

Je grimace en voyant Jackson éclater de rire.

— Un appel de maître Yoda ?

Je lève les yeux au ciel en farfouillant dans mon sac.

— Mon frère.

Je regarde l'écran et me sens blêmir en lisant le texto. « Salut, la foldingue ! Devine qui rapplique enfin aux États-Unis, notre bon vieux pays ? J'arrive dans trois semaines – juste à temps pour Halloween. Tu passes me prendre à l'aéroport ? Ensuite on fonce direct à Irvine. Maman est tout excitée à l'idée d'organiser une grande fiesta pour nous. Et papa dit aussi qu'il ne te voit pas assez souvent. J't'adore, grande sœur. Tu me manques. À bientôt. »

— Un problème ?

Je réalise que je fixe ce téléphone depuis bien trop longtemps.

— Je… non. Rien de grave. Laisse-moi juste une seconde.

Je grimace un sourire, tout en pianotant ma réponse, mais ça m'agace de voir mes mains trembler.

« Waouh ! Génial que tu rentres aux States ! J'suis à un truc de boulot, alors je t'en dirai plus bientôt. Envoie-moi les infos de ton vol – je viendrai avec des ballons ! Pas sûre que je puisse passer à Irvine. C'est la folie au bureau. Plein de bises. »

Je m'efforce de relever la tête, puis me débrouille pour lui décocher le plus éclatant des sourires.

— Tu as réglé, ça y est ?

Il hésite, puis acquiesce.

— On peut s'en aller.

Je fais de mon mieux pour avoir l'air normal et suis Jackson dans la rue.

Origami compte parmi les nouveaux endroits branchés de Rodeo Drive à Beverly Hills, à un jet de pierre de l'entrée du Beverly Wiltshire Hotel. Jackson s'était garé sur le parking de l'hôtel et je m'attendais à dîner dans un de ses incroyables restaurants. Mais il m'a surprise en m'entraînant dans la rue.

À présent, on revient vers l'hôtel et le texto d'Ethan me tracasse toujours, de même que grandissent la tension et la crainte à la simple idée de revoir mes parents.

— Tu veux qu'on en parle ?

Je me tourne vers lui, étonnée.

— Je pensais que la conversation ne faisait pas partie du programme de ce soir ?

Je ne voulais pas réagir de manière aussi acerbe et

regrette aussitôt mes paroles. Malgré tout, sa voix trahissait une inquiétude sincère, et même si cette soirée vise à me punir pour mon comportement passé, je n'avais pas franchement l'intention de jouer les garces.

— Désolée. Non, j'aimerais autant ne pas en parler. Vraiment, dis-je – car l'expression sur son visage me fait comprendre qu'il va insister.

Il acquiesce à contrecœur et on continue de marcher en silence. Mais le plus bizarre, c'est que je me sens un peu mieux. La nuit est claire, l'atmosphère fraîche et parfumée. Je suis sur l'une des plus belles rues du monde, où le luxe et les paillettes s'affichent dans toutes les vitrines sur notre passage.

Et l'homme qui marche à mes côtés se fait du souci pour moi. Un peu, du moins. Cela suffit à balayer ma colère et mes frayeurs. Trois semaines, c'est loin, ce n'est pas le moment d'ouvrir la porte à d'autres souvenirs. D'autant que j'ai suffisamment l'esprit occupé avec Jackson. Alors je n'ai pas besoin de m'encombrer la tête avec ma famille.

Je fronce les sourcils tandis qu'on passe devant les voituriers.

— Tu ne récupères pas ta voiture ?

— Pas tout de suite, répond Jackson quand un portier en uniforme nous accueille.

Jackson me guide en posant doucement la main au creux de mon dos et nous entrons dans le hall éblouissant. Il baigne dans une lumière dorée miroitant sur le sol en marbre et souligne le motif circulaire qui évoque une cible de tir géante. Au centre du cercle se dresse une table imposante sur laquelle est posée une énorme et sublime composition florale, sous les lustres les plus ouvragés que j'aie jamais vus.

— J'adore cet hôtel, dis-je. On a l'impression de faire un retour dans le passé, avec ce mélange de classicisme et d'élégance art déco.

— Ravi que ça te plaise. J'ai pensé qu'on pourrait prendre un verre ici.

— Vraiment ?

Je scrute le hall en quête du bar.

— Non. Pas ici, répond-il en se dirigeant vers la réception, suivi par moi, un peu intriguée et plus ou moins certaine de savoir où tout cela va nous mener.

— Jackson Steele, annonce-t-il à l'employée. J'ai réservé une chambre cet après-midi.

— Bien sûr, monsieur Steele, dit-elle en lui remettant sa clé. Avez-vous besoin d'autre chose ?

— J'ai parlé au sommelier un peu plus tôt. Je souhaiterais qu'on apporte une bouteille de pomerol, Château Petrus 1998, dans la chambre. Avec deux verres. Et du caviar, je vous prie.

La réceptionniste a légèrement écarquillé les yeux et je comprends pourquoi. À la demande de Damien, j'ai commandé cinq bouteilles de ce grand cru à Noël dernier en guise de cadeau pour ses plus gros clients. Même avec ses contacts chez les grossistes, les bouteilles se vendaient à plus de mille dollars chacune.

— Bien sûr, monsieur Steele, réplique la fille en se ressaisissant. Je vous fais livrer à l'étage sans tarder.

Il se révèle que *l'étage* n'est autre que celui du penthouse, et je dois admettre qu'après tous mes voyages d'affaire avec Damien, je ne suis jamais venue dans un établissement aussi haut de gamme. Je devrais jouer les blasées, mais j'avoue que je fais plutôt les yeux ronds. À tel point que je campe encore dans l'entrée lorsque l'employé du service d'étage frappe à la porte.

Je m'écarte maladroitement, tandis que le serveur pousse une table à roulettes avec le vin, deux verres et un spectaculaire assortiment de caviar. Jackson le laisse déboucher la bouteille, mais décline son offre de verser le vin. Et sitôt que l'employé a quitté la chambre, il me fait signe d'approcher.

— Viens, dit-il.

Je ne peux m'empêcher de penser à toutes les significations que renferme ce simple mot.

— Tu as une idée bien étrange de la vengeance, dis-je. Mes plats préférés. Une suite avec terrasse. Du caviar. Et l'un des vins les plus onéreux au monde.

— Je ne crois pas qu'il soit si cher.

Je prends un air dubitatif.

— Comme je te le disais, princesse, je veux que tu comprennes tout ce que tu as abandonné.

— Bon sang, Jackson…

— Non. Je ne veux pas t'entendre me dire que tu devais partir. Que tu es désolée.

— Ah non ? dis-je d'un ton exaspéré. Alors qu'est-ce que tu veux, à la fin ?

— Je pensais avoir été clair, réplique-t-il en remplissant un verre de vin, avant de s'avancer vers moi.

Il s'arrête à quelques centimètres de moi et me tend le verre. Je prends une gorgée, en notant à peine l'incroyable finesse du bouquet, trop occupée à observer Jackson.

Il me scrute de la tête aux pieds avec cette intensité susceptible de faire fondre une femme, et s'il semble affamé, ce n'est évidemment pas de caviar.

— Je veux t'amener jusqu'au bout de tes limites, m'annonce-t-il en déboutonnant ma robe.

Je reste parfaitement immobile pendant qu'il me déshabille.

— Je veux t'observer quand tu perds tout contrôle, poursuit-il en dégrafant mon soutien-gorge, avant de l'ôter lentement. Je veux te faire jouir, enchaîne-t-il en retirant mes chaussures et mes bas, puis le porte-jarretelles qu'il laisse tomber à terre. Et, princesse (il fait claquer si fort l'élastique de mon string avec son doigt que je tressaille)… je veux te faire crier.

Il se penche et m'embrasse, avec douceur et délicatesse, tel un homme en quête d'un refuge, d'un havre de paix, ce qui contraste avec la brutalité de ses mots et la manière dont il me déleste de mes derniers vêtements.

— Mais commençons par le commencement…

Je reste plantée là, les lèvres encore enfiévrées par son baiser, sans trop savoir ce qui vient de se passer. J'ai d'abord droit à un numéro de séduction raffinée avec vin et caviar. Ensuite, je me retrouve nue, brûlante et plus excitée que je ne le souhaiterais par la rudesse de ses propos.

— Suis-moi, dit-il en m'entraînant dans la chambre sublimement meublée, tout en beige et en marron, avec quelques notes crème, l'ensemble à la fois confortable et élégant.

Il désigne le lit d'un hochement de tête et je m'assois sur le bord. Il me regarde un instant, comme s'il réfléchissait. Son visage demeure impénétrable.

Il s'approche de la fenêtre et pose la main sur la vitre. Je vois ses yeux dans le reflet et je sais qu'il me regarde.

— J'ai besoin de savoir quelque chose.

Soulagée, je me dis que je vais peut-être en savoir un peu plus sur ce qui se trame dans sa tête.

— Bien sûr. Je t'écoute…

— Est-ce que tu baises toujours avec lui ?

Alors que j'étais en train de me relever en m'aidant de mes bras, ceux-ci me lâchent et je retombe sur le matelas. Je suis plus abasourdie que véritablement en colère.

— Qui ? je lui rétorque d'une voix qui semble bien faible, même à mes oreilles.

Il se retourne et ses yeux bleu laser me transpercent.

— Stark est marié maintenant, déclare-t-il comme si on discutait de la pluie et du beau temps. Alors je veux savoir si tu baises toujours avec lui.

À présent, la colère reprend le dessus et je me lève d'un bond.

— Damien ? Tu délires ou quoi ? Je n'ai jamais…

— Tu m'as *quitté*.

Fini le ton posé et l'air flegmatique. Il a l'air fou à présent et me rejoint en quelques enjambées.

Sa fureur ne fait pourtant pas le poids face à la mienne, et l'atmosphère semble se charger d'électricité. Il suffirait de craquer une allumette pour qu'on s'enflamme lui et moi.

— Il y a cinq ans, tu m'as quitté pour pouvoir aller baiser avec Damien Stark.

Sans réfléchir, je le gifle sur la joue gauche, sur sa blessure à vif. J'espère qu'il a mal. J'espère le voir tomber à genoux, ce salaud.

Il m'attrape par les avant-bras, me serre assez fort pour laisser des marques, et m'attire violemment à lui. Je vois toute la sauvagerie qui étincelle dans son regard, je sens la tempête qui s'amplifie et va exploser entre nous. Un bref instant, je ne sais pas s'il va me frapper ou m'embrasser, mais quoi qu'il fasse, il vaut mieux qu'il s'abstienne car je suis à deux doigts de me déchaîner autant que lui.

Mais je ne fais rien… À quoi bon remuer le couteau dans la plaie ? Quelques instants plus tard, il me repousse.

— Et puis merde !

Je recule, pantelante. Je m'appuie contre le lit en le regardant marcher de long en large. Jusqu'à ce qu'il s'arrête à nouveau devant la fenêtre. Jusqu'à ce qu'il déverse sa hargne une dernière fois, la force de sa main qui frappe le verre faisant miroiter les images réfléchies, comme si la fureur de cet homme avait bouleversé l'équilibre du monde.

Lentement, très lentement, je m'approche. Je m'arrête derrière lui, assez près pour le toucher, mais je m'abstiens.

— Je te l'ai déjà dit… Je suis partie parce que je devais le faire.

— Tu as quitté Atlanta. Tu es allée travailler pour lui.

— Oui. Parce que après que Reggie m'a virée, j'ai contacté la DRH de Stark International en demandant de remettre mon dossier de candidature dans le circuit. Je t'ai dit que j'avais postulé pour un emploi chez lui. Et je l'ai eu. À l'ancienne, avec un CV en béton. Je ne t'ai pas quitté pour Stark et je te jure sur ce que j'ai de plus cher que je n'ai jamais couché avec cet homme.

Il se retourne et me presse contre lui, d'un geste si inattendu que j'en ai le souffle coupé, et il referme ses lèvres sur les miennes. C'est un baiser violent, sauvage et presque douloureux. Plus encore, c'est une une exigence. Un combat. Lorsqu'il s'écarte, je suis haletante, un peu excitée et totalement perdue.

Mais Jackson a retrouvé son sang-froid. Il est de nouveau maître de lui-même, comme si ce qui vient de se produire n'a jamais existé.

— C'est comme ça que ça va fonctionner. Tu es à moi. Pleinement. Totalement. Tu es prête pour moi quand je le décide. De la manière dont je le décide. Tu comprends ?

— Ai-je vraiment le choix ?

Il ne prend même pas la peine de me fournir une réponse. On la connaît tous les deux.

— Sur le lit, ordonne Jackson.

Pendant quelques secondes, je ne bouge pas.

C'est le moment ou jamais, me dis-je.

Je peux m'en aller tout de suite et m'épargner la douleur de mes souvenirs. Le supplice d'être avec un homme qui souhaite uniquement me punir pour notre passé commun.

Je peux m'en aller… et perdre le projet de village-club, qui est la seule chose ayant vraiment compté pour moi depuis des années.

Je l'observe, frappée par l'ironie de la situation. Parce que cinq ans plus tôt, Jackson comptait pour moi. Il a ralenti le temps avec moi, en rassemblant toute une vie riche en émotions en quelques brèves journées.

Mais c'est le passé, et le village-club constitue mon présent. Je ne peux pas risquer de le perdre si j'ai une occasion de le sauver.

Je fais donc ce qu'il me demande. C'était le sens même de notre accord, après tout. Et puis, je veux lâcher prise. Je crève d'envie de me fracasser contre cet homme, même si je sais que ce n'est pas réel, et même si, au final, j'en souffrirai.

— Brave petite, dit-il une fois que j'ai la tête sur les oreillers. Maintenant, écarte les bras.

J'obtempère, ignorant tout de ses projets. Mais je ne tarde pas à le comprendre, car il entre dans la salle de bains, puis en ressort avec les ceintures en coton blanc des deux peignoirs de l'hôtel.

Je secoue la tête, sentant la panique me gagner.

— Non…

Mais il ne s'interrompt pas. Il prend mon poignet et y noue un bout de ceinture. Il attache l'autre extrémité à une lampe fixée au mur, à côté de la tête de lit.

— Jackson…

Mes protestations semblent résonner dans la pièce, mais il s'en moque. Il fait le tour du lit et fait la même chose avec mon autre bras.

Je passe une langue sur mes lèvres, je n'aime pas me sentir aussi vulnérable. Je serre les cuisses, puis gémis quand il secoue la tête.

— Non, dit-il. Écarte-les en grand. Je veux voir à quel point tu mouilles. À quel point tu as envie de moi.

Je ravale ma salive, mais ne dis rien. Que pourrais-je rétorquer de toute façon ? Mais tandis qu'il promène son doigt le long de ma jambe en remontant à l'intérieur de ma cuisse, je sens mon corps se contracter de désir. J'aperçois un petit sourire se dessiner sur ses lèvres ; il a vu combien j'étais excitée. Il sait exactement ce qu'il va me faire. Il sait aussi qu'il a gagné la partie, parce que j'ai beau vouloir à tout prix me réfréner, mon corps réagit de lui-même, et je suis désespérément, inéluctablement, totalement excitée.

Il me caresse sans une once de pitié, promenant ses doigts sur la moindre parcelle de ma peau, jusqu'à ce qu'elle le réclame à grands cris, d'autant plus que je ne peux pas bouger. Je ne peux que me soumettre à ce désir lancinant.

Lorsqu'il se rend au salon, puis revient avec un verre de vin et une coupelle de caviar, je me demande quel supplice il me réserve encore.

Et c'est en effet une véritable torture.

Il verse lentement le vin hors de prix dans le creux de mon nombril, puis le lape du bout de sa langue. Il porte le verre à mes lèvres et me laisse en boire une petite gorgée, et sa saveur piquante semble en harmonie avec les fourmillements de désir qui traversent mon corps. Puis lorsqu'il dépose une infime cuillerée de caviar sur chacun de mes seins, avant de refermer sa bouche pour téter mon mamelon, je me cambre sous les sensations érotiques irrésistibles que j'éprouve.

Il descend ensuite, déposant des baisers sur mon ventre au fur et à mesure, jusqu'à ce qu'il atteigne mon sexe. Il plante son regard dans le mien, avant de m'embrasser de la manière la plus intime qui soit.

— Pour un homme qui veut me punir, dis-je dans un souffle, tu t'y prends drôlement mal.

— Je te l'ai dit, murmure-t-il. Je veux que tu te souviennes. Je veux que tu connaisses le plaisir.

— Jackson…

Mais il n'écoute pas et, quand sa langue s'attaque une fois encore à mon clito, j'ai tout oublié. Il m'amène au point de non-retour, sa bouche faisant des merveilles sur mes cinq sens, et mon corps n'est plus que sensualité, une masse d'énergie érotique qui attend d'exploser.

Qui attend… et attend encore…

Et lorsqu'il retire ses lèvres – lorsqu'il s'agenouille pour me regarder –, je crois que je vais réellement me mettre à hurler.

— Dis-moi ce que tu veux, murmure-t-il.

Sa voix révèle une tension palpable, je sais exactement qu'il souhaite la même chose que moi. Et j'en crève tellement que je lui réponds sans la moindre honte.

— Baise-moi. S'il te plaît, Jackson. Baise-moi maintenant.

Il descend du lit et se place plus près de moi. Un instant, je crains qu'il se refuse autant à moi qu'à lui.

— Je t'en prie, dis-moi que tu as un préservatif.

Il reste muet. Puis il sort quelque chose de sa poche et le pose sur la table de chevet, avant de se déshabiller. Je tourne la tête et constate qu'il a posé un paquet de préservatifs. Mais il y a autre chose à côté, et Jackson s'en empare à présent.

Je ne comprends pas tout de suite, puis réalise qu'il s'agit d'un bandeau.

— Oh non… Pas question.

— Oh si, rétorque-t-il. C'est moi qui commande, tu te souviens ? Et là maintenant, tu m'appartiens, ajoute-t-il tandis que ses doigts se promènent sur ma peau, soutenus par la sensualité de sa voix. Tu es mienne pour le plaisir. Pour te prendre. Te baiser. Et là, je veux que tu fasses l'expérience de la sensation de mes caresses.

Mon corps tressaille de désir en réponse à cette nouvelle forme de séduction.

— Que tu me sentes en toi. Tu es à moi, tu te souviens, et ce soir je veux que tu le saches. Totalement et pleinement.

Ses paroles semblent me submerger, résonner du tréfonds de mes souvenirs.

Tant que tu es ici, tu m'appartiens.

Tu m'appartiens, tu m'appartiens, tu m'appartiens...

Des paroles familières qui me rendaient malade autrefois. Mais à cet instant, je ne peux constater qu'une chose : je suis moite. En feu.

Cette foutue flamme tatouée sur ma poitrine n'a plus le symbole de ses premières heures. Non, je ne mène plus la danse… Au contraire, si je ne suis pas vigilante, Jackson va me réduire en cendres.

Je ne proteste pas quand il s'avance et me passe le bandeau sur les yeux. Le monde s'assombrit et, comme il l'a dit, je ne peux me fier qu'à lui. Au bruit de sa respiration. Au contact de ses mains sur moi. À son souffle sur ma peau.

Il caresse mon corps avec ses mains et ses baisers, une approche en douceur, quand il remonte sur le lit et fait ainsi remuer le matelas. Puis il effleure à peine mon sexe, ses doigts excitant et explorant, me rendant encore plus brûlante que je ne le suis déjà. Ils m'ouvrent. Me préparent.

Sans prévenir, il soulève mes jambes et j'ai la sensation d'être étirée lorsqu'il les hisse sur ses épaules. Je retiens mon souffle en sentant son sexe appuyer fort contre moi, chercher à entrer, puis je me détends. Je l'accueille. Je le veux.

Ensuite, il agrippe mes fesses et s'enfonce violemment en moi, m'empalant sans autre préambule. Je pousse un cri, noyée dans l'incroyable sensation d'être remplie par cet homme.

Sa bite est énorme, mais je mouille tellement que ça ne me fait mal qu'au début. À présent, il adopte un rythme sensuel, en me tenant d'une main par la hanche pour que mes mouvements épousent les siens, tout en se servant de son autre main pour exciter mon clito.

Je vibre de plaisir, je suis enivrée de désir. Et le fait que je ne puisse rien voir ne fait que décupler tout ce que j'éprouve, comme Jackson l'avait dit.

— Jouis pour moi, dit-il en accentuant et en accélérant ses coups de boutoir. Putain, Sylvia, je veux que tu jouisses pour moi maintenant !

Je hurle de surprise en le sentant jouir, puis de plaisir quand mille et une étincelles dans mon corps semblent converger vers mon sexe, avant d'exploser à nouveau en me faisant tourbillonner. Je me cambre avec l'impression de pouvoir m'envoler, puis retombe sur le lit en ne souhaitant rien d'autre que Jackson tout contre moi.

Je crains un instant qu'il ne vienne pas, qu'il me punisse en me laissant seule, attachée sur ce lit. Mais non. Il détache mes bras, retire ensuite mon bandeau. Puis, pour mon plus grand étonnement et mon plus grand bonheur, il me gratifie d'un tendre baiser sur les lèvres, avant de se glisser dans le lit à mes côtés.

— Dors à présent, me dit Jackson.

Je reste étendue là, haletante, le dos contre sa poitrine, le corps épuisé et l'esprit comblé. Et lorsqu'il me prend dans ses bras, je me love dans sa chaleur, absolument pas préparée au souffle glacial de la mémoire qui viendra envahir mon sommeil et hanter mes rêves.

Je me regarde dans cette robe rouge, tandis que Bob contourne l'autre moi, debout sous le doux éclairage.

— Superbe, dit-il en faisant crépiter son appareil. Juste parfait. Maintenant, tâchons de rendre ces photos un peu plus sexy.

L'autre moi secoue la tête.

— Je ne pense pas que...

— Chut... murmure-t-il en s'approchant. Il faut que ces photos sortent du lot, et comment rater ça avec toi dessus ? Un mélange d'innocence et de passion. Et s'il y a l'excitation... oh, Elle, cette photo va carrément crever le plafond.

Sa main effleure le téton de cette autre moi, et je regarde l'autre moi haleter. Mais je ne ressens rien. Là-bas, de loin, je ne ressens rien.

Il sourit lentement.

— Voilà. Tu vois ? Ce merveilleux rouge aux joues. L'objectif adore. Et je vais te confier un secret, Elle. Moi aussi j'adore. Il n'y a pas beaucoup de filles de quatorze ans aussi mûres que toi. Qui dégagent un sex-appeal aussi naturel. Défais encore un bouton pour moi. Pour l'objectif.

— Non, dis-je à l'autre moi dans cette robe.

Mais elle se mordille la lèvre et porte les mains à la robe. Et je retiens mon souffle parce que je connais ça. Je l'ai vu.

Je me rappelle ce qui s'est passé. La manière dont il finit de déboutonner la robe pour elle. Les choses qu'il dit pour que ça paraisse normal, mais en réalité, ça ne l'est pas. Ce qu'elle ressent quand il pose ses mains sur elle, quand il la touche. Quand il est en elle.

Et la honte et la haine qui viennent après.

Je m'en souviens, alors je hurle à sa place. Je lui hurle de se débattre. De l'arrêter.

Mais je ne m'entends pas. Seul Bob m'entend. Et quand il se tourne vers moi avec un sourire triomphant, c'est le visage de Jackson qui apparaît.

Je me redresse dans le lit, pantelante, puis fais un bond lorsque la main de Jackson me caresse la cuisse.

— Syl ?

Sa voix est somnolente, inquiète.

Mais je ne réponds pas. Au lieu de ça, je me précipite dans le salon, j'enfile la robe en ignorant le string déchiré et le soutien-gorge.

Je m'interromps une seconde, hésitante, puis reviens sur la pointe des pieds dans la chambre et plonge la main dans la poche de son pantalon, en quête de son portefeuille. Je tombe sur le ticket remis par le voiturier et m'y cramponne, le souffle court.

— Syl ? Qu'est-ce qui se passe ?

Je lève les yeux et le vois qui bats des paupières en allumant la lampe de chevet.

La peur me saisit à la gorge et je peux à peine respirer.

Je me relève d'un bond et quitte la suite en courant. J'appuie sur le bouton d'appel de l'ascenseur en espérant qu'il me transportera dans le hall d'entrée à la vitesse de la lumière.

Le jeune voiturier ne pose pas de question quand il m'amène la Porsche, et je me félicite de ne pas avoir oublié mon sac afin de lui laisser un pourboire.

Je me glisse au volant, verrouille les portières, et démarre en trombe dans l'allée.

Je ne sais pas où je vais. Je sais seulement que je veux fuir.

Mais puisque c'est moi-même que je souhaite fuir, ça ne risque pas d'arriver. Tout ce que j'espère, c'est pouvoir rouler assez longtemps pour me débarrasser d'une manière ou d'une autre de ces cauchemars.

13

Je fonce dans Coldwater Canyon, négocie les virages en regardant le faisceau des phares transformer la route bordée d'arbres en une sorte de chemin maléfique et ténébreux, d'où émergent de longs doigts de sorcière qui veulent me reprendre.

Mais ce ne sont pas ces ombres que je fuis. Pas même Jackson. Pas entièrement.

C'est Jackson et moi-même et toute cette situation complètement débile.

Parce que tout ce que souhaite Jackson, c'est me punir. Je le sais. *Je le sais !* Et il lui suffit de lever le petit doigt pour que je fonde comme neige au soleil.

Comme Bob l'a fait il y a si longtemps.

Merde.

C'était une erreur. Monumentale. Je n'aurais jamais dû me retrouver dans le lit de Jackson, et si ça signifiait abandonner le projet de village-club, eh bien j'aurais dû simplement renoncer. Parce que je ne peux pas être cette femme. Je ne peux pas être la fille qui se soumet. Qui cède. Je dois garder le contrôle coûte que coûte, parce que c'est la seule manière de me protéger.

Et je déteste ça tout autant.

Alors je roule, prends les virages comme une folle, en tentant de me perdre dans le frisson du danger, en enfouissant ma peur dans les poussées d'adrénaline et la concentration absolue.

Sauf que ça ne fonctionne pas. J'ai la tête qui va éclater, des pensées qui partent dans tous les sens, et je donne un coup de volant en précipitant la voiture sur la bretelle de sortie, pour faire demi-tour, avant d'écraser la pédale de frein. La Porsche stoppe dans un soubresaut à une distance redoutablement proche du précipice et, l'espace d'un instant, je me demande ce que j'éprouverais si je m'envolais dans les airs avant de retomber en chute libre dans le néant.

Je chasse cette pensée. Ce n'est pas moi. Pas moi du tout. Et ça ne l'a jamais été.

Même ado, quand j'étais désespérée au point de vouloir en finir, je n'ai jamais essayé de mettre fin à *mes jours*. Je souhaitais me perdre au tréfonds de moi-même, trouver cet endroit où je serais en sécurité et m'accrocher à des talismans qui me protégeraient contre les cauchemars.

Toute ma vie, je me suis débrouillée pour tenir les rênes, à deux exceptions près : Atlanta et en ce moment même.

Et Jackson Steele au beau milieu, qui me ballotte de tous côtés avec la violence d'une tempête, comme si je n'étais qu'un bouchon dans des eaux tumultueuses.

Je sors de la voiture et m'avance au bord du ravin, puis contemple les lumières du monde. Des maisons où des gens heureux passent la nuit sans faire de mauvais rêves.

Je réalise que je suis jalouse. Et seule.

Je ferme les paupières comme pour me préserver

d'une soudaine et puissante envie de Jackson. De le laisser me tenir dans ses bras et m'apaiser.

Tu es une imbécile, me dis-je. *Une foutue imbécile complètement détraquée.*

Le ronronnement d'un moteur m'arrache à mes pensées et je me tourne pour découvrir une berline noire qui s'arrête à l'entrée de la bretelle.

Je fronce les sourcils. Je ne cherche pas de la compagnie et ne suis pas complètement idiote. Je suis une femme seule dans la nuit, près d'une voiture hors de prix. Bref, autant d'arguments qui me donnent le signal du départ.

Je remonte dans la Porsche, verrouille les portières et redémarre.

La berline reste là, moteur coupé, habitacle plongé dans la pénombre.

Mais en tournant le volant pour repartir, mes phares balaient la voiture et illuminent un instant l'intérieur.

C'est Jackson.

J'ignore comment, mais il m'a suivie.

J'agrippe le volant plus fort que jamais, en m'attendant à un accès de colère.

Mais il ne vient pas. Au contraire, je me sens un peu moins perdue. Un peu plus en sécurité.

Et à cause de ça, un tout petit peu effrayée.

Je ne rentre pas à l'hôtel, mais chez moi.

Dans mon vestibule, j'ai l'impression d'être une somnambule et j'appuie sur le bouton qui ouvre la baie vitrée de ma terrasse. Elle se lève en s'enroulant et j'avance au rythme de son mouvement.

Je n'ai aucune idée de ce qui me ferait plaisir là, maintenant.

Non, c'est faux. Je le sais depuis le moment où mes phares l'ont éclairé.

J'ai envie de Jackson.

J'ai envie de lui près de moi. Qu'il me serre dans ses bras et me réconforte. Mais je ne peux pas avoir ce que je veux, non seulement à cause de ce petit jeu ridicule dans lequel on s'est enfermés, mais parce qu'il n'y a aucun avenir dans cette relation. Au final, il obtiendra sa revanche et s'en ira. Ou je le repousserai, ma seule défense contre mes peurs et mon sentiment d'insécurité, contre ces horribles démons avec lesquels je ne peux cohabiter.

D'une manière ou d'une autre, je me retrouverai seule.

Et voilà pourquoi je suis là, sur ma terrasse, enroulée dans une couverture, et les yeux clos dans l'espoir de trouver le sommeil.

Sylvia...

Je souris, en laissant le son de mon nom sur ses lèvres se glisser dans mes rêves. Je sens la pression d'une main sur mon épaule, douce mais ferme, et je prends une longue et profonde inspiration. Ce n'est pas le souffle glacial d'un cauchemar, mais la chaleur et la caresse apaisante de ce chevalier que j'ai souvent imaginé. Je change de position en remontant la couverture sous mon menton, désireuse de m'enfouir un peu plus dans ce lieu rassurant que je trouve si rarement.

Sylvia. Réveille-toi, baby.

Je remue, confuse, puis j'ouvre les yeux pour découvrir ceux de Jackson qui me regardent, bleus et remplis d'inquiétude.

— Voilà, c'est bien… murmure-t-il gentiment.

— Je…

Comme je ne sais pas quoi dire, je préfère me taire. Mais je m'efforce de me redresser, le dévisage et tente de me convaincre qu'il n'est pas le fruit de mon imagination.

— Tu m'as suivie, dis-je enfin. Dans la voiture. Sur la route.

— Bien sûr, répond-il d'une voix douce comme la brise.

— Comment ?

Il esquisse un léger sourire.

— Tu as déjà entendu parler d'OnStar ?

— Tu as pisté ton véhicule.

— Figure-toi que j'ai aussi une Lexus. Tu as filé dans une voiture. Je t'ai suivie dans l'autre.

— Pour t'assurer que ta Porsche ne risquait rien ? dis-je en le défiant malgré moi.

— Non, dit-il en me caressant la joue avec son pouce. Je ne m'inquiétais pas pour ma Porsche.

— Mais tu n'es pas sorti. Tu es resté assis au volant.

— J'ai pensé que tu voulais être seule.

— Tu es pourtant là, maintenant.

— Je me suis dit que tu étais restée seule assez longtemps.

Je souris à belles dents, ce qui me fait le plus grand bien. Puis je me redresse en position assise.

— Comment es-tu entré ?

— Tu as laissé ta porte grande ouverte. Heureusement que c'est un immeuble sécurisé et que personne ne peut franchir la grille.

— Tu ne vas toujours pas me dire comment tu t'es débrouillé ?

— Un magicien ne révèle jamais ses secrets.

Il était à genoux jusque-là mais se relève à présent.

— Tu vas mieux ? me demande-t-il.

Comme j'acquiesce, il rentre dans l'appartement.

Je réprime alors un violent accès de panique, tandis que je me tourne dans la chaise longue pour regarder à l'intérieur, puis je pousse un soupir de soulagement en constatant qu'il ne s'en va pas mais sort quelque chose de mon réfrigérateur.

— T'as un tire-bouchon ? demande-t-il, avant de répondre lui-même à la question. Ça y est, je l'ai trouvé.

Quelques instants plus tard, il revient avec deux verres de vin blanc. Il m'en tend un puis, de sa main libre, rapproche la chaise pliante métallique que Cass avait apportée lors de sa dernière visite.

Il s'assoit, pose ensuite son verre à côté de lui sur le sol en béton. Puis il se penche en avant et pose les coudes sur ses genoux. Il a l'air détendu, sûr de lui, et totalement concentré sur moi.

— C'est terminé, Sylvia, annonce-t-il, et je me redresse d'un coup, raide comme un piquet.

— Quoi ? Non ! Tu l'as dit à Damien et je… j'ai donné mon accord, tu sais bien. Bon sang, Jackson, tu ne peux pas nous larguer comme ça. Tu ne peux pas…

Je m'apprête à me lever, mais il m'attrape le bras et m'oblige à me rasseoir.

— Pas le projet, corrige-t-il avec calme. Je te dessinerai un magnifique village-club. Mais ça, ajoute-t-il en nous désignant lui et moi.

Je secoue la tête, sans comprendre. Il ne peut quand même pas renoncer à toutes ses exigences et ses ultimatums.

Si ?

Il prend son verre, se lève et s'approche de la balustrade. Il s'arrête là et sa silhouette se découpe dans la grisaille du ciel.

— Tu m'as planté, Sylvia. C'est pas plus compliqué que ça. J'ai dit que je voulais me venger, et c'était le cas. Je voulais te punir de m'avoir abandonné. Pour Damien, je croyais, et bon sang, je crevais d'envie de te le faire payer.

— Mais je ne t'ai pas trompé avec lui. Pas comme ça. Je te l'ai dit.

— Et je te crois. Mais c'était pas tout. Parce que je tenais quand même à te faire payer le mal que tu m'avais fait. Que tu nous avais fait à tous les deux.

Je tressaille malgré moi, car il dit vrai.

— Mais il n'était pas seulement question de te punir, reprend-il avant de boire une gorgée de vin. Il faut que je te le dise clairement ? Alors je vais te le dire. Je te veux, Sylvia. Aussi intensément que je te voulais à Atlanta. Et dès que je t'ai vue au Chinese Theater, j'ai compris que j'étais prêt à passer n'importe quel accord.

À mesure qu'il revient vers moi, ses paroles sont ponctuées par chacun de ses pas.

— Est-ce que je voulais que tu te soumettes à moi ? Te voir nue et offerte ? Putain, oui. Et encore maintenant. Mais c'est pas tout. Je veux te faire éprouver un tas de choses. Te faire rire. Voir ce feu qui se consume en toi. Je veux que tu me regardes comme tu le faisais il y a cinq ans. Et tu sais quoi, Sylvia ? J'ai envie que tu restes.

J'ai un poids sur la poitrine et beaucoup de mal à respirer.

— Mais je ne souhaite rien de tout ça, si le prix à payer consiste à te faire du mal.

Il se penche et prend mon menton dans sa main, avec une expression si tendre que mon cœur se serre.

— Alors il n'y aura pas de transaction. Pas de petit jeu. Aucune condition concernant mon accord pour travailler sur le projet. Je ferai toujours de mon mieux pour te séduire, ajoute-t-il d'un air câlin. Mais je ne peux pas être celui qui te fait souffrir.

J'ouvre la bouche pour m'exprimer, mais impossible. Je ne peux que secouer la tête, avec la volonté de nier tout ce qu'il a décelé de manière si évidente. Il me prend la main et, même si seuls nos doigts se touchent, j'ai l'impression qu'il me communique sa force.

— J'ai vu la chaîne, le tatouage, et je devine facilement ce qu'il représente. J'aurais dû m'en douter à Atlanta.

Je détourne les yeux, incapable de croiser son regard.

— Tu ne devrais pas supporter un tel fardeau. Et si j'ai alourdi encore ta peine, alors j'en suis infiniment désolé.

Je le regarde à présent, la gorge nouée et les yeux brûlants.

— Non, tu ne l'as pas alourdie. Pas vraiment. Oh…

Je reprends mon souffle et porte la main à mes lèvres en mordillant mon pouce.

— J'ai envie de pleurer… j'ai vraiment envie de pleurer. Je suis remplie de larmes, dis-je, submergée par mes propres émotions.

— Alors, laisse-les couler, dit-il en venant s'asseoir auprès de moi pour me prendre dans ses bras.

Je grimace un piètre sourire, puis me serre tout contre lui.

— Impossible. Je n'ai pas pleuré depuis l'âge de quatorze ans.

Il écarte une mèche rebelle qui me barre le front, puis sa main passe en douceur de mon épaule à mon dos.

— « C'est un soulagement de pouvoir pleurer… » Ovide.

Je reprends mon souffle en étouffant un sanglot, tout en imaginant le tatouage dans ma tête. Les délicates larmes bleues. Les mots précis de la citation que Cass a imprimée sur la clavicule où la main de Jackson repose à présent.

— Ce serait un soulagement, dis-je dans un sourire ironique, si je pouvais y arriver.

— Cela fait aussi du bien d'en parler, reprend-il en me caressant les cheveux (et contre toute attente, je me sens en sécurité). Tu peux me dire de qui il s'agit ?

Je ferme les yeux, car je ne veux pas y penser.

Sauf que c'est stupide parce que au fond, j'ai l'impression d'y penser tout le temps.

— C'était ton frère ?

— Non !

Ma réponse est rapide, véhémente et véridique.

— Non, Ethan n'est même pas au courant !

Je sens la panique s'insinuer dans ma voix. Bon sang, si jamais Ethan apprend la vérité… Je frissonne, plus décidée que jamais à protéger mon petit frère.

— J'ai remarqué la tête que tu faisais après avoir reçu son texto.

— Il arrive dans trois semaines. Il veut qu'on aille rendre visite à nos parents. Ils habitent à Irvine. Ils ont quitté Brentwood pour s'installer là-bas, quand Ethan est parti faire ses études.

— Et c'est si terrible ?

Je prends une profonde inspiration et me rappelle que Jackson vient de me rendre le contrôle de la situation, me le servant presque sur un plateau d'argent. Je peux en parler, ça va aller.

— Pas Irvine. Pour ma part, la distance me convient. Et j'ai hâte de voir mon petit frère. Enfant, il a été très malade et on était proches. Il… a guéri depuis.

Je marque une pause, bien décidée à ne pas penser au prix de la santé de mon frère.

— Guérison totale, dis-je en accélérant mon histoire. Et il vit à Londres depuis un an.

— Mais pas tes parents.

Je baisse les yeux et réalise que je me tords les mains à m'en faire mal.

— L'homme… celui qui m'a violée…

Le souffle court, je me rends compte que je n'ai pas prononcé ce mot depuis que j'ai raconté cette même histoire à Cass.

— … était un ami de mon père. Je l'appelais Bob…

Le simple fait de dire son nom me fait tressaillir.

— Et j'ai travaillé avec lui quand j'étais en troisième. Mon père a tout manigancé. Si bien que je n'ai pas trop l'esprit de famille. Je me suis plus ou moins renfermée sur moi-même, tu vois ?

Il hoche la tête.

— Tu avais quatorze ans, donc ?

— Oui, dis-je en gardant une voix neutre, comme si je résumais des documents d'affaire. Ça a commencé comme ça.

Je le vois sourciller en entendant le mot « commencé »

et lui suis reconnaissante de ne pas me demander combien de temps cela a duré.

— Et tes parents ?

— Je n'ai rien dit à personne… dis-je sans répondre directement à sa question. J'en ai parlé à mon amie Cass, mais c'est tout.

— Pas à des professionnels ? Aucune thérapie ?

— Ça ne m'intéresse pas de déverser mes problèmes à des inconnus. Pas question de confier ce genre d'intimité à un étranger et le laisser me contrôler.

— Tu as besoin d'aide, pourtant.

— J'ai ma propre thérapie. Ça va aller.

— Mais tu ne vas pas bien, observe-t-il à juste titre, et l'inquiétude se lit sur son visage.

Je détourne le regard. Il a raison, bien sûr, mais je ne vais pas l'admettre.

— Entendu, alors. Si tu ne veux pas l'aide d'un professionnel, alors c'est moi qui t'aiderai.

— Jackson…

— Quoi ? C'est moi, le problème ? Non. Je suis l'homme qui…

Mon cœur se serre, tandis que j'entends un mot qu'il n'a pas prononcé.

— Qui quoi ?

Il hésite.

— Je suis l'homme qui va combattre tes démons.

Je ne peux m'empêcher de sourire. Parce que dans mon esprit, il a toujours été cet homme-là. Dans la réalité, cependant…

— Une noble intention, dis-je, mais je les combats déjà.

— Vraiment ? Parce que, vu de ma fenêtre, tu n'as pas franchement le dessus.

— Je t'en prie… (Je sens la tension dans ma voix.) On peut parler d'autre chose ? Pour l'instant, du moins.

Il a l'air si malheureux que ça me déchire presque le cœur.

— Je n'ai fait qu'envenimer les choses, dit-il en s'agenouillant pour prendre mon visage entre ses mains. Je suis désolé.

— Non. Tu n'y es pour rien. J'ai juste besoin de me sortir ça de la tête pendant un petit moment.

— Tu as besoin de repos. Viens. Je vais t'amener à ton lit. Personne ne devrait être debout si tôt un dimanche.

Il se relève et je pose la main contre sa cuisse.

— Attends.

Le muscle de sa cuisse est si contracté sous ma paume que j'ai l'impression qu'il va exploser. Tout son corps semble trembler, tellement il lutte pour se retenir, et lorsque ses yeux croisent les miens, je vois l'instant précis où il comprend.

— Non, dit-il, la voix tendue comme un fil. Ce n'est pas ce que tu veux. Pas maintenant.

— S'il te plaît, dis-je (parce que là maintenant, c'est exactement de lui que j'ai besoin). Aide-moi à combattre mes démons. Mets-moi au lit comme une enfant, et j'aurai l'impression que ce sale type a gagné. Comme s'il m'avait pris quelque chose.

Il penche la tête de côté, ses yeux bleus aussi vifs que des lasers et au moins aussi pénétrants. Je soutiens son regard, avec l'envie qu'il voie dans le mien à la fois mes manques et mes désirs.

— S'il te plaît… Tu ne comprends donc pas ? J'avais tellement envie de toi hier soir, mais pas comme ça. Pas lorsque ça avait un parfum de vengeance. Comme si tu voulais me baiser pour me sortir de ta tête ou je ne sais pas quoi.

— Oh, baby… murmure-t-il en me caressant la joue. Je n'ai jamais voulu que tu sortes de mon esprit. Tout le contraire, en fait. Moi aussi j'avais envie de toi à en crever.

— Alors reste avec moi.

Je suis à court de mots pour lui exprimer à quel point j'ai besoin de tout ça. À quel point j'ai besoin de lui. Et je ne peux qu'espérer qu'il puisse l'entendre dans ma voix.

— J'ai besoin de toi. Si tu savais combien tu m'as manqué.

— Sylvia… chuchote-t-il avec une douceur infinie.

Il reprend ma tête dans ses mains et m'attire à lui.

— Je vais te faire l'amour, Syl. Et si tu ne le souhaites pas, alors tu dois le dire tout de suite.

Je reste muette, me contentant de pencher la tête en arrière et d'entrouvrir mes lèvres en guise d'invitation.

Et lorsqu'il se penche vers moi – lorsqu'il effleure ma bouche de ses lèvres comme pour éprouver cette nouvelle réalité entre nous –, je ne peux retenir un gémissement d'assentiment et de plaisir.

J'enroule mes bras autour de son cou, puis l'attire à moi. Je mesure le risque que j'encours : quelques heures plus tôt, mes cauchemars m'ont littéralement poussée vers le précipice.

Mais le jour va bientôt se lever, et je n'ai pas l'intention de dormir de sitôt.

Et quand les cauchemars viendront inévitablement me cueillir… Eh bien, j'imagine que ça en vaudra la peine.

14

La bouche de Jackson se referme sur la mienne, ses lèvres sont douces mais exigeantes. Pour l'heure, aucune exigence n'est cependant requise, et je cède volontiers, en lui offrant mes lèvres, en l'accueillant. En le laissant m'enivrer, me déguster, me consommer.

Ses mains sont posées sur la chaise longue, une sur le dossier, l'autre sur le coussin près de ma taille. Seules nos lèvres se touchent et pourtant chaque parcelle de mon corps est en train de vibrer, comme s'il n'existait pas le moindre centimètre de chair qu'il n'ait exploré et animé avec ses doigts, ses lèvres, sa langue.

Il interrompt le baiser, puis s'assoit à mon côté, tandis que je retiens mon souffle en tentant de me rappeler qui je suis et où je suis.

— Je vais t'emmener à l'intérieur, dit-il en se déplaçant pour me prendre dans ses bras.

— Non, dis-je en le repoussant d'une voix implorante. Non, j'ai envie de rester là.

— Tu as des voisins…

Ce n'est pas tout à fait vrai. Mon balcon est privatif des deux côtés et ça m'étonnerait fort qu'on me regarde avec des jumelles depuis le toit d'une des boutiques situées de l'autre côté de la rue, à 4 heures du matin.

Je ne dis rien et me contente de prendre sa main pour l'attirer vers moi.

— C'est ce que tu veux ?

— Oui.

Il arque un sourcil.

— C'est équitable, je suppose. Dans notre accord d'origine, tu m'appartenais. Alors ce matin, je suis entièrement à toi.

Je passe une langue sur mes lèvres.

— Entièrement ?

Il parvient à sourire d'un air à la fois sournois et sensuel.

— Dis-moi ce que tu veux, Sylvia. Tout ce que tu veux.

Je plante mon regard dans le sien et lui ordonne :

— Déshabille-moi.

— À ton service, dit-il, les yeux étincelants, en commençant à déboutonner ma robe.

Il ne tarde pas à l'ôter et, comme j'ai filé de l'hôtel sans rien d'autre, je suis à présent totalement nue.

Toutefois, il n'y a rien de sensuel dans ses mouvements. Aucune séduction. Aucune caresse volée. Et si cela me frustre un peu au début, j'ai tôt fait de comprendre ce qu'il fait. Malgré sa promesse, Jackson Steele est toujours en train de jouer.

— Caresse-moi, dis-je. Descends avec tes doigts sur mon ventre et jusqu'à mon sexe. Mais pas tout à fait. Je veux que tu m'excites. Que tu m'amènes au point de non-retour.

— Vraiment ? Eh bien, ça devrait être dans mes cordes.

Je souris, puis renverse la tête en arrière sur le dossier et ferme les yeux, en me laissant envelopper par ses caresses, tandis que ses doigts effleurent ma chair d'une manière subtile, séduisante et pleine de promesses. Il dessine de petits cercles sur mon ventre, puis des spirales jusqu'à mon pubis. Ses doigts suivent le triangle de poils, et je retiens mon souffle à leur contact voluptueux lorsqu'ils parcourent en me chatouillant presque le pli de l'aine.

Il triche un peu lorsqu'il se penche pour souffler légèrement sur mon clito, mais la sensation se révèle bien trop incroyable pour que je lui reproche de briser les règles, et je me cambre en silence pour lui en réclamer davantage, ce qu'il comprend aussitôt, pour mon plus grand bonheur.

L'air frais sur mon clito est hallucinant et j'écarte les jambes en souhaitant que ses lèvres, sa langue m'anéantissent.

— Non, murmure-t-il. Je veux t'entendre le demander.

— Lèche-moi, dis-je d'une voix implorante. Dévore-moi. Je t'en prie, Jackson…

Heureusement, il n'hésite pas un instant et prend mon sexe dans sa bouche, tandis qu'il me lape goulûment, tout en titillant mon clito de la pointe de sa langue, à tel point que j'ai l'impression de m'envoler vers des cimes lointaines. Il enfonce sa langue avec une telle force, une telle vigueur que je ne suis pas sûre de pouvoir tenir longtemps. Cependant, ce n'est plus sa langue que je désire, mais qu'il me remplisse pleinement et totalement.

— Jackson, dis-je en agrippant ses cheveux pour

lui relever la tête de sorte que nos regards se croisent. Embrasse-moi. Baise-moi.

Ses lèvres s'étirent en un lent sourire qui enflamme ma peau, tandis qu'il se lève de la chaise longue pour se tenir debout devant moi. Avec une lenteur mesurée, il retire sa chemise, son pantalon, son boxer. Il est debout, nu et en érection, et son visage trahit un tel désir que j'ignore comment lui ou moi allons survivre à cette nuit, parce que je suis certaine que notre orgasme va nous détruire.

— Je n'ai pas de préservatif, dit-il.

Je tends la main vers lui.

— Ça m'est égal. J'ai envie de toi. Et si tu affirmes qu'il n'y a aucun risque, alors je te crois.

— Tu n'as rien à craindre, dit-il avant de se placer au-dessus de moi.

Il commence par poser les lèvres sur ma hanche, puis remonte tout le long en me couvrant de baisers, pour s'arrêter sur mes seins qu'il lèche, mordille et excite avec une telle fougue que la sensation délicieuse qu'il me procure se répand dans tout mon corps, jusqu'à mon clito, et je dois l'interrompre par crainte de jouir sur-le-champ.

Son sexe est dur entre mes jambes. J'écarte les cuisses, plus que jamais désireuse qu'il me prenne et, lorsqu'il entre en moi, je renverse la tête en arrière, le souffle coupé. Il m'embrasse alors en s'enfonçant pleinement en moi.

Mon corps l'emprisonne, l'attire en moi, et sa langue s'insinue dans ma bouche, tandis que sa bite me pilonne, de plus en plus fort, comme si chaque instant de ces cinq dernières années se dissimulait sous chaque coup de sexe.

Ce n'est plus comme auparavant. Il ne me baise plus pour se venger. Ni pour se réconcilier avec moi.

C'est le désir et le manque, le plaisir et la passion. C'est *nous deux*. Et c'est une évidence.

Ses caresses – le lien qui nous unit – m'enflamment et me chavirent bien plus vite que je ne le souhaiterais, mais en même temps, je n'ai pas envie de me retenir. J'ai envie d'exulter. J'ai envie de lui. J'ai envie de tout ce qu'on a partagé et qu'on partagera dans le futur.

J'ai envie de tenir le monde entre mes mains et, avec Jackson, je ne pense pas que ce soit trop demander.

C'est sur cette pensée que j'explose en une fulgurance lumineuse, tandis qu'il glisse contre mon corps, me remplit… et jouit enfin en moi.

Il reste sur moi quelques instants, alors que l'éruption volcanique retombe en mille et une étoiles multicolores autour de nous. Ses bras se contractent en soutenant tout son poids au-dessus de moi. Il me regarde d'un air si tendre que j'aimerais une fois de plus pouvoir pleurer, car rien d'autre ne saurait exprimer toute l'émotion que j'éprouve.

— Sylvia…

Il ne dit rien d'autre. Mon prénom, c'est tout. Mais celui-ci renferme des trésors de signification. Lorsqu'il s'abaisse et que je me love contre lui, j'exhale un soupir en sachant qu'à cet instant au moins, je suis pleinement satisfaite.

J'ignore combien de temps on reste étendus là, nus sur la chaise longue. Je n'ai pas dormi. Je sens simplement le corps de Jackson contre le mien, tandis que je regarde la lune se refléter au loin sur les vagues du Pacifique, avec le gris profond du ciel qui effleure l'eau.

— J'ai envie d'une maison, dis-je tout à coup, sans savoir d'où me vient cette idée. Je veux une terrasse sur le toit et je la veux dans les collines. Dressée quelque part sur un vaste terrain, mais avec vue sur l'océan.

— Tu es déjà lasse de ton nouvel appartement, alors que tu n'as même pas déballé tous tes cartons ?

J'attrape la couverture pour la remonter sur moi et me protéger de la fraîcheur nocturne. C'est quasiment inutile : Jackson est une vraie fournaise et sa chaleur me suffit. Pelotonnée contre lui, la joue contre sa poitrine, j'entends son cœur battre et la résonnance de sa voix quand il parle.

— J'adore cet appart, dis-je. Mais j'ai envie de voir les étoiles. J'ai envie d'une voûte céleste de velours noir. De pouvoir entendre l'océan se briser sur la grève.

Je m'apprête à lui dire que la maison de Damien et Nikki à Malibu est pour moi la référence absolue, puis je me ravise en songeant que le moment est peut-être mal choisi pour parler de mon patron.

— Tu as déjà une étoile, dit-il en frottant son pied sur ma cheville pour désigner le petit tatouage qui se trouve là depuis le lycée. Et un joli croissant de lune.

— Starlight Girls' Academy.

— J'en ai entendu parler. À Beverly Hills, c'est ça ?

— Je me suis débrouillée pour obtenir une bourse. J'y ai passé mes années de seconde, première et terminale.

— Un internat, observe-t-il, et le ton de sa voix signifie qu'il a compris.

La Starlight Girls' Academy compte parmi les plus prestigieux lycées privés de Californie du Sud, et dès que j'ai su qu'il offrait des bourses d'études qui prenaient en charge toute la scolarité – en pension complète –, j'ai tout donné pour réussir les examens d'entrée. Au lycée, j'ai époustouflé mon conseiller d'orientation en me débrouillant suffisamment bien pour qu'on me propose un entretien : j'avais réussi mes années de collège, mais passé la troisième de justesse. Cependant, j'étais très motivée et je me suis montrée brillante, sociable, sympa et pleine d'esprit pendant l'entretien.

Bref, la pension m'a acceptée, et je me suis défoncée pour garder la moyenne et ne pas me faire virer.

— Je ne pouvais plus rester chez mes parents, dis-je après lui avoir raconté l'histoire. Si bien que j'ai fait ce tatouage pour fêter ça. Marquer la transition. Mais à vrai dire, je ne me suis pas non plus intégrée à Starlight.

On portait des uniformes pendant les heures de cours, mais on avait beaucoup de liberté le week-end et les jours fériés. La mode et les garçons étaient les principaux sujets de préoccupation des filles, sauf que ni l'un ni l'autre ne m'intéressaient. Pour ma part, je me cachais sous des fringues passe-partout, n'avais jamais de rencard, et prétextais un problème de peau pour ne pas me maquiller.

— Et tes parents ? Ils ne se rendaient pas compte de ce qui se passait ?

— Ils avaient assez de soucis avec mon frère. Je pense même que ça les soulageait que je ne sois plus à la maison. Il était en voie de guérison et ils n'avaient pas besoin de se sentir coupables d'avoir reporté toute leur attention sur lui.

Ce qui n'était pas tout à fait vrai, mais assez proche de la vérité.

— Et le viol ? C'était fini ? Ou bien ça s'est terminé quand tu es entrée à l'internat ?

Sa voix est tendue comme un élastique sur le point de rompre.

— L'été qui a suivi mon année de troisième. Ça s'est arrêté.

Je ne précise pas pourquoi et il ne pose pas de question. Mais je resserre la couverture sur mes épaules, puis me tourne vers lui et découvre qu'il m'observe avec intensité.

— Quoi ?

— Tu as froid.

— Ça va.

Il se tourne, s'assoit, puis se lève. Je hausse un sourcil.

— Encore un peu de vin ?

— Non.

Il se courbe, puis glisse un bras sous mes jambes avant de passer l'autre derrière mon dos. Je retiens mon souffle quand il me soulève pour me tenir comme une enfant contre lui.

— Jackson, tout va bien. Ça me plaît de rester là.

— Je te trouverai un château avec vue sur les étoiles, dit-il. Mais pour l'instant, tu as froid.

— Pas du tout. J'ai une couverture. Je t'ai toi. Je…

J'ai penché la tête en arrière et vu sur son visage un singulier mélange de dureté et de désarroi qui me chavire le cœur.

— Jackson ?

— S'il te plaît. Laisse-moi m'occuper de toi.

Je songe à tous ces démons avec lesquels j'ai dû vivre. J'ai mis une vie entière à m'y habituer, mais ça me chamboule toujours autant. Je me suis soulagée en lui parlant, et je ne lui ai même pas tout confié. À cet homme qui, malgré tout, tient à moi. Et qui a peur d'avoir envenimé les choses, alors que je suis certaine du contraire.

— Oui, dis-je quand je ferme les yeux et pose ma joue contre sa poitrine, j'ai un peu froid.

Il me ramène dans l'appartement, puis dans la chambre. Il me dépose ensuite tout en douceur sur le lit.

— Sous les couvertures, dit-il en soulevant celles-ci.

Je le regarde. Nu. En semi-érection. Cet homme incarne la perfection.

Je secoue la tête.

— Non. Tu voulais que j'aie chaud, alors ce n'est que justice que tu me réchauffes toi, plutôt que de confier la tâche à une couverture.

Il s'esclaffe.

— Vraiment ? Alors combattons l'injustice !

Sans me quitter des yeux, il grimpe sur le lit, puis me chevauche, avant de m'embrasser longuement et avec fougue.

— Je crois que ça me plaît de te réchauffer, plaisante-t-il en se redressant, avant de s'agenouiller de part et d'autre de ma taille, de sorte que son sexe repose, alléchant, sur mon ventre.

J'y jette un coup d'œil, puis arque un sourcil en guise de question.

— Tu en as envie ?

— De quoi ?

Il sait ce que je lui propose, j'en suis certaine. Il souhaite simplement m'entendre le dire de vive voix.

— Tu veux que je te suce ?

Il écarquille les yeux, surpris par mon audace.

— J'en crève, répond-il en me caressant paresseusement la peau. Mais là maintenant, j'ai simplement envie de m'enfouir en toi.

— Oh…

Joignant le geste à la parole, il s'introduit avec douceur – et c'est un vrai délice ! Je retiens mon souffle en l'accueillant, puis ondule avec lui. Nos mouvements sont lents et sensuels, mais il n'y a rien de doux dans ma réaction. Je me soulève, transportée par une myriade d'étincelles de plaisir. Il m'amène au point de non-retour, au paroxysme. Et tandis que mon corps se referme sur lui, que je l'attire au plus profond de moi, que je l'implore en silence de m'emporter encore plus loin, le plaisir m'inonde encore dans les bras de cet homme que j'ai toujours désiré et qui m'a tant manqué.

Lorsque je peux à nouveau remuer, je roule sur le côté et jette un regard sur la pendule. Il est près de 5 heures.

— On a veillé toute la nuit…

— Et tu t'en plains ?

Il effleure mes lèvres d'un baiser léger, puis s'assoit et se détend.

— Non.

Je me déplace aussi, mais ne m'assois pas. Je préfère lever les bras au-dessus de ma tête et m'étirer avec volupté.

— Ne bouge pas… murmure-t-il en promenant son doigt tout en douceur le long de ma jambe. J'ai à peine commencé.

— Commencé ?

Il suit du doigt le tatouage du ruban, puis le bord du cadenas. Ensuite, tandis que mes abdos se contractent sous son frôlement tactile, il se penche pour déposer un doux baiser sur la nouvelle flamme qui illumine ma poitrine.

— Je ne peux m'empêcher de penser que je suis un chemin. Ceux-là. Le croissant de lune sur ta cheville. Tout le reste.

Il a raison, bien sûr. Pourtant, je reste muette.

— C'est ta propre thérapie ? demande-t-il.

— Quoi ?

— Ce que tu m'expliquais. Quand j'ai dit que tu avais besoin d'aide. Tu m'as confié que tu avais ta propre thérapie. Est-ce qu'elle se déploie à cet instant, sous mes yeux ?

Il sait – de toute évidence, il a compris –, alors pourquoi ne pas l'admettre de vive voix ?

— Qu'est-ce qui te pousse à le penser ?

Je bascule les jambes hors du lit, puis me lève. Mon peignoir est toujours par terre, là où je l'ai laissé la dernière fois, et je me penche pour le ramasser, avant de l'enfiler et de le nouer.

— Je comprends le concept d'automédication, dit-il.

Je me tourne quand il se lève du lit pour marcher vers moi, totalement nu et sans la moindre gêne.

— Comment ça ? dis-je avant de réaliser l'instant d'après que je connais la réponse.

J'effleure du doigt ses phalanges écorchées tandis qu'il tend la main vers la ceinture de mon peignoir.

— Jackson…

— Oui…

J'ignore s'il répond à la question que je n'ai pas encore posée ou s'il fait allusion à mon peignoir qu'il dénoue. Il lève les bras pour le faire glisser sur mes épaules, puis par terre, et je me retrouve de nouveau nue devant lui.

Lentement, presque avec vénération, Jackson scrute mon corps. Il passe le bout de son doigt sur les deux tatouages près du renflement de mon sein droit. La flamme récente et un symbole féminin, plus ancien, entrelacé avec une rose. Puis il descend doucement sur le ruban rouge qui était déjà tatoué avant Atlanta.

— Tu m'as dit que c'était juste un motif au hasard. Maintenant, dis-moi la vérité.

La vérité.

L'idée me fait frissonner et je sais que je ne suis pas encore prête à m'aventurer sur ce terrain. Pas tout à fait. Pourtant, je n'ai pas envie d'esquiver la question – ni l'homme d'ailleurs. Au contraire, je veux m'approcher davantage, sentir ses bras autour de moi, et me perdre, en toute sécurité, dans cette chaleur enveloppante.

Alors je lui réponds. Pour l'essentiel, du moins.

— Ce sont des triomphes. Des pense-bêtes, si tu veux.

— Je vois.

Il s'avance, puis glisse la main autour de ma taille jusqu'à ce que sa paume se pose sur le J et le S entrelacés, tatoués au creux de mon dos.

— Et celui-ci ? Il symbolise un triomphe aussi ?

— Non…

Le mot est cru, l'émotion encore à vif.

— Non, celui-ci est un souvenir…

Je reprends mon souffle pour me donner du courage et affronter son regard.

— C'est la seule partie de toi que je pouvais emporter avec moi, et je ne voulais plus jamais m'en séparer.

L'espace d'un instant, il se contente de me regarder. Puis il me serre contre lui et m'embrasse avec fièvre.

Il me soulève et me ramène sur le lit, puis m'enveloppe de ses bras.

— Je t'ai trouvée recroquevillée dans la salle de bains et tu ne voulais pas me laisser t'aider.

— Je suis désolée…

Ma voix est à peine audible et je m'en veux de lui avoir fait subir ça. Parce qu'il a raison. J'étais paniquée, effrayée et ne pouvais faire qu'une chose, m'enfuir.

— Tu ne voulais rien me dire. Tu disais juste que je devais faire quelque chose pour toi. Que c'était important.

— Ça l'était, dis-je, un sanglot dans la voix. Ça l'était… (Je bats des paupières, en souhaitant désespérément pouvoir pleurer.) Je devais te demander de t'en aller. Je ne pouvais pas m'en aller, moi. Tu m'aurais suivie.

Un muscle de sa joue se contracte.

— Bon sang, Syl. Tout ce temps qu'on a perdu.

— Non, dis-je en voyant l'étonnement s'inscrire sur son visage. Je devais te demander de partir. Je ne pouvais pas gérer ça. (Ma voix chevrote, tandis que j'essaie de rassembler tout mon courage.) J'étais terrifiée, Jackson… Et si c'était une erreur, nous deux ?

— Ça n'en est pas une.

— Tu n'en sais rien. Non…

Comme je vois qu'il est sur le point de m'interrompre, j'enchaîne :

— Je me suis lâchée avec toi une fois et je l'ai regretté. J'ai perdu tout contrôle et je n'aurais pas dû. J'étais dépassée. Il y avait – il y a toujours – cette intensité entre nous, et c'était trop, parce que ça prenait le pas sur tout le reste.

Je parle vite, les mots se bousculent, et je ne suis pas sûre qu'il comprenne – je ne suis pas sûre de me comprendre moi-même.

— Je me suis sentie perdue, sans points de repère, puis complètement stupide, parce que je savais dès le départ que je n'aurais pas dû ouvrir cette boîte de Pandore. Je n'aurais pas dû quitter les pandas du zoo. Et puis ça s'est amplifié encore et encore jusqu'à ce que les cauchemars arrivent. Les cauchemars. Les frayeurs. Et ces satanés souvenirs et…

Je m'interromps et me mords la lèvre, puis détourne mon regard car j'ignore comment expliquer tout ça. Je ne sais pas comment expliquer que ce moment entre nous, qui paraissait si incroyable, est en fait une erreur. Une faute. Qui va de nouveau nous déchirer.

— Je ne pouvais pas gérer ça. Et j'ai peur de ne pas pouvoir le faire une fois encore.

— Qu'as-tu regretté au juste ? demande-t-il d'une voix douce et posée, tranchant nettement avec mon ton qui frise l'hystérie.

Je secoue la tête.

— Je ne comprends pas ce que tu veux dire.

— Tu disais à l'instant que tu t'es lâchée avec moi et que tu l'as regretté. Alors, as-tu regretté les cauchemars ? Ou le fait de m'avoir quitté ?

— Je…

Ma voix se brise et je détourne encore le regard.

— Non, insiste-t-il gentiment. Parle-moi, Syl. Je ne peux pas t'aider si tu ne me parles pas.

— Je ne te demande pas de m'aider.

— Non, en effet. Mais je t'aiderai quand même.

Je ferme les yeux et lui prends la main, puis la serre fort.

— J'ai regretté de… d'être partie.

J'inspire un grand coup, rouvre les yeux et le regarde en face.

— J'ai regretté d'être partie chaque jour qui a suivi. Et en même temps, non. Car rester m'aurait détruite.

— Oh, baby… murmure-t-il en m'attirant tout contre lui pour planter un baiser sur mon front. Je ne sais pas ce qui se cache dans tes cauchemars, mais je vais t'aider à le combattre.

— Je croyais que tu étais architecte, pas psy.

— Je connais deux ou trois petites choses sur les blessures persistantes de l'enfance. Ma jeunesse n'a rien à voir avec la tienne. Mais elle est tout aussi merdique.

Je le regarde, cet homme que j'ai toujours vu comme fort, et la vulnérabilité qu'il laisse entrevoir me chavire.

— Tu veux bien me raconter ?

— Je suis un bâtard, dit-il dans un haussement d'épaules. Ça résume à peu près tout. Et je parle du sens originel du mot. Ma mère a eu une liaison avec un homme marié. Elle est tombée enceinte. M'a mis au monde.

— Alors tu n'as jamais connu ton père ?

J'ai beau avoir souvent souhaité n'avoir jamais connu le mien, je ne trouve pas pour autant que ce soit un sort enviable pour un enfant.

— Oh si, je l'ai connu. Je savais tout sur son autre famille. J'avais deux ans quand mon demi-frère est né et je savais tout sur lui, mais on m'interdisait de dire quoi que ce soit.

— J'en reviens pas…

J'essaie d'imaginer ce qu'il a dû vivre, mais n'y parviens pas.

— Ouais… On peut dire que ça m'a bousillé, surtout quand je voyais clairement toute l'attention que mon père portait à mon demi-frère, et le peu de temps qu'il passait avec moi. Ça m'a mis en colère. Très en colère. Le genre de colère qui doit éclater. Très dangereuse.

Malgré moi, mon regard ne cesse de se porter sur son entaille à la joue.

Il s'en rend compte et me décoche un sourire triste.

— J'ai transformé la colère en bagarres.

— Jackson…

Il dépose un baiser dans le creux de ma main.

— Et j'ai canalisé toute cette énergie à travers le sexe. Pour garder le contrôle.

Je hausse un sourcil ironique.

— Oh vraiment ? Je n'avais pas remarqué.

— J'imagine que je vais devoir me montrer plus démonstratif, réplique-t-il en me caressant la main. Ce que je veux dire, c'est que lorsque j'ai compris que je ne pouvais pas lutter contre toutes les saloperies de mon passé – dans ma tête –, je les ai prises à bras-le-corps en les acceptant. Tu dois faire la même chose.

— Je ne vois pas ce que tu veux dire.

— Je pense que si. Défends-toi. Tu fais des cauchemars ? Ne les fuis pas. Combats-les. Tu es forte, Sylvia. Assez forte pour ne pas être vaincue par ce qui se passe dans ta tête.

— Ce n'est pas dans ma tête. C'est mon histoire.

— Qu'est-ce que l'histoire si ce n'est un souvenir, et en général faux, avec ça ? C'est quoi déjà, ce dicton ? L'histoire est écrite par les vainqueurs ? Écris ta propre histoire, Sylvia. Ensuite, deviens-en l'héroïne.

Je ne réponds pas, car je ne suis pas certaine de vouloir en discuter, encore moins d'y réfléchir.

Au lieu de quoi, je détourne son attention en suivant de mon doigt la cicatrice qui lui barre le front jusqu'à la racine des cheveux. Je l'avais remarquée à la première du documentaire et ne l'ai pas encore interrogé à ce propos. Maintenant qu'il a fait allusion à ses bagarres, je ne peux m'empêcher de me demander quel accès de colère s'est traduit par cette blessure.

— Quand ?

Je ne dis rien de plus. Je sais qu'il comprendra ma question.

— Une douzaine d'heures après que tu m'as demandé de m'en aller.

Je me borne à hocher la tête, ne me sentant pas apte à parler, tandis que mes doigts lui effleurent la joue.

— Celle-ci est récente.

— Après avoir rencontré ton ami, dit-il, en confirmant ce que je soupçonnais déjà.

— Est-ce que l'autre gars est plus amoché ?

— Je peux te l'assurer.

Je croise son regard.

— Peut-être que tu as besoin d'aide toi aussi. Tu ne peux pas continuer à cogner tout le monde comme ça.

Il a un petit sourire en coin.

— Je te promets que je n'accoste pas des touristes au hasard dans la rue. Je fréquente un gymnase. Il y a un club de boxe. Pas le club avec bar à smoothies et une trentaine de vélos elliptiques. Mais sacs d'entraînement, ballons de frappe, poids et haltères.

Il me caresse la joue.

— Je vais bien, ne t'inquiète pas.

Je me représente déjà ce genre de salle un peu

crasseuse qu'on voit dans tant de films, où des types se font fracasser la figure. Pas franchement le genre d'image qui me plaît. Je couvre sa main avec la mienne, de sorte que je sens toute la chaleur de sa peau sur mon visage.

— Je n'ai pas envie qu'on te blesse.

— Oh, bébé… Ils ne peuvent pas me blesser. Tu ne sais donc pas que tu es la seule à avoir réussi à me réduire en miettes ?

15

Je me réveille en sursaut, le cœur martelant ma poitrine comme pour se défendre contre la peur persistante qui m'oppresse.

Je tends la main en quête de Jackson, tout en comprenant que ce n'est pas le souffle glacé d'un cauchemar qui m'envahit, mais la crainte que Jackson soit parti.

— Quel joli tableau, commente-t-il, tandis que le soulagement me submerge au son de sa voix.

Grâce au ciel, il est là... et je n'ai pas fait de mauvais rêve.

Je réalise que je suis allongée sur le lit, à moitié découverte. Je me redresse en tirant le drap sur ma poitrine par pudeur, ce qui est ridicule dans la mesure où il a exploré chaque parcelle de mon corps. Je m'adosse contre la tête de lit et soupire de plaisir en le voyant s'avancer vers moi, pieds et torse nus, en jean seulement, dont le bouton du haut est ouvert et laisse à peine entrevoir une toison qui suggère plus bas un renflement des plus séduisants.

Mes yeux se délectent l'espace d'une seconde, puis je me rends compte qu'il me tend une tasse de café.

Je l'accepte avec joie, puis constate qu'elle contient aussi du lait.

— Tu t'es souvenu.

— Je me souviens de beaucoup de choses…

D'un geste, il me demande de lui faire un peu de place et il s'assoit à côté de moi.

— Pour commencer, je me souviens qu'on est censés être chez ton patron dans deux heures, et c'est à une trentaine de minutes d'ici quand il n'y a pas de circulation. Ce qui signifie une bonne heure de route.

— On n'a pas beaucoup dormi.

— Pourtant je déborde d'énergie, réplique-t-il en me caressant les cheveux.

Je soupire et me blottis contre lui, émerveillée par la rapidité du changement qui s'est opéré entre nous. J'ai l'impression de revivre Atlanta. J'ai l'impression qu'on est faits l'un pour l'autre. Et même si j'ai encore un peu peur, cette fois je n'ai pas envie de fuir mais de m'accrocher plus fort que jamais.

— Je peux te poser une question ?

— Tout ce que tu veux, répond-il.

— Tu m'as suivie hier soir. Quand je suis partie en direction de Mulholland, je veux dire. Mais tu ne m'as pas suivie à Atlanta.

— C'était différent. Tu m'as demandé de partir, tu ne t'es pas enfuie. Et tu m'as fait promettre.

— Oui. En effet.

— Tu voulais que je ne tienne pas parole ?

— Non… je n'aurais pas su gérer la situation.

— Mais ?

Je secoue la tête, à la fois éberluée et un peu agacée par la facilité avec laquelle il devine mes pensées.

— Tu aurais aimé que je le fasse, uniquement pour que tu saches que je tenais à toi ?

Ses paroles restent en suspens, douces et fragiles, entre nous.

— C'est idiot, je sais.

Je ne peux nier qu'il dit vrai.

— Je l'aurais fait, avoue-t-il en se levant du lit.

Il s'approche de la baie vitrée, que le soleil du matin illumine à présent.

— Le fait est qu'à l'époque j'aurais volontiers envoyé balader ma promesse pour te suivre… Mais tu étais partie le rejoindre, ajoute-t-il en se tournant vers moi.

— Enfin, Jackson. Je n'ai jamais eu ce genre de rapports avec Damien. Si tu ne me crois pas…

— Je te crois. Tu me l'as déjà dit et je te crois. Vraiment. Mais à l'époque, je pensais différemment.

Je réfléchis à ses paroles, tout en quittant le lit pour m'avancer nue vers lui.

— C'est pour ça que tu as dit non ? Au village-club ici et au projet des Bahamas ? Tu pensais que j'étais sa maîtresse ?

— En partie, mais il y avait une autre raison.

— La transaction foncière.

Il penche la tête de côté.

— Disons qu'en dehors du contexte du village-club de Cortez, il y a un malentendu entre Stark et moi.

— Je ne comprends pas.

— Tu sais quoi ? Ça n'a pas d'importance.

Il promène alors ses yeux sur moi avec une telle intensité que son regard me fait l'effet d'une caresse, au point que j'en oublie notre sujet de conversation.

— J'allais d'ailleurs t'inviter à me suivre sous la

douche. Ce qui signifie que j'ai envie de tout sauf de discuter de Damien Stark.

— Oh… dis-je en me glissant dans ses bras. Tu marques un point.

Il a ouvert le robinet avant de préparer le café, si bien que lorsqu'on entre dans la salle de bains, l'atmosphère est douce, agréable et remplie de vapeur, tout à fait à mon goût.

Jackson retire son jean et je le suis dans la cabine, puis me colle à lui tandis que ses bras m'enveloppent, et je laisse l'eau ruisseler sur mes cheveux, mon visage et mon corps. J'imagine qu'elle éloigne mon passé pour laisser le champ libre à un avenir radieux avec cet homme.

J'incline la tête en arrière, les yeux clos, et sens alors ses lèvres frôler les miennes.

— On n'a pas le temps, tu te souviens ?

— Je serai rapide, dit-il comme sa bouche s'empare de la mienne, tandis qu'une de ses mains se glisse vers le bas pour caresser mon sexe.

Je suis déjà moite, prête à l'accueillir et ne peux prononcer qu'un seul mot :

— Oui…

Ses mains se referment alors sur mes seins, il me déplace pour me plaquer contre le carrelage. Puis il me soulève une jambe, mon mollet se glisse par-dessus sa hanche et je m'ouvre à lui. Je n'ai pas envie d'attendre. Je tends la main puis commence à le masturber, ravie de voir son expression – et son membre – se durcir, comme s'il était au bord d'une explosion spectaculaire. Parce que c'est le cas – et aussi parce que je suis celle qui l'y entraîne.

— Maintenant, dis-je en le pressant de s'approcher,

en exigeant qu'il me comble, avant de lâcher un cri de surprise lorsqu'il s'enfonce avec fougue en moi. Plus vite, Jackson, plus fort !

J'ai tellement envie de lui que ça me rend folle et, quand il s'agrippe à mes fesses pour me pénétrer encore plus profondément, j'enroule mon autre jambe autour de lui et halète de plus en plus à mesure qu'il me pilonne et que mon dos claque contre le carrelage chaud.

Puis tout son corps se crispe et il explose en moi dans un dernier spasme en prononçant mon nom.

— Viens, dis-je quand son regard voilé a disparu. Il ne faut pas qu'on traîne.

— Pas tout de suite, dit-il, en attrapant le flexible et le pommeau de douche pour le régler sur un débit régulier. Je ne crois pas que tu sois prête.

— Jackson…

Je ne le suis que trop, d'une sensibilité à fleur de peau, et j'imagine déjà ce qu'il a en tête. Mais il n'a pas dit son dernier mot et lorsqu'il se retire de moi et que je repose un pied à terre, il garde mon autre jambe en l'air, puis dirige le jet sur mon clito.

— Oh là là…. Oh mon Dieu… Oh Jackson…

Je me cramponne à ses épaules, mon corps frémissant d'un plaisir qui va grandissant, presque intolérable.

— Si on est pressés, je peux m'arrêter.

Ses lèvres frôlent mon oreille, qu'il titille à coups de langue, ce qui me rend encore plus folle.

— C'est ce que tu veux ? Que je m'arrête ?

— Je te l'interdis… Mais, Jackson, je t'en prie… Je suis au bord…

— Voyons voir ce que je peux faire.

Il raccroche le pommeau, puis s'agenouille. Il

passe une jambe par-dessus son épaule, puis referme la bouche sur mon intimité, et ce sont les effets combinés de sa langue, de ses lèvres et de ses caresses qui vont m'amener au-delà de mes limites. Mon corps est alors parcouru d'une multitude de spasmes voluptueux tandis que j'exulte de plaisir entre les bras de Jackson.

— Waouh… Tant pis si on arrive en retard.

— Moi aussi, je m'en tape, avoue-t-il. Mais ce type est quand même ton patron. On devrait sans doute faire un effort.

J'acquiesce, puis attrape une serviette dès qu'il a coupé le robinet. Une fois sortie de la cabine, j'abandonne la serviette pour renfiler mon peignoir récupéré dans la chambre. Je m'apprête à le nouer quand je baisse les yeux et remarque le tatouage du ruban rouge.

Jackson se tient à un mètre ou deux, un drap de bain autour de ses hanches, tandis qu'il se passe un peigne dans les cheveux.

— Viens par ici, dis-je.

Il se tourne, mais je lui fais signe d'approcher avec le doigt.

— À ton service, dit-il dans un petit sourire, mais je vois la curiosité s'inscrire sur son visage.

Je lui prends la main, puis suis avec son index les contours du ruban tatoué.

— Theo Stiles, Kevin Carter, Dan Weiss…

Je prononce chaque nom à mesure que son doigt passe sur chaque initiale.

— Je ne t'ai pas répondu plus tôt…

— Des petits copains ?

Je devine au ton de sa voix qu'il a compris que ces hommes n'en étaient pas.

— Des armes. Des instruments.

— Raconte-moi.

Je resserre mon peignoir pour ne pas prendre froid. Mais on est toujours dans la salle de bains embuée et il n'y a pas de courant d'air. C'est Jackson que je veux et je me réfugie volontiers dans ses bras quand il m'attire à lui.

— Je t'ai dit que je me cachais au début. Après que Bob a cessé de me violer. Je ne me maquillais pas et portais des vêtements passe-partout.

J'ai la joue contre sa poitrine et je parle doucement. Mais je sais à la manière dont son corps se contracte qu'il m'a très bien comprise.

— Tu ne voulais pas qu'on te voie.

— Si j'avais pu, je me serais rendue invisible. Mon amie Cass est la seule qui soit finalement parvenue à communiquer avec moi. Elle m'a dit que plus je me cachais, plus Bob gagnait.

— Je crois que j'aime bien ta copine.

Je lève les yeux sur lui et souris devant la chaleur de son regard.

— Elle est géniale. Forte aussi. Parce qu'elle a réussi à me sortir de l'enfer que je vivais. Mais par moments…

Je m'interromps brusquement, réalisant combien c'est dur d'en parler. Je m'éloigne alors de lui, plaque les mains et le front contre le carrelage et je reprends simplement mon souffle.

— Ne t'inquiète pas, dit-il en posant les mains sur mes épaules. Tu n'es pas obligée de continuer. Je crois que j'ai compris.

Je secoue la tête.

— Mais non. Tu ne peux pas comprendre.

— Ça allait mieux pendant quelque temps, reprend-il. Tu t'es prouvée que tu n'avais pas besoin de te cacher. Mais les habitudes ont la vie dure. Peut-être qu'un homme t'a proposé de sortir avec lui. Peut-être qu'il est devenu trop entreprenant. Peut-être qu'il n'était pas question de sexe, mais il s'est passé quelque chose au travail ou à l'école. Tu as senti que tu perdais le contrôle. Comme si tu ne pouvais plus diriger ta propre vie.

— Comment peux-tu savoir ça ?

Je me retourne et le regarde.

— Comment tu peux savoir un truc pareil…

— J'en ai été le témoin, non ? Avec le mec, l'autre soir ? Je t'avais mise K.-O., dit-il avec une telle haine de lui-même dans la voix que je n'ai d'autre choix que de lui prendre la main pour la lui serrer. Je t'ai carrément jetée dans ses bras. Je t'ai poussée vers un truc qui te dépassait complètement. Que tu ne parvenais pas à contrôler.

— Et tu m'as arrêtée aussi.

Il baisse les yeux et je sais qu'il regarde le ruban rouge tatoué.

— Tu serais allée jusqu'à coucher avec lui ? demande-t-il.

Je repense à quel point je me sentais perdue à ce moment. À quel point j'étais excitée par sa manière de me caresser, de m'embrasser. À quel point j'étais en colère quand il m'a proposé cette transaction.

— J'en sais rien, dis-je dans un murmure.

Puis je prends mon courage à deux mains et j'ajoute, en le regardant droit dans les yeux :

— Tu sèmes la pagaille dans ma tête, Jackson. Personne ne m'a jamais autant chamboulée que toi.

— Baby, je connais ce sentiment.

Il m'attire tout en douceur contre lui et me serre fort. Je sens son érection, mais cet instant n'a rien de sexuel. C'est un moment tendre et je m'accroche à lui avec la sensation d'être sincèrement aimée pour la première fois depuis longtemps.

Depuis cinq ans ? Depuis toujours ?

Je me rends compte que pour moi, c'est la même chose.

— J'ai envie de te faire l'amour là maintenant, dit-il. Je veux te tenir dans mes bras et m'enfouir en toi, et rattraper ces cinq longues années sans toi, quand tu aurais dû partager mon lit…

Mon corps frissonne sous la caresse de ses mots.

— J'ai envie de te toucher et de te donner du plaisir. De te câliner et de te faire rire, jouir, espérer, rêver. Je veux voir tes yeux quand tu exultes avec moi. Et te tenir dans mes bras quand tu dors et te défendre contre tes cauchemars. Je ne peux pas changer ton passé, mais je serai avec toi pour livrer bataille contre tes démons.

— Merci… je lui murmure, sans vraiment croiser son regard.

De son doigt, il redresse mon menton et m'oblige à le fixer.

— Quoi ?

Je reprends mon souffle tant bien que mal. J'aurais dû me douter que je ne pouvais rien cacher à cet homme.

— Je n'aime pas être faible.

— Tu es la personne la plus forte que je connaisse, Sylvia. Tu as laissé tomber notre relation et tu t'es débrouillée pour survivre, non ?

Je sais bien que ses paroles me taquinent pour m'aider à me sentir mieux, mais il y a du vrai dans ce qu'il dit, et je ne peux m'empêcher de penser qu'après avoir survécu au passé, j'ai ce présent pour récompense.

— Maintenant, on ferait bien de s'habiller parce qu'il y a un endroit que je veux te montrer en chemin, et si on ne se dépêche pas, on va sérieusement être en retard.

Il se repasse un coup de peigne, puis quitte la salle de bains pour que je puisse me coiffer et me maquiller.

Je me presse, mais il me faut quand même une bonne dizaine de minutes. J'ai les cheveux courts, mais dois mettre du gel pour les structurer de la manière qui me convient, puis appliquer un jet de laque pour que la coiffure tienne. Quant au maquillage, je n'en ai jamais abusé, mais même ma routine habituelle nécessite quelques minutes. Enfin, je dois trouver quelque chose à me mettre, une décision que j'aurais dû normalement prendre hier soir, compte tenu du fait que la plupart de mes tenues sur cintre sont encore froissées et les autres toujours pliées dans des cartons ici ou là.

Je me tiens devant le placard, dubitative, quand je réalise soudain que j'ai la tenue parfaite rangée quelque part. Je me dirige vers le carton duquel j'ai sorti la lingerie hier soir, j'inspire un grand coup, et en extirpe cette fois la robe jaune. Je l'avais pliée avec soin, et comme c'est un tissu léger, il n'est quasiment pas fripé.

J'attrape des dessous propres et me dispense de bas. Je jette un coup d'œil à mon reflet dans le miroir posé près du placard, et ne peux nier que la robe flatte ma silhouette. Mais je ne la porte pas pour cette raison. Le jour où Jackson me l'a offerte est l'un des plus beaux de ma vie. Il a insufflé de l'énergie, du merveilleux même, dans chacun des instants qu'on a vécus ensemble, et même si je sais qu'il comprend désormais la raison de mon départ à l'époque, je veux qu'il sache combien Atlanta a compté pour moi. Qu'en dépit de tout le reste, je m'étais accrochée au souvenir de nos instants partagés.

Lorsque je suis prête, avec chaussures et bijoux, je sors dans le séjour pour le trouver vêtu de ce qu'il portait hier soir. Il sent bon le gel douche, le shampooing, et le mâle. Sans compter qu'il est sublime, grand, mince et sexy, debout près de ma baie vitrée, et contemple la ville en ce début d'après-midi ensoleillé et frais.

— Comment font les hommes, c'est dingue ? je lui demande quand il se tourne vers moi. Cinq malheureuses minutes dans la salle de bains et tu as la beauté du diable !

— Et le diable est chaud comment ?

— Comme la braise !

— Dans ce cas, merci du compliment. Et même si cela t'a pris plus de cinq minutes, je dois avouer que chaque seconde en valait la peine. Tu es magnifique. J'aime tout particulièrement la robe, ajoute-t-il au moment où je pense qu'il ne va pas y faire allusion.

Il s'avance vers moi et m'embrasse légèrement.

— Tu l'as gardée.

— Ça t'étonne ?

— Vendredi, ça m'aurait surpris. Aujourd'hui non.

Je souris à belles dents et le prends par le cou.

— Embrasse-moi maintenant. Et tu m'emmèneras au lit plus tard… On couchera ensemble plus tard.

Il éclate de rire.

— Comment résister ? dit-il avant de sceller ses lèvres aux miennes.

16

J'ai emprunté la Pacific Coast Highway de Santa Monica à Malibu un nombre incalculable de fois et pourtant, dans la Porsche de Jackson, j'ai l'impression d'effectuer le trajet pour la première fois.

— C'est comme si on volait, dis-je, la tête en arrière et les yeux clos. Comme la liberté. (J'ouvre les paupières, le temps de lui sourire.) Ou alors c'est ta manière de conduire.

— Espèce de diablesse ! me lance-t-il, et j'éclate de rire.

— Qu'est-ce que tu voulais me montrer sur la route ?

— Patiente un peu et tu verras bien.

— Pas de problème.

Je me cale dans le siège et prends une profonde inspiration ; cela fait très longtemps que je ne me suis pas sentie aussi bien.

— Tu sais qu'on va devoir discuter du village-club.

— Je veux d'abord voir l'île. Ensuite, tu pourras me présenter ton concept de base.

— Et les croquis de Glau ?

— Ça ne m'intéresse pas.

Je réprime un sourire. Sa réponse ne me surprend pas.

— Tu devras quand même y jeter un œil. Il se peut qu'Aiden ou Damien veuillent savoir ce que tu en penses.

Alors que je m'attends à une nouvelle protestation, il hoche la tête.

— Mais pas avant que j'aie vu l'île. Je n'ai pas envie d'avoir la vision d'un autre dans ma tête quand je découvrirai l'espace à l'état brut. Et certainement pas la vision de Stark.

Je lui adresse un regard agacé.

— Qu'est-ce qui te tracasse autant chez lui ?

— Il est arrogant, pour commencer.

— Comme toi.

C'est une vérité indéniable, mais il se borne à sourire.

— Peut-être. Mais je ne suis pas un homme qui oublie ou pardonne facilement. Surtout quand quelqu'un contourne la loi pour obtenir gain de cause.

Je dois avoir l'air déconcerté, parce qu'il enchaîne :

— Atlanta, Sylvia. Il a fait main basse sur le terrain en l'achetant au nez et à la barbe de tout le monde, en arnaquant plusieurs personnes au passage, et pas seulement moi.

Je fronce les sourcils.

— Même si c'est vrai, ça m'étonnerait qu'il ait agi en douce. C'est le genre à saisir une occasion, bien sûr, mais pas de manière illégale.

— Tu travailles peut-être pour lui, mais tu ne le connais pas.

— Parce que toi, si ?

— J'en sais suffisamment sur lui. Désolé, je n'avais

pas l'intention de m'en prendre à ton patron. Je n'ai pas envie d'avoir ses idées en tête quand je visiterai le site pour la première fois.

Ça, je peux comprendre.

— OK. Pourquoi ne pas y aller cet après-midi ? J'appellerai Rachel pour lui dire de prévenir la sécurité qu'on sera sur l'île, ensuite je lui demanderai d'envoyer Clark et l'hélicoptère à la maison de Malibu vers les 3 heures.

— Dis-lui juste qu'on sera sur l'île. Mais on n'a pas besoin de l'hélico.

— Ah bon ? Pourquoi ?

— Tu ne me crois pas capable de me charger du transport ?

Je plisse les yeux.

— À moins que tu ne sois doté des pouvoirs d'Aquaman, je doute fort que cette voiture se transforme en bateau. Ou en avion, du reste.

— Est-ce que tu me fais confiance ? demande-t-il d'un air désinvolte, presque taquin.

Mais je crois y déceler une allusion à autre chose, comme si on s'éloignait de la question du transport pour aborder un sujet bien plus sérieux.

— Oui, dis-je, tout en réalisant que je le pense vraiment.

La confiance est un concept extensible, disons, et je ne sais pas vraiment jusqu'où s'étend la mienne.

Je m'attends à ce qu'il développe son idée, mais avant qu'il n'en ait la possibilité, mon portable sonne. Je l'extirpe de mon sac et prends l'appel.

— T'es occupée ? me demande Cass.

— On roule vers chez Damien et Nikki, qui nous ont invités.

— *On* roule, répète-t-elle. Comment ça s'est passé, alors ?

— Oh, très bien.

Je lance un regard à Jackson, qui semble à la fois curieux et amusé.

— Vraiment ?

Je ne peux m'empêcher d'éclater de rire.

— Ouais, vraiment. Qui l'aurait cru, hein ?

— Comme c'est intéressant… réplique-t-elle en chantonnant.

— OK, passons. Qu'est-ce que je peux faire pour toi, Cass ?

— J'ai reçu un mail d'Ollie. Il veut me rencontrer mardi pour parler de mon projet de franchise.

— C'est fabuleux.

— J'ai le trouillomètre à zéro. Je ne sais pas quelles questions lui poser. Je ne suis même pas sûre de savoir pourquoi je veux lancer ça. Et si je foire tout ? Mon père a passé sa vie à rembourser cette boutique… Et si je fous tout en l'air en essayant de me développer ? Je ne peux pas…

— Hé ! Respire un grand coup. Il ne va rien se passer mardi. C'est juste un rendez-vous informel, OK ? Ollie va te fournir des infos pour ton projet, et tu poseras toutes les questions qui te traversent l'esprit.

— J'ai la tête vide. J'arrive même pas à me rappeler mon nom, alors comment je suis censée poser des questions intelligentes ?

Vu que Cass est plus douée pour les affaires que le commun des mortels, je ne me fais pas trop de souci. Mais je sens bien qu'elle panique. Totally Tattoo, c'est toute sa vie. La peur de perdre sa boîte l'a poussée à s'habiller chez Goodwill et à remplir son compte épargne au point d'avoir le capital nécessaire pour envisager de se développer.

— Le rendez-vous est à quelle heure ?

— 5 heures. Oh ! là là, Syl. Tu peux venir avec moi ?

— Je vais voir ce que je peux faire, dis-je en consultant mentalement mon agenda. Mais je ne pense pas que mes questions seront plus sensées que les tiennes.

— C'est pour le soutien moral, précise-t-elle. Merci, je t'adore !

— Moi aussi.

— Au fait, Syl. Je suis ravie que tout se passe bien de ton côté.

Elle raccroche avant que je n'aie le temps de réagir, et je glisse mon téléphone dans mon sac.

— Des questions sensées ?

— Cass a envie de franchiser son atelier de tatouage et doit rencontrer un avocat mardi prochain. Elle est terriblement nerveuse, ça prouve bien que c'est important pour elle. D'ordinaire, Cass est la personne la plus cool et la plus décontractée qui soit.

— C'est sympa de ta part.

— J'en ai touché deux mots à l'avocat de Damien, et il a mis un de ses gars sur le coup. Ça se goupille bien parce que Cass l'a déjà rencontré deux ou trois fois. C'est Orlando McKee. Un ami de Nikki.

— Je voulais dire que c'était sympa de l'accompagner.

— Elle ferait pareil pour moi. Mais je ne sais pas comment je vais pouvoir l'aider. Je n'ai jamais lancé ma propre affaire et les dossiers sur lesquels j'ai bossé pour Damien se situent à une bien plus grande échelle.

— Et si je venais avec toi ?

Je me tourne vers lui.

— Tu ferais ça ?

— Je n'ai jamais rien franchisé, mais j'ai démarré ma propre affaire. Je ne peux pas te promettre d'être d'une aide quelconque, mais je pense pouvoir trouver une ou deux questions sensées à poser.

Mon regard s'attarde une seconde de plus sur lui.

— Ça pose un problème ?

— En fait, j'aimerais t'embrasser sur-le-champ.

— Eh bien, ne te gêne pas, dit-il comme je me penche pour lui planter un baiser sur la joue. Et ça ne dérangera pas Cass non plus ?

— Comment ça ?

— C'est ta meilleure amie. Elle vient de te tatouer cette ravissante flamme sur la poitrine, dit-il alors que sa main abandonne le levier de vitesse pour serrer tendrement la mienne. Je ne sais pas ce que tu lui as raconté, mais je peux le deviner. Et je ne dois pas vraiment compter parmi les personnes qu'elle préfère.

— C'est vrai. J'imagine que tu vas devoir me traiter comme une princesse pour gagner son respect et son admiration.

Je le taquine, mais il n'y a aucune ironie dans son regard quand celui-ci croise le mien.

— C'est bien mon intention, affirme-t-il.

— Parfait, dis-je, envahie par une agréable vague de chaleur, tandis que je regarde défiler l'océan sur ma gauche et les collines sur ma droite. La vérité, c'est qu'on a tous les deux foiré cette histoire.

— Et maintenant, on essaie de réparer les dégâts.

— Toutes ces années perdues… dis-je dans un murmure.

Mes paroles font écho aux propos qu'il a tenus hier soir.

Il me caresse doucement les cheveux.

— Peut-être qu'on s'est juste rencontrés trop tôt. Peut-être qu'on est prêts maintenant.

— C'est ce que tu penses ?

— Tu m'as laissé entrer chez toi hier soir, non ? Tu ne l'avais pas fait à Atlanta.

— On n'a pas franchement passé beaucoup de temps ensemble à Atlanta. Deux jours, rappelle-toi.

— C'est des conneries, ça.

— Pardon ?

— En temps réel, peut-être. Mais ces deux jours passés ensemble ont vraiment compté. Je te connaissais, Syl, et tu me connaissais. Et notre relation a été plus intime que toutes les relations que j'aie jamais eues avec qui que ce soit.

Je ne dis rien, mais il exprime exactement le fond de mes pensées.

— C'est pourquoi on a souffert. C'est pourquoi tu t'es enfuie… et c'est pourquoi tu m'as autant chamboulé en revenant dans ma vie. Pas parce que tu avais envie de moi, mais parce que tu avais envie de la même chose que moi.

— Je n'ai jamais dit que je ne te désirais pas…

Mes paroles sont à peine audibles, mais je devine qu'il m'entend.

— Je sais. J'ai compris.

— Je veux dire que c'est au-delà de ça. Je n'ai couché avec aucun gars. Pas depuis Atlanta.

— Je sais, dit-il.

— Vraiment ? Comment ça ?

Lorsqu'il se tourne vers moi, son regard compréhensif me touche infiniment.

— Le ruban tatoué. Il n'y a aucune nouvelle initiale.

— Oh… dis-je en esquissant un léger sourire. Tu as raison.

— Tu peux me dire pourquoi ?

Je réponds dans un haussement d'épaules :

— Avant, j'en avais besoin. Quelque chose allait de travers dans ma vie. À la fac ou lors d'un entretien professionnel, et je me sentais si perdue, si dépassée que j'avais besoin de…

— De passer un moment avec un gars comme le mec de l'autre soir, complète-t-il.

Je lève les yeux au ciel, mais peux difficilement le contredire.

— Ouais, ça m'a étonnée aussi. Parce que je pensais avoir repoussé tout ça. Depuis Atlanta, je veux dire, chaque fois que je me sentais comme ça. En fait, je te… Et merde !

Je m'interromps en réalisant que je m'aventure sur un domaine que je n'étais pas sûre de vouloir aborder, et que je vais révéler des choses que je ne suis pas certaine de vouloir révéler.

— Dis-moi… Dis-moi, Syl, et on verra si on peut passer outre ces cinq dernières années.

Je porte les mains à mon visage, comme pour me cacher ; je suis bizarrement gênée.

— C'est juste que quand je me sentais dans cet état après Atlanta – paumée, je veux dire –, eh bien… pfft… ça a l'air débile, mais je te suivais.

— Tu me suivais ?

— Enfin, pas personnellement. Mais je suivais tes réalisations. Ta carrière. Tout, quoi, dis-je en songeant à ses conquêtes féminines que j'ai vues défiler dans les médias ces cinq dernières années.

— Pourquoi ?

Bonne question ! Mais je ne suis pas tout à fait certaine d'être en mesure d'y apporter une réponse. J'imagine qu'une dizaine de psys pourraient fournir une dizaine d'explications différentes.

— J'en sais vraiment rien. Par culpabilité, peut-être, comme tu le disais. Mais je pense que la véritable raison, c'est que j'avais besoin d'un truc qui me rappelle que j'étais forte. Si je t'avais quitté en ayant survécu à cette épreuve, alors comment ne pouvais-je pas survivre à tout ce que me réservait l'existence ? Et c'est alors que j'ai réalisé que j'avais besoin de toi pour le projet de village-club…

Ma voix s'évanouit tandis que je secoue la tête et reprends mon souffle.

— C'était comme si les dieux se tenaient en cercle autour de moi et me faisaient un doigt d'honneur, tu vois ? Parce que j'avais survécu à un tas de choses, mais la seule qui me résistait, c'était toi.

— Et je n'ai fait qu'envenimer la situation. J'en suis désolé.

— Non. Peut-être juste un peu, dis-je dans un haussement d'épaules. Le fait est qu'on a aggravé les choses l'un pour l'autre, j'ajoute en lui prenant la main. Et maintenant, on va tout faire pour les améliorer.

— Exact.

— Cass était avec moi à la première, au fait, dis-je d'un ton léger, dans l'espoir d'effacer un peu la tristesse que j'ai insufflée sur notre trajet. Elle dit qu'elle te trouve sexy.

— Je suis flatté.

— Tu devrais l'être. Tu n'es pas franchement son type.

— Cheveux bruns ? Yeux bleus ? Sale con arrogant ?

— Elle n'est pas branchée mecs, tout simplement.

— Oh ?

Je roule des yeux en devinant l'interrogation dans sa voix.

— C'est juste ma meilleure amie. On n'est pas… en couple.

Il soupire.

— Eh bien, je pourrai toujours fantasmer.

Je ris de bon cœur, mais ne peux nier que ses paroles m'ont perturbée.

Il doit sentir mon changement d'humeur, car il me regarde en fronçant les sourcils.

— Tu sais que je plaisantais, hein ?

— Sur un trio avec Cass et moi ? Ouais. Sans compter qu'elle serait capable de t'envoyer un coup de pied bien placé, si tu suggérais ce genre de plan. Elle a tendance à me surprotéger.

— Je connais ça. Ce que j'ignore, en revanche, c'est ce qui t'a traversé l'esprit à l'instant.

— Uniquement toi et tes fantasmes sur les femmes. Toi et les femmes surtout. Oublie les fantasmes.

Ses doigts se mettent à pianoter sur le volant.

— Même si tu essayais, tu ne pourrais pas être plus vague, j'en suis quasi certain.

— Tu es sorti avec beaucoup de femmes.

Voilà. J'ai craché le morceau.

— Irena Kent, par exemple. Tu étais avec elle à la première. Toute la presse s'est fait l'écho de votre liaison.

J'en ai moi-même eu la confirmation en effectuant une brève recherche sur le Net, après que Jamie m'avait dit ce qu'elle savait.

— Une liaison ? Non, pas vraiment. Mais j'ai couché avec elle. C'est fini depuis.

— Je vois.

— En fait, je crois que tu ne vois pas du tout. J'ai couché avec pas mal de femmes, Sylvia. Avant et après Atlanta.

— Et maintenant, tu couches avec moi.

Je perçois à la fois de la douleur et de la jalousie dans ma voix. Et ça m'agace.

— Non, riposte-t-il avec fermeté. Aucune d'entre elles ne te ressemble.

— Pourquoi pas ?

Il me prend la main pour la porter à ses lèvres et l'embrasser tendrement.

— Parce que tu comptes pour moi. Et je n'avais rien à leur prouver.

Ces paroles me réconfortent, même si je ne les saisis pas vraiment.

— Qu'as-tu à me prouver ?

Il sourit jusqu'aux oreilles.

— J'imagine que tu le sauras quand je te l'aurai prouvé.

Je secoue la tête, amusée.

— C'est encore loin, ce que tu dois me montrer ?

— On y arrive bientôt.

— Toujours pas d'indice ?

— Même pas un seul.

— Parfait. Dans ce cas, je vais continuer à te harceler sur tes ex.

— Quel bonheur !

J'affiche un petit sourire satisfait.

— À vrai dire, c'est plus à propos du film, mais c'est en parlant d'Irena Kent que j'y ai repensé. Mon amie Jamie affirme qu'Irena espère obtenir un rôle important dans ce long-métrage, et c'est pour cette raison qu'elle s'est rapprochée de toi.

— Ça ne me surprendrait pas du tout, réplique Jackson d'une voix tendue. Mais dans la mesure où je refuse que le film soit tourné, son plan est voué à l'échec.

— C'est vrai que tu as mis le scénariste au tapis ?

Je vois ses mains se crisper sur le volant.

— S'il te plaît, ne me dis pas que tu l'as lu dans la presse people.

— Non, je l'ai appris de la bouche de Jamie. Qui l'a su d'un ami à elle. Elle m'a dit que c'était top secret.

— Bien. J'ai versé pas mal d'argent pour que ça reste confidentiel.

— Alors tu as vraiment cassé la gueule à ce type, dis-je, étrangement fascinée. Je croyais que tu préférais fréquenter les clubs de boxe plutôt que de tabasser des innocents.

— Fais-moi confiance, réplique-t-il d'un air sombre, ce connard n'est pas innocent.

Je n'insiste pas, mais ne peux m'empêcher de songer au film.

— Quoi ? demande-t-il après avoir roulé près de huit kilomètres dans un silence absolu.

— Je n'ai rien dit.

— Non, mais tes pensées parlent pour toi.

— C'est juste que je ne pige pas. Cette maison est spectaculaire et c'est elle qui a lancé ta carrière. Je sais qu'une tragédie a eu lieu là-bas, mais ça s'est passé longtemps après la fin des travaux, alors que tu étais à Vegas et bossais sur l'immeuble de la Union Bank. Alors, pourquoi l'idée d'un film te dérange à ce point ?

— Parce que c'est personnel.

Je perçois la nuance acerbe dans sa voix et tressaille un peu. Il le remarque et je vois ensuite ses épaules s'affaisser.

— Désolé, mais la tragédie entoure tout ce projet, et ce foutu producteur qui s'intéresse au film est en train de fourrer son nez là où ce n'est pas nécessaire. C'est personnel. C'est privé. Et ce sont des gens bien réels avec une vraie existence qui vont être blessés si ce putain de film voit le jour.

Je ne comprends toujours pas, mais ne vais pas plus loin. À l'évidence, Jackson ne m'a pas raconté toute l'histoire. Mais dans la mesure où je garde moi-même certains secrets sur ma vie, je peux difficilement me plaindre.

Ma main effleure affectueusement son épaule.

— Je ne saisis peut-être pas le pourquoi du comment, mais en tout cas je sais que c'est important pour toi. Et j'espère aussi que tu pourras faire interdire le tournage.

Il me remercie en souriant.

— À propos de films, Michael organise une collecte de fonds chez lui vendredi soir. Pour le projet de Conservatoire national d'histoire et d'architecture. C'est une bonne cause, et lui, c'est un gars vraiment bien. Tu m'accompagneras ?

— Bien sûr.

Je me trémousse un peu sur mon siège. C'est sans doute stupide, après tout ce qu'on a vécu ensemble.

Mais l'idée d'avoir un véritable rencard avec Jackson me rend folle de joie.

Je remarque alors seulement qu'il a ralenti pour braquer à droite. Je regarde alentour, puis me tourne vers lui :

— Pacific Palisades ?

— Tu vas voir.

Je redouble d'attention quand il gravit la route du canyon, puis tourne encore et revient vers l'océan, jusqu'à un virage en épingle à cheveux qui nous ramène sur nos pas en roulant parallèlement à l'autoroute, mais en surplomb, cette fois, dans les collines.

Je connais bien ce coin pour y avoir passé beaucoup de temps à la recherche de ces sublimes maisons à photographier, poussée par cet instinct bizarre qui m'échappe toujours.

Ici, les demeures sont très espacées, chacune occupant plusieurs hectares de terrain, dont la majeure partie est réservée au jardin. L'endroit est agréable, sans le côté banlieue pavillonnaire. Ce sont des résidences privées assez chères dans un quartier paisible et huppé. Et comme chaque parcelle située à l'ouest de la route donne sur l'autoroute côtière, chaque maison possède une vue imprenable sur l'océan.

— Laisse-moi deviner, dis-je. On part à la pêche aux bonbons de Halloween avec un peu d'avance.

— Pas du tout. Mais tu peux te déguiser, si ça te chante.

J'arque un sourcil ironique.

— Ça se pourrait bien. Mais seulement si tu me dis ce que tu me réserves.

— C'est juste un peu plus loin.

Un dernier virage sur la gauche, et on arrive sur un terrain inoccupé. Il arrête la voiture.

Je regarde alentour, un peu déboussolée, et m'apprête à l'interroger, mais il est déjà descendu. Je l'imite et lui emboîte le pas, ravie de constater qu'un entrepreneur a déjà terrassé la butte, si bien qu'on descend un escalier qui mène à ce qui abritera pour l'essentiel l'arrière-cour de la résidence qui sera construite en surplomb.

— C'est incroyable, dis-je en réalisant qu'il n'y a aucun vis-à-vis sur les maisons de la rue au-dessus.

Quant à l'autoroute côtière, elle est en grande partie camouflée par les arbres et les buissons qui s'inclinent sur l'endroit où je me tiens en ce moment, ce qui signifie que le sable et la mer occupent la majeure partie du panorama.

— Je n'en reviens pas que personne n'ait raflé ce terrain.

— Quelqu'un l'a acheté. En l'occurrence moi, il y a cinq ans. Quelques mois à peine après ton départ d'Atlanta.

— Toi… mais tu vivais en Géorgie.

— J'habitais là-bas, certes. Mais j'ai toujours vécu en Californie. Et je suis parti peu de temps après toi. La situation n'a pas tardé à se gâter avec Brighton.

Je sais – d'après sa bio officielle – qu'il a grandi dans les faubourgs de San Diego. Mais j'ignorais qu'il avait vécu ou envisageait de vivre à Los Angeles. Et voilà que je découvre qu'il était venu ici et avait même acheté un terrain. Franchement, je ne sais pas trop quoi en penser et je lui en fais part.

— C'est pas une question piège et il n'y a aucun sens caché. Mais je voulais te montrer ce lieu parce que je le trouve exceptionnel. Et j'y ai pensé hier soir quand tu m'as dit vouloir l'océan et les étoiles.

J'observe alentour le ciel bleu azur et le soleil éclatant.

— Pas aujourd'hui.

— Non, glousse-t-il. Pas aujourd'hui, répète-t-il en prenant ma main. J'ai un truc à te demander, tu veux bien ?

— Pas de problème, dis-je d'une voix un peu trop enjouée, car je me demande où tout cela va nous mener. Je vais essayer, du moins.

— Hier soir, quand tu as fait ce cauchemar et que tu t'es enfuie, pourquoi es-tu partie en direction des collines ? Pourquoi pas Santa Monica ou Sunset Boulevard ? Pourquoi ne pas avoir foncé sur la Pacific Coast Highway en décapotant la voiture ? À cette heure de la nuit, tu pouvais facilement filer vers le désert sans tomber dans les embouteillages ? Pourquoi les collines ?

— J'en sais rien, dis-je sincèrement. En général, quand je suis perturbée ou que j'ai besoin de réfléchir, je me rends au Getty Center. J'ai dû y passer la moitié de mon temps, quand j'étais au lycée.

— Mais pas hier soir.

— Non…

Je fronce les sourcils parce que la question ne m'a pas traversé l'esprit. Ça m'a juste paru naturel d'aller dans les collines. Rouler vite.

— J'avais peur. Je fuyais. Je n'ai pas réfléchi.

— Et pourtant, tu fonçais vers Mulholland. Des virages, des collines et pas de glissière de sécurité. Drôlement flippant aussi.

— Le psy qui sommeille en toi se réveille.

Il éclate de rire.

— Peut-être. Et peut-être que j'ai raison. Peut-être que tu combattais la peur par la peur.

— Va savoir… Peut-être bien, dis-je en me recroquevillant un peu, pas franchement d'humeur à ce qu'on analyse mon comportement. En quoi c'est important ?

— Parce que je pense que tu as agi intelligemment, réplique-t-il en penchant la tête, ses yeux bleus légèrement sournois. Parce qu'on va te lancer un défi, Syl. Combattre la peur par la peur. Prendre le contrôle en donnant le contrôle.

Je secoue la tête.

— Je ne vois pas du tout où tu veux en venir.

— Alors laisse-moi te montrer.

Il recule, puis me regarde de haut en bas et ajoute :

— Retire tes vêtements.

Je vois le désir dans ses yeux et sens l'autorité dans sa voix, tout en réalisant qu'il ne plaisante pas. Je suis parcourue de petits frissons d'excitation, mais secoue la tête.

— Je ne pense pas…

— Non ? Ça ne marche pas comme ça, Sylvia. Je te dis de te mettre à poil et tu le fais. Je te dis de me sucer et tu te mets à genoux.

Sa voix est ferme, impérieuse, et je recule en secouant la tête, car je refuse à la fois ses paroles et la réaction excitée de mon corps.

— À quel genre de jeu tu joues, Jackson ?

— Le seul auquel j'aie jamais joué. Le mien. Viens par ici, baby, dit-il en me faisant signe d'avancer. Je veux te montrer un truc.

J'hésite et il s'esclaffe.

— Allez, quoi… Je ne te mordrai pas, promis.

J'entends l'écho de notre passé – ses mêmes paroles taquines d'Atlanta –, et j'avance vers lui.

— Brave petite, dit-il en m'attirant à lui.

J'ai le dos plaqué contre sa poitrine et il enroule un bras autour de ma taille, tandis qu'on regarde par-delà l'océan.

— Merveilleux, dit-il en remontant ma robe de sa main libre.

— Qu'est-ce que tu fais ?

— Attends…

Il m'embrasse l'oreille et provoque en moi des vagues de plaisir, alors que ses doigts trouvent à tâtons ma petite culotte. Il y plonge sa main, la pose sur mon sexe et se met à grogner en me découvrant toute chaude et moite.

Il glisse ses doigts en moi et je gémis de bonheur, alors que mes genoux se mettent à flancher.

Il se penche pour me chuchoter à l'oreille :

— Et ça, ma belle, est la preuve de ce que j'avance.

— Je… quoi ?

Je me retourne dans ses bras.

— Tu aimes te sentir utilisée, Sylvia.

Je secoue aussitôt la tête.

— Mais pas du tout ! Ça va pas ? Je…

Il pose un doigt sur mes lèvres pour me faire taire.

— Je t'ai dit de te déshabiller. Je t'ai dit que j'avais le droit de t'ordonner de me sucer. Et baby, non seulement ça t'a fait mouiller, mais tu es tellement excitée que je parie que c'en est douloureux.

Je reste muette ; il est juste un peu trop près de la vérité.

— Tu prends ton pied en te soumettant. En cédant

le contrôle à un homme. Mais tu te souviens des saloperies que ce malade t'a fait vivre – comment il te dominait, te forçait à faire des trucs contre la volonté –, et tu as honte quand tu es excitée, et c'est à ce moment-là que les cauchemars t'envahissent.

Je me replie, les bras autour de moi. Je n'aime pas ses paroles et ne comprends pas comment il peut être aussi perspicace. Mais jusqu'ici, je peux difficilement le contredire.

— Ce n'est pas pareil avec moi, baby. Bob t'empêchait de contrôler la situation. Moi non. J'appelle ça « être utilisée », parce que c'est comme ça que tu le vois, mais ce n'est pas la réalité. C'est s'abandonner en toute confiance. Il t'a pris ça, baby. Tu ne lui as rien donné, en fait. Mais quand tu te soumets à moi, tu me donnes tout.

Je ne bouge pas. Je ne parle pas. Je reste plantée là, tandis qu'il décortique ma vie, et j'espère qu'il comprend vraiment cette femme qu'il a sous les yeux.

— Alors on va faire exactement ce que je t'ai dit hier. Tu m'appartiens, Sylvia. Totalement. Tu es prête pour moi quand je le dis et de la manière dont je le dis. Tu es dévouée à mon plaisir. Je peux te prendre. Te baiser. Tu comprends ?

— Tu as dit qu'on avait rompu cet accord.

— Et on l'a fait. La première fois, c'est moi qui prenais le contrôle. Cette fois, je veux que ce soit toi qui me le cèdes. Volontairement, mon cœur. Et même avec enthousiasme. Parce que je te promets que ça vaudra le coup, je vais tout faire pour.

Je passe la langue sur mes lèvres. Je suis indéniablement excitée – il aura au moins réussi ça. Mais j'ai peur aussi.

— Qu'est-ce que tu vas faire ?

— Toutes sortes de choses, baby. Parce que plus tu céderas, moins tu seras effrayée.

— Tu fais allusion à des trucs bizarres ? Bondage ? Sex-toys ?

— Entre autres, mais on va commencer en douceur, dit-il en effleurant ma bouche du bout de son index. C'est de la panique que je lis dans ton regard ou de l'excitation ?

— Un peu des deux…

— Tu m'as abandonné à Atlanta parce que j'ignorais contre quoi tu luttais. Mais je le sais à présent, et on va lutter ensemble. Et je pense que c'est une bataille qu'on va tous les deux apprécier.

Je halète, toute contractée, à la fois impatiente et anxieuse. Pourrait-il avoir raison ? Est-ce que je peux vaincre mes frayeurs en cédant aux désirs de Jackson ? À mes propres désirs, en réalité ?

— Tu veux bien me laisser t'aider ? demande-t-il avec gravité, la voix tendue. Tu acceptes de te donner à moi et de me laisser livrer bataille pour toi ?

Il m'apparaît alors sous les traits du chevalier de mes fantasmes.

— Oui. Oh oui, Jackson…

— Bien, dit-il en souriant d'un air particulièrement coquin. Maintenant, retire tes vêtements.

J'ai envie de protester, parce qu'on est dehors, sur un terrain vague, mais les mots refusent de s'échapper de ma bouche. Je viens d'accepter de me soumettre et je n'ai pas envie de reprendre ce que je lui ai accordé. Et en vérité, l'idée de me tenir en tenue d'Ève sur cette butte avec Jackson m'excite incontestablement.

Je me déshabille, puis pose mes vêtements sur la

veste qu'il a retirée. Une fois que je suis nue, il passe derrière moi, prend mes seins dans ses mains et me caresse un peu partout.

— Tu es à moi, maintenant, dit-il. Ces seins, ce corps. Cette chatte.

Ses doigts me titillent et je renverse la tête en arrière, en m'abandonnant à la sensation d'être caressée, excitée.

— On ne se touche pas sans permission, mon cœur. J'ai découvert que tu prenais ton pied et il y aura un prix à payer. Tu comprends ?

J'acquiesce.

— C'est comme ça que je te veux toujours, ajoute-t-il en caressant mon sexe pour m'exciter jusqu'à l'ultime limite. Moite, chaude et ouverte à moi. Si proche de la jouissance que le frôlement de mon doigt dans le creux de ta main peut te faire décoller. Je te veux prête pour moi. Sauvage pour moi. Non parce que je l'exige, mais parce que tu le souhaites. Non parce que je te prends, mais parce que tu t'offres.

Il me caresse tout en me parlant et excite mon clito par des mouvements circulaires du doigt de plus en plus appuyés, jusqu'à ce que je sente que je vais jouir si fort et si vite que je pourrais m'envoler jusqu'à l'océan.

— Dis-moi que tu as envie de ça, demande-t-il.

— Oh oui…

Il me retourne dans ses bras et je manque de m'étrangler quand ses lèvres se scellent aux miennes. C'est un baiser profond, intense et délicieusement intime, et je m'accroche à lui, par crainte de m'écrouler.

Lorsqu'il s'écarte de moi et rompt tout contact, je

gémis, parce que j'étais tout près de me disloquer entre ses bras.

— Oh, s'il te plaît…

Il secoue alors la tête et me dit de me rhabiller.

— Mais…

— Tu ne veux pas arriver en retard, si ?

Je grimace, car j'ai complètement oublié qu'on était censés se rendre à Malibu.

J'enfile la robe et me baisse pour reprendre ma culotte, mais Jackson l'attrape avant moi, puis la glisse dans sa poche.

— Tu n'en as pas besoin.

— Tu es malade ou quoi ?

— Possible, dit-il. Mais tu ne vas pas récupérer ta culotte pour autant.

17

— Monsieur Steele, dit Nikki en tendant la main pour saluer Jackson en bas de l'escalier. C'est un tel plaisir de vous revoir. Quant à toi, Syl, j'adore ta robe !

— Merci. Tu es magnifique, comme d'habitude.

Nikki est dotée d'une grâce naturelle susceptible de gagner les concours de beauté sans pour autant se faire détester de nous autres, simples mortels. Aujourd'hui, elle porte une robe fluide dans les tons bleus, à la fois élégante et décontractée. Ses cheveux blonds qui lui tombent sur les épaules encadrent son visage resplendissant de bonheur.

— Tâchons de vous dénicher quelque chose à boire, suggère-t-elle, avant de se glisser entre nous pour nous prendre chacun par le bras et nous entraîner vers l'éblouissant escalier qui mène au séjour situé au premier étage. J'étais ravie quand Damien m'a appris que vous acceptiez de réaliser le village-club. Je pense que vous allez apporter une touche particulière au projet.

— Je suis heureux de faire partie de l'équipe, dit Jackson. (Malgré moi, je me demande si Nikki a vu la façon dont il me regarde en ajoutant :) Nous sommes désolés d'être un peu en retard.

— Il y avait un monde fou sur l'autoroute, dis-je en espérant que Nikki ne remarque pas mes joues en feu.

Parce que, en vérité, ça ne m'enchante pas vraiment d'être là. Pas maintenant, du moins, alors que je ne porte rien sous cette robe et que tout ce dont j'ai envie, c'est de sentir les mains de Jackson sur moi.

— Pas de problème, continue Nikki d'un ton désinvolte. (Heureusement qu'elle ne peut pas lire dans mes pensées.) Comme je l'ai dit, nous tenons à ce que ce déjeuner reste détendu.

On marque une pause au pied des marches.

— Laissez-moi vous briefer sur les personnes présentes. La liste n'est pas longue. Juste vous deux, Damien et moi, bien sûr. Ensuite, il y a Trent et Aiden, qui appartiennent au département immobilier, précise-t-elle pour Jackson.

— J'ai déjà rencontré Aiden, dit Jackson. Il se trouvait dans le bureau de Damien quand j'ai accepté de travailler sur le projet.

— Ah, parfait, répond Nikki.

— Je crois que je devrais présenter mes excuses pour avoir refusé le projet aux Bahamas. J'espère que vous ne m'avez pas jugé d'une grossièreté impardonnable.

Elle éclate de rire.

— Pas grossier, simplement sincère. Et je comprends tout à fait votre point de vue. Damien m'a proposé des dizaines de fois de m'aider dans mon propre business, et je ne cesse de refuser. Peut-être que lorsque je serai mieux implantée, j'envisagerai un partenariat avec une de ses filiales, mais pour l'instant, je tiens à prouver que je peux me débrouiller seule. Contrairement à moi, vous avez déjà fait vos preuves à la pelle.

— En effet, dis-je en me sentant aussi fière des réalisations de Jackson que si je les avais moi-même conçues.

— J'apprécie le compliment, dit-il tandis qu'on commence à gravir les marches. Quel est votre domaine d'activité ?

— La programmation informatique, répond Nikki. Surtout pour les portables, mais je crée aussi des applications accessibles sur le Web. J'en lancerai bientôt une qui intéresse beaucoup Damien. Ça le rend fou de savoir que je ne suis pas prête à accorder la licence à sa société, ajoute-t-elle en me souriant.

— C'est vrai, dis-je, car Damien m'a parlé plus d'une fois du logiciel de sa femme, en précisant combien celui-ci pourrait faciliter le flux de travail au bureau. Et chaque fois que Nikki refuse, je l'applaudis. Parce que dans toute mon expérience en tant qu'assistante de Damien, je pense que Nikki est la seule personne à avoir jamais réussi à dire non à Damien Stark.

Elle et Jackson – je rectifie dans ma tête, en songeant aux Bahamas, tandis que Nikki continue de parler.

— … comme il a conçu cette maison, dit-elle.

— Désolée, j'étais ailleurs. Nathan Dean est là ?

— Tout à fait. Je me suis dit que ça ferait plaisir à Jackson de discuter avec un autre architecte. Et Evelyn vient clore la liste des invités, dit Nikki dans un haussement d'épaules. Donc, voilà. Juste un petit groupe de gens en rapport avec le projet, Stark Real Estate, ou Damien personnellement. Je n'avais pas envie qu'on soit trop nombreux.

— Nathan est plutôt discret, mais très agréable, dis-je à Jackson.

J'ai passé beaucoup de temps avec Damien et lui pendant la phase de conception et de construction.

— Et il ne manque pas de talent, observe Jackson. J'en veux pour preuve cette maison. Elle est remarquable, dit-il à Nikki.

Je sais qu'il a été impressionné par l'aspect extérieur, car il m'en a parlé sur le trajet. La demeure semble en effet faire corps avec les collines, tout en mettant en valeur la vue sur l'océan, à distance. L'entrée est tout aussi saisissante, avec une porte qui donne sur un espace de vie classique, dont le mur vitré au fond laisse entrevoir la piscine à débordement de l'autre côté. Quant au vaste escalier, il constitue le deuxième point de mire et conduit à l'étage, où l'on reçoit les invités.

— Merci, dit Nikki. La maison était presque terminée quand j'ai rencontré Damien. Je peux m'attribuer le choix des meubles et de certaines peintures, mais c'est à peu près tout.

— Les couleurs sont éblouissantes, dit Jackson en la faisant rire.

Je souris de mon côté. J'aime beaucoup Nikki. Jusqu'ici, elle apprécie Jackson, je pense.

Nous sommes parvenus au palier du premier et nous arrêtons là. En toute honnêteté, il est impossible de gravir ces marches sans faire une pause au sommet, car ce que l'on voit en arrivant est à couper le souffle. L'espace est immense et conçu pour recevoir et, de là où l'on est, on découvre à la fois la terrasse – les portes vitrées ouvertes offrent un splendide panorama sur l'océan – et la cheminée en pierre placée de biais, de sorte qu'elle aussi se dresse face à la mer.

Elle constitue de fait la pièce maîtresse du lieu et, sur le nu grandeur nature qui est suspendu au-dessus de l'âtre, le visage de la femme est tourné afin de cacher son identité. Mais grâce aux fuites dans les médias, presque tout le monde sait qu'il s'agit du portrait de Nikki.

Je ne connais pas toute l'histoire, mais je sais que Damien a déboursé un million de dollars pour que Nikki accepte de poser. Je soupçonne que leur accord devait comporter d'autres clauses – sans doute très sensuelles, disons –, mais à moins d'interroger directement Nikki, je ne le saurai jamais vraiment.

Malgré tout, je ne peux m'empêcher d'établir certains parallèles entre sa relation avec Damien et la mienne avec Jackson. Ce qui me donne de l'espoir, en fait. Car en dépit de toutes les épreuves qu'ils ont traversées, Damien et Nikki forment le couple le plus solide que je connaisse.

— Ravissant, commente Jackson en contemplant le portrait. Vous devriez en être très fière.

— Je le suis, réplique-t-elle. Je l'ai toujours été. Mais ça ne veut pas dire pour autant que je n'étais pas en rogne quand la presse a volé mon secret pour s'en faire l'écho.

— Je comprends tout à fait ce que vous voulez dire, affirme Jackson, et je sais qu'il songe à son film. J'aimerais rencontrer le peintre.

— C'est Blaine, dis-je avant de me tourner vers Nikki. Il est venu avec Evelyn ?

— Non, il est à Vancouver pour une expo. Mais je suis sûre qu'il adorera discuter avec vous à son retour. Wyatt est là aussi. J'ai oublié de le mentionner tout à l'heure.

— Notre photographe, dis-je à Jackson. J'ai un portfolio avec des images de l'île à te montrer. J'ai l'intention de les inclure dans une brochure marketing et je me disais qu'elles pourraient constituer une déco plutôt cool dans les espaces publics, voire les pièces individuelles. Je n'ai pas encore choisi un designer. Mais j'aimerais avoir ton avis là-dessus. Je veux m'assurer qu'on engage quelqu'un qui sache comment travailler en harmonie avec ton projet.

— Absolument, dit-il en croisant mon regard.

J'acquiesce, satisfaite et heureuse aussi – j'en suis tout à fait consciente. Parce que au-delà de notre relation intime, c'est aussi notre relation professionnelle qui nous unit. Et l'idée de travailler avec quelqu'un d'aussi talentueux que Jackson Steele m'enthousiasme encore plus que de collaborer avec un homme tel que Damien. Non pas que je n'aime pas mon boulot, et je trouve même Damien particulièrement brillant dans sa partie, mais ce que fait Jackson – concevoir des bâtiments, modifier la face du monde – m'a toujours passionnée. Et l'idée de pouvoir partager cela avec lui me donnerait presque le vertige.

Son sourire s'élargit et je suis certaine qu'il devine mes pensées.

— Allons dire bonjour à Damien, dis-je.

— En fait, il m'a demandé de vous présenter ses excuses, intervient Nikki. Un problème est survenu dans une de ses unités de production en Malaisie. Il est au téléphone. Entre-temps, je vais vous trouver à boire et faire les présentations. Du vin ou quelque chose de plus fort ? demande-t-elle à Jackson en nous entraînant vers la cuisine, située derrière un mur en pierre.

Comparée au reste de la maison, c'est une pièce relativement petite et conçue pour les soirées et les cocktails. À vrai dire, elle ridiculise la plupart des cuisines des résidences privées, et la cuisine principale de cette maison de rêve de 900 mètres carrés se trouve au rez-de-chaussée, abritant plus d'appareils électroménagers que bon nombre de restaurants cinq étoiles.

Ce qui m'épate le plus, ce n'est pas la déco ou le luxe, c'est le fait que Nikki et Damien n'aient fait appel à aucun extra pour cette réception. Même Gregory, le chauffeur de Damien, qui fait plus ou moins office de majordome, n'est nulle part en vue. Parce que, en dépit des milliards de Damien et de son héliport dans l'arrière-cour, Nikki et lui sont des gens tout à fait simples.

Je sais que Jackson a certains problèmes avec Damien, mais je ne les comprends pas. Et j'espère qu'ils pourront être résolus, parce que j'apprécie et respecte mon patron, de même que j'attache beaucoup d'importance à l'amitié que je porte à Nikki.

Une fois Jackson armé d'un verre de scotch et moi d'un verre de vin, nous revenons dans l'espace principal pour nous mêler aux autres convives. Notre petit arrangement me rend un peu nerveuse. Pendant le premier quart d'heure, je suis un peu stressée, de peur – tout en *l'espérant*, certes – qu'il m'attire à part pour glisser sa main sous ma robe.

Il ne le fait pas et j'hésite entre la déception qu'il n'ait pas tenté de repousser mes limites, et la satisfaction de le voir plus professionnel que jamais.

Lui-même semble ravi d'être là. Jackson affiche sa

décontraction et son assurance avec tous les gens qu'il rencontre. Il salue chaleureusement Aiden et le remercie une fois de plus de lui avoir offert la possibilité de collaborer à un programme aussi pointu. Il vante mes qualités de chef de projet, ce qui me vaut des éloges de la part d'Aiden – un avantage, que je n'avais pas prévu, d'avoir Jackson près de moi.

— Elle s'intègre parfaitement à l'équipe de l'étage. Nous espérons pouvoir la voler définitivement au bureau de Damien, n'est-ce pas, Trent ?

Aiden lance un regard à Trent Leiter qui hoche la tête avec enthousiasme.

— Tout à fait ! dit-il.

— Et quel est votre rôle ? demande Jackson à Trent. Développement international ? Vous vous occupez du programme des Bahamas, c'est bien ça ?

— En fait, je supervise la Californie du Sud. Ce projet était ponctuel pour moi. Pour l'heure, mon attention se concentre sur un nouveau complexe de bureaux et de commerces de détail que nous construisons à Century City.

Jackson nous regarde, Trent et moi, à tour de tôle.

— Dans l'organigramme, je dépends donc de Sylvia, de vous, d'Aiden, et enfin de M. Stark ?

— Avec un peu de chance, tu n'auras pas besoin de passer au-dessus de moi, dis-je en riant, dans l'espoir de détendre l'atmosphère.

Jackson n'a aucun moyen de le savoir, mais Trent n'était pas franchement enchanté quand Damien m'a nommée chef de projet pour le Domaine de Cortez, l'écartant du même coup de la hiérarchie.

— Au besoin, nous savons aussi nous adapter,

ajoute Aiden. Vous pouvez venir me voir à tout moment. C'est valable pour Damien aussi, d'ailleurs.

— Et vous viendrez me voir pour quoi au juste ? demande Damien en s'approchant de nous par-derrière.

Il tend la main à Jackson, qui la lui serre vivement, dissipant ainsi ma crainte de voir son mépris pour mon patron se déverser sur le parquet vernis.

— Uniquement pour vous dire combien je vais apprécier ce travail, réplique Jackson en me décochant un bref sourire, et je l'en remercie.

J'ignore s'il a perçu chez Trent l'envie ou le dédain à mon égard, mais je suis contente qu'on ait changé de sujet.

— Je suis ravi de l'entendre, dit Damien. Nous étions tous déçus quand vous avez décliné notre offre pour le projet aux Bahamas. Je ne vous ai pas posé la question hier, mais je suis curieux… Qu'est-ce qui vous a fait changer d'avis, cette fois ?

Jackson se tourne juste assez pour me regarder.

— Comme je le disais, Mlle Brooks est très persuasive. Et peut-être que l'alignement des étoiles nous est plus favorable, cette fois.

Damien le regarde d'un air songeur.

— J'espère que vous trouverez que votre collaboration avec Stark International représente un accord dont nous sommes tous deux bénéficiaires. Je n'engage pas des personnes à la légère. Votre talent est éloquent. Et l'enthousiasme de Mlle Brooks a également beaucoup compté.

— Dans ce cas, je dois remercier Mlle Brooks pour énormément de choses, et pas seulement pour le Domaine de Cortez, réplique Jackson, dont le sourire m'est uniquement destiné.

Lorsque Nikki nous rejoint pour demander qui souhaite un autre verre, je lui propose de m'en occuper, afin qu'elle puisse participer à la conversation. Et surtout parce que j'ai envie de prendre un peu de distance, avant que mon corps ne s'embrase sous les paroles à double sens de Jackson.

Je suis dans la cuisine en train de déboucher une nouvelle bouteille de scotch, quand Trent entre pour ajouter des glaçons dans son verre.

— C'est bien que vous l'ayez recruté pour remplacer Glau. Celui-ci nous a plantés en beauté quand il s'est barré en Inde.

— Au Tibet.

— Peu importe, c'est tout aussi bizarre. Je me demande ce qui l'a motivé au juste.

— Glau ? Franchement, ce type m'a tellement contrariée que je m'en fiche.

— Simple curiosité, admet Trent. Mais je ne parlais pas de Glau. Je faisais allusion à Steele.

— Ce qui l'a motivé ?

J'ai perdu le fil de la conversation.

— C'est tellement étrange, là aussi. Je veux dire, il a refusé catégoriquement de travailler pour Stark aux Bahamas, et tout à coup, il déborde d'enthousiasme ?

— Croyez-moi, il n'a pas été facile à convaincre.

— Ce qui est tout aussi étrange, puisqu'il avait repéré le projet Cortez depuis le début.

Je repose la bouteille de scotch.

— Comment ça ?

— En passant retirer des permis la semaine dernière pour Century City, j'ai discuté avec une amie à moi qui travaille au secrétariat du comté. Et elle m'a dit que Jackson était passé retirer des levés topographiques de l'île.

— Comment se fait-il que vous lui ayez parlé de Cortez ?

Il hausse les épaules.

— Elle a supposé que c'était mon projet.

— La semaine dernière, on ne lui avait même pas proposé le travail.

— C'est là où je veux en venir, précise Trent. Je pense que votre M. Steele s'est fait désirer. Et je me demande bien pourquoi.

Comme j'ignore la réponse, je ne dis rien, et lorsque Trent s'en va avec son verre, je prends le temps de me ressaisir. Ce qu'il vient de me confier n'a aucun sens. Sinon à quel genre de jeu Jackson se serait-il livré ? Quand je regagne la terrasse, Aiden a rejoint un autre groupe et Damien et Jackson discutent de leur côté, l'air toujours aussi courtois. Je réalise que je m'attends encore à voir de la tension entre eux, mais elle est tout bonnement absente. Au lieu de ça, j'observe que ces deux hommes ont beaucoup plus de points communs que l'un ou l'autre n'en a sans doute conscience. Si Damien est arrogant, alors Jackson l'est aussi, parce que tous deux possèdent la même détermination.

Il y a aussi des similarités physiques. Cheveux bruns. Pommettes saillantes. La virilité hollywoodienne dans toute sa splendeur. Le genre d'homme qui peut forcer une femme à se soumettre, et en ce qui me concerne, Jackson y est parvenu.

— On a l'impression de regarder la couverture d'un magazine masculin, non ? dit Evelyn en prenant un des verres de scotch de ma main pour le vider d'un trait. J'ai parlé avec ton architecte et je pense qu'il va faire du bon boulot. Et je suis ravie que vous deux ayez pu franchir les éventuels obstacles qu'il pouvait y avoir entre vous.

— Moi aussi.

Mes joues s'empourprent quand je songe à l'enthousiasme avec lequel nous avons franchi certains obstacles bien particuliers.

Evelyn s'esclaffe et j'ai les joues carrément en feu.

— Ne t'inquiète pas, reprend-elle. Avec moi, ton secret sera bien gardé. Mais sois prudente quand même.

— Prudente ?

— Jackson n'a pas la réputation d'être l'homme d'une seule femme, et tu ne m'as jamais donné l'impression d'être du genre à tolérer les joueurs.

— Non, il n'a pas…

Je m'interromps. C'est vrai que Jackson a cette réputation-là. Et même si je l'ai questionné à ce sujet, je n'ai aucun moyen de savoir ce qui s'est réellement passé avec ces femmes.

— Sois prudente, c'est tout, répète Evelyn.

Cette fois, je me contente de hocher la tête.

Je repars à la cuisine pour remplacer le verre de scotch qu'Evelyn a vidé et découvre à mon retour que Nathan Dean a rejoint les hommes.

— Sylvia ! s'écrie-t-il en me claquant une bise sur les deux joues. C'est merveilleux de te revoir. Maintenant que Damien n'a plus besoin de moi, je ne vais plus dresser la liste des travaux avec toi et ça va me manquer.

— On a passé des bons moments, dis-je en faisant rire les trois hommes. Tu travailles sur quel projet en ce moment ?

— Une résidence à Brentwood, en fait. Pour Trent Leiter.

— Je n'avais pas fait attention. C'est super.

— Aiden lui a donné mon nom, explique Nathan. C'est comme ça que j'ai rencontré Damien, en fait. Je connaissais Aiden depuis des années, et c'est une amitié très fructueuse.

— Nul doute que vous avez fait un travail formidable ici, observe Jackson. Cette demeure est stupéfiante.

— Merci, dit Nathan. Bien sûr, Damien sait ce qu'il veut. Il est d'ailleurs à l'origine de certains aspects de la conception d'ensemble.

— Il veut dire que je suis un vrai cauchemar, intervient Damien.

— Non. J'apprécie les remarques. C'est l'un de mes projets les plus homogènes.

— Cet étage est franchement unique. Un homme dans votre situation doit donner beaucoup de réceptions, dit Jackson en direction de Damien.

— À vrai dire, ça n'a jamais été mon but. Jusqu'à récemment, je recevais peu chez moi et je ne peux pas dire que j'étais du genre à sortir beaucoup non plus.

— Mais ça doit être sympa quand la famille vient vous voir.

Je fronce les sourcils, ne sachant pas trop s'il pose des questions dans un but précis ou simplement pour faire la conversation.

— En toute honnêteté, aucun de nous deux n'a une grande famille. Je ne m'entends pas très bien avec mon père – si vous lisez les magazines people, ce n'est pas un scoop. Et du côté de Nikki… Eh bien, sa mère vit au Texas. Bref, on pourrait dire qu'en ce qui concerne la famille, on démarre de zéro.

Un silence gênant s'installe, puis Jackson reprend la parole :

— Je suis désolé. Je ne voulais pas évoquer un sujet délicat.

— Ne vous inquiétez pas, lui assure Damien. Mon père est tout sauf un sujet de préoccupation.

Jackson se tourne alors vers Nathan, en tentant – j'imagine – de changer de sujet.

— Je me suis laissé dire que vous travailliez exclusivement sur des projets résidentiels ?

— Principalement, mais pas exclusivement, répond Nathan d'une voix plus haut perchée qu'à l'ordinaire – comme s'il voulait chasser les mauvaises vibrations. Je me suis un peu appuyé sur un réseau de connaissances, en tâchant de me développer sur le marché commercial, mais je n'ai certes pas fait le genre de percées comparables aux vôtres. Vous avez un portfolio tout à fait enviable, monsieur Steele.

— Appelez-moi Jackson, je vous en prie. Et si je comprends le désir de se diversifier, je dois dire que vous excellez dans votre domaine. Je pensais sincèrement ce que j'ai dit à propos de cette maison. C'est un petit bijou.

— Venant de vous, c'est un compliment qui me touche beaucoup. Vous voyez un inconvénient à ce que je vous demande votre avis sur deux ou trois choses ?

— Pas du tout.

— J'ai l'impression qu'ils vont parler boutique, me glisse Damien. Cela vous dérange si je vous sollicite dans le même but pendant une minute ? me demande-t-il.

— Bien sûr que non.

Tandis que Jackson et Nathan se dirigent vers le balcon pour discuter fondations, arcades ou tout autre détail architectural, je suis Damien dans la cuisine, où il me briefe sur son programme de la semaine à venir.

— Il y a une pièce à Broadway que Nikki tient à voir, et j'ai besoin de rencontrer Isabel pour le planning de lancement du mois prochain. J'ai pensé faire d'une pierre deux coups en me rendant à Manhattan mardi soir.

— Parfait. Vous irez donc à Bruxelles depuis New York ?

Nikki doit assister à une conférence sur le numérique et Damien l'accompagne. Ils avaient prévu de décoller de Los Angeles vendredi.

— Vous souhaitez toujours Grayson pour ce vol ? Ou vous préférez prendre un vol commercial ?

— Assurez-vous que le changement de date ne bouleverse pas ses autres projets éventuels. S'il est libre, réservez-lui également une suite. Il peut bien s'accorder quelques jours de détente à New York avant de partir.

— Il va adorer, dis-je en souriant à belles dents.

— Il passera le plus clair de son temps à l'aéroport, histoire de regarder les coucous des autres pilotes, ironise Damien.

— C'est bien ce que je disais… Il va adorer !

— Mettez Rachel au parfum et assurez-vous qu'elle ait toutes les infos nécessaires pour l'organisation de mon voyage. Plus vous vous détachez de mon bureau, plus elle doit pouvoir vous remplacer.

— Bien sûr, monsieur Stark.

— Euh… Sylvia ?

— Oui, monsieur.

— Vous faites aussi du sacré bon boulot hors de mon bureau.

Le compliment me remplit de joie.

— Merci beaucoup. Autre chose ?

— Prenez du bon temps aujourd'hui, c'est tout.

— C'est déjà le cas.

Je m'apprête à rejoindre les autres, puis marque un temps d'arrêt.

— En fait, puis-je vous poser une question ?

— Je vous en prie.

J'hésite, ne sachant trop comment la formuler. Comme il n'existe aucune façon meilleure qu'une autre, je me jette à l'eau :

— Je me demandais ce qui s'était passé à Atlanta. Avec le Brighton Consortium.

— Ah bon ?

Il ne dit rien d'autre et j'ai l'impression de rétrécir sous son regard appuyé.

— C'est juste parce que vous y avez fait allusion samedi. Avant que Jackson n'accepte de participer au programme, je veux dire.

— Sur le fait que certaines de mes transactions immobilières ont eu l'effet inverse sur lui.

— Oui.

— Jackson vous a interrogé à ce sujet ?

Je repense à notre conversation dans la voiture. On en a discuté, certes. Mais Jackson ne m'a jamais posé de question.

— Non, dis-je, certaine de ne pas mentir au sens strict du terme.

Les mains dans les poches, Damien s'appuie alors contre l'îlot central.

— C'est compliqué, dit-il, mais pour faire court, disons que le consortium était mal géré, ce qui m'a donné l'occasion d'intervenir et de faire une acquisition foncière de premier choix. Bref, une bonne affaire, tout bêtement – en ce qui me concernait, du moins.

— En ce qui vous concernait ?

— Si l'opération avait été menée à bien par le consortium, vous et beaucoup d'autres personnes auriez été entraînées dans une belle pagaille, parce que vous travailliez en étroite collaboration avec l'un de ses principaux acteurs.

— Reggie, en l'occurrence.

Damien hoche la tête.

— OK, dis-je en considérant tous les aspects du problème. En quoi le consortium était-il mal géré ? Quelle genre de pagaille ? Jackson risquait-il de s'y retrouver aussi ?

— Pour sa part, oui. Quant à savoir le pourquoi du comment, je pense que ces questions s'adressent à Reggie. Vous êtes toujours en contact ?

— Plus ou moins. Il s'est installé à Houston, mais il est venu deux fois à L.A. ces cinq dernières années. On a déjeuné ensemble.

— Si la question vous tracasse encore la prochaine fois que vous déjeunez avec lui, posez-la-lui. Sinon, laissez tomber, Sylvia. Et dites-vous que vous avez eu de la chance.

— De la chance ?

— Si Reggie n'avait pas décidé de plier boutique, vous travailleriez encore pour lui. Vous n'auriez pas Cortez. Et je n'aurais jamais engagé une assistante géniale.

— Oh… En effet. Merci encore.

— À quelque chose malheur est bon.

— Sans doute. Merci de m'avoir répondu.

— C'est plus complexe que ça, mais ce n'est pas à moi de tout vous raconter. Appelez Reggie si vous voulez en savoir davantage. Mais c'est du passé. Je vous conseille de laisser tomber.

— Entendu…

J'ignore au juste si j'ai voulu dire que j'appellerais Reggie ou que je laisserais carrément tomber cette histoire.

Nous rejoignons les autres pour découvrir que tout le monde s'est rassemblé sur la terrasse. C'est un superbe après-midi et le bleu profond de l'océan s'étire à l'horizon.

— Ah te voilà ! dit Wyatt en me prenant la main pour m'attirer dans sa conversation avec Nikki et Jackson. J'étais en train de dire à Nikki qu'on devait déplacer ton cours de photo. Que penses-tu de mardi ? On peut prendre quelques couchers de soleil à Santa Monica. Si ça ne vous dérange pas de nous rejoindre, ajoute-t-il à l'adresse de Nikki.

— Aucun problème, dit-elle. On peut prendre un verre après, OK, Syl ?

Je jette un coup d'œil à Damien, car je sais que Nikki sera partie depuis longtemps à l'heure de l'apéritif. Mais il acquiesce de manière quasi imperceptible et je joue le jeu. Après tout, le voyage à New York est une surprise, et on peut toujours remettre le cours de photo à un autre jour.

— Ça me va, dis-je.

— Et j'aimerais prévoir un moment pour que vous veniez sur l'île, dit Jackson. Je peux prendre quelques clichés moi-même, mais en fonction du terrain, j'aurais peut-être besoin de vous pour réaliser un portfolio plus important, afin de l'utiliser pour le planning des travaux.

— Faites-moi signe. J'adore ce coin. J'ai hâte d'y retourner.

— Damien y était ce matin, reprend Nikki.

— Sans toi ? je lui demande.

— J'y ai emmené un investisseur, explique Damien. Dallas Sykes. Je cherche à acquérir une partie de ses activités commerciales. Et je voulais calmer le jeu, après les rumeurs qu'il avait entendues sur Glau.

— Damien a emmené Sykes et sa dernière conquête, précise Nikki, d'un ton signifiant qu'on a basculé sur les derniers potins.

La conversation continue sur ce mode – on passe des ragots au travail, puis à la famille et aux amis – jusqu'à ce que Jackson annonce que lui et moi avons également prévu d'aller explorer l'île et que nous devrions sans doute nous mettre en route.

On fait nos adieux et j'observe Jackson et Damien se serrer la main, tels deux hommes n'ayant absolument pas l'ombre d'un problème l'un envers l'autre.

Je souffle un peu, en réalisant alors à quel point je me suis fait du souci, même après les avoir vus discuter.

Toutefois, le projet a l'air bel et bien lancé à présent, et si Jackson a pu ressentir une animosité quelconque envers Damien, elle semble résorbée ou très profondément enfouie.

Et si c'est le cas, alors c'est une excellente nouvelle.

18

— Un bateau ?

Je me tiens sur une cale d'accostage près du village de pêcheurs de Marina del Rey et contemple un bateau magnifique couleur crème, en me demandant ce qu'on peut bien fabriquer ici.

— On serait déjà sur l'île si on avait demandé à Clark ou Grayson de nous y emmener en hélicoptère, dis-je pendant que Jackson hausse les épaules et continue de pianoter sur son portable. On a mis plus de temps pour venir ici depuis Malibu.

Je m'attends à une réponse, mais il ne dit rien.

— Tu m'écoutes au moins ?

Il lève le nez.

— Check-list, dit-il en brandissant son téléphone. J'envoie un texto à l'équipe de sécurité pour l'informer qu'on va prendre la mer.

Je croise les bras et le défie du regard – j'hésite entre l'irritation et l'amusement. J'opte pour la deuxième solution.

— Pourquoi est-ce qu'on prend le bateau de quelqu'un pour se rendre sur l'île ?

— Ce n'est pas le bateau de quelqu'un, précise-t-il.

C'est *mon bateau*. Et aussi parce que je voulais te le montrer.

— Tu possèdes un bateau ?

— Exact, dit-il en désignant celui près duquel on se trouve. Celui-là.

— En plus, tu fais le clown, dis-je, alors qu'en vérité, je suis enchantée.

Voilà des lustres que je n'ai pas mis les pieds à bord d'un bateau, ce qui transforme un peu cette traversée en aventure.

— Il est rapide ? On va mettre combien de temps pour relier l'île ?

— Environ deux heures.

Je lance un regard vers le ciel. Il est 4 heures de l'après-midi et le soleil entame déjà sa descente.

— On est en octobre. Le temps d'arriver là-bas, il nous restera à peine une heure avant la tombée de la nuit.

— Heureusement que j'ai ma chambre à bord. On peut démarrer l'exploration demain matin.

Il sourit aux anges et me fait tellement penser à un gamin que je ne peux m'empêcher d'éclater de rire.

— Parfait. Tu as gagné, dis-je. Parle-moi un peu de ce yacht. Attends… Une chambre ? Tu vis à bord ?

— Ça me paraissait plus avisé. Et plus économique que de continuer à passer d'un hôtel à l'autre chaque fois que je me trouvais à L.A. Bien sûr, j'ai envisagé de planter une tente sur mon terrain, mais le bateau est doté de tout le confort.

— Tu as pris la bonne décision, dis-je, pince-sans-rire.

— C'est bien ce que je pensais… Le fait est que j'ai eu des rendez-vous avec quelques clients à Santa

Barbara. Comme ça, je pouvais me déplacer avec mon bureau.

Il désigne alors ce qui semble être le deuxième niveau, un espace clos avec des baies vitrées.

— Il dispose d'une vaste cabine de réception que j'ai convertie en bureau. Lumière naturelle à volonté. Brise océane. Et puis j'ai toujours adoré les bateaux.

— Je l'ignorais.

— Je t'ai dit que mon père n'était pas souvent là, mais il m'a au moins appris une chose : faire de la voile.

Mes yeux s'attardent sur ce yacht monstrueux et je lui rétorque :

— Mais ce n'est pas un voilier.

— Tiens donc ! J'ignorais que tu t'y connaissais en nautisme.

Je lui décoche un petit sourire narquois, puis marche le long du yacht jusqu'à ce que j'arrive au bout – qui doit s'appeler la poupe, j'imagine. Contrairement à ce qu'il pense, je n'y connais pas grand-chose. Toutefois, je sais que les bateaux ont des noms. Celui-ci porte celui de *Veronica*.

— Qui est-ce ?

— C'est le bateau, répond-il.

— Très drôle. Son nom est en l'honneur de qui, je veux dire ?

— Qui a dit que c'était en l'honneur de quelqu'un ? réplique-t-il en me tendant la main. Viens. Je vais te faire visiter et on s'en va. J'ai vraiment envie de découvrir notre île.

Je me laisse guider et le suis à bord. Je n'insiste pas sur le prénom, surtout qu'à l'évidence il ne souhaite pas m'en dire davantage. Mais je ne peux m'empêcher d'être curieuse, tout en éprouvant malgré moi de la jalousie, ce qui me déplaît fortement.

Cependant, elle se dissipe sitôt qu'on est sur le pont. Difficile d'être jalouse d'un prénom, quand un homme déploie des trésors de caresses et que ses lèvres sont brûlantes et avides contre les vôtres.

— Sais-tu à quel point j'ai eu du mal à ne pas t'emmener dans la salle de bains, chez Stark, pour te baiser comme un fou ? me dit-il en glissant la main sous ma robe.

— Sais-tu à quel point j'en mourais d'envie ?

Je ne m'étais jamais promenée sans culotte, et certainement pas parce qu'un homme l'avait exigé de moi. Un homme dont les caresses me manquent cruellement depuis plusieurs heures. Et même si j'ai réussi à refouler mes désirs et à me comporter en employée responsable vis-à-vis de mon patron, le simple fait de savoir ma petite culotte dans la poche de Jackson me rendait à moitié folle.

— En fait, je le sais, dit-il en posant la main sur mon sexe qu'il découvre moite et prêt à l'accueillir. (Il me mordille la lèvre.) C'était un vrai plaisir de te tourmenter.

— Salaud.

Il s'esclaffe et enfonce ses doigts en moi, ce qui me coupe le souffle.

— Tu me pardonneras quand je me serai rattrapé.

— Quelqu'un pourrait nous voir.

Je proteste pour la forme, car il m'excite doucement, en s'enfonçant au plus profond de moi, puis se retire en caressant mon clito, tandis que je glisse avec délice dans une sorte d'état second.

— Il n'y a personne dans le coin.

— Jackson…

— Non. Silence. Tu ne pourras parler que quand tu auras joui. C'est bien compris ?

Je ne dis rien et me contente d'acquiescer, comme je suis censée le faire. Puis je renverse la tête en arrière et croise son regard, sombre de désir et de lubricité. Je change volontairement de posture afin qu'il puisse mieux me pénétrer et je vois la preuve de ma soumission se refléter sur son visage, telle une tempête qui s'amplifie peu à peu, prête à éclater.

Il gémit de plaisir, avant d'enrouler son autre bras autour de ma taille pour me tenir fermement tandis qu'il m'excite avec ses doigts, puis il scelle ses lèvres aux miennes et sa langue entre en action. Je suis à sa merci, me moque qu'on puisse nous apercevoir, et je réclame encore plus que ce qu'il m'offre… cet échange délirant, ce plaisir vertigineux.

J'ai été tendue toute la journée et j'ai beau vouloir savourer l'exquise sensation de ses caresses, je ne peux me retenir et la puissance de mon orgasme nous stupéfie tous les deux. Il retire ses lèvres, puis m'attire tout contre lui.

— Tu sais tout ce que ça provoque en moi ? T'avoir dans mes bras ? Te sentir réagir comme ça à mes caresses ?

J'esquisse un sourire espiègle.

— Crois-moi. Tout le plaisir est pour moi.

Il rigole, puis me soulève et me fait traverser le pont, tandis que je ris comme une folle, puis lui ordonne de me poser par terre.

— Malheureusement, je vais devoir céder à tes exigences, dit-il en obtempérant, avant de désigner l'échelle d'un hochement de tête. Il vaut mieux ne pas risquer de manœuvrer ensemble.

— En effet.

Puis je jette un regard sur le quai en fronçant les sourcils.

— Un problème ?

Je souris à belles dents.

— Juste par rapport à ma tenue, dis-je en désignant ma robe. Je ne peux pas aller sur l'île comme ça.

— Je te suggérerais volontiers de batifoler toute nue et sans tes escarpins, mais tu as sans doute raison.

— Tu peux me ramener chez moi ?

Je grimace en songeant à la circulation entre Marina del Rey et Santa Monica. Ça va nous prendre un temps fou.

— J'ai une meilleure idée. Suis-moi.

Il grimpe à l'échelle et je le suis dans son vaste espace de travail. Mais je n'ai pas le loisir de m'y attarder parce qu'il continue jusqu'à un autre niveau, dans une étroite coursive, avec une porte de chaque côté. Celle de droite est ouverte et je comprends qu'il s'agit de la chambre de Jackson. Comme on est à bord d'un bateau, la cabine est de taille correcte, et exceptionnellement bien tenue. Je commence à fureter ici et là, juste pour m'imprégner de l'ambiance, mais mon œil est attiré par une photo encadrée, suspendue à la cloison qui jouxte la porte.

Elle représente une femme rousse avec une petite fille brune dans les bras. Elles sont dans un parc et le cliché a été pris sur le vif, à un moment où elles s'amusent et rient ensemble.

Je reconnais la femme : il s'agit de la rousse que j'ai aperçue à la première du documentaire.

Je regarde Jackson et me sens un peu nerveuse.

— Tu tiens à elle, dis-je, incapable de me débarrasser de ce léger ton accusateur dans ma voix.

Il fronce les sourcils.

— Quoi ?

— Tu me disais dans la voiture qu'aucune des femmes avec qui tu avais couché ne comptait pour toi. Mais tu tiens visiblement à elle.

Je déteste la jalousie qui transparaît dans mon intonation, mais c'est plus fort que moi.

Il me rejoint, puis va décrocher la photo.

— Je n'ai jamais baisé Megan, déclare-t-il. Pas comme je l'ai fait avec les autres.

Je me tourne vers lui, intriguée et, certes, jalouse de la douceur de sa voix.

— J'ai couché avec elle, mais c'était un moment de faiblesse pour nous deux.

— Qui est-ce ?

— Une amie.

Je m'attends à ce qu'il m'en dise plus, mais en vain.

— C'était une erreur, enchaîne-t-il. Tu peux comprendre ça ?

Je songe à Louis et à toutes les erreurs que j'ai commises.

— Ça ne me regarde pas de savoir avec qui tu as couché ces cinq dernières années.

— Non, admet-il. Mais c'est quand même important pour moi que tu sois au courant.

Je hoche la tête, tout en me sentant un peu coupable de garder mes propres secrets. Je lui ai confié dans la voiture que je n'avais couché avec aucun gars depuis Atlanta. Théoriquement, c'est vrai. Toutefois, j'ai couché avec Cass. Un soir de beuverie débile, après mon retour, et on a aussitôt compris toutes les deux que c'était une erreur. Même si je sens bien que je devrais le dire à Jackson, je n'ai pas envie pour autant d'envoyer de mauvaises ondes entre ma meilleure amie et mon petit ami, parce que, en ce moment, en dépit du reste, ce sont les deux personnes les plus importantes à mes yeux.

Alors j'acquiesce en disant :

— Pas de problème. Je comprends qu'on puisse faire des erreurs.

— C'est toujours une amie, poursuit-il. Ronnie et elle comptent énormément pour moi.

— Ronnie ?

Il montre la gamine sur la photo.

— Sa fille.

— Elle est adorable.

— C'est une enfant géniale.

Il penche alors la tête et me regarde si longtemps que je commence à m'agiter.

— Quoi ?

— Rien. Je suis simplement content que tu sois là, dit-il en m'attirant à lui pour m'embrasser. Un jour, j'aimerais que tu les rencontres, ajoute-t-il avant de raccrocher la photo. Quoi qu'il en soit, tu es à peu près de la taille de Megan. Je pense qu'il y a dans l'autre cabine des vêtements à elle que tu pourras porter sur l'île.

Il me fait traverser la coursive et m'entraîne dans la chambre d'en face, semblable à la sienne, mais plus petite.

— C'est sa chambre ?

— La cabine des invités, rectifie-t-il d'un ton ferme. Elle est souvent invitée.

— OK. Désolée. Laisse-moi le temps de trouver mes marques.

Il rigole.

— Je pense que ça me plaît de te voir jalouse. Mais pas trop.

— Très bien, dis-je comme il ouvre un tiroir et en sort un pantalon de yoga et un tee-shirt.

— Il y a aussi un ou deux jeans, si tu préfères.

Je vérifie la taille du pantalon et le tiens devant moi.

— Non, je pense que ça devrait aller. Et côté chaussures ?

Ça ne pose visiblement pas de problème non plus, car Megan a laissé des tongs et des baskets en toile dans le placard. Elles sont légèrement trop grandes, mais ça devrait aller.

— Je crois que je suis parée, dis-je.

— Bien. Parce que là maintenant, j'ai envie de sortir le yacht de la marina, de le mettre sur pilote automatique, et te faire l'amour sur le pont.

— Waouh… Des arguments imparables.

Je remonte avec lui sur le pont, puis l'observe, en me sentant un peu inutile, tandis qu'il défait les amarres, puis manœuvre prudemment pour quitter la marina.

Lorsqu'on est au large, il me propose le siège du capitaine.

— Sérieux ?

— C'est comme conduire une voiture, dit-il.

Même si ce n'est pas tout à fait vrai, ça reste assez proche. Plus facile, d'ailleurs, parce que je dois uniquement avancer. Il n'y a pas de ligne jaune à respecter.

Il se tient derrière moi, les mains sur mes épaules, ses lèvres effleurant mes cheveux tandis que je pilote le yacht et essaie de me concentrer sur ce que je fais.

— Tu sais que tu es en train de me distraire ?

— Et pourtant, je crains les abordages malencontreux.

— Je peux te demander quelque chose ?

— Bien sûr.

— Pourquoi Megan était en colère ? À la projection, je veux dire.

Ses mains se crispent.

— Parce que j'avais fait un truc débile.

Je me penche pour le regarder.

— Et tu as rectifié le tir ?

— Oui. En tout cas, je le pense.

Il n'en dit pas davantage et je n'insiste pas. Au lieu de quoi, je le laisse basculer sur pilotage automatique, puis le suis de l'autre côté du pont supérieur, où sont installés un énorme matelas et des tables basses pour les boissons et les en-cas à grignoter.

— Bientôt le crépuscule, dit-il. Je vais chercher du vin.

Je le regarde descendre, en sentant le soleil darder ses derniers rayons sur ma peau. Il fait frais, mais le bateau est construit de telle manière que ce pont se situe dans un léger renfoncement, si bien que je suis protégée du souffle de l'air marin à mesure que le yacht fend l'écume.

Toutefois, Jackson a tout prévu, puisque je découvre des couvertures et des coussins dans un petit placard ; je les sors et les dispose sur le matelas en nous préparant un petit nid où on pourra se pelotonner.

Ensuite, comme je me sens d'humeur coquine et que j'ai envie qu'il le sache, je retire ma robe et me glisse sous l'une des couvertures.

— Waouh… Très intéressant.

Quand il revient avec le vin, ses yeux étincelants me confortent dans l'idée que j'ai eu raison d'abandonner mes vêtements. Son regard se pose sur la chaise où j'ai laissé la robe, puis sur moi, calée contre des coussins, la couverture remontée juste assez haut pour me couvrir la poitrine.

— Vraiment très intéressant.

Il se penche et presse un interrupteur sur une sorte de coffre gris placé à un ou deux mètres de là.

— Chauffage de pont, dit-il en réponse à mon regard intrigué. J'ai l'intention d'enlever cette couverture et je n'ai pas envie que tu prennes froid.

Je souris à belles dents.

— Quelle prévenance ! Et qu'as-tu l'intention de faire quand tu m'auras débarrassée de ma couverture ?

— Des tas de choses.

J'hésite, puis tâche de prendre un air détaché.

— Le genre de choses dont tu parlais dans la voiture.

Il me décoche un regard tout en s'asseyant sur le matelas.

— Tu en as envie ? demande-t-il en m'effleurant du doigt par-dessus le bord de la couverture.

Il me touche à peine, mais ce simple frôlement me rend déjà folle.

— Tu as envie de choses plus coquines ? Un peu plus libertines ?

Sa voix s'est adoucie tout en se faisant plus impérieuse. C'est un mélange détonant et mon sexe se contracte en réaction à ses paroles.

— Tu meurs d'envie de te soumettre complètement, de me faire totalement confiance pour que je comble tous tes désirs ? Pour t'emmener là où toi et moi savons que tu veux aller ?

Je hoche la tête, plus très sûre de maîtriser le langage à cet instant précis. Son sourire est languissant, sexy et victorieux. Il se penche et effleure mes lèvres d'un baiser.

— Bien. J'en ai envie, moi aussi.

D'un doigt, il attrape la couverture et la fait glisser lentement le long de mon corps pour me révéler dans le plus simple appareil. Mes seins, ma taille, mes hanches, mon sexe. Je l'entends grogner de satisfaction, tout en sentant le plaisir m'envahir à l'idée qu'il a envie de moi. Puis je frissonne quand il retire la couverture en divulguant mes jambes, mes pieds, mes orteils.

— Sublime…

Sa voix trahit l'émerveillement comme s'il venait de découvrir un trésor, et je tremble avec délice en sachant que c'est moi seule qui comble ses cinq sens.

Il se penche à nouveau, puis se met à suçoter mon gros orteil. Je me cambre, surprise et ravie d'une sensation aussi inattendue – des étincelles de volupté remontent le long de mes cuisses pour atteindre mon sexe qui palpite déjà.

— Oh, ce que c'est bon…

— Tu aimes ? demande-t-il en s'allongeant à côté de moi, toujours habillé.

— Pas du tout.

— Si tu mens, tu es punie…

— Vraiment ? dis-je en lui mordillant les lèvres. C'est bon à savoir.

On ne m'a jamais fessée – jusqu'alors, ce n'était pas dans ma conception de la sexualité –, mais là maintenant, avec cet homme, je suis tout à fait prête à tenter l'expérience.

Il éclate de rire, puis m'embrasse.

— J'en connais une qui se sent très coquine.

— Ça doit être l'air du large.

— Sans doute.

Il caresse ma poitrine du bout du doigt, d'un geste doux, mais je suis déjà quasiment en transe.

— Je ne connais toujours pas les histoires qui se cachent derrière ces motifs.

— Pourquoi ne pas les deviner ?

Il se redresse et nous verse à chacun un verre de vin.

— Qu'est-ce que je gagne si je vois juste ?

— Un baiser.

— Comment refuser un tel défi ? réplique-t-il. Retourne-toi, ajoute-t-il en faisant un moulinet avec le doigt.

J'obtempère et, sitôt que je me retrouve à plat ventre, ses doigts entament leur ballet sensuel sur ma peau – ils me titillent, redessinent mes tatouages. Puis ils remontent le long de mon dos pour s'attarder sur le symbole entre mes omoplates.

— Celui-ci.

— Pas facile, dis-je.

— Au contraire, on devine aisément de quoi il s'agit. Les flèches pour rembobiner, accélérer et jouer. Le carré pour « stop » et les deux barres pour « pause ». C'est le panneau de contrôle d'un enregistreur numérique.

— Futé, le garçon ! Mais la question, c'est de savoir ce que ça signifie.

— Aucune idée, admet-il. Mais je suis assez curieux pour sacrifier ce baiser.

— Je me suis coupé les cheveux, dis-je. Avant, ils m'allaient jusqu'aux omoplates. Et quand… (J'inspire un grand coup, puis recommence.) Bob aimait mes cheveux. Il s'extasiait toujours dessus. Alors quand tout a été fini, je les ai fait couper. Et c'est ce que Cass a voulu symboliser en me tatouant ça.

— Le contrôle, observe-t-il d'un ton songeur. Tu contrôles. La longueur. La coupe. La couleur.

Je me retourne et me redresse sur les coudes pour lui donner un baiser, long et profond, et lorsque je m'écarte, je mordille ma lèvre inférieure en lui disant :

— Tu es très doué pour ce jeu.

— Je crois que j'aimerais continuer, avoue-t-il, et le désir qui transparaît dans sa voix me ravit.

Je m'apprête à me remettre à plat ventre, mais il m'arrête.

— Non. Celui-ci, dit-il en désignant le symbole féminin entrelacé avec une rose sur ma poitrine.

Je m'efforce de ne pas tressaillir, car celui-ci est pour Cass, et je ne suis pas certaine de vouloir lui en parler. Mais c'est moi qui ai commencé ce jeu et je ne pense pas pouvoir m'y soustraire de manière élégante, disons. Par ailleurs, je lui ai caché suffisamment de choses, alors je n'ai pas besoin de garder celle-ci secrète.

— Entendu, dis-je. Mais tu ne risques pas de le deviner. Dommage, parce que j'avais hâte de t'accorder ta récompense.

— Tu manques de conviction.

— Au contraire, je suis persuadée que tu ne vas pas trouver.

— Laisse-moi réfléchir.

Il se place à califourchon sur moi. Il est toujours

vêtu et son jean frôle ma peau nue. Il pose les mains sur ma taille, puis les fait glisser jusqu'à mes seins en me caressant lentement. Il prend mon sein droit au creux de sa paume, l'excite et joue avec mon mamelon, tandis que son autre main effleure le tatouage.

— Tu essaies de gagner du temps, dis-je, haletante.

Non seulement la magie qu'il opère sur mon sein me transporte, mais il est carrément assis sur mon sexe et, même si je ne supporte pas tout son poids, je sens sa chaleur et le frottement de son jean sur mon intimité. Et ça me rend dingue.

— Peut-être un peu, admet-il. Je me suis dit que tu apprécierais.

Il a vu juste.

Je fais tout mon possible pour ignorer mon corps qui réclame davantage que ce léger frôlement et me mets à fredonner le générique de *Jeopardy !*.

Il éclate de rire.

— Parfait, dit-il en croisant mon regard. Ce tatouage, c'est pour la fois où tu as couché avec Cass.

Je suis sûre que je dois avoir l'air éberlué.

— Comment peux-tu le deviner à partir d'un simple tatouage ?

— Ce n'est pas n'importe lequel. Et j'ai pigé parce que je te connais. Et comme tu m'as dit qu'elle était lesbienne, c'était logique.

Je reste quand même sous le choc. Mais ça me soulage aussi. Si Cass avait été un mec, la question aurait naturellement été soulevée : *Est-ce que vous avez couché ensemble ?* Et on aurait discuté ensuite. Mais en dépit du politiquement correct, aucun petit ami n'irait demander à une fille si elle a couché avec sa meilleure amie. Et même si je suis bizarrement gênée – alors que je n'ai pas honte du tout de cet épisode de ma vie –, je suis ravie d'en avoir parlé avec Jackson. Je ne veux pas être au centre des secrets entre les deux personnes qui me sont le plus proches.

Je soupire, en réalisant soudain à quel point Jackson compte à mes yeux et combien il a rapidement envahi mon univers.

Tout bien réfléchi… si je tiens compte du temps qu'on a perdu, ce n'est pas si rapide.

Il scrute mon visage.

— Ça te dérange que j'aie abordé le sujet ?

— Non. En fait, je suis plutôt soulagée.

— Vous êtes sorties ensemble toutes les deux, alors ?

— Non… non, c'était juste une fois, et on avait trop bu, comme je te l'ai dit. Elle m'a fait des avances et j'imagine que j'ai mordu à l'hameçon… On a passé un bon moment. C'était sympa. Agréable. Ça m'a plu, je veux dire. Mais je ne suis pas lesbienne, même si j'aurais sans doute préféré l'être, à un moment. J'ai dû me dire que ce serait plus facile. Quoi qu'il en soit, Cass ne se faisait aucune illusion et par la suite, il n'y a jamais eu de malaise entre nous. C'est ma meilleure amie et je l'adore, mais on est simplement des amies.

Il me couve d'un regard intense.

— Tu lui fais confiance.

— Bien sûr.

— C'est la raison pour laquelle ça s'est bien passé.

Il s'écarte de moi et j'en profite pour remonter la couverture, en me sentant soudain bizarrement indécente.

— Elle contrôlait la situation, Syl. C'est elle qui

détenait le pouvoir. Mais tu étais bien. Pas de cauchemars. Et ça t'a plu.

Je hoche lentement la tête. Je n'avais jamais vu les choses sous cet angle.

Il me prend la main et la porte à ses lèvres.

— Tu peux me faire confiance aussi.

— Je le sais.

Je vois la sincérité s'inscrire dans ses yeux. Il fait allusion à mon passé. Aux épisodes que j'ai gardés pour moi.

Il fait allusion à Bob.

J'esquisse un sourire et je prends mon verre de vin.

— Je te fais confiance, dis-je d'une voix légère, mais je ne sais pas trop pourquoi. Tu n'as pas tenu ta promesse, en définitive.

— Ah bon ?

— Disons que tout à l'heure, tu m'as promis des choses plus libertines. Ce n'est pas ce dont tu me parlais dans la voiture quand on se rendait chez Damien ? Au lieu de ça, je n'ai droit qu'à du blabla et encore du blabla.

Je laisse ma tête retomber sur les oreillers comme par lassitude.

— Tu marques un point, reconnaît-il. Mais avec un bateau en pilotage automatique, les choses que j'ai en tête risquent de ne pas être conformes à la liste des activités sans risque recommandées par la police maritime. Néanmoins, dès qu'on aura accosté…

Sa voix s'évanouit, tandis qu'il se penche et soulève la couverture pour m'effleurer le ventre de ses lèvres. Sa bouche dessine tout un chemin de baisers le long de mon ventre, ce qui contracte mes muscles et embrase mon corps. Lorsqu'il parvient à mon pubis, il avance entre mes jambes et referme ses lèvres sur mon sexe, en me titillant avec sa langue, tout en s'agrippant à mes hanches pour m'aider à contenir cet assaut de plaisir fulgurant, car j'ai frôlé l'orgasme toute la journée.

Sauf que je n'en ai pas envie tout de suite. Parce que je sais ce que je veux lui dire plus tard. Pas tout. Mais une grande partie. Parce que je lui fais effectivement confiance. Et je veux qu'il me comprenne.

Je retiens donc mon plaisir en guise de récompense pour avoir partagé un secret.

— Jackson, dis-je, alors que je suis tout près d'exploser. Arrête.

J'entrelace mes doigts avec ses cheveux et lui redresse la tête.

Il me dévisage et m'interroge de son regard débordant de désir.

— Je tiens à rester à ce stade. Au bord de la jouissance. Ça me plaît. Je ne veux pas franchir le point de non-retour.

— Vraiment ? Je vais tâcher de m'en souvenir.

Je reprends mon souffle, tout me demandant quelle nouvelle porte je viens d'ouvrir sur ma sensualité.

— Le fait est que tu n'as jamais eu ton baiser pour le tatouage n° 2. Et comme je ne pense pas être qualifiée pour garder un œil sur le bateau, tu devrais t'installer à la barre.

— Ah bon ?

Je souris d'un air innocent.

Il s'esclaffe, mais obtempère et je le suis quelques instants plus tard sur le pont supérieur. Le fauteuil de pilotage est rembourré et me fait penser aux sièges baquets d'un SUV de luxe, avec des accoudoirs réglables en hauteur. La base est pivotante et en ce moment, elle est tournée vers la proue, et la main de Jackson repose sur le gouvernail. Les lumières de Catalina brillent derrière nous et je vois Santa Cortez grossir au loin.

— Encore combien de temps ?

— Environ une demi-heure, me répond-il.

— Bien, dis-je en faisant pivoter le siège.

Je m'agenouille et plaque la main sur son entrejambe, lève la tête pour lui faire face. J'ai envie de lui dire que je me sens en sécurité. Que j'ai confiance en lui. Mais les mots ne viennent pas.

J'espère qu'il me comprendra au travers de mes actes.

Je baisse mon regard et me concentre sur son jean. Lentement, je déboutonne sa braguette, puis libère son sexe. Il est gonflé, énorme, et je le veux. J'ai envie de le goûter. De sentir monter son excitation. De lui offrir ça, lui qui m'a déjà tant donné.

J'ai besoin de lui offrir ce plaisir avant de lui livrer la dure réalité de mes secrets.

Du bout de ma langue, j'excite son gland. Je garde une main sur sa cuisse, mais entoure son sexe de l'autre, et je sens ses muscles se durcir. Je sens la manière dont il ondule sur son siège pour en réclamer davantage en silence. Je le sens et ça me plaît. Cette impression de pouvoir. De savoir que je vais l'emmener jusqu'à un lieu magnifique.

Je ne peux le prendre totalement en bouche, je sais. Mais je l'aspire avec ma langue, tandis que ma main le masturbe et l'excite, en gardant les lèvres bien serrées pour le sucer, et je tente de l'amener peu à peu à l'orée de la jouissance, à mesure qu'il émet de légers grognements de volupté. Je sens aussi ses doigts agripper mes cheveux, son sexe se durcir encore dans ma bouche et frémir, alors qu'il est au bord, tout au bord…

— Stop, exige-t-il soudain d'une voix sourde, avant de me redresser doucement la tête.

Je l'abandonne à regret, mais me lève pour l'embrasser en enfonçant ma langue dans sa bouche afin qu'il goûte à son propre plaisir.

— Tu en es sûr ? je lui demande en m'écartant.

— Je veux moi aussi me retenir au maximum.

— Oh, vraiment ?

— J'ai des projets pour toi.

— Intéressant…

— Viens par ici, dit-il en m'attirant sur ses genoux.

L'accoudoir est baissé et je me pelotonne entre ses bras. J'ai un peu froid à cause du vent du large, mais je n'ai pas envie de me déplacer pour récupérer la couverture. Je préfère me lover tout contre lui dans un soupir, tandis qu'il se sert du bouton de contrôle sur le tableau de bord pour orienter les chauffages de pont sur le fauteuil de pilotage, avant de m'envelopper à nouveau de ses bras.

Je me sens en sécurité, au chaud, protégée, et me mets à parler comme si me confier à lui était la chose la plus naturelle du monde.

— Je ne t'ai pas tout raconté, tu sais. À propos de Bob, je veux dire.

Son corps se contracte sous le mien et lorsqu'il prend la parole, je perçois toute la précision de sa voix, comme s'il avait choisi ses mots avec soin.

— Tu as envie de m'en parler ?

— Je ne sais pas si j'en ai envie, mais je pense en avoir besoin.

Je l'observe juste assez longtemps pour puiser dans son regard intense toute la force nécessaire à ma confession. Puis je me recroqueville contre sa poitrine, parce que c'est plus facile de m'exprimer ainsi, douillettement installée au creux de ses bras.

— C'était du viol, ce qu'il a fait, je le sais. Mais je ne crois pas avoir été honnête envers toi quand je t'ai raconté l'histoire la première fois. Ce n'était pas… enfin… il ne m'a pas forcée.

— Il t'a séduite, dit Jackson, la voix pleine de vitriol. Si c'est comme ça que tu qualifies ce genre de comportement envers une gamine de quatorze ans.

J'acquiesce, en me sentant de nouveau dans la peau de cette adolescente.

— Il me touchait pour ajuster une tenue, par exemple. Il me disait que j'étais jolie. Qu'il avait envie de me caresser les cheveux. Qu'il souhaitait simplement me mettre en valeur.

Je peine à parler, mais continue, parce que je veux tout dire. Pour une raison que j'ignore, une seule chose compte à cet instant, tout raconter à Jackson.

— Bref, des tas de trucs comme ça. Des mots gentils. Des prétextes pour que ses assistants ne puissent pas rester. Et il…

J'inspire un grand coup, puis enchaîne :

— Dans les cauchemars, ça ne s'est jamais vraiment passé comme ça. En général, je me dédouble. Il y a moi qui regarde et l'autre moi qui se trouve avec lui. En principe, il m'attache. Ou me fait prendre une certaine posture. Ou bien il est plus brute. Il fourre sa main sous mon tee-shirt. Profère des menaces. Il me piège, en un sens. Mais ça ne se passait pas vraiment comme ça dans la réalité. Je sais – *je savais* – que ce qu'il faisait était mal. Mais tout était innocent, si on peut dire.

Je le regarde à nouveau et vois sur son visage qu'il enverrait volontiers ce mot valser dans les airs, mais je n'en trouve pas d'autre pour décrire ça. Parce que ça fait partie de ce que je déteste le plus.

— C'est encore pire, dis-je. Parce que le fait est que… que…

— Tu réagissais. Tu jouissais.

J'enfouis mon visage contre sa poitrine et acquiesce.

— Je détestais ce qu'il faisait – *je détestais* –, mais j'aimais ce que j'éprouvais. Je ne pouvais pas le contrôler. C'était intense. Ça me submergeait. Et j'avais beau tenter de m'en débarrasser à tout prix, c'était impossible. Je ne voulais pas m'accrocher, mais je…

— Il t'a volé le contrôle de tes émotions, dit Jackson.

Ses paroles sont concises, mesurées, mais tellement empreintes de rage que j'ai peur qu'en prononçant un mot de travers, il ne donne libre cours à sa fureur.

— Il a perverti ton plaisir. Ce salopard t'a laissé une cicatrice aussi profonde que s'il avait usé d'un couteau, Sylvia.

Il me redresse la tête avec douceur pour me regarder dans les yeux. Et sa voix se fait à présent aussi douce qu'un baiser.

— Tu n'as rien fait de mal, baby, alors que lui était un monstre. Et je jure devant Dieu que si jamais je le retrouve, je lui fais la peau, à ce fils de pute.

19

Il se fait tard quand Jackson amarre le bateau au débarcadère. J'envisageais d'explorer l'île ce soir, mais les seules lumières qui résistent sont celles du quai et de l'héliport. Et trébucher dans la pénombre avec des lampes torches me paraît complètement stupide.

Faut l'avouer, je suis plus intéressée par les bras de Jackson que par l'exploration de mon île. Et puis c'est dimanche, après tout. Une jeune femme a bien le droit de profiter de son week-end.

Je suis dans la cabine de Jackson, enveloppée dans son peignoir, quand toutes ces pensées me traversent l'esprit. Et, franchement, Jackson est la seule chose dont j'ai envie maintenant.

Mes désirs sont exaucés quand il apparaît à la porte. Il arbore un petit sourire en coin et un regard espiègle. Je suis ravie qu'on ait accosté, que le bateau soit amarré ; aucun risque que le pilote automatique nous oriente dans le sillage d'un navire de croisière.

Place aux plaisirs du soir…

— J'aime bien te voir dans mon peignoir, dit Jackson. J'apprécie beaucoup, même.

— Tu risques d'apprécier encore plus quand je l'aurai retiré.

— Ça se pourrait bien.

La cabine n'est pas immense et il me rejoint en trois enjambées.

— Pourquoi ne pas l'ôter et te mettre sous les couvertures ?

— Je pourrais le faire.

Je commence à dénouer la ceinture, quand ses paroles figent mon geste.

— On devrait dormir un peu.

Je resserre la ceinture et le regarde droit dans les yeux.

— Dormir ?

Il effleure mes lèvres d'un baiser d'une extrême douceur.

— Après tout ce que tu m'as raconté…

Je lui prends la main.

— Après tout ce que je t'ai raconté, j'ai besoin de ça. S'il te plaît, Jackson, ne me laisse pas m'endormir avec tous ces souvenirs dans la tête. J'ai envie de toi. J'ai envie que tu réalises tes promesses.

Il me dévisage un instant, son expression est indéchiffrable. Puis il désigne le lit.

— Retire le peignoir.

— Jackson…

— Non, réplique-t-il en levant l'index pour m'enjoindre au silence. Pas de discussion. Pas d'objection. On est d'accord ?

On est d'accord. Tout à fait d'accord. Et je dois réprimer un petit sourire triomphant. Je le regarde, visage neutre, tandis que j'ôte le peignoir en le laissant glisser par terre. Je ne bouge pas, j'attends qu'il m'indique ce que je dois faire ensuite.

Mais il reste muet. Il se tient simplement là, juste à côté de moi, et dégage une chaleur si intense que j'ai l'impression qu'elle va nous embraser. Ses yeux me détaillent avec avidité et j'aperçois le renflement de son érection sous son jean.

— Bon sang, ce que tu es belle. Je pourrais passer le restant de mes jours à te regarder.

Il s'avance, puis frôle ma lèvre du bout de son doigt avant de m'ordonner de le sucer. Je m'exécute et sens à chaque aspiration le feu qui consume mon entrejambe se faire de plus en plus exigeant.

— C'est bien, baby.

De sa main libre, il prend la mienne pour l'introduire entre mes cuisses. Il me guide afin que je me caresse, mes doigts glissant sur mon sexe moite et chaud, et c'est déjà d'un érotisme puissant, mais la combinaison de sa main, de la mienne et de son doigt dans ma bouche, se révèle d'une volupté qui grandit en moi à tel point que j'ai envie d'enfoncer nos deux mains dans mon intimité pour connaître l'extase.

Mais au moment où je m'apprête à le faire, il retire son doigt de ma bouche, puis écarte doucement ma main de mon sexe. Je reste pantelante et en manque, mais ne proteste pas. Je sais que ce serait contre les règles.

— Va sur le lit. Écarte les jambes.

J'obtempère, non sans une légère timidité. Mais il me gratifie d'un regard si empreint de passion que cela m'enhardit. Je mordille ma lèvre inférieure et écarte encore plus les jambes. Ensuite, sans le quitter des yeux, je glisse les doigts dans mon sexe et me cambre de plaisir, surprise par l'intensité de cette caresse, d'autant plus qu'il me regarde.

— Bravo, dit-il. Touche-toi. Caresse-toi. Accorde-moi une minute et quand je reviens, je veux que tu sois prête à m'accueillir, alors ne t'arrête pas. Mais ne jouis pas. Sinon, c'est terminé pour la soirée, mon cœur.

Il joue. Mais ça me plaît et je fais ce qu'il me demande, : je me caresse, je m'excite, tout en laissant le plaisir m'envahir peu à peu. Et comme je suis décidée à le rendre aussi dingue que moi, je remonte mon autre main et m'amuse avec mes seins, en excitant mes mamelons. Mais je sais que je dois me contrôler car Jackson ne plaisante pas – et je n'ai pas envie que cette nuit se termine, pas plus que je n'ai envie qu'elle s'achève sans avoir Jackson en moi.

Comme il ne m'a pas demandé de me taire, je l'appelle. Il se trouve près du petit placard de la cabine, accroupi devant une sorte de coffre ouvert, mais je ne vois pas ce que celui-ci contient. Puis il se redresse et j'aperçois une corde et quelque chose de noir et soyeux. Il hésite, puis lâche la corde.

Inutile que je lui demande pourquoi. Je me suis enfuie, lors de cette première nuit à l'hôtel. Il m'avait attachée et bandé les yeux, et Jackson craint à présent que cette association ne soit trop dure à supporter pour moi.

Pourtant, elle ne l'est pas, j'en suis certaine. Même si les cauchemars reviennent, je ne vais pas m'enfuir à nouveau. Sauf pour retrouver Jackson.

— Tu veux bien me dire ce que contient le coffre ?

Il me sourit en revenant vers moi avec le morceau de soie noire.

— Je ferai même mieux, je te montrerai. Mais pas

ce soir. Ce soir, je n'ai pas envie que tu voies quoi que ce soit, dit-il en me faisant signe de me redresser. Mets-toi à genoux, ajoute-t-il, mais garde les jambes écartées, les mains dans le dos.

— Tu vas y aller doucement avec moi, dis-je tandis qu'il pose le bandeau de soie sur mes yeux et le noue étroitement derrière ma tête.

J'essaie de conserver un ton espiègle, mais des notes accusatrices transparaissent dans ma voix.

— Doucement ? rétorque-t-il. Ou alors on commence en douceur ? Pour progresser petit à petit ? Si tu as des plaintes à formuler, n'hésite pas.

Tout en parlant, il insinue ses doigts en moi et je me cambre de plaisir.

Cette pénétration me surprend et aiguise mes sens, en transmettant des vagues de volupté dans tout mon corps. J'ai l'impression d'être un ressort qui attend de bondir et, lorsqu'il retire son doigt, je proteste en gémissant, car je ne vois rien, n'ai plus aucun contact, comme à la merci de tout ce que je peux percevoir et anticiper.

Cet état est nouveau pour moi et je suis plus excitée que jamais. Alors non, je ne vais pas me plaindre.

— Tu es si belle, dit-il. Tes seins, murmure-t-il en touchant mes lèvres. Ta chatte, chuchote-t-il en jouant avec mon téton. Tes lèvres, ajoute-t-il en caressant mon clito.

Chaque contact est en opposition avec ses mots, et je me mords la lèvre en essayant de vibrer en harmonie avec la symphonie des sens qu'il offre à mon corps.

— C'est comme ça que je te veux, dit-il. Ouverte à moi. En toute confiance. Si excitée et si belle. Tu me corresponds, Sylvia. Nous sommes faits l'un pour l'autre. Chaque fois que je te touche, c'est un cadeau que je reçois. Chaque fois que je t'embrasse, je me retrouve un peu plus en toi.

— Jackson…

Je fonds sous ses paroles qui me vont droit au cœur.

— Penche-toi en avant, ordonne-t-il. Genoux et avant-bras.

J'obtempère et sens le lit bouger lorsqu'il me rejoint. Je tente de deviner à quel endroit il va me toucher d'après le mouvement du matelas, mais ça ne sert à rien. Je sens ses lèvres sur ma nuque, puis le long de mon dos. Ensuite ses mains sur la courbe de mes fesses.

— Tu as une croupe parfaite, dit-il.

Il embrasse chacune d'elles, comme pour leur rendre hommage, avant de m'intimer l'ordre, en silence, d'écarter les jambes.

J'hésite. Non par refus d'obéissance, au contraire, je suis abasourdie de vouloir faire exactement ce qu'il me demande. Je n'en reviens pas de la facilité et de la perfection avec lesquelles il est parvenu à me cerner. Le contrôle que je cherchais à imposer aux hommes que je draguais dans des endroits comme l'Avalon n'était qu'une illusion. Un pansement sur mes souffrances et mes souvenirs. Mais *ça*, c'est tout à fait ce que je recherche. Ce qui me fait *ressentir* les choses. Et je fais suffisamment confiance à Jackson pour lâcher prise.

— Maintenant, me presse-t-il.

Et j'obtempère, puis éprouve un délicieux frisson quand il pose la main sur mon sexe, puis me caresse en remontant, sur mes fesses, le long de mon dos, en approchant son propre corps à mesure qu'il se penche au-dessus de moi. Je savoure cette sensation, comme s'il dessinait sur moi une sorte de cordon invisible, sur lequel il lui suffirait de tirer d'un coup sec pour m'illuminer.

À un moment donné, il retire ses vêtements et des étincelles de bonheur parcourent ma peau au contact de la sienne.

— Je devrais faire durer le plaisir, dit-il. Je devrais t'exciter jusqu'à l'ultime limite. Mais nom de Dieu, Sylvia, j'ai eu envie de toi toute la journée. Je t'ai imaginée à ce foutu apéro avec ta chatte trempée de désir pour moi. J'ai embrassé ta chatte. Je t'ai tenue à poil sur mes genoux sur le pont. Je me suis vu en train de te baiser mille fois aujourd'hui, et je ne peux plus attendre.

— Alors, n'attends plus, dis-je, maintenant totalement ouverte, luisante de désir.

— Putain, Syl… Tu me rends fou.

Je sens ses mouvements. Ses mains qui agrippent mes hanches. Puis la délectable pression de ses doigts qui me fouillent, m'étirent et m'écartent avant de me prendre. Sa bite est épaisse, mais je suis prête, et lorsqu'il s'enfonce en moi, lentement au début, puis avec une férocité croissante, je l'accueille par un cri d'abandon.

Il me pilonne, alors que je suis penchée en avant, dans une position où je ne peux accompagner ses à-coups. Je suis à sa merci et le laisse me tenir fermement et se servir de moi pour trouver son rythme, tandis que ses doigts finissent par caresser mon clito en même temps. On ne m'a jamais baisée comme ça et ça me plaît. Je me sens libre, déchaînée. Je lui appartiens.

Et lorsqu'il explose en moi, quand il continue à exciter mon clito et m'encourage : « Viens, baby, lâche tout ! », j'ai un orgasme si violent que mon corps se relâche subitement et je m'effondre sur le lit, les yeux toujours bandés, mais rassasiée.

Je le sens se retirer, avant de se coller derrière moi pour me retirer mon bandeau en douceur. Je me retourne pour lui faire face, commence à parler, mais il m'interrompt par un baiser si fougueux, si passionné qu'il me comble autant que son sexe tout à l'heure, et se révèle au moins aussi sensuel.

— Cette fois, dit-il d'une voix douce, tu dois vraiment te mettre au lit et dormir.

— Seulement si tu es avec moi.

— Même si tu essayais, mon cœur, tu ne pourrais pas me chasser.

Il défait le lit et je suis si épuisée qu'il doit m'aider à m'y glisser. Ensuite, lorsqu'il s'allonge à côté de moi, je me love contre lui, nos jambes s'entrelacent, et je m'endors, satisfaite, dans ses bras.

Je m'éveille des heures plus tard en respirant une odeur de café et de cannelle.

— Je pourrais m'y habituer, dis-je en me redressant contre les oreillers pour prendre le plateau qu'il m'apporte avec du café, du lait et un petit pain à la cannelle.

— Moi aussi, dit-il en me gratifiant d'un doux baiser.

Je savoure une gorgée, mais j'apprécie encore davantage la vision de Jackson qui enfile un pantalon de toile et une chemise en lin.

— Je dois me dépêcher ?

— Prends ton temps. J'ai du boulot et l'île ne risque pas de se sauver.

Il me serre tendrement la main, puis s'en va. Je m'adosse à nouveau aux oreillers et savoure ce sentiment d'appartenance. De faire partie de cet espace. *Son* espace.

Sitôt que j'ai fini mon petit déjeuner, je me douche et enfile le pantalon de yoga et le tee-shirt que Jackson m'a prêtés. Je monte ensuite sur le pont supérieur pour le trouver dans son bureau. Il possède trois écrans d'ordinateur : le premier affiche un logiciel de dessin, le deuxième une carte topographique de l'île, tandis qu'un traitement de texte apparaît sur le troisième.

Je jette un coup d'œil sur le deuxième écran et m'aperçois que c'est l'une des cartes marines que Nigel a envoyées au moment de l'acquisition de l'île.

— Comment tu l'as obtenue ?

— Par Aiden, dit-il. J'ai appelé pendant que tu étais sous la douche et il me l'a envoyée. Il m'a précisé qu'elle devait aussi se trouver dans tes dossiers, mais qu'il ne pouvait me communiquer ton code d'accès.

— Tu es très efficace, dis-je en me glissant à côté de lui pour accéder au site Web de la société, puis à ma zone privée, sécurisée.

J'ouvre mes fichiers en moins de cinq minutes, puis télécharge tous les levés topographiques, cartes et autres photos de l'île dans un dossier sur l'ordinateur de Jackson.

— À présent, tu en sais autant que moi.

— Ce sont de bonnes infos, dit-il en ouvrant les fichiers, avant de les imprimer. Laisse-moi le temps de rassembler tout ça et on pourra y aller. J'ai déjà prévu de quoi grignoter, mais si tu pouvais prendre une ou deux bouteilles d'eau, ce serait génial.

— Bonne idée, je vais m'en occuper.

— J'envisage d'emporter une bouteille de vin frais, puis me ravise. On est peut-être sur une île solitaire et romanesque, mais on est aussi là pour travailler. Alors mieux vaut garder les idées claires.

On quitte le bateau et on descend la jetée jusqu'à l'héliport et la partie de l'île affectée au stockage et servant de zone de transit.

Je désigne alors le même chemin que j'avais emprunté pour retrouver Nikki et Damien quelques jours plus tôt.

— Je suppose qu'on peut partir par là et suivre le périmètre de l'île. Elle n'est pas énorme, mais pas minuscule non plus. Il faut environ trois heures pour en effectuer le tour complet, un peu plus si on s'arrête pour prendre des notes ou des photos.

Je regrette de ne pas avoir pris mon appareil, mais Jackson en a apporté un petit, doté d'un zoom correct, si bien qu'on pourra malgré tout prendre des clichés pour illustrer ses notes.

Je suis en train d'y réfléchir – en me demandant si je ne devrais pas faire demi-tour pour aller chercher un autre calepin –, quand Jackson me prend la main et m'attire à lui pour m'embrasser longuement et avec fougue. Il glisse une main dans mes cheveux et l'autre s'insinue sous la taille élastique de mon pantalon. Il me pétrit alors les fesses, tout en m'excitant avec sa langue dans ma bouche, et je suis déjà toute moite.

Je m'écarte, pantelante.

— C'est pas très professionnel comme attitude, monsieur Steele.

— Et ça ne se reproduira pas, mademoiselle Brooks. Mais je me suis dit qu'on long baiser fougueux s'imposait avant de passer à la suite. Après tout, si je n'ai pas droit à ma scène torride de *Tant qu'il y aura des hommes* dans les eaux froides du Pacifique, j'avais quand même envie de t'embrasser en plein soleil.

Je ne peux m'empêcher d'éclater de rire. Je lui ai fait remarquer qu'on devait se concentrer sur le boulot, surtout qu'on doit être de retour au bureau demain. Apparemment, il a pris ma remontrance à cœur.

— Certes, mais autant garder une attitude professionnelle, dis-je en montrant la caméra de surveillance qui a dû immortaliser ce moment.

— Pas de panique. Avec moi, tu n'as à rien à craindre pour ta réputation.

Il s'approche du poteau, trouve le panneau de contrôle qui lève et abaisse la caméra, puis ouvre le boîtier et retire la carte mémoire.

— Jackson !

— Un problème ? réplique-t-il dans un sourire innocent, tandis que je fais de mon mieux pour afficher un air sévère.

— Tu réalises que c'est juste une sauvegarde ? Les images arrivent en direct au bureau de la sécurité de la Stark Tower.

Il hausse les épaules et sourit à belles dents en fourrant le disque dans sa poche.

— Un souvenir, dit-il. Je pense que je vais récupérer cette image pour en faire mon écran de veille.

— Tu devais être un sacré phénomène quand tu étais gamin.

— Tu n'as pas idée. Attends, je reviens.

À ces mots, il regagne le bateau à petites foulées et je reste plantée là, en me demandant ce qu'il mijote.

Comme il ne revient pas tout de suite, j'envisage de le suivre, puis décide de passer le temps en vérifiant l'équipement stocké sur place. Je m'apprête à ouvrir le hangar quand il revient. Je le regarde en croisant les bras et en tapant du pied.

— Juste le temps de suivre les instructions, dit-il avant de remettre la carte mémoire en place et la caméra dans sa position d'origine.

— Laisse-moi deviner. Tu as un nouvel écran de veille ?

— Tu es décidément très futée, réplique-t-il en me tapotant le bout du nez.

— Et toi très espiègle.

— Pourquoi je ne le serais pas ? J'ai passé une excellente nuit. Je me suis réveillé auprès d'une femme superbe. Et maintenant, j'ai cette exceptionnelle toile vierge à remplir, ajoute-t-il en balayant l'île d'un geste ample. Merci encore !

La sincérité de sa voix me trouble et j'en ai les jambes qui vacillent.

— J'ai toujours voulu que ce soit toi. Glau n'était qu'un vague produit de substitution.

— Tout à fait !

Et on éclate de rire.

Il récupère son sac à dos laissé près de la caméra de surveillance, puis indique le chemin d'un hochement de tête.

— Montre-moi ton île.

Notre île.

J'aime cette expression.

On met finalement six heures à faire le tour de l'île à pied. On passe notre temps à discuter de la manière dont je vois le complexe. Telle partie réservée aux couples, telle autre aux familles. Avec les différentes activités ici et là. Le nombre et le type de restaurants que j'envisage.

— Ce village-club sera surtout destiné aux familles, mais il doit y avoir certains endroits privés. Je n'ai pas envie qu'un couple en lune de miel ne se sente pas à sa place.

On est quasiment revenus à notre point de départ et on se retrouve à présent sur une plage sablonneuse, à deux ou trois cents mètres de l'embarcadère.

— Peut-être un secteur huppé avec des bungalows haut de gamme et des plages privées. La zone qui englobe la crique conviendrait à merveille, dit-il. Je vais te montrer.

Il sort son carnet et s'assoit dans le sable, sans se soucier de l'eau qui va tremper son pantalon ou lui chatouiller les pieds, désormais nus puisqu'on s'est débarrassés de nos chaussures près des dunes.

J'observe son visage et le croquis qui prend forme sur le papier. Jackson est totalement absorbé, perdu dans ce nouvel univers qui vit pour l'instant uniquement dans son imagination.

L'intensité de sa concentration est si captivante que je m'assois à côté de lui, puis le regarde, subjuguée, tandis qu'il continue à projeter sa vision sur la feuille. Son croquis parvient à saisir tout ce que je lui ai dit, sous une forme améliorée, plus audacieuse encore.

Il s'interrompt et relève la tête, les yeux encore dans

le vague, comme s'il avait oublié où il était. Puis il me fixe et arque un sourcil en guise d'interrogation.

— Parfait, dis-je.

Et lorsque je lui plante un baiser sur la joue, j'espère qu'il comprend que mon compliment dépasse de loin le simple cadre du programme immobilier.

20

— Je vois où Glau voulait en venir en regroupant toutes les installations pour les loisirs dans un seul secteur, dit Jackson, tandis que les portes de l'ascenseur s'ouvrent sur la réception de la partie bureau du penthouse.

On a passé la matinée au vingt-cinquième étage, dans l'espace autrefois vide que Stark International laisse à la disposition de Jackson et son équipe pour la durée du projet.

On est sur le point de retrouver Damien, mais Jackson a encore en tête les dessins qu'il a scotchés au mur, avant de se mettre aussitôt à les rectifier au marqueur bleu.

— Non seulement c'est une mauvaise utilisation de l'espace naturel, mais ça limite aussi la multifonctionnalité du complexe dans son ensemble.

Il lève les yeux, voit Rachel qui nous fait signe d'avancer, la salue d'un air absent tout en feuilletant le carnet qu'il tient en main.

— J'ai aussi envie de discuter de l'équipe de construction. À moins que vous ne soyez liés par contrat à une entreprise spécifique, j'aime autant travailler avec la mienne.

— Si on tombe sur un os, on peut toujours faire appel à Aiden, mais toi et moi pouvons régler ça. M. Stark est prêt à nous recevoir ? dis-je à Rachel lorsqu'on parvient à son poste de travail.

Je baisse la tête et constate que le voyant lumineux sur le téléphone signale qu'il est occupé. Je jette un coup d'œil à ma montre en fronçant les sourcils. Damien est d'une ponctualité sans faille et je ne peux m'empêcher de me demander pourquoi il est toujours en ligne, alors que notre rendez-vous est précisément prévu pour maintenant.

Ce n'est pas mon problème.

Difficile de me le rappeler. J'ai occupé ce bureau si longtemps que ça me fait une impression bizarre de ne pas m'y trouver un jour de semaine, même si mon absence est due à l'évolution actuelle de mon statut.

— Comment ça se passe ? je demande à Rachel, ma curiosité reprenant le dessus.

— C'est plus animé que le week-end, répond-elle. Merci de m'avoir laissée venir lundi et aujourd'hui.

— Ne me remercie pas. Je suis ravie. J'ai plus de temps pour me consacrer à l'immobilier.

— À propos, devine avec qui j'ai pris un verre hier soir.

— Aiden ?

Rachel est jolie et sympa, et j'ai toujours pensé qu'ils formeraient un couple adorable. Mais elle secoue simplement la tête en disant :

— Si seulement ! Non, c'était avec Trent.

À en croire son sourire, je comprends qu'elle ne considère pas Trent comme un lot de consolation.

Et si je serais, pour ma part, moins enthousiasme à son sujet, je dois reconnaître que Trent se révèle à la fois agréable et compétent, même s'il est un peu terne – une appréciation que je me garde de mentionner.

— Alors ? dis-je. Des détails, s'il te plaît.

— Rien de spécial, en fait, répond-elle, alors que la rougeur de ses joues suggère le contraire. Mais il travaillait tard hier soir. Moi aussi, parce que Damien participait à une visioconférence internationale depuis chez lui, et j'étais restée au cas où il aurait eu besoin de moi pour certains dossiers ou autre.

— Pourquoi Trent était là ? L'appel concernait les projets de Century City ou des Bahamas ?

Il ne s'agit certes pas de mes dossiers, mais j'espère faire bientôt officiellement partie de ce département, alors s'il se mijote quelque chose, j'aimerais autant être au courant.

— Oh non. Il n'a pas précisé la raison de sa présence, mais comme il m'a invitée à boire un verre, j'ai pensé que c'était le vrai prétexte. Et il a traîné ici pendant toute la conférence. Il a même surveillé mon poste quand j'ai dû filer dans l'appart récupérer des dossiers que Damien avait laissés dans la cuisine, ajoute-t-elle en faisait allusion à la résidence privée qui occupe la moitié de l'étage. Ensuite, on a partagé une bouteille de vin au bar du Biltmore. Et je pense que si on n'avait pas dû tous les deux se lever tôt ce matin, je serais peut-être encore avec lui.

— Bravo, dis-je en lui adressant un sourire sincère.

— Je sais, c'est super, hein ? Ça fait des siècles que j'ai pas c-o-u-c-h-é, épelle-t-elle en observant Jackson à la dérobée, comme si ça allait l'empêcher de suivre le fil de notre conversation.

Je suis sur le point de lui demander ce qui s'est passé avec le dernier gars qu'elle fréquentait, quand l'interphone se met à bipper.

— Ils sont là ?

Ça m'intrigue. La voix de Damien est rarement aussi crispée, et je me demande quels problèmes il a dû gérer ce matin avec Rachel.

— J'allais vous les envoyer, répond-elle.

Tandis que Jackson se lève du canapé de la réception, je fais un bref signe de tête à Rachel et elle presse le bouton qui ouvre la porte.

Damien se tient près de la baie vitrée quand nous entrons, et dès que la porte se referme derrière nous, il appuie sur la télécommande qu'il a en main. Aussitôt, les stores qui recouvrent le mur de vitres se ferment et plongent la pièce dans l'obscurité.

L'écran de projection descend du plafond, éclaboussé par les gros titres d'un tabloïd :

Du sable et du sexe, le nouveau scandale Stark !

— L'un de vous deux aurait-il l'amabilité de me dire d'où viennent ces saloperies ? réclame Damien, dont la voix tendue est à deux doigts de se briser.

Je me tourne vers Jackson, qui ne me regarde pas. Il a les yeux rivés à l'écran, où un article défile à présent sous la manchette, avec un lien hypertexte vers d'autres articles du *L.A. Scandal*.

« Damien Stark – dont la place au firmament des scandales fut assurée à la fois par son récent procès pour homicide (qui s'acheva sur un non-lieu – Stark le scandaleux ne fut *pas* acquitté !) et la *sex*quise transaction passée avec celle qui est désormais son épouse, Nikki Fairchild (plus d'infos ici) – aurait tout simplement récidivé !

A-t-il ouvert son futur complexe hôtelier, infesté de problèmes et encore en chantier sur l'île récemment acquise de Santa Cortez, à des investisseurs pour en faire leur terrain de jeux privé ? Une tanière secrète pour liaisons illicites ? Jetez plutôt un œil sur ces images de Dallas Sykes, véritable aimant à scandales, et son "amie", Melissa Baronne, et tirez-en vos propres conclusions. Nous pouvons aisément deviner ce qu'en pense le mari de Mme Baronne ! »

— Oh mon Dieu… dis-je en voyant défiler en boucle l'image de Sykes qui embrasse à pleine bouche une bombe sexuelle d'une vingtaine d'années. Mais comment… ?

— Excellente question ! réplique Damien dont les yeux vairons trahissent les efforts qu'il déploie pour ne pas exploser, alors que toute son attention se focalise sur Jackson. Nous n'avons pas encore le moindre plan de votre part, monsieur Steele, mais déjà un scandale. Non seulement cela va ternir l'atmosphère familiale que l'on vise pour ce projet, mais cette société est désormais responsable d'avoir déversé des ragots sur l'un de nos investisseurs incontournables. Sans parler d'un homme avec lequel je négocie actuellement dans un autre domaine.

— C'est une accusation, Stark ? demande Jackson.

— Il n'y avait qu'un nombre limité de personnes chez moi dimanche, quand Nikki a fait allusion à Sykes et à sa petite amie.

— À moins que vos caméras ne datent de Mathusalem,

les images ont été numériquement transmises directement de la source à votre service de sécurité. Sans doute aussi copiées simultanément sur votre serveur et un espace de sauvegarde.

La voix de Jackson accuse la précision et le tranchant d'un scalpel. Quant à moi, je sens la nausée me gagner.

— Vous disposez d'un service de surveillance qui doit sûrement passer en revue les images qu'il reçoit. Et je parie que cette responsabilité incombe au moins à l'un des agents de sécurité. Si vous ne devez pas surveiller les activités dans les parages de cet équipement onéreux, alors pourquoi avoir mis ce système en place ?

Il parcourt la pièce du regard comme s'il cherchait quelque chose.

— Je n'étais pas le seul invité dimanche, monsieur Stark. Sans compter que pas mal de paires d'yeux ont vu cette image. Pourtant, je suis le seul qui se fasse descendre en flammes.

— Si j'apprends qu'une de ces personnes est mécontente de la façon dont une affaire s'est traitée dans le passé, je veillerai à la convoquer, reprend Damien en braquant la télécommande pour continuer de faire défiler l'article.

Je lis les mots qui s'affichent alors et me sens encore plus mal.

« Peut-être qu'un conflit avec le *star*chitecte – ou plutôt *Stark*chitecte, disons – vient s'ajouter à la confusion qui règne chez Stark International. Nos dénicheurs de scandale affirment que Steele est avec la toute nouvelle recrue de l'équipe du Domaine de Cortez, mais ce M. Steele n'est pas fan de Damien Stark. Il y a à peine quelques mois, Steele déclarait encore n'avoir aucun intérêt à travailler sur un projet de Stark International. Alors qu'est-ce qui a pu attendrir cet homme de béton et d'acier ? On flaire un nouveau scandale ! »

— Vous voulez bien m'expliquer ?

— Je l'ai dit à votre femme il y a plusieurs mois, répond Jackson d'un ton mesuré. Et je vous le répète de vive voix : on ne peut pas contrôler ce qui est publié ou confié à un journaliste par quelqu'un qui a entendu dire telle ou telle chose.

— Êtes-vous mécontent de ce qui s'est passé à Atlanta, monsieur Steele ?

— Pardon ? rétorque Jackson, en portant aussitôt son regard sur moi.

— Avec le Brighton Consortium, poursuit Damien d'une voix posée. J'ai été amené à apprendre que si le projet avait vu le jour, vous vous seriez vu attribuer le contrat pour la conception et la réalisation du complexe sur la totalité des 160 hectares.

J'observe les deux hommes à tour de rôle. Je n'avais pas réalisé tout ce que Jackson avait perdu lors de cette transaction avortée.

— Je n'ai pas été le seul à en faire les frais quand vous êtes intervenu, Stark. Le consortium regroupait des investisseurs et vous avez pourtant tiré les ficelles nécessaires et fait main basse sur suffisamment de terrain réservé pour que le complexe ne puisse pas être construit. Tous les acteurs en présence y ont laissé des plumes. Tous, sauf vous.

— Faire du business consiste à saisir les occasions quand elles se présentent, monsieur Steele.

— Je vois. Mon jugement doit être faussé par les accusations de racket et de fraude qui ont fusé ici ou là à l'époque.

J'ai posé ma main sur le bord du bureau de Damien, afin de garder l'équilibre. Je ne connais peut-être pas tous les détails de ce qui s'est passé à Atlanta, mais je sais en revanche que le vitriol qu'on respire dans cette pièce rend son atmosphère plus que malsaine.

— Vous avez donc conservé pendant cinq ans une rancune fondée sur votre version déformée des faits, et lorsque l'occasion se présente de me mettre des bâtons dans les roues, vous y sautez à pieds joints – et insultez dans la foulée Mlle Brooks et tout le département immobilier.

— Êtes-vous en train d'insinuer que je saboterais un projet qui porte désormais mon nom, dans l'unique but de me venger ?

Damien avance d'un pas vers Jackson.

— Je sais ce que je dis. Je connais ma propre manière de me comporter, et la valeur que j'accorde à mon travail et à tout ce que j'ai bâti au fil des années. Mais j'en sais peu sur vous, monsieur Steele. Pour l'heure, je vous accorderai donc le bénéfice du doute. Mais si j'apprends que vous êtes derrière tout cela, sachez que je vous détruirai.

— Compris, déclare Jackson.

Il se dirige vers la porte et je m'apprête à lui emboîter le pas. Parce qu'à cet instant, j'ai envie de savoir ce qui se trame dans l'esprit de Jackson.

— Restez, Sylvia, dit Damien.

Jackson croise mon regard, me gratifie d'un bref signe de tête, puis gagne la porte avec la démarche désinvolte d'un homme qui n'a pas l'ombre d'un souci.

— Qu'avez-vous remarqué ? me demande Damien sitôt la porte refermée.

Je m'efforce de me tenir droite et de ne pas paniquer.

— Il n'a jamais nié.

— Non, en effet, approuve Damien en s'asseyant derrière son bureau.

— Qu'est-ce que ça signifie ? je lui demande, craignant de connaître déjà la réponse.

Damien me surprend alors en secouant légèrement la tête.

— Il se peut que ça ne veuille rien dire, répond-il en croisant mon regard. À sa place, je n'admettrais ou ne nierais rien non plus. Pourquoi faire plaisir à un abruti qui vous a mis sur la sellette ?

Je soupire et me détends un peu.

— Je vois…

Mon soulagement est toutefois de courte durée lorsque je me souviens d'un détail que Damien ignore toujours – la carte mémoire que Jackson a prise sur l'île – et un sentiment de colère mâtiné de trahison me noue l'estomac.

— Mais je vais garder un œil sur lui et sur le projet. Il est en position unique pour causer de sérieux dégâts. Vous devriez aussi l'avoir à l'œil, ajoute-t-il, et quelque chose dans sa voix me suggère que ce n'est pas pour la société, mais pour moi qu'il s'inquiète.

Je grimace un vague sourire.

— J'y veillerai. Bien sûr.

Je fais un pas en direction la porte, pressée de m'en

aller, mais Damien me retient avec les paroles qui suivent :

— Il y a autre chose que j'aimerais vous montrer.

J'appréhende le pire et me tourne lentement vers lui.

— Quoi donc ?

Il désigne l'écran d'un hochement de tête. L'article du *L.A. Scandal* disparaît, remplacé par une simple photo.

Ma gorge se serre et mes joues virent à l'écarlate. Je suis mortifiée. Il s'agit de Jackson et moi en train de nous embrasser. Mais ce n'est pas le genre de baiser romantique qui apparaît à la fin d'un film. Non, c'est lorsque Jackson est quasiment en train de me baiser avec sa langue, avec une main dans mes cheveux et l'autre glissée sous la ceinture de mon pantalon de yoga pour me peloter les fesses.

Cette image suffit pour que je me tortille… de gêne, certes, mais aussi à cause du souvenir qu'elle évoque.

— Monsieur Stark… (Je toussote, la voix beaucoup trop haut perchée et grinçante.) Je suis…

J'abandonne, ne sachant pas si je dois m'excuser pour avoir été surprise sur la vidéosurveillance ou pour mon manque de professionnalisme.

— Asseyez-vous.

Je m'exécute, jambes serrées, mains sur les genoux, tête baissée.

— Regardez-moi.

J'inspire un grand coup et redresse la tête, prête à recevoir une engueulade en bonne et due forme. Mais alors que je m'attends à des représailles sur son visage, je ne vois que de l'inquiétude.

— Vous n'avez rien à craindre, Syl, dit-il avec douceur. Mais je me fais du souci.

Je me détends sur-le-champ.

— Je n'ai pas pensé à la vidéosurveillance. Et quand je m'en suis souvenue… Eh bien, je n'ai jamais songé que vous – ou quiconque – verriez ça.

Ce n'est pas tout à fait vrai. Je savais que les agents de la sécurité le verraient, mais aucun d'entre eux n'aurait transmis la vidéo à Damien sans m'en informer d'abord.

— Je doute qu'on m'aurait envoyé ça s'il n'y avait pas eu l'article dans *Scandal*. J'ai moi-même récupéré les images.

— Alors, ce n'est pas en ligne ?

En disant cela, je réalise seulement que je craignais de fournir matière pour un deuxième article dans *L.A. Scandal*.

— En ce qui me concerne, personne ne l'a vu hormis Nikki et moi. J'ai découvert ça à la maison. Elle était avec moi. J'en suis désolé.

— Non, pas de problème, dis-je en me sentant horriblement embarrassée et pas du tout professionnelle. Je tiens à ce que vous sachiez que…

Une fois de plus, je m'interromps. J'allais nier, mais nier quoi, au juste ? Que Jackson et moi avons une liaison ? C'est le cas. Que ça n'a aucun rapport avec le projet ? C'est aussi le cas.

Finalement, j'opte pour des banalités.

— Je tiens à ce que vous sachiez que si je suis incroyablement gênée que vous ayez vu cette vidéo, cela n'aura aucune influence négative sur le projet. Ni sur mon engagement ou sur celui de Jackson.

— Je ne vous le dirai qu'une fois : je vous crois. Mais s'il s'avère que je me suis trompé, je vous retire du projet et mets Trent à votre place avant même que vous n'ayez le temps de vous en rendre compte.

— Je comprends, dis-je en me tordant les doigts.

— Mais ce n'est pas mon plus gros souci.

— Il n'y a aucune règle dans la société qui empêche les employés d'avoir une rela…

— Bon sang, Sylvia !

Je me fige sur place.

— Monsieur ?

— Il ne s'agit pas des règles. Il s'agit de vous.

J'attends la suite, ne sachant pas trop où il veut en venir.

— Vous êtes une bonne employée, mais aussi une bonne amie. Je comprends les hommes tels que Steele et je n'ai pas envie de vous voir souffrir.

— Je… oh…

— Je ne lui fais pas confiance. Je lui ai certes accordé le bénéfice du doute concernant les images de Sykes, mais le mot qu'il faut retenir, c'est *doute*, en l'occurrence.

— Je comprends. Mais je le crois.

Ce qui n'est pas tout à fait vrai. Parce que là, maintenant, je ne suis plus très sûre. J'ai envie de croire que Jackson ne ferait pas une chose pareille, qu'il n'utiliserait pas notre temps passé sur l'île pour faire pression sur le projet. Sur Stark. J'ai envie d'y croire, mais il y a cette satanée carte mémoire qui me tracasse.

Toutefois, Damien n'a pas pas besoin d'être au courant… Et je sens la nausée qui me reprend. À la fois à cause de ma colère et de mon inquiétude grandissantes, mais aussi parce que je cache des choses à mon patron.

Damien esquisse un léger sourire.

— Je sais que vous lui faites confiance. Et nous

voilà revenus à la raison pour laquelle je m'inquiète à votre sujet.

Il fait alors un geste vague de la main, en ajoutant :

— Restons-en là pour l'instant. Mais je ne relâche pas ma vigilance, Syl. Et si je pense qu'il vous utilise comme moyen de parvenir à ses fins pour le projet – ou s'il fait quoi que ce soit pour vous nuire –, je le détruirai. Je protège mes employés, mademoiselle Brooks. Et je veille aussi sur mes amis.

Je hoche la tête, émue par ses propos, même si l'inquiétude qu'ils sous-entendent m'effraie un peu.

Je me lève, prête à sortir et à tirer tout ça au clair.

— Une dernière chose… Il est possible que mon père soit plus ou moins derrière tout ça.

— Votre père ?

— Il s'est déjà immiscé dans mes affaires en se servant des tabloïds, et en manipulant les faits pour son propre compte.

J'acquiesce. Je sais que Damien dit la vérité.

— Et c'est le genre d'homme à agir en sous-main.

— Vous pensez que quelqu'un d'ici lui fournit des infos ?

Je fronce les sourcils en me rappelant que Jeremiah Stark était présent à la première du documentaire. Evelyn m'a confié qu'il faisait partie du comité du projet de Conservatoire national d'histoire et d'architecture, au même titre que Michael Prado. Est-ce que cela signifie qu'il connaissait Jackson ? Et quand bien même ?

Je m'apprête à en faire part à Damien, puis me ravise. Le fait est qu'il n'existe aucun lien, uniquement mon esprit qui va s'imaginer je ne sais quel complot. Et avant que je n'en parle à Jackson, je n'ai aucune raison de mentionner quoi que ce soit… même si mes doutes commencent à bourdonner dans ma tête.

— Je pense qu'on doit y réfléchir, dit-il, mais n'y pensez pas trop. Concentrez-vous sur le projet, pas sur le scandale. Ce ne sont que des ragots, Sylvia.

Je hoche de nouveau la tête. De son point de vue, il a raison. Du mien, j'ai besoin d'interroger Jackson au sujet de ce scandale… et de cette foutue carte mémoire. Et même au sujet de ce foutu Jeremiah Stark !

— Je pars dans deux heures à peine. Je n'aime pas m'absenter quand quelque chose va de travers dans ma société.

— Je sais comment vous joindre s'il se passe autre chose, dis-je. Ou si on apprend quoi que ce soit de concret.

Je me débrouille pour rester calme et professionnelle jusqu'à la fin de notre entretien, tandis qu'on passe en revue les détails de son voyage, les dossiers que je dois gérer pour son bureau ou déléguer à Rachel.

En sortant, j'ai accumulé tellement d'inquiétude et de crainte que je suis à deux doigts d'exploser.

— Qu'est-ce qui se passe ? me demande Rachel.

J'esquive sa question d'un geste de la main. Je dois la briefer sur un tas de choses, mais ça devra attendre. Pour l'heure, il faut que je parle à Jackson.

Je le retrouve au vingt-cinquième étage, dans le bureau d'angle qui est la seule zone aménagée à ce niveau. Le reste sera terminé dans les prochaines semaines afin de fournir des espaces de travail aux dessinateurs ou à tout autre personnel que Jackson aura besoin d'engager pour le projet.

Un bureau d'accueil est aussi prévu à l'extérieur pour la secrétaire surprotectrice de Jackson. Elle est encore à New York pour l'instant, mais il a déjà prévenu qu'il risquait de la faire venir et de fermer temporairement son bureau new-yorkais tant qu'il sera sur la côte ouest.

Je me souviens de la manière dont elle avait fait barrage quand j'essayais d'obtenir un rendez-vous. Cette fois, je n'ai aucun dragon à terrasser et j'ouvre la porte à toute volée en faisant irruption dans la pièce.

Il est debout devant une table à dessin et lève le nez d'un air surpris en me voyant débouler.

L'endroit est en désordre. Papiers éparpillés de tous côtés, cartons renversés ici et là, et je me demande si c'est dû à l'installation précipitée ou si Jackson s'est lui-même défoulé sur la pièce.

Je penche plutôt pour la deuxième hypothèse, ce qui ne fait que raviver ma colère et ma crainte concernant la carte mémoire.

— J'aurais dû m'en douter, dis-je d'une voix sèche mais mesurée (un peu trop, peut-être). Tu me l'as dit. Tu m'as bel et bien parlé de vengeance. J'ai cru qu'elle me visait, moi. Mais depuis le début, tu cherchais à t'en prendre à Damien ?

Il lève l'index pour me faire taire, le visage si tendu que je sais qu'il lutte pour ne pas éclater. Franchement, je connais cette sensation.

— Tu ne vas pas commencer, dit-il. Et débarquer ici pour me dire que tu crois ce que ce salopard raconte.

— Mais bon sang, je t'ai fait confiance. Aveuglément. À tous points de vue. Tu ne peux pas déconner avec ce genre de confiance, Jackson. C'est impossible.

L'espace d'un instant, je crois déceler de la douleur dans son regard. Bientôt remplacée par une froideur calculatrice.

— Qu'est-ce que tu crois savoir au juste ?

— La carte mémoire ? Cette connerie soi-disant pour un écran de veille. Tu t'es servi de moi. (Les yeux me brûlent et, pour la première fois de ma vie, je suis contente de ne pas fondre en larmes.) Tu t'es servi de moi, putain ! Et dans quel but ? Pour faire du tort à Damien ?

— Tu ne sais absolument pas de quoi tu parles, riposte Jackson d'une voix très posée. Quant à la confiance, je n'en vois pas beaucoup chez toi non plus.

J'inspire un grand coup et tente de me calmer.

— Très bien. OK. Très bien, dis-je en me ressaisissant. Est-ce que tu connais Jeremiah Stark ?

— Le père de Stark ?

— Damien pense que son père pourrait chercher à saboter la société.

J'essaie de lire dans son regard, mais je n'y vois que de la confusion, et ça me soulage.

— Pourquoi ?

— Ça s'est déjà produit. Je ne peux pas entrer dans les détails, mais j'ai vu pas mal de choses, notamment que cet homme pouvait se livrer à des actes parfaitement répréhensibles. Et le fait que Damien soit son fils aggrave encore plus la situation. Les pères devraient protéger leurs enfants, et non pas se servir d'eux.

Jackson fait un pas vers moi mais, là maintenant, je n'ai pas envie de sa compassion. J'ai laissé mes propres problèmes s'insinuer dans cette conversation et je n'ai pas besoin de m'aventurer sur ce terrain.

Je redresse la tête, résolue à lui poser la question sans détour :

— Est-ce que tu travailles pour Jeremiah Stark ?

Il s'arrête net et la gentillesse, que j'ai vue transparaître à l'instant dans son regard, s'est évanouie.

— Tu te fous de ma gueule ou quoi ?

— Stark était présent à la projection de ton documentaire. Je l'ai vu. Et maintenant, je veux une réponse. Tu le connais ? Tu travailles avec lui ?

— Je ne travaille absolument pas avec Jeremiah Stark, affirme-t-il, et je le crois.

Je ne sais pourtant toujours pas quoi penser. Je sais ce que j'ai vu avec la carte mémoire. Je me souviens que Trent m'a dit que Jackson s'était documenté sur l'île, avant même de se voir proposer le projet.

Je pense à tout cela… et j'ignore ce que ça peut bien signifier.

— Bon alors, qu'est-ce qui se passe ? demande Jackson. Ton patron me vire, c'est ça ?

Je secoue la tête.

— Non. Il n'a aucune preuve, dis-je en soutenant son regard. Damien ne sait pas que tu as pris la carte mémoire.

— Je l'ai prise parce que je voulais une photo de nous deux. Je te l'ai déjà dit.

— Ouais… Exact. Tu as aussi dit que tu voulais te venger. En fait, je ne sais pas ce qui se passe, Jackson. Mais pour faire court, sache que je ne vais pas te laisser foutre en l'air mon projet de village-club, à cause de je ne sais quelle vendetta que tu comptes exercer contre Damien pour une transaction foncière qui date de cinq ans.

— J'imagine que tu sais à quoi t'en tenir, dit-il froidement.

— Je sais que je dois être prudente. Faire preuve de discernement.

J'ai peur, tellement peur d'avoir trop ouvert mon cœur à cet homme. Alors que je suis bien placée pour savoir qu'on n'accorde pas sa confiance à n'importe qui. Et à présent, j'en paie le prix.

— Alors, *fais preuve de jugeote*. Parce que si tu réfléchissais deux secondes, tu saurais que je ne mettrais jamais, absolument jamais, ce projet en péril. Ma réputation compte trop pour moi. *Tu* comptes trop pour moi. Tout ce que tu m'as confié ? Tout ce que tu m'as donné ? Tu crois vraiment que je trahirais cette confiance ?

— J'en sais rien… dis-je (et j'ai l'impression que mon cœur se brise en mille morceaux). J'en sais vraiment rien.

— Vraiment ? Eh bien, tu devrais le savoir.

— Jackson…

— Va-t'en.

— Jackson, bon sang, il faut qu'on…

— Maintenant, Sylvia, j'ai besoin que tu t'en ailles.

21

Maintenant, Sylvia, j'ai besoin que tu t'en ailles.

Ses paroles me transpercent le cœur. Ce sont mes mots, ceux-là mêmes que je lui ai dit il y a tant d'années. Et voilà plus d'une heure qu'ils tourbillonnent dans ma tête, tandis que je me douche, puis me remaquille dans les vestiaires dames du centre de mise en forme.

Lorsque je n'ai plus d'autre prétexte pour justifier mon absence, je monte à mon bureau du vingt-sixième étage et tente d'avancer un peu sur le projet, dans l'espoir qu'en étudiant de près certains détails, je n'aurai pas le temps de penser à Jackson.

Mais comme le dossier concerne aujourd'hui la Direction générale de l'aviation civile au sujet de la petite piste d'atterrissage, mon humeur n'a pas beaucoup changé et je finis par mettre mon travail de côté pour me rendre au cabinet de Bender, Twain & McGuire, où Cass doit rencontrer Ollie.

Je suis venue dans ces bureaux des dizaines de fois avec Damien, si bien que je ne suis pas surprise quand Cyndee la standardiste m'indique la petite salle de conférences. Les stores sont baissés et je me sens coupable en songeant que j'ai cinq minutes de retard et que la réunion a commencé sans moi.

Je frappe à la porte, puis entre dans la pièce, mes excuses s'évanouissant sur mes lèvres quand je découvre Jackson assis auprès de Cass.

De l'autre côté de la table, Ollie lève la tête.

— Sylvia, on commençait à peine. Prenez donc un cookie, ajoute-t-il en désignant l'habituel plateau de savoureux gâteaux et viennoiseries que j'apprécie toujours à chacune de mes visites.

J'attrape au passage un cookie aux raisins et aux flocons d'avoine, puis m'assois à côté de Cass, de sorte qu'elle fait office de tampon entre Jackson et moi. Je sens son regard, mais j'évite de me tourner. Je ne peux pas le regarder et être certaine de pouvoir garder mon sang-froid. Et ce rendez-vous est trop important pour Cass pour que je laisse mes problèmes personnels perturber la réunion.

Malgré ses craintes et sa nervosité, Cass pose de bonnes questions à Ollie. Je suis aussi épatée par cet avocat. Je n'ai jamais directement travaillé avec lui, mais je sais qu'il était au service contentieux pendant quelque temps, et j'avais un peu peur qu'il ne soit pas trop au parfum des tenants et des aboutissants de la franchise. Mais il connaît bien son affaire ; il explique non seulement à Cass les rouages de ce changement de statut commercial, mais se montre aussi d'une patience inouïe, tentant de répondre à toutes ses questions sans jamais tomber dans le jargon juridique.

Jackson ne reste pas muet non plus et intervient plusieurs fois pour clarifier ce qu'Ollie a dit ou pour demander de plus amples informations. Il est si serviable qu'en dépit de mes nerfs en pelote, je me félicite qu'il soit venu.

— Je vous ai donc fourni pas mal d'éléments pour réfléchir, déclare Ollie quand le rendez-vous touche à sa fin. À présent, vous devez songer à ce que peuvent vous apporter d'éventuels investisseurs. Cela réduira vos risques de manière substantielle, mais également la position de vos fonds propres. Bref, tout se résume au rapport entre les risques et le rendement. Et au contrôle ajoute-t-il. Pour l'heure, vous êtes la seule personne à gérer Totally Tattoo, et ce depuis un petit moment. Réfléchissez bien pour savoir si vous êtes prête à le céder.

— Je vais le faire, promet-elle.

On lui dit au revoir, puis on repart vers l'accueil, tandis qu'Ollie prend la direction opposée pour rejoindre son bureau.

— Merci beaucoup d'être venus, vous deux, dit Cass en me serrant affectueusement dans ses bras. (Puis elle se tourne vers Jackson pour l'étreindre à son tour.) Vous êtes aussi génial que Syl le disait.

— Vraiment ? réplique Jackson en me regardant par-dessus la tête de Cass.

Je me mords la lèvre en réalisant qu'il s'agit en fait de leur première rencontre. Et je réalise du même coup que je n'ai pas encore eu l'occasion de mettre Cass au courant des derniers événements en date.

— Zee était vraiment contrariée que je ne puisse pas la retrouver juste après le boulot, alors je vais tâcher de me rattraper autour d'un verre. Vous voulez venir ?

Je secoue la tête.

— Je retrouve Wyatt pour une séance photo. Et je

dois retourner chez moi me changer et prendre mon appareil.

J'avais pensé annuler en écoutant le message de Nikki sur ma boîte vocale, tout excitée d'apprendre que Damien l'emmenait à New York ce soir. Mais ça fait un petit moment que je n'ai pas passé du temps derrière l'objectif et l'idée d'oublier tout le reste, sauf la silhouette, la lumière et la composition, est drôlement tentante.

— Amuse-toi bien, dit Cass (puis elle désigne la porte qui mène aux ascenseurs). Vous descendez tous les deux ?

Je m'apprête à répondre oui, mais Jackson m'effleure le coude.

— Allez-y, dit-il. J'ai besoin de parler à Sylvia une minute.

Cass sourit à belles dents.

— Bien sûr, dit-elle, mais soyez discrets, ajoute-t-elle en désignant l'accueil, où Cyndee parle à un correspondant.

Cass nous fait un clin d'œil, puis pousse la porte.

— Merci, dis-je à Jackson une fois qu'elle a disparu. C'était sympa de venir.

— Je te l'avais promis.

— En effet, dis-je en me dandinant d'un pied sur l'autre, agacée d'être gênée en sa présence. Je ne pensais pas que tu viendrais.

— Tu devrais me faire un peu plus confiance.

Je sais pertinemment qu'il ne parle pas de Cass.

Peut-être qu'il a raison. Peut-être que je devrais le croire. Mais je ne le dis pas à voix haute. Je me contente de hausser les épaules et de me répéter.

— Quoi qu'il en soit, je suis contente que tu sois venu. Ça l'a beaucoup touchée.

— Et toi aussi.

— Oui, moi aussi.

Il s'attarde sur moi encore une minute, le regard si fixe que j'ai l'impression qu'il photographie mon visage dans sa tête.

— Tu sais à quoi t'en tenir, Sylvia. Ne doute pas de toi.

Je détourne les yeux pour éviter de soutenir son regard. Je n'aime pas la façon dont ses paroles me blessent, car elles révèlent tout ce que je crains le plus.

Mais j'ai surtout peur d'avoir tout fait foirer. De l'avoir perdu à nouveau.

*

Je retrouve le bureau de Damien mercredi et c'est une journée tellement folle – à cause de son absence et des divers problèmes que je dois régler – que je n'ai quasiment pas le temps de songer à Jackson.

C'est une bénédiction et je ne vais pas m'en plaindre.

D'autant que je ne l'ai pas vu de la journée. Mais à 19 heures, quand l'immeuble commence à se vider, je me surprends à penser de plus en plus à lui. C'est ridicule, parce que je ne suis pas prête à le revoir. J'ignore au juste ce que je veux lui dire.

Ce qui ne change rien au fait qu'il me manque. Tout ça me dérange plus que je ne voudrais l'admettre.

Et même si j'ai l'impression de me comporter comme une collégienne, j'appelle la sécurité et demande si Jackson se trouve encore dans l'immeuble.

— Non, mam'zelle Brooks. Il n'est pas venu du tout aujourd'hui.

Je raccroche et je me sens idiote. J'aurais pu rentrer chez moi il y a une heure, mais j'ai traîné dans l'espoir de voir Jackson, alors qu'il n'était nulle part en vue.

Bref, je suis en vrac et, sur le trajet du retour, j'appelle Cass, qui a l'air aussi stressée que moi.

— Qu'est-ce qui ne va pas ?

C'est minable, je sais, mais ça me console de ne pas être la seule à avoir eu une journée merdique.

— Rien. Je flippe juste à cause de ce projet de franchise. Zee dit que c'est une erreur.

— Pourquoi ?

— J'en sais rien, répond Cass d'une voix mi-épuisée, mi-exaspérée. Elle affirme que c'est trop de responsabilités, que ça va me prendre tout mon temps. Elle dit même que c'est déjà commencé, puisque j'ai passé la majeure partie de la journée à lire tous les documents fournis par Ollie et d'autres brochures. Sans compter qu'elle râlait de ne pas m'avoir vue beaucoup hier soir.

— Elle a envie d'être avec toi, dis-je en espérant ne pas me tromper. Vous commencez à peine à sortir ensemble, alors elle est jalouse de tous ceux qui t'accaparent. Ça englobe aussi ton boulot.

— J'imagine… Écoute, j'ai une migraine d'enfer, on reste ouverts tard ce soir, et j'ai des rendez-vous non-stop. Je vais me shooter à l'ibuprofène et me tenir prête pour mon prochain client. Au fait, ajoute-t-elle après coup, tu m'appelais pourquoi ? Tout va bien ?

— Super, dis-je en mentant, avant de raccrocher.

Je me dis que je devrais me fier à mon instinct et, en entrant chez moi, je me répète ces paroles comme un mantra : *Je suis géniale. Je suis formidable. Je me débrouille comme un chef.*

Le mantra n'ayant pas l'effet escompté, je décide d'imiter Cass en optant pour l'automédication.

Toutefois, je ne choisis pas l'ibuprofène. Pour moi, ce sera glace à la vanille nappée de kahlúa et autant de rediffusions de *Friends* que je pourrais en regarder.

Je sais que je me suis endormie quand Ross sort de l'écran pour être remplacé par Bob.

— *Tu n'es pas réel, dis-je. Plus du tout. Tu es juste un rêve.*

— *Je suis aussi réel que possible, et on le sait tous les deux.*

Il s'avance vers moi, son appareil photo braqué sur mon visage.

— *Qu'est-ce que tu croyais ? Qu'il allait te sauver ? Il t'a déglinguée autant que moi.*

Je secoue la tête.

— *Non.*

— *Il ne peut pas t'aider. Mais je peux te donner ce que tu veux. On sait tous les deux que ça te plaisait.*

— *Non.*

Il tend la main et ses doigts sont glacés quand ils glissent sur ma peau. Il tente de les refermer autour de mon poignet, mais je me détache et m'enfuis en courant dans des couloirs sombres, à travers des gratte-ciel à moitié construits, puis sur de longues poutrelles d'acier suspendues dans le vide.

— *Il ne peut pas te sauver. Tu ne le peux même pas toi-même.*

Il s'approche, mais je ne veux pas le laisser m'attraper. Je regarde autour de moi, paniquée, sans trop savoir ce que je cherche, tout en sachant que je dois le trouver.

C'est alors que je le vois.

Jackson.

Une trentaine d'étages au-dessous de moi.

Il tend les bras.

— Lance-toi, Sylvia. Saute et je te rattraperai !

Je me tourne et vois Bob s'approcher encore.

— Personne ne peut te rattraper, dit-il. Tu vas juste t'écraser par terre et disparaître.

— Bon sang, Sylvia, fais-moi confiance.

La voix de Jackson est limpide, malgré la distance qui nous sépare.

Même si ça m'effraie de sauter – même si je suis sur le point de sombrer dans des profondeurs abyssales sans rien d'autre que mes bras pour me sauver –, je m'élance du haut de l'immeuble et dégringole dans le ciel azur afin de retrouver l'homme qui m'attend pour me sauver.

22

Jeudi après-midi, j'ai demandé à Rachel de gérer mon poste de travail, parce que je ne pouvais pas rester une minute de plus au bureau. Parce que j'avais besoin de présenter mes excuses à Jackson et savais exactement comment m'y prendre.

Mais à présent que je suis à la marina, ça fait vingt minutes que je reste plantée là à contempler le *Veronica*.

Jackson est dedans, j'en suis sûre. J'ai vu son ombre traverser son bureau juste au moment où j'arrivais. Et même s'il est la raison de ma venue, je n'arrive pas à monter à bord.

J'ai peur qu'il ne me chasse, et je ne pense pas pouvoir le supporter.

Non. Il ne te chassera pas. C'est ton chevalier. C'est lui qui va te sauver.

Je hoche la tête, soutenue par mes pensées. Puis je rajuste mon sac fourre-tout sur l'épaule et m'approche du yacht.

Rien n'est verrouillé. Ni le portail, ni aucune des portes une fois que je me trouve à bord.

Ce n'est pas très sécurisé, mais je ne peux nier qu'il m'a facilité la tâche.

Je me dirige d'abord vers son espace de travail, mais il n'y est pas, alors je descends vers sa cabine.

J'entends l'eau couler dans la douche et j'hésite devant la porte de la salle de bains, tentée de le rejoindre. Puis je jette un regard vers le lit et décide que j'ai un meilleur plan.

Meilleur… s'il ne me met pas dehors. Mais je cours ce risque de toute manière, alors autant ne pas y penser.

Je pose mon sac par terre et j'en sors les objets que j'ai achetés en chemin, avant de les placer sur le lit. Puis je me mordille la lèvre, craignant d'être allée un peu trop loin.

Quelle est cette expression, déjà ? *Mets le paquet ou rentre chez toi ?* En ce qui me concerne, ça pourrait être ma devise.

Je n'entends plus l'eau couler et je sais qu'il ne va pas tarder. J'hésite encore, puis prends ma décision. Je retire jupe, chemisier, soutien-gorge et petite culotte. Mais je garde les taillons aiguilles noirs. Puis j'attrape une chemise blanche dans le placard de Jackson et je l'enfile, en laissant les trois boutons du haut ouverts.

Elle m'arrive à mi-cuisses et, à en croire l'image que me renvoie le miroir sur la commode encastrée, je suis plutôt mignonne et sexy – et, avec un peu de chance, désirable et pardonnable.

De toute façon, c'est trop tard à présent, car la porte s'ouvre et Jackson entre dans la chambre. Je retiens mon souffle en voyant son corps de rêve, mince, bronzé, avec une simple serviette de bain autour des hanches.

— Sylvia…

Impossible de deviner ce qu'il pense, alors je m'éclaircis la voix et grimace un léger sourire.

— Tu devrais verrouiller ton yacht si tu dois prendre une douche. On ne sait jamais qui pourrait s'introduire à bord.

— D'ordinaire, je ne me douche pas dans l'après-midi…

Il me détaille du regard et, même si sa voix reste assez neutre, la serviette camoufle difficilement son excitation. Même si je sais que ça ne signifie pas pour autant qu'il me pardonnera, j'ai l'intention d'être optimiste et interprète cela comme un signe encourageant.

Je suis sur le point de me lancer dans des excuses, mais Jackson me devance.

— C'est quoi ces trucs ? demande-t-il en désignant le lit d'un hochement de tête.

Cette fois, ça ne fait pas l'ombre d'un doute, sa voix trahit une certaine excitation.

Je m'éclaircis à nouveau la voix, tandis qu'il s'empare d'un rouleau de corde en nylon.

— Je… euh… je me suis arrêtée en chemin chez Come Again, dis-je en faisant allusion à un sex-shop local. Je cherchais un moyen de te faire comprendre que j'étais désolée d'avoir douté de toi.

Il repose la corde et s'empare d'un vibromasseur. Il penche alors la tête en m'adressant un sourire narquois et, même si mes joues sont en feu, je suis ravie de voir son air non seulement amusé, mais intrigué.

— Alors tu me fais de nouveau confiance ?

— Oui.

Je ne saurais faire plus simple et plus sincère.

Il passe ensuite au petit battoir en cuir, qu'il frappe légèrement contre sa paume, avant de me regarder avec un désir si intense que je suis tentée d'oublier mes excuses pour le supplier de me prendre sur-le-champ.

— Qu'est-ce qui t'a fait changer d'avis ?

— Je n'ai pas changé d'avis, en fait. Je me suis rendu compte que j'ai toujours eu confiance en toi. Je me suis simplement laissé piéger par la rumeur et le doute. C'est une chose infecte. Ça s'infiltre dans la moindre fêlure. Ça peut tout détruire.

Je prends une grande inspiration.

— Jackson, je suis vraiment désolée.

En guise de réponse, il jette un regard sur la sélection de sex-toys.

— Et c'est comme ça que tu as l'intention de le prouver ?

— Sur le moment, ça m'a paru une bonne idée.

Impossible de savoir ce qu'il pense réellement. Je suis à la fois nerveuse et frustrée. J'ai envie de son pardon. Je veux qu'il me touche.

J'ai envie de lui, tout simplement.

Et à ce moment précis, j'ignore comment je vais survivre s'il me dit de m'en aller.

— Tu n'as pas besoin de tous ces accessoires.

— Tu es en train de me dire que tu veux que je m'en aille.

— Non, pas du tout, se défend-il, l'air blessé.

— Alors c'est ce dont j'ai besoin, Jackson. Tu l'as dit toi-même.

— Sylvia…

— Bon sang, je ne suis pas en sucre. J'ai besoin que tu saches à quel point je te fais confiance. C'est ce que je veux, dis-je en attrapant le battoir. J'ai déconné, Jackson. T'as pas envie de me fesser ?

Je m'approche de lui, respire son odeur fraîche de

gel douche et de shampooing, tout en regardant les étincelles qui brillent dans ses yeux. Il me prend le battoir des mains pour le jeter sur le lit, puis me saisit par les poignets pour m'attirer contre lui.

— Tu ne comprends pas ? Je t'ai poussée à bout à Atlanta et tu t'es enfuie.

— On en a discuté quand on roulait vers Malibu. De la raison de ma fuite. De ce que je fuyais. C'est toi qui en as parlé. Bondage. Jeux libertins. Accessoires. C'est ce que tu m'as promis. Et tu avais raison.

— C'était avant…

— Avant que je te raconte toute l'histoire ?

Je lis l'acquiescement dans son regard.

— Je ne veux pas te pousser trop loin, dit-il.

— Au contraire, je veux que tu me pousses dans mes retranchements. Plus fort et plus loin. Je veux que tu m'entraînes aussi loin que tu le souhaites. Tu te retiens. Tu limites tes désirs. Alors que tu incarnes le contrôle et le pouvoir, tu te rappelles ? C'est même toi qui me l'as dit.

Comme il reste muet, je poursuis sur ma lancée.

— Tu disais que tu pouvais me stabiliser. Que je prenais mon pied en étant dominée, mais uniquement par quelqu'un en qui j'avais confiance. Que toi, tu aimais dominer. Que ça t'excitait comme un fou.

Je reprends mon souffle et tente de parler plus lentement.

— Tu m'as avoué que tu voulais me soumettre. Tu en as toujours envie ?

— J'en crève, admet-il comme si on lui arrachait les mots. Mais je vais te répéter ce que je t'ai déjà dit : je ne le souhaite pas si le prix à payer consiste à ce que tu sois démolie.

— Tu ne me démoliras pas, tu ne peux pas me démolir.

Je le prends par la taille et incline la tête en arrière pour regarder cet homme droit dans les yeux, un homme assez fort pour se retenir afin de ne pas me faire du mal.

— Tu me répares, tu me reconstruis, Jackson. Tu es mon chevalier, mon héros.

— Grosse responsabilité !

Je plisse les yeux et lui offre mon plus beau sourire, parce que j'ai enfin obtenu son approbation de vive voix.

— Tu te sens à la hauteur ?

— Je pense pouvoir m'en tirer.

— Alors on commence en douceur, dis-je. Mais on va loin.

Il recule d'un pas, afin de me voir d'un seul coup d'œil des pieds à la tête.

— Qu'est-ce que tu portes sous ma chemise ?

— Rien.

Son regard s'assombrit, riche de promesses, et mon sexe frémit déjà d'impatience. Il marche lentement autour de moi… Bien que je reste immobile, je sens son regard me détailler, et chaque parcelle de mon corps y est sensible et me démange.

Il s'approche du lit et récupère le battoir en cuir qu'il a abandonné un peu plus tôt.

— Tu as été méchante. Mais je ne veux pas utiliser ça.

Je suis étonnée par la vague de déception qui me submerge. Je ne sais pas trop comment je peux regretter quelque chose dont je n'ai pas fait l'expérience, mais dont j'ai terriblement envie. À l'instar d'un tatouage, j'ai envie que Jackson me marque, et je suis sur le point de le lui avouer quand il avance derrière moi et me susurre à l'oreille :

— Quand je te fesserai, mon cœur, ce sera avec la paume de ma main. Pas avec du cuir. Pas avec un objet. Rien d'autre entre toi et moi. Tu comprends ?

— Oui, chef.

— Tu as été méchante ?

— Oui.

— Comment ?

— J'aurais dû te faire confiance.

— Tu me fais confiance, maintenant ?

Je me tourne, parce que j'ai besoin de le regarder en face.

— Complètement.

Ma réponse semble éveiller quelque chose en lui, parce qu'il me prend par les épaules et m'attire contre lui, comme s'il allait m'embrasser. Mais il n'en fait rien et je suis excitée à la perspective de ce qui m'attend.

Lorsqu'il recule pour s'asseoir sur le coffre au pied du lit, la montée fulgurante de mon désir me coupe le souffle.

— Viens, dit-il. Sur mes genoux.

Je m'exécute et m'installe à plat ventre sur lui, le postérieur offert. Et je constate avec intérêt que je sens son érection sous sa serviette… Il est tout aussi excité que moi par ma position.

Il remonte doucement la chemise en exhibant mes fesses. Il garde une main sur mon dos tandis que l'autre caresse mes courbes, et ce simple mouvement me fait onduler de la croupe.

— Ne bouge pas, ordonne-t-il, et je lui obéis aussitôt.

Ou du moins j'essaie, car ses gestes ont changé. Ils sont plus lents, plus sensuels. Et lorsqu'il glisse un doigt dans mon intimité en me découvrant toute moite, je ne peux m'empêcher de frémir de plaisir.

— Tu aimes ça, dit-il. Voyons si on peut te le faire apprécier encore plus.

Il lève la main, puis la rabat brusquement sur moi. Au début, la sensation est cuisante, puis elle semble se répandre peu à peu, telles mille et une étincelles irradiant tout mon corps. Il recommence et je gémis cette fois de pur plaisir.

— C'est ça, baby, dit-il en enfonçant davantage son doigt pour explorer mon sexe humide et prêt à le recevoir. Oh oui, tu aimes vraiment ça.

Il me claque une troisième fois les fesses, puis une quatrième, avant de les caresser doucement tandis que le feu me remplit, m'inonde d'une envie sauvage d'être prise.

De nouveau, il insinue son doigt en moi, mais plutôt que de simplement m'exciter, il l'enfonce d'un seul coup et je me redresse sur la pointe des pieds en soulevant mon cul pour lui faciliter la tâche, car c'est tout ce que je désire. Cette sensation de grimper en flèche à mesure que Jackson me comble de volupté. De savoir que je peux aller aussi loin qu'il le souhaite, mais aussi qu'il est mon point d'ancrage qui me ramènera toujours au port d'attache.

Il me baise avec son doigt qu'il enfonce et retire à un rythme qui ne fait qu'accroître mon plaisir. Alors que sa bite tressaille sous la serviette, je l'imagine sur moi, me pilonnant sans relâche, et je grogne de bonheur.

— Tu sens tout ça, baby ?

— Oui.

— C'est moi, baby. Ma queue. Ma main. Ma peau. Tu as apporté un vibro et c'est bien. Je te promets d'en faire bon usage un jour, mais pas maintenant. Aujourd'hui, je suis le seul à te procurer du plaisir. Tu comprends ?

— Oui, dis-je comme mes muscles se contractent autour de ses doigts pour les attirer au plus profond de moi.

Je suis tout près de l'orgasme et si mouillée que je suis prise de vertige. Et je n'ai qu'une envie, que Jackson me prenne rapidement et violemment.

Mais comme il me punit, il retire ses doigts.

J'étouffe un sanglot et il réagit en étouffant un petit rire :

— Patience, mon cœur.

Il me donne une tape sur les fesses, et ce simple contact m'irradie de volupté.

— Sur le lit, commande-t-il, et je sais que je vais devoir attendre encore avant de pouvoir exulter.

Je suis en feu sous ses caresses ; je danse le long d'un précipice, le corps prêt à s'envoler. Et je crève d'envie de savoir ce qu'il me réserve.

Je grimpe sur le lit, puis le regarde, tandis qu'il laisse négligemment choir sa serviette. Il bande comme un taureau, le corps svelte et tonique, le visage si empreint de passion qu'il en devient le désir incarné. Mieux encore, on dirait un dieu de l'amour et je n'en reviens pas qu'un homme tel que Jackson – si brillant, si fort, si sexy – puisse me contempler avec une envie aussi intense. Pourtant, c'est le cas et j'en suis abasourdie.

Il s'empare de la corde, puis me fait signe d'approcher.

Je rampe vers lui et je m'arrête au bord du lit. J'ai conscience de toutes les parties de mon corps, du moindre souffle d'air qui s'insinue en moi.

— Retourne-toi, dit-il.

Et j'obtempère.

— Les bras derrière le dos, les coudes repliés en angle droit. Les mains sur les coudes.

J'obéis encore et il m'attache les bras et les poignets avec la corde, de sorte que je ne puisse plus m'en servir du tout. C'est une sensation étrange : je suis prise au piège, vulnérable, et pourtant excitée comme jamais. Mais uniquement parce que je suis avec Jackson. Je meurs d'envie qu'il me touche et m'en remets entièrement à lui pour qu'il s'occupe de moi.

— Maintenant à genoux, puis couche-toi sur le côté en rapprochant les mollets de tes cuisses.

C'est une posture bizarre, mais je parviens à la prendre, et il se sert d'un couteau posé sur la table de nuit pour couper une bout de corde afin de lier ma cuisse gauche à ma cheville gauche.

— J'ai attaché tes bras en *box tie*. Maintenant, j'attache tes jambes en *frogtie*.

Je le crois sur parole. Et réprime mon envie de lui demander comment il connaît tout cela. Toutefois, je sais pertinemment que Jackson n'a pas vécu en ermite. Loin de là. Et tant mieux pour moi. Je peux tirer profit de son expérience. Et j'essaie de chasser toutes pensées jalouses.

Compte tenu de l'attention qu'il me porte, ce n'est vraiment pas difficile. À chaque lien, à chaque nœud, il me caresse. Il m'a ligotée d'abord à gauche, puis à droite, en m'effleurant et en m'excitant de manière si subtile que je réalise seulement combien je suis excitée. Combien je suis prête pour lui…

Lorsqu'il a terminé, mes jambes sont ligotées de telle sorte que je suis forcée de m'agenouiller avec les bras dans le dos.

— Tu es sublime, dit-il, son regard et son érection reflétant ses propos. La prochaine fois, on ira plus loin. Une corde autour de tes seins pour augmenter leur sensibilité. Ou entre tes jambes pour que chaque mouvement excite ton clito. Les variantes sont aussi délicieuses qu'infinies.

Je passe la langue sur mes lèvres, déjà fascinée et proche de l'orgasme en étant simplement dans cette position, les jambes écartées et le sexe exhibé.

— Tu sais pourquoi j'aime te ligoter ?

Je secoue la tête et souhaite uniquement entendre sa réponse.

— Parce que je veux que tu ressentes pleinement tout ce que je t'offre. Que tu ne luttes pas contre ce que tu éprouves. Que tu ne recules pas devant ce plaisir si fort qu'il avoisine la douleur. Ligotée, tu n'as pas d'autre choix que de l'accepter. Pas d'autre choix que de tout ressentir.

Il glisse sa main entre mes jambes et me caresse en douceur. Je tremble, submergée par l'extrême sensibilité de chaque frôlement de peau.

— Tu sais pourquoi cette posture est si appréciée ?

Je secoue de nouveau la tête.

— Parce que tu es totalement ouverte. Je peux te prendre comme je veux. Dans ta chatte. Ton cul. Ta bouche.

Il m'effleure à chaque mot et je frissonne à l'idée de pouvoir être prise de partout.

— Je le ferai aussi un jour. Je te veux toute à moi, Sylvia. Mais aujourd'hui, je veux te sentir sur moi. Je te veux au bord de l'orgasme. Je veux te tenir et contrôler chacun de tes mouvements. Et je te veux si proche de la jouissance que je veux le voir dans tes yeux et te dévorer la bouche quand tu jouiras.

— Oh oui… je lui murmure, tellement mouillée que je le sens sur mes cuisses. Oui, s'il te plaît.

Il m'écarte les jambes, puis s'agenouille, me soulève les hanches en s'aidant d'une main pour me mettre sur le dos, avant de s'introduire en moi d'un mouvement bref et puissant. Je mouille tellement que l'hésitation n'a pas sa place, et je crie de plaisir d'être aussi délicieusement remplie.

Je suis sur le dos et la sensation de me cambrer sous le va-et-vient de son sexe est merveilleuse. Ma peau est tendue, en alerte, mes seins excités par le moindre déplacement d'air. Mais Jackson ne tarde pas à intervenir. Il glisse les mains sous mon corps et me soulève pour que je le chevauche.

Je ne peux utiliser ni mes mains ni mes pieds pour garder l'équilibre, et même si je suis sur lui, c'est Jackson qui se charge de tout. Il me tient par la taille, me soulève et m'abaisse. Je l'aspire et il me remplit.

C'est d'un érotisme délirant, cette sensation de baiser et d'être baisée en même temps, et je fais la seule chose que je puisse faire : contracter mes muscles autour de son sexe à chaque poussée, comme si j'essayais de le traire pour qu'il gicle vite et fort en moi, même si je n'ai pas envie de voir s'achever un tel délice.

— Oh oui, c'est ça, baby, m'encourage-t-il.

À chaque parole, il me remue plus fort. Plus vite. Et je sens la tension monter en lui, l'explosion sur le point de se produire.

La mienne aussi, car dans cette position, il est si profondément en moi que chaque coup de boutoir me rapproche de lui, tandis que le mouvement de balancier contre mon clito me transporte de plus en plus haut vers l'orgasme.

— Je t'en supplie… dis-je dans un gémissement comme on s'approche de plus en plus du point de non-retour.

Il me serre plus fort, me soulève et m'abaisse plus vite encore, jusqu'à ce que ses mains agrippent mon dos. Je me redresse sur lui, nos regards se croisent, et je vois qu'on se précipite tous les deux vers une sublime collision.

Lorsqu'elle se produit, c'est atomique. Et seule la bouche de Jackson m'empêche de décoller dans les airs. Nos lèvres s'entredévorent, sa langue me fouille et me réclame, comme si ce baiser détenait un secret que nous sommes tous les deux seuls à partager.

On reste ainsi, jusqu'à ce que nos corps cessent de trembler, puis il m'attire, toute languissante, contre lui.

Il me caresse et ses mains sur ma peau me réchauffent et me réconfortent.

Lentement, il défait mes liens, puis frictionne doucement mes bras aux endroits où la corde a marqué la chair.

— Comment tu te sens ?

Je lui souris, épuisée, lessivée et absolument comblée.

— Sur un petit nuage… je lui réponds, somnolente, puis je lui murmure : On recommencera ?

— Je pense que ça peut s'arranger, glousse-t-il. Dors à présent, mon cœur.

Ses paroles semblent flotter au-dessus de moi et lorsque je sens que je ne suis déjà plus qu'à moitié présente, le monde s'assombrit et je m'abandonne en toute sécurité dans les bras de Jackson.

*

Il se révèle que Jackson est un célibataire typique et n'a pas grand-chose dans son frigo hormis du fromage, et rien d'autre à boire que du vin, du scotch et de la bière.

Comme je n'ai pas trop envie de décongeler une viennoiserie ou d'attendre une heure qu'on nous livre à manger, on se décide pour un film accompagné de pop-corn pour finir la soirée.

À présent, je suis étendue sur le canapé dans le bureau de Jackson, les pieds sur ses genoux et mon ordinateur portable en équilibre sur le ventre. De l'autre côté de la pièce, la télé diffuse *Le Grand Sommeil*, un vieux film d'Humphrey Bogart que Jackson a déniché à force de zapper – comme le font les hommes quand ils ont une télécommande en main – en décrétant qu'on devait absolument le regarder. Comme j'aime bien Bogie et que tout me va, sauf le sport, je suis ravie de son choix.

En théorie, je suis censée travailler puisqu'il est encore tôt et que je n'ai rien fait de l'après-midi. J'ai donc allumé mon portable et je parcours les notes d'Aiden concernant le plan et le budget marketing que j'ai modifié. En parallèle, je réponds aux mails en attente à la fois sur mon compte et sur celui de Damien.

Autrement dit, j'accomplis plusieurs tâches à la fois. C'est la vie de l'immobilier. D'une assistante de direction.

Et une vie plutôt sympa, me dis-je, en souriant à Jackson.

J'ai enfilé un short et un débardeur de Megan, et Jackson lève le nez de son carnet de croquis posé sur l'accoudoir pour me décocher un large sourire.

— On lit en toi comme dans un livre ouvert.

— Vraiment ? réplique-t-il. Peut-être que tu es extrêmement intuitive. Testons ta théorie. À quoi je pense en ce moment ?

— Au sexe.

— Coup de bol. Du sexe cool, soft ? Ou très coquin, voire hard ?

J'arque un sourcil.

— Décidément, tu ne peux rien cacher.

Je plie le genou de sorte que mon pied glisse sur son jean pour s'arrêter juste sur son entrejambe.

— Du sexe hard, dis-je en remuant le pied d'avant en arrière. Très coquin…

— Comme tu es perspicace, admet-il en plaquant sa main sur mon pied, dont la voûte plantaire appuie maintenant contre son érection croissante. Encore… ajoute-t-il, et soudain, cette fin d'après-midi d'automne paresseuse est envahie par une chaleur estivale torride.

C'est bien sûr le moment où mon téléphone se met à sonner.

— Ne réponds pas, m'ordonne-t-il (mais on a vu tous les deux le prénom *Cass* s'afficher sur l'écran du portable, posé sur la table basse). OK, réponds. Mais dis-lui que ça ne va pas lui rapporter des points.

J'éclate de rire et lui promets de me rattraper plus tard, puis je décroche et suis aussitôt envahie par un flot de paroles stressées et stressantes.

— J'en peux plus, conclut-elle. Cette histoire de franchise, Zee, et tout le bazar. Je sais qu'on est dans la phase *on-a-besoin-de-se-voir-tout-le-temps*, mais je commence à devenir claustro.

— Tu as besoin de te détendre. Tu veux que je vienne prendre un verre avec toi ? dis-je en décochant un sourire penaud à Jackson.

— Ce serait génial, en fait. Ça ne dérangera pas Jackson ?

— Deux secondes…

Je le mets au courant de la situation et il dit qu'il ne voit pas d'inconvénient à ce que je m'en aille, mais suggère que j'invite Cass à la place.

— Sérieux ?

— C'est ta meilleure amie. Tu peux boire sans être obligée de conduire. Et ça me permettra de mieux la connaître… Mais je promets d'aller dans mon bureau pour vous laisser en tête-à-tête. Et si elle veut, elle peut passer la nuit sur le yacht. D'ailleurs, invite-la à la soirée de collecte de fonds demain soir. On pourra passer la prendre en limousine.

Je le dévisage longuement, jusqu'à ce qu'il s'agite un peu, visiblement mal à l'aise.

— Quoi ?

— Tu es extraordinaire.

— Rappelle-le-toi la prochaine fois qu'on se disputera.

— J'en prends bonne note, dis-je en souriant à belles dents.

Je rappuie sur la touche « muet » de mon mobile et rapporte la conversation à Cass, qui se met carrément à battre des bains quand je lui parle de la soirée.

— Sérieux, Syl, je crois que t'as tiré le bon numéro.

— Je ne vais pas te dire le contraire. Alors, rapplique, tu devrais déjà être là !

Malheureusement, Cass ne vit pas suffisamment loin pour que Jackson et moi puissions nous livrer, comme prévu, à une partie de jambes en l'air débridée.

— Demain, promet-il en m'embrassant, avant que je ne descende dans la chambre d'amis pour m'assurer qu'il y a des draps sur le lit. Après la soirée. Tiens-toi prête.

— Je le suis toujours pour toi.

Lorsque Cass arrive, Jackson lui fait faire le tour du propriétaire, avant de l'emmener sur le pont supérieur pour boire un verre. L'ambiance est détendue et je suis ravie qu'il l'interroge au sujet du projet de franchise, et encore plus quand il répond à ses questions.

— J'ai juste besoin d'en discuter à fond, tu vois ? dit-elle. Zee ne veut pas imaginer un seul instant que je puisse faire ça.

— On en parle quand tu veux, dit Jackson.

Et je suis heureuse de voir ma meilleure amie se réjouir de cette proposition à l'évidence des plus sincères.

On aborde un peu le projet de village-club, mais Jackson en profite pour nous laisser.

— Je devrais d'ailleurs aller travailler, dit-il en me lançant un regard. La femme qui m'a engagé est un vrai tyran.

— Je pense que *peau de vache en tailleur* correspond davantage au personnage, réplique Cass.

— Hé, vous deux ! Je ne suis qu'une peau de vache *en herbe* !

— Et le tailleur te va à ravir, dit Cass en me tapotant affectueusement la main.

Jackson rigole de nos bêtises, m'embrasse, puis va retrouver ses écrans d'ordinateur.

— Je l'aime bien, me confie-t-elle quand nous sommes seules.

Je souris.

— Ouais, moi aussi…

J'inspire un grand coup et contemple la marina.

— Je lui ai dit, Cass. Je lui raconté ce qui s'est passé avec Bob.

— Tu as bien fait.

Mon estomac se noue un peu.

— Je lui ai tout raconté. Plus qu'à toi, je veux dire.

Elle fronce les sourcils et j'ai bien peur de l'avoir contrariée. Ce qui serait normal, puisque je me sens coupable.

— Enfin quoi… tu ne penses pas qu'il le savait déjà ?

Je bats des paupières, légèrement confuse.

— Attends. Qu'il savait quoi ?

— Que tu n'avais pas tout dit, voyons.

— Tu le savais, toi aussi ?

— Bien sûr. Et je suis ravie que tu aies tout raconté à Jackson.

Je me redresse, à la fois contente et estomaquée.

— C'est pas un concours, Syl. Ce que tu lui dis, ce que tu me dis. Je suis là si tu as besoin de moi, et je le serai toujours.

Je ferme les yeux en les plissant fort.

— Merci.

— C'est pas la peine de me remercier, mais bon… De rien, quand même. Franchement, Syl. Que tu me parles ou ne me parles pas de telle ou telle chose, je t'adore et ça ne changera rien à mes sentiments. Dans un genre totalement platonique, je veux dire.

J'éclate de rire.

— OK, merci.

Je reprends mon souffle et lui confie ce que je n'ai pas encore tout à fait pu avouer, pas même à moi.

— Je pense que je suis en train de tomber amoureuse.

— Tsst… Tsst… Moi je ne le crois pas.

— Ah bon ?

Je ne sais pas trop si je suis vexée, surprise ou déçue.

— En train de tomber amoureuse ? Tu rigoles. Moi je crois que tu es amoureuse depuis Atlanta. Bravo de le réaliser enfin, dit-elle en me pressant tendrement la main.

Je me rends compte que ma meilleure amie est une femme très intelligente.

— Je t'adore aussi, tu sais.

— J'espère bien. Je suis tout à fait adorable !

On passe le reste de la soirée à bavarder de tout et de rien, mais c'est agréable de passer du temps à bord du yacht, avec le clapotis de l'eau en fond sonore et une bouteille – ou deux – de vin entre nous.

Quand je surprends Cass en train de bâiller et me rends compte que Jackson a éteint dans son bureau, je déclare qu'il est temps pour nous d'aller au lit, et on descend toutes les deux dans nos cabines.

Je la serre dans mes bras devant la chambre d'amis,

et lui donne les instructions pour demain : elle peut faire la grasse matinée, mais comme je devrai me lever aux aurores pour aller au bureau, je lui enverrai par texto l'heure à laquelle la limousine passera la prendre.

J'ouvre ensuite la porte de la cabine de Jackson et découvre l'homme que j'aime.

Il s'est endormi, son ordinateur portable allumé près de lui. Je le pose par terre, puis me glisse à son côté. Il m'attire contre lui dans son sommeil et je me love dans ses bras, aussi émue par ce simple geste inconscient que par tout ce qu'il a pu dire ou faire.

Je réalise que je suis heureuse.

Satisfaite. Heureuse. Et amoureuse…

23

— Je suis tellement content que vous ayez pu venir tous les trois, déclare Michael Prado en nous accueillant, Jackson, Cass et moi dans l'entrée de son époustouflante demeure de Beverly Hills.

— Nous sommes ravis d'être ici, dit Jackson en serrant la main de son ami. J'aimerais te présenter ma petite amie, Sylvia Brooks, et son amie Cassidy Cunningham.

Petite amie...

C'est la première fois que Jackson utilise ce qualificatif et je suis si épatée que j'en oublie presque de serrer la main que me tend notre hôte.

— N'aie pas l'air étonnée, me chuchote Jackson une fois les présentations faites, quand on a rejoint les autres invités dans la salle de bal. C'est la vérité, non ?

— Si, dis-je d'une voix pétillante comme le champagne (et je croise le regard de Cass). Si, c'est vrai.

— Pas facile de la scandaliser, confie Cass à Jackson. Je pense que la seule manière d'y parvenir à nouveau, c'est de la mettre à poil.

Il s'esclaffe et la prend par l'épaule :

— Bien joué, mais je ne vais pas céder à tes fantasmes lubriques.

— Fallait bien que je tente le coup, ma foi.

Je leur fais les gros yeux, mais uniquement pour la galerie. Non seulement je suis aux anges d'être estampillée « petite amie », mais en plus Cass et Jackson ont franchi cette frontière invisible qui sépare les simples connaissances des vrais amis.

Tout compte fait, la vie est belle !

Appuyée contre Jackson, je regarde autour de moi. J'ai pourtant vu ce qu'on pouvait s'offrir avec une somme d'argent exorbitante, mais je dois quand même faire des efforts pour ne pas écarquiller les yeux. Des reliques architecturales représentant différentes périodes de l'Histoire sont astucieusement disposées ici et là, tandis que des souvenirs de Hollywood se mêlent aux antiquités. Affiches de film, photos de célébrités prises sur le vif, pages de scénarios, et même trois oscars tapissent les murs ou remplissent des vitrines.

— Un véritable musée, dis-je, puis je rougis en réalisant que Michael a rejoint notre trio.

— C'est censé l'être, dit-il. Je conserve mes souvenirs ici. Ça me semblait plus facile qu'un album de souvenirs, et ça donne un attrait unique à cette salle pour des événements comme celui-ci. Comme Jackson le sait, le projet de Conservatoire national d'histoire et d'architecture est l'une de mes causes préférées, si bien que lorsqu'on m'a sollicité pour organiser un cocktail et une vente aux enchères par écrit, j'étais heureux d'accepter.

— C'est une cause magnifique, dis-je avec sincérité. Par ailleurs, j'ai trouvé *Stone and Steele* admirable. (Même si je n'en ai vu que les cinq premières minutes.)

— Tout à fait, renchérit Cass.

Ce soir, elle est blonde et si élégante qu'elle pourrait faire partie des trésors exposés par notre hôte.

— Vous êtes toutes les deux très gentilles, réplique Prado, avant de glisser un clin d'œil à Jackson. Bien sûr, j'avais un excellent sujet. Mais commençons par le commencement. Avant que vous ne fassiez un tour parmi les objets vendus aux enchères, nous devons aller vous chercher des boissons. J'ai participé à suffisamment d'événements de ce type pour savoir qu'il existe une corrélation directe entre la quantité d'alcool absorbée par un acheteur potentiel et le montant de ses enchères. Et je tiens vraiment à ce que cette soirée soit un succès.

— Eh bien, si boire votre alcool peut aider, dit Cass, alors je suis ravie de participer.

Prado fait signe à un serveur avec un plateau de boissons, puis choisit un « musée des Arts et des Sciences d'Amsterdam » pour moi, un « opéra de Sydney » pour Cass et un « guggenheim » pour Jackson.

— Un cosmopolitan, un old-fashioned et un vodka-Martini revisité, annonce-t-il. Mais il nous fallait rester dans le thème.

Il désigne ensuite un imposant escalier qui s'élève en courbe à l'autre bout de la pièce.

— Les objets vendus aux enchères sont disposés sur des tables contre ce mur. Vous ne pouvez le voir d'ici, mais il y en a d'autres sous les marches, et nous avons de vraies petites merveilles. J'ai invité un certain nombre de personnes qui ont plus d'argent que de temps pour le dépenser, si bien que je prévois non seulement un nombre significatif d'enchères, mais aussi quelques prix qui atteindront des sommets. Tu as fait don de trente heures d'honoraires pour la conception d'une maison individuelle, n'est-ce pas, Jackson ?

— Vraiment ? dis-je.

— Un moment de faiblesse, ironise-t-il, et nous partons tous les quatre dans un grand éclat de rire.

— Je l'aime bien, dis-je à Jackson, quand Prado nous laisse pour se mêler à d'autres invités.

— Moi aussi. Jusqu'ici, c'est la seule expérience convenable que j'aie faite à Hollywood.

— J'ignore si elle est convenable, observe Cass, mais voilà une autre expérience hollywoodienne qui tente d'attirer ton attention.

Elle hoche la tête en direction de l'escalier, où Irena Kent descend les marches en compagnie d'un quadragénaire chauve avec un bouc et le genre de lunettes noires que les gens portent pour se donner un air branché ou arty. Son visage ne m'est pas inconnu, mais je ne parviens pas à le situer. Irena Kent, en revanche, je ne peux pas la rater. Elle tient le chauve par le bras, tout en faisant signe à Jackson.

— Et merde, lâche-t-il.

— Tu pourrais l'ignorer.

Je le crois quand il me dit qu'il n'y a plus rien entre Irena Kent et lui, mais ça ne signifie pas pour autant que je souhaite l'inviter à rejoindre notre petit cercle. Et je suis assez mesquine pour que leur brève liaison me dérange encore un peu.

— Je pourrais. Mais elle est en compagnie de Robert Reed.

Cass et moi haussons les épaules sans comprendre.

— Ce crétin de producteur, explique-t-il.

— Celui qui veut tourner le film sur la maison de Santa Fe ?

— Tout à fait, confirme Jackson. Et à cause de ça, je vais devoir aller leur parler.

— Pourquoi ? demande Cass. Puisque tu ne veux pas qu'il tourne le film, je veux dire.

— Pour deux raisons. Primo, je crois fermement en la mise à mort par abus de gentillesse, quand ça s'adapte à la situation. Mes avocats peuvent se charger d'être les méchants. Au besoin, je serai pour ma part tout sucre tout miel.

— J'aime bien sa façon de penser, observe Cass.

— Secundo, poursuit-il, j'ai besoin d'infos. S'ils avancent sur le projet, j'ai envie de le savoir. Je pourrais apprendre quelque chose susceptible d'être utilisé par mes avocats.

— Ton petit ami a l'esprit sournois, me taquine Cass. Je vais noter ça dans ma tête.

— Vous êtes toutes les deux les bienvenues pour vous joindre à moi. Syl ?

— Vas-y. Je pense que Cass et moi allons voir s'il y a un objet en vente sur lequel on pourrait enchérir.

Il croise mon regard, avant de m'embrasser, et je pense lire une certaine compréhension dans ses yeux. Cass n'est pas aussi intuitive.

— Pourquoi ne pas l'accompagner ? Il est sorti avec elle… ?

— Tout juste. Elle, grande, statuesque et glamour comme une star de ciné. Moi, carrément ordinaire.

— Loin de là. Tu es sublime et tu le sais. Sans compter que Jackson t'adore.

— À côté d'elle, je risque de faire pâle figure. Et puis, on a besoin de discuter toutes les deux. Comment ça se passe avec Zee ?

— Je ne sais pas trop. Ça l'a agacée que Jackson, toi et moi ayons eu ce rendez-vous avec Ollie.

— Ah bon ? Pourquoi ?

— En fait, je lui ai dit que j'aurais aussi aimé avoir son point de vue. Mais elle n'était pas en rogne parce qu'elle voulait être présente. Elle ne voulait pas que vous deux soyez là.

— Tu lui as parlé de ce soir ?

Cass plisse le nez.

— Non.

— Cass, enfin…

— Hé, on commence à peine à se fréquenter. Les règles pour les sorties nocturnes ne sont pas encore établies.

Elle marque un point. J'ai oublié combien les choses se sont précipitées avec Jackson. Surtout parce que j'ai l'impression d'être avec lui depuis toujours. Ou depuis cinq ans, du moins.

Cass et moi regardons ce qui est mis en vente, et j'enchéris même sur un week-end pour deux dans un hôtel de charme à Laguna Beach. Si je remporte l'enchère, je ferai la surprise à Jackson. Sinon, je le surprendrai d'une autre manière !

— Je m'attendais à voir Evelyn…

On a fini notre petit tour et on se tient à présent devant une vitrine avec des feuillets du découpage du *Magicien d'Oz*. Je scrute la foule, mais ne vois pas Evelyn. Je ne vois pas Jackson non plus. J'aperçois certes Irena Kent et me félicite qu'elle ne soit pas en compagnie de mon petit ami.

— C'est pas elle, là-bas ? demande Cass en désignant l'autre bout de la pièce, où Robert Reed bavarde avec Evelyn et d'autres gens que je ne connais pas.

— Tu as l'œil, dis-je. Allons la saluer.

Tandis qu'on part dans cette direction, j'ai de nouveau l'impression d'avoir déjà vu Reed quelque part. Mais ça ne me perturbe pas outre mesure. C'est difficile de grandir à L.A. sans tomber ici ou là sur des célébrités, surtout depuis que je travaille pour Stark.

Mais alors qu'on s'approche, je peux entendre leur conversation. La voix de ce type m'est aussi familière et j'essaie de me rappeler où j'ai bien pu l'entendre. Il serre alors la main à l'une des jolies jeunes femmes qui l'entourent.

— C'est si agréable de vous rencontrer. Je suis Robert Cabot Reed. Mais vous pouvez m'appeler Bob.

Je me fige sur place.

— Syl ?

— C'est lui.

J'ai la langue pâteuse et je ne suis même pas certaine d'avoir parlé.

— Lui ? Mais je ne…

— Il faut que je trouve Jackson.

— Je…

— *Jackson.*

— Oh bon sang, dit Cass dont la voix trahit la panique (elle a compris). Oh, putain, c'est pas vrai…

Mais je n'écoute plus. Je traverse la maison à l'aveugle en trébuchant, les poings serrés le long de mon corps, parce qu'il n'est pas question, *absolument pas question*, que je craque.

Je parviens à garder mon sang-froid jusqu'à l'entrée, où Prado accueille encore des retardataires.

— Vous avez vu Jackson ?

L'urgence dans la voix de Cass m'indique qu'elle est tout aussi effrayée.

— Cassidy ? Euh… oui. Il a dit qu'il sortait prendre un appel téléphonique. (Prado s'avance vers nous.) Vous allez bien ?

J'ignore ce qu'elle lui répond. Tout ce que je sais, c'est que je continue d'avancer. Je ne sais pas comment, mais j'ai franchi les portes et me voilà dehors, prise de vertige, et je le cherche. Près des voituriers. Dans l'ombre, près de la rue. Sous le réverbère.

Là.

Je me précipite vers lui, puis m'arrête net en constatant qu'il n'est pas seul.

— Qu'est-ce que tu fous là ? dit-il à son interlocuteur. Je t'ai demandé de m'éviter.

Je n'entends pas ce que l'homme lui répond, mais la riposte de Jackson est limpide.

— C'est des conneries tout ça, dit-il. C'est pas toi qui dis toujours qu'on ne doit pas nous voir ensemble ? Tu fais chier, Jeremiah.

— Syl !

La voix affolée de Cass transperce la nuit et les deux hommes se tournent dans ma direction, leurs têtes à présent visibles sous la lumière dorée du réverbère.

Jackson Steele.

Et Jeremiah Stark.

J'étouffe une sorte de gémissement.

— Sylvia ! me crie Jackson, dont le visage trahit à la fois le choc et la culpabilité.

Je me mets à courir.

— Sylvia, attends !

Mais je continue de fuir, du moins jusqu'à ce que je trébuche et pousse un cri sous la douleur qui fuse dans mon genou.

Je me suis cassé un talon en dégringolant au bord du trottoir.

Un voiturier se précipite à mon secours. Derrière moi, Jackson tente de me rattraper.

Je me redresse tant bien que mal. Parce que je ne peux pas lui parler. Pas maintenant. Peut-être plus jamais.

Il m'a menti. J'en reviens pas… Il m'a menti.

— Sylvia ! hurle-t-il, comme je fais quelques pas et tends la main vers le voiturier. Bon sang, Sylvia, arrête-toi !

— Laisse-la tranquille ! s'écrie Cass (et je l'aperçois par-dessus mon épaule qui retient Jackson par la manche). Enfin, Jackson, fous-lui la paix !

Je me cramponne à la main du voiturier.

— S'il vous plaît. J'ai besoin d'un taxi.

— Bien sûr, dit le garçon qui doit avoir dans les dix-sept ans et semble un peu paniqué. Tout va bien ? Vous avez besoin d'aide ?

— Juste d'un taxi. S'il vous plaît. Dépêchez-vous.

Il y en a un dans la file d'attente et le voiturier s'empresse de m'y installer. Je m'effondre sur la banquette arrière en le remerciant et, tandis que la voiture quitte l'allée pour s'engager dans la rue, la dernière chose que je vois avant de rentrer dans ma coquille, c'est Jackson debout près de Cass qui le tient fermement par le bras.

Je m'affale sur le siège et tente de décider où je vais aller. Pas chez moi. C'est le premier endroit où Jackson va aller.

Pas au bureau, parce qu'on m'y retrouvera.

Je finis par me décider pour un motel. Une petite

chaîne insipide qui facture bien trop cher ses petites chambres, elles aussi insipides.

Mais je me fiche des tarifs ou de la déco. Je me fiche même du lit, parce que je n'ai pas l'intention de dormir.

Impossible, pas cette nuit. Parce que cette nuit sera la pire.

Cette nuit, les cauchemars vont surgir, tels de sombres dragons aux dents acérées et aux griffes féroces.

Ils vont surgir et je verrai Bob dans ma tête – *Cabot Reed* – et il me touchera, me séduira et je jouirai pour lui, et je me détesterai.

Ensuite, je le regarderai droit dans les yeux et je verrai Jackson, et je me détesterai encore plus.

Je serai désarmée.

Perdue, seule, sans quiconque pour abattre le dragon.

En proie à un accès de fureur, j'attrape le seau à glace sur la commode pour le balancer à l'autre bout de la pièce. Ce qui produit un bruit sourd et décevant contre la fine cloison et la peinture bon marché.

— Putain, Jackson Steele ! Va au diable, espèce de *salaud* !

Il m'a menti, par omission ou en toute connaissance de cause. Il a fait comme si Jeremiah Stark lui était étranger, quand je l'ai interrogé à propos du *L.A. Scandal* en ligne. Et j'aurais pu naïvement croire qu'ils se rencontraient par hasard ce soir, si je n'avais pas vu sa tête et surpris leur conversation. Mais j'ai compris en le voyant que ces deux-là se connaissaient de longue date. Et à l'évidence, ce ne sont pas de simples relations occasionnelles.

Bon sang, comment ai-je pu être aussi stupide ?

J'ai accordé ma confiance – *toute* ma confiance – à cet homme.

Et dire que j'ai réellement cru tomber amoureuse de lui.

Non. Je *suis* tombée amoureuse, et c'est pour cette raison que ça me fait aussi mal.

Je l'aime, ou du moins j'aimais l'homme que je croyais connaître.

À présent, je dois me réhabituer à l'idée de le perdre à nouveau. Parce que je sais que l'homme dont je suis tombée amoureuse n'existe pas réellement.

— *Merde…*

Le mot sonne creux et j'attrape mon portable pour appeler Cass, puis interromps l'appel avant que la connexion ne s'opère. Ce n'est pas de sa compagnie que j'ai cruellement besoin, mais d'un nouveau tatouage.

Mais qu'est-ce qu'il pourrait bien représenter ? Ce que j'éprouve est trop énorme, trop personnel. Trop tout. À moins de m'ouvrir le corps pour y tatouer mon cœur, je ne pense pas que Cass puisse me faire un tatouage susceptible d'atténuer la peine que je ressens.

Merde, merde, merde.

Je me jette sur le lit, ferme les yeux très fort et me force à pleurer. Pourtant, les larmes ne couleront pas.

Je ne peux même pas me soulager ainsi.

Je reste donc allongée sur le lit, somnolente et engourdie, et je regarde la télévision tout en luttant contre le sommeil – qui est bien décidé à me tirer vers le trente-sixième dessous. Publi-reportages. Sitcoms. Dessins animés lamentables.

Heure après heure, jusqu'à ce que la fenêtre sombre et crasseuse finisse par s'éclairer.

Je sors alors de la chambre en titubant, les traits tirés et les yeux vitreux, et marche vers le hall d'accueil pour prendre le petit déjeuner offert, composé de viennoiseries froides et de café tiède.

Assise à une table en plastique minable, je sirote mon café pendant plus d'une heure. Un journal est posé en face de moi, mais je ne le lis pas. Une télévision diffuse une de ces émissions matinales ineptes de L.A., mais je ne la regarde pas. Je reste juste assise là, les yeux dans le vague, et je me laisse sombrer d'une manière que je n'ai pas connue depuis que Jackson a fait sa proposition à la première du documentaire.

Depuis lors, je n'ai plus voulu disparaître.

À présent, je ne désire rien d'autre.

Sauf si je retrouve le Jackson que je pensais connaître.

Bon sang, je deviens sentimentale.

Écœurée par mon comportement, je me lève. Si je dois être déprimée – et je pense en avoir tous les droits –, autant l'être dans un endroit plus agréable que cet affreux motel.

Je retrouve ma chambre et me douche, puis enfile un pantalon de jogging et un tee-shirt City of Angels, achetés à la boutique de souvenirs située derrière la réception. Pas franchement mode, mais ça me permettra de mieux me fondre dans la masse qu'en robe de cocktail.

Je demande au réceptionniste de m'appeler un taxi et, une fois de plus, j'évite de rentrer chez moi. Le chauffeur me dépose au seul endroit où je vais toujours quand les choses vont de travers pour moi dans cette ville. Là où j'allais me promener, m'asseoir ou lire le week-end, après mes « séances » avec Bob, et où j'échappais aux railleries des petites pestes de mon lycée. Où je suis parfois venue simplement pour voir de belles choses. Le Getty Center.

Le taxi me laisse au pied de la colline et je monte dans le tram avec une flopée de touristes. Je suis ravie qu'on soit samedi. J'ai envie d'être noyée dans la foule, de me fondre parmi les tee-shirts, jeans et casquettes de base-ball qui dénotent les visiteurs venus d'ailleurs.

Tout le complexe est fabuleux, depuis le musée jusqu'au centre de recherches, en passant par le tramway qui transporte les gens. J'ai dû sillonner le moindre centimètre carré de cet endroit à un moment de ma vie.

Aujourd'hui, je choisis l'esplanade et m'assois près de la fontaine, face à la rotonde.

Je ne m'interroge pas vraiment sur la raison de mon choix, mais une partie de moi sait que la perfection et la fluidité de cette incroyable bâtisse me rappellent Jackson. Ce centre est une merveille architecturale, une œuvre d'art à part entière, et je ne sais pas si je suis venue me détendre ou me torturer.

Je n'ai aucune idée du temps que je passe ici, noyée dans cette torpeur trop familière qui s'est emparée de moi. Tout ce que je sais, c'est que je me suis coupée du monde. Et lorsque j'entends sa voix, elle me paraît lointaine, comme résonnant dans un tunnel.

— Sylvia ? (Ses doigts effleurent mon épaule.) Je suis là, mon cœur.

Jackson.

Sa voix, sa peau, son odeur.

Je me tourne et lève les yeux sur lui. Il a l'air encore plus en vrac et dépenaillé que moi. Au moins, j'ai pris une douche. Jackson porte le même costume qu'hier soir, mais il a ouvert le col de sa chemise et fourré la cravate dans sa poche, de laquelle dépasse une petite tache de tissu rouge.

— J'ai pas envie de te voir…

Je mens. C'est le pire des mensonges, parce que je le désire. Mais pas comme ça. Pas avec ses petits jeux, sa duperie et tout ce qu'il cache.

— Tu crois avoir compris je ne sais quoi, mais tu te trompes.

— Espèce de sale menteur, dis-je d'une voix sourde et mesurée. J'avais besoin de m'accrocher à quelqu'un de solide et tu n'as été qu'une foutue illusion depuis le début.

— Sylvia…

— Est-ce que tu as toujours voulu t'en prendre à Damien ? À Stark International ?

Il secoue la tête.

— Damien est la raison pour laquelle j'ai refusé le projet des Bahamas. Tu es la raison pour laquelle j'ai accepté Santa Cortez.

Je reste muette. Qu'est-ce que je peux bien lui rétorquer, de toute manière ?

— Au début, poursuit-il, je voulais te faire du mal. Tu m'avais quitté. Et comme si ça ne suffisait pas, j'ai pensé que tu étais allée te jeter dans les bras de Damien. Alors j'avais envie de me venger, putain. De t'affaiblir. De te rendre folle. Cette première nuit ? J'avais tout prévu pour te rendre totalement dépendante de moi, comme l'air que tu respires.

Je serre la mâchoire, la tête dans les épaules, repliée sur moi-même, en m'efforçant de ne pas lui cracher au visage qu'il a bel et bien réussi son coup.

— Ensuite, quand tu serais devenue totalement accro à moi, j'allais te quitter. Et j'aurais été vengé à l'idée que tu disparaisses, rongée par la colère et le sentiment d'abandon.

Je redresse la tête pour le regarder droit dans les yeux. Je m'attends à y voir du triomphe. Mais je ne vois que des regrets, de la tendresse aussi, et c'est ce qui m'oblige à rester là, alors que j'ai envie de m'enfuir.

— Mais tout ça a changé, Sylvia. Je préférerais mourir plutôt que de te faire du mal. Je me croyais fort, je ne le suis pas. Je me croyais courageux, je ne le suis pas. Parce que lorsqu'il s'agit de toi, je n'ai pas la force de partir, et la simple idée de te perdre me détruit complètement.

— J'imagine que tu vas devoir t'y habituer. Parce que tu m'as déjà perdue.

— Mon cœur…

Sa main se ferme sur mon poignet et je me détache aussitôt.

— Tu m'as *menti*. Après tout ce que je t'ai confié. Après tout ce que je t'ai donné. Tu m'as *menti*, putain.

— Non, détrompe-toi.

Je me lève.

— Nom de Dieu, Jackson…

— Écoute-moi, dit-il en m'attrapant la main alors que je commence à m'éloigner. *Écoute*.

Je me tourne vers lui, mais ne me rassois pas. Je reste debout les bras croisés, la mâchoire crispée.

Il se lève aussi, puis fourre les mains dans ses poches.

— Je t'ai caché certaines choses, c'est vrai. Plus que je n'aurais dû.

— Ah ouais ? Comme oublier de me dire que tu complotais avec Jeremiah Stark, peut-être ?

— Je n'ai pas comploté. Mais je le connais, c'est vrai. Depuis très longtemps. (Il reprend son souffle et passe sa main dans ses cheveux.) Putain, Syl, Jeremiah Stark est mon père.

Je vacille. En fait, je recule d'un pas comme s'il m'avait bousculée.

— Qu… Quoi ? je finis par balbutier, alors que je suis absolument certaine d'avoir bien entendu.

— Damien est mon demi-frère.

Il m'annonce cela d'une voix monocorde, mais à l'évidence, son arbre généalogique ne l'enchante pas vraiment.

Je ne sais pas trop comment digérer la nouvelle, si bien que je me rassois au bord de la fontaine. Jackson me rejoint quelques secondes plus tard.

— Damien le sait ? je lui demande.

— Non. Je t'ai dit la vérité au sujet de mon père. Ma famille. Il se trouve que je ne t'ai pas précisé de qui je parlais au juste.

— Tu aurais dû.

J'essaie de mettre de l'ordre dans mes pensées, mais cette info me désarçonne complètement.

— Toutes les fois où je t'ai demandé quel était ton problème avec Damien, tu n'en as pas dit un mot.

— Désolé. Peut-être que j'aurais dû. J'en sais rien…

Je vois l'angoisse qui le torture, mais je ne cherche pas à le réconforter. Je suis trop blessée. Trop engourdie.

— Tu n'arrives donc pas à piger ? C'est un secret que j'ai gardé toute ma vie. Pas quelque chose que je pouvais crier sur tous les toits.

— Non, en effet… dis-je d'une voix tendue, ironique. C'est vrai que je ne suis pas spécialiste des lourds secrets à révéler…

— Alors, ça se résume à ça ? Un prêté pour un rendu ? Tu m'as parlé de Bob, et comme je n'ai pas aussitôt déversé les troubles affectifs qui me pourrissaient la vie, tu me punis ?

— Bob ? C'est tout ce que t'as à me dire ? Juste cette allusion foireuse avant qu'on revienne aux rapports avec ton père ?

Ses paroles me font l'effet d'un coup de poignard dans le cœur, parce que c'est *Bob* qui a déclenché tout ça, bon sang. Robert Cabot Reed, ce connard de producteur qui veut tourner un film sur la maison que Jackson a construite à Santa Fe. *Bob*, qui a planté ses griffes dans nos deux vies, et tout ce que voit Jackson, c'est que je suis en pétard parce qu'il ne m'a pas tout révélé sur Damien à l'époque ?

Je ne dis rien de tout ça, mais mes émotions me poussent à me relever et je m'apprête à tout lui balancer d'une voix sèche, sans pitié.

Mais il me regarde d'un air si paumé et si sincère que je me tais.

C'est alors que je réalise que Jackson ne sait pas que Robert Cabot Reed et Bob ne sont qu'une seule et même personne. Il sait seulement que je le cherchais, *lui*, à l'extérieur. Il ne sait toujours pas pourquoi. Il ignore que si j'étais en colère, effrayée, et si je me suis effondrée, ce n'était pas entièrement à cause de son petit conciliabule avec Jeremiah Stark.

Une immense fatigue me submerge tout à coup.

— J'ai besoin de rentrer chez moi.

Je veux retrouver mon appart. Ma terrasse. Me

pelotonner sur ma chaise longue et dormir. Avec un peu de chance, je suis assez exténuée pour éviter les cauchemars.

— Reviens sur le bateau avec moi. S'il te plaît, Syl. Il faut qu'on parle encore. Je ne veux pas que tout ça nous démolisse. Mon père m'a déjà suffisamment détruit.

— C'est pas lui qui m'a caché des choses… dis-je en murmurant. C'est toi.

Je vois que mes paroles le déstabilisent et j'ai presque envie de les retirer. Mais c'est la vérité.

— Désolée. Peut-être qu'on doit en effet parler. Mais pour l'heure, j'ai besoin d'être seule.

Je ne lui laisse pas le temps de répondre. La mort dans l'âme, je m'éloigne simplement.

24

Je m'écroule d'épuisement et dors le restant du samedi, et une bonne partie du dimanche matin. Le soleil est au zénith quand je me réveille enfin sur ma chaise longue, entortillée dans ma couverture.

Je me souviens que j'ai fait des cauchemars, mais ne me rappelle pas lesquels. Un seul, peut-être, où je courais. De plus en plus vite, de plus en plus loin. Mais sans jamais pouvoir échapper à ce qui me pourchassait.

Je ne sais même pas ce que je fuyais. Tout, sans doute.

Je m'enveloppe dans la couverture et rentre dans l'appartement en vacillant. Je me sens vieille, engourdie, comme si mon corps ne voulait plus fonctionner.

Et je n'ai vraiment pas envie de rester seule.

Je prends une douche chaude, ce qui soulage mes douleurs, mais pas celle que j'ai au fond de moi.

La vérité, c'est que j'ai envie de Jackson, mais je ne suis pas prête.

J'appelle donc la seule personne que je puisse appeler à un moment pareil.

— Je peux venir quelque temps chez toi ? je demande à Cass sitôt qu'elle décroche.

— Bon sang, Syl, je devrais venir t'étrangler. T'imagines tout le mauvais sang que je me suis fait ? Pourquoi tu ne répondais pas à ton téléphone, bordel ?

— Désolée. Je l'avais mis sur « muet ». J'avais juste besoin de faire un break.

Je l'entends soupirer.

— Excuse-moi. Je sais. Je comprends. *Quelle merde*... Est-ce que ça va ?

— Ouais. Je survivrai. Mais j'ai vraiment pas envie d'être seule.

— Je serai là dans un quart d'heure.

— Je peux conduire.

— Est-ce que t'es genre... une épave ?

J'éclate de rire. Ça me fait du bien.

— Pfft... Si tu me voyais.

— Alors t'as pas besoin de conduire. Reste chez toi. Je vais passer te prendre.

Le temps de glisser quelques vêtements dans un sac de sport, elle est déjà devant ma porte.

— Tu as brûlé combien de feux rouges ? dis-je en lui ouvrant.

Elle ne répond pas, mais me prend dans ses bras et me serre fort.

— Viens. Je vais bien m'occuper de toi.

— T'es sûre que ça ne te dérange pas ? je lui demande, alors qu'on descend dans la rue. Zee n'y voit pas d'inconvénient ?

Cass balaie ma question d'un geste.

— Je t'en prie, voyons. Bien sûr que non.

Mais son regard se voile un peu et ça m'inquiète.

Je n'ai pas le temps de lui demander ce qui cloche entre elles car on est déjà au parking et elle se tient debout à côté de sa moto.

— Sérieux ? dis-je en papillonnant des paupières.

— Ben quoi ? On circule mal à cette heure-ci le dimanche, et j'avais besoin de rappliquer chez toi en vitesse. Et puis tu n'as pris qu'un sac de sport.

Je lui souris d'un air attendri et la serre dans mes bras.

— Je t'adore.

— Ouais, je sais. Je suis adorable, dit-elle en détachant le deuxième casque qu'elle a apporté, avant de le me tendre. Allez, grimpe.

Je m'installe à l'arrière de sa Ducati de dix ans d'âge, enfile mon casque et me cramponne à sa taille.

— Tu devrais aller le voir, dit-elle en démarrant.

Mais elle s'engage ensuite dans la rue et je ne l'entends plus parler, car j'ai la tête plaquée contre son blouson, et je suis perdue dans les pensées qu'elle a déclenchées en moi.

Seize minutes plus tard, on est devant chez elle.

— … Parce que c'est une vraie épave, dit-elle comme si la conversation ne s'était pas interrompue.

— *Je* suis une vraie épave, dis-je en la corrigeant. Et comment tu le sais, d'abord ?

— Je lui ai parlé, répond-elle en enlevant son casque.

Je me fige aussitôt sur le trottoir.

— Quand ça ?

— Hier. Il est passé à la boutique, après t'avoir vue au Getty Center.

— Ah bon ?

— Il voulait que je l'aide.

— Pour me retrouver ?

Elle me lance un regard à la dérobée.

— Pour savoir quoi faire.

— Je… vraiment ?

Elle ouvre sa porte et on entre dans la maison. C'est petit – 55 mètres carrés – mais mignon. Cass a horreur du bazar, si bien que l'endroit est aussi bien rangé que les postes de travail de Totally Tattoo. Comme je connais ses manies, je glisse mon sac dans la petite penderie avant de rejoindre le canapé convertible – actuellement fermé – pour m'y asseoir.

— Pourquoi t'es aussi étonnée ? demande Cass depuis la cuisine.

Elle débouche une bouteille de vin et l'apporte avec deux verres.

— J'en sais rien, dis-je sincèrement. Parce qu'il a l'air tellement autonome, j'imagine.

Elle hausse les épaules.

— Mais il ne l'est pas. À mon humble avis, je dirais qu'il a besoin de toi.

J'ai un léger pincement au cœur, puis un autre encore lorsqu'elle me prend la main.

— Il t'aime, tu sais.

— Il te l'a dit ?

— Non. Mais j'ai des yeux pour voir.

Certes, moi aussi. Et avant toute cette histoire, j'aurais moi aussi pu affirmer qu'il m'aimait.

Maintenant, en sachant tout ce qu'il m'a caché, je ne sais pas trop où j'en suis.

— Il est le demi-frère de Damien, dis-je, en me surprenant moi-même.

— Je sais, dit-elle (ce qui me surprend encore plus). Il me l'a dit.

Cass me tend mon verre de vin.

— Il a merdé, Syl, je te l'accorde. Après tout ce

qui s'est passé entre vous, il aurait dû te parler de son père quand tu lui as demandé s'il le connaissait.

— Il t'a vraiment tout raconté.

— Ben ouais… Comme je te le disais, il t'a dans la peau, réplique-t-elle en s'affalant sur le canapé. Et comme il se trouve que je sais que c'est réciproque, je me suis dit que je ferais une brave petite médiatrice.

Réciproque.

Elle a raison, bien sûr.

— Il m'a blessée, dis-je. Il aurait dû me mettre au courant. Il aurait dû me faire confiance.

Mais tout en parlant, je songe à ce qu'il me reste encore à lui dire, et je sais que je suis injuste. Bon, il ne m'a pas demandé de but en blanc ce qui m'était arrivé, mais je ne trouve rien d'autre pour me justifier, même si je sais que c'est stupide.

C'est lui qui a gardé cet énorme secret. Et je suis drôlement arrogante de penser que si je lui avais simplement posé la question, il aurait bousculé toute sa façon de vivre pour me cracher le morceau.

— Il faut que je le voie. Il faut que je lui parle, dis-je d'un ton posé en regardant Cass. Il m'a fait du mal, m'a mise en pétard, mais tu as raison, je l'aime. Et je veux réparer ce malentendu.

Tout en disant cela, je me rends bien compte que certaines choses ne sont pas réparables. Il ne s'agit pas d'un secret que je peux garder – et c'est, bien sûr, une autre raison pour laquelle Jackson l'a gardé pour lui. Parce que ce secret affecte mon patron, et leur père est précisément capable de semer la pagaille chez Stark International.

Damien doit connaître la vérité et, lorsqu'il la

connaîtra, je ne suis pas certaine que Jackson pourra rester sur le projet.

D'ailleurs, quand je songe à l'ampleur et à la portée de la colère de Damien, je ne suis pas certaine d'y rester non plus.

Mais je peux m'en accommoder. Tant que j'ai Jackson, on pourra toujours se débrouiller tous les deux pour la suite.

— Il est sur son bateau ? Il te l'a dit ?

Une expression bizarre s'affiche sur le visage de Cass.

— Euh… écoute. Faut d'abord que je te dise un truc.

Je reste muette, mais j'ai l'estomac qui se noue. Cass devient soudain nerveuse, et ce n'est pas trop son genre, d'ordinaire.

Elle s'éclaircit la voix.

— Bien. Donc, quand on a discuté, je me suis rendu compte que tu ne lui avais pas parlé de Robert Cabot Reed. Et j'ai pensé qu'il avait besoin de savoir pourquoi tu t'étais mise à flipper.

— Il est au courant, alors ?

Je sens la colère me gagner et veux être absolument sûre de mon fait, cette fois.

— Il sait que je me suis retrouvée nez à nez avec l'homme qui m'a violée pendant plus d'un an, et il n'est pas venu me voir ? Il ne m'a pas appelée ? J'hallucine ! Il n'a rien fait d'autre que de panser ses blessures, parce que je l'ai laissé en plan au Getty Center ?

Je vois la confusion transparaître sur le visage de Cass à mesure que j'élève la voix. Une confusion qui se transforme vite en appréhension.

— Quoi ? Qu'est-ce qui se passe à la fin ?

Elle attrape le journal posé sur la table basse, puis l'ouvre et me montre Jackson avec les menottes, debout près d'un policier en uniforme.

— Jackson a cassé la gueule à Reed, m'annonce-t-elle. Il s'est fait arrêter pour voies de fait.

*

Je marche de long en large dans mon appart, en faisant des allers-retours de la terrasse à la porte d'entrée. J'attends que Jackson arrive ou que Charles m'appelle, ou qu'un événement quelconque se produise afin de savoir de quoi il retourne.

J'ai téléphoné au commissariat dès que Cass m'a mise au courant de l'arrestation, mais comme c'est dimanche, on m'a répondu qu'une libération sous caution n'était pas envisageable.

Je travaille depuis assez longtemps avec Damien Stark pour savoir que « pas envisageable » signifie « pas envisageable sans argent ou sans pouvoir », si bien que j'ai passé un coup de fil à Charles Maynard en le suppliant de m'aider.

Heureusement, il était chez lui.

Heureusement aussi, j'ai suffisamment appris à le connaître au fil des années pour qu'il veuille bien me consacrer quelques heures un dimanche.

Charles m'a conseillé de rentrer chez moi et, s'il parvenait à faire libérer Jackson sous caution aujourd'hui, il le déposerait à mon appartement plutôt qu'à son yacht.

Jusqu'ici, pas de Jackson à l'horizon.

J'attrape mon portable, sélectionne le numéro de

Charles sur l'écran et, pour la énième fois, m'efforce de ne pas l'appeler. Il me préviendra dès qu'il aura des nouvelles. C'est mon nouveau mantra.

Je déteste mon nouveau mantra.

Je me remets à faire les cent pas et suis sur le point de lâcher : « Et puis merde ! » avant de me rendre moi-même au poste de police, quand j'entends frapper à la porte.

Je m'y précipite comme une folle et l'ouvre à toute volée… pour découvrir Jackson sur le palier, hirsute, pas rasé, le visage tuméfié et couvert de bleus. Et pourtant, il ne m'a jamais paru aussi beau, j'en suis sûre.

Je le traîne quasiment dans mon appartement, puis l'entoure de mes bras, et on s'écroule tous deux par terre.

— Sylvia. Oh, bon sang, Sylvia…

Il ne cesse de répéter mon nom et je ne me lasse pas de l'entendre, en le serrant fort, en le berçant comme un enfant.

— Je suis tellement désolé. J'aurais dû te dire qui j'étais…

— Non, dis-je en lui caressant les cheveux. Je me suis comportée comme une garce égoïste. Je n'ai aucun droit sur tes secrets, Jackson. Et je ne me suis pas contentée de me faire du mal. J'ai carrément piqué une crise, et j'en suis vraiment désolée.

Il lève la tête et m'embrasse.

— C'est moi qui dois m'excuser. Tu étais perdue, tu souffrais et je ne l'ai même pas vu. J'ai dû l'apprendre de la bouche de Cass, et depuis le début, ce fils de pute n'a pas arrêté de me faire chier, moi aussi.

— Tu n'aurais pas dû t'en prendre à lui, dis-je

d'une voix douce. Mais en fait, Jackson, ça me plaît que tu l'aies fait.

Il me regarde et je vois du soulagement dans ses yeux.

— Tu pensais que je t'en voudrais ?

— Disons que ce n'est pas une manière très civilisée de régler un problème, admet-il avec un sourire ironique.

— Non. Pas du tout, même. Pourquoi tu l'as fait ?

— Tu le sais bien.

— Dis-le-moi.

— À cause de ce que ce salaud t'a fait subir. À cause de ce qu'il t'a volé. Parce qu'il s'est servi de toi et t'a fait du mal. Et parce que je te protégerai toujours.

Mes yeux se troublent et je bats des paupières, tout en esquissant un sourire larmoyant.

— C'est pourquoi je ne t'en veux pas.

Il essuie ma joue avec son pouce.

— Je croyais que tu ne pleurais jamais.

— Quoi ?

Je suis sûre d'avoir compris de travers, mais quand je porte la main à ma joue, elle est humide. J'ai du mal à respirer et ma gorge se remplit de larmes. Cela fait si longtemps que j'avais oublié cette sensation.

— J'imagine… j'imagine que c'est parce que tu comptes énormément pour moi.

Et ce sont les seules paroles que je prononce avant que les sanglots ne me gagnent et que je sois parcourue de spasmes irrépressibles.

Jackson me soulève et me porte jusqu'au canapé, puis me garde au creux de ses bras et je pleure… sur le passé, sur lui, sur l'avenir qui m'effraie brusquement.

Mais ce sont avant tout des larmes de soulagement et de joie, parce que Jackson est revenu auprès de moi, et ensemble on trouvera une solution pour la suite.

Lorsque mes larmes cessent enfin de couler et que j'ai vidé une boîte entière de Kleenex, je me love contre lui, épuisée mais heureuse.

Heureuse, mais apeurée.

— Je ne suis pas en colère, dis-je, la voix rauque. Je dirais même que je suis ravie. Mais tu n'aurais pas dû le tabasser. Il va porter plainte.

— Je protégerai ton secret, baby. Tu n'as pas à t'inquiéter.

— Je ne m'inquiète pas. Je ne pensais même pas à ça.

C'est vrai. Je suis persuadée que Jackson emportera mon secret dans sa tombe si je le lui demande, et cette certitude me réconforte.

— Je pensais à toi, à vrai dire.

Il penche la tête et me regarde intensément.

— Le film ?

J'acquiesce.

— Si personne n'est au courant pour moi, les gens vont supposer que tu l'as agressé à cause du film, et tout le monde va vouloir s'en mêler. Et tous ces secrets vont devenir plus difficiles à dissimuler. J'ai vu les médias se comporter comme des vautours avec Nikki et Damien. Jusqu'ici, ils ont toujours parlé de toi en termes élogieux. Une mauvaise presse peut faire des ravages.

Il passe la main dans ses cheveux et je vois que l'idée le perturbe.

— Je ferai ce que j'ai à faire, dit-il. Mais quoi qu'il arrive, la promesse que je t'ai faite ne change pas.

— Je sais. Vraiment.

J'inspire un grand coup, parce que j'ai autre chose à lui annoncer. Et même si je déteste être porteuse de mauvaises nouvelles, je dois le lui dire, juste au cas où il n'y aurait pas déjà songé.

— Tout ça risque aussi de foutre en l'air le projet de village-club. Quand Damien sera de retour, je te promets qu'il ne sera pas enchanté d'apprendre que son architecte fait maintenant la une des journaux people. Surtout qu'il n'est déjà pas très sûr de pouvoir te faire confiance.

Comme Jackson ne dit rien, j'enchaîne :

— Et tu dois lui dire le reste aussi. Sinon, je m'en chargerai. Il risque de ne pas apprécier que tu n'aies pas avancé à visage découvert d'entrée de jeu. Je suis désolée, mais c'est pas le genre de chose que je peux lui cacher. Pas si j'espère conserver ma place. Ou le projet, d'ailleurs.

— Je ne te demanderai jamais de mentir pour moi. Et je connais les risques. Mais je vais te faire une promesse… Peu importe ce qu'il m'en coûte, tu ne vas pas perdre le projet. Au besoin, j'irai jusqu'à me confronter à Damien.

Cette perspective a l'air de le réjouir.

— Tu comprends ?

Je hoche la tête, mais ne vois pas vraiment où il veut en venir. Parce que je n'imagine pas un scénario où Damien n'aurait pas le dernier mot en ce qui me concerne. C'est lui l'employeur, après tout.

L'idée assez désagréable que Jackson est le fils de Jeremiah Stark me traverse alors l'esprit. Et je suis persuadée que Jeremiah sait des tas de choses que

Damien aimerait garder secrètes. Ce qui signifie que Jackson sait peut-être lui aussi certaines choses.

Toutefois, la pensée que Jackson puisse faire chanter Damien pour me protéger m'est si pénible que je l'écarte illico. Il n'a pas dit ça et je suis tout bonnement en train de me raconter des histoires. La vérité, c'est que Jackson ne connaît pas réellement Damien.

— Ton frère n'est pas quelqu'un de si mauvais, tu sais.

— Peut-être ou peut-être pas. Pour l'heure, je me moque de Damien ou du projet. La seule personne qui m'importe, c'est toi. La seule personne que je veux, c'est toi. Dis-moi que je n'ai pas tout bousillé. Dis-moi que je ne t'ai pas perdue.

— Comment pourrais-tu me perdre alors qu'on vient à peine de se retrouver ?

Il me couve d'un long regard, puis m'attire à lui et m'embrasse tendrement.

— Je vais te faire l'amour à présent, dit-il avant de me soulever pour m'emmener dans la chambre.

Il me déshabille, tout en me caressant à mesure qu'il retire chacun de mes vêtements, jusqu'à ce que je sois nue et en feu, et que je ne désire rien d'autre que la sensation de cet homme sur moi. Et en moi.

Il n'attend pas et nous faisons l'amour lentement et tout en douceur, mais avec la même ardeur que lorsqu'il m'a prise sauvagement. Chacun de ses mouvements est empreint de tendresse. Il me pénètre avec précision sans jamais me quitter des yeux.

Lorsque je sens la tempête enfler dans le bleu étincelant de son regard, je me cambre, en quête d'un contact encore plus profond, d'une véritable fusion de nos corps. Je veux tourbillonner dans le temps et l'espace avec cet homme qui m'a découverte, m'a aidée à me sentir pleine de vie et d'énergie. Et lorsque l'éruption survient, j'explose en mille morceaux avec lui, chaque fragment de nos deux corps se rejoignant en une union parfaite, avant que nous ne replongions, pantelants, dans la réalité.

— Sylvia… murmure-t-il, et mon nom sur ses lèvres a la douceur du miel et la puissance d'un orgasme.

Je l'embrasse, puis m'étire avec délectation, heureuse de poser la tête sur son torse quand il me serre tout contre lui.

Je me sens au chaud et en sécurité. Et même s'il n'a jamais prononcé les mots, je me sens aimée.

Je redresse la tête pour observer le visage de cet homme qui a su combler mon cœur et mon âme. Qui me protège, tel un guerrier, de mes démons du passé.

Il m'enveloppe d'un regard si tendre que je crains d'éclater à nouveau en sanglots, et quand il se penche pour embrasser mon front, une petite larme de bonheur coule effectivement sur ma joue.

Je souris, épanouie.

Je ne connais peut-être pas tous ses secrets. Et je ne peux deviner l'avenir.

Mais je vois le présent.

Et pour moi, pour Jackson, c'est suffisant pour l'instant…

Épilogue

Debout près du lit, Jackson s'est penché au-dessus d'elle. Il a regardé cette femme qui affole son cœur et fait bouillonner le sang dans ses veines.

Elle l'a calmé. L'a consolidé. Elle a comblé son cœur et son univers.

Elle a fait de lui un homme meilleur – il le savait. Il y a cru. Il a même chéri cette pensée.

Et il l'a chérie, elle aussi. Il était comme mort pendant ces cinq années sans elle, et ne s'en rendait même pas compte. Mais il revivait à présent, et grâce à elle.

En prenant soin de ne pas la réveiller, il s'est glissé dans son lit. Son cœur a chaviré quand elle a remué dans son sommeil en le cherchant, puis s'est pelotonnée contre lui, peau contre peau.

Il n'en revenait pas de l'effet qu'elle provoquait en lui.

Il a passé une main sur ses cheveux, puis effleuré son épaule. Elle avait repoussé le drap en dormant et il voyait à présent les tatouages sur sa poitrine, quelques-uns parmi les nombreux qu'elle portait. Vestiges d'un douloureux passé dont il demeurait en partie responsable. Cette pensée, sombre et déplaisante, lui nouait le ventre, et ce n'était pas la première fois qu'il regrettait de ne pouvoir porter le fardeau de cette femme à sa place.

Elle lui avait donné toute sa confiance. Elle avait partagé avec lui ses secrets les plus enfouis. Et il savait qu'il devait lui rendre la pareille. Mais cette seule idée le déchirait.

Il avait envie de rester à jamais ainsi, perdu dans l'obscurité, quelque part entre le crépuscule et l'aube, où rêve et réalité se confondaient, et où tout lui semblait possible, où toutes les histoires connaissaient une fin heureuse.

Mais il devait accomplir certains actes. Se rendre dans de sombres endroits. Remporter certains combats.

Protéger certains secrets.

Il a soupiré et l'a serrée dans ses bras, tout en se laissant glisser dans le doux réconfort du sommeil. Il n'y avait rien d'autre à faire. Pour l'instant, du moins.

Il ne pouvait que la tenir contre lui et espérer qu'en luttant pour devenir l'homme qu'il devait être, il ne perdrait pas la seule personne qui soit enfin parvenue à le révéler dans toute sa plénitude.

Composition et mise en pages
Nord Compo à Villeneuve-d'Ascq

Imprimé en France par

MAURY IMPRIMEUR
à Malesherbes (Loiret)
en janvier 2017

POCKET – 12, avenue d'Italie – 75627 Paris Cedex 13

N° d'impression : 214755
Dépôt légal : février 2017
S26619/01